btb

»Was könnte realer sein als Schmerz? Alles andere ist Geschwätz. Ist es möglich, hier rauszukommen? Kommt man hier raus? Selbst wenn, wohin soll man denn gehen? Siehst du, ich rede mit dir. Mit einem Toten! Kann ich wieder so werden wie früher, wenn ich hier raus bin? Die Scheiße ist, dass ich mich nicht einmal mehr daran erinnere, wie ich früher war.« Ein junger Mann. Militärdienst. Osttürkei. Bitterste Kälte. Mitten in dieser Hölle wird er eines Nachts von einem Mann besucht, der gar nicht mehr am Leben sein kann. Ist es Müdigkeit oder Unterkühlung, die ihn zu einer solchen Halluzination veranlasst? Und wenn es keines von beidem ist, was dann?

Hakan Günday, geboren 1976, studierte Französisch in der Türkei und in Brüssel, anschließend Politikwissenschaften in Ankara. Diplomatensohn, Bestsellerautor, Drehbuchautor, Provokateur, Enfant terrible der jungen türkischen Literatur. Seine Romane sind gleichermaßen Bestseller wie Kultbücher. Seine vielen Fans feiern ihn für seine politischen Kolumnen, seine öffentlichen Debatten und dafür, dass alles, was er tut, aus dem Rahmen fällt.

Hakan Günday

Verlust

Roman

Aus dem Türkischen
von Sabine Adatepe

btb

Die türkische Originalausgabe erschien 2009 unter dem Titel »Ziyan«
im Verlag Dogan Kitap, Istanbul.

MIX
Papier aus verantwortungsvollen Quellen
FSC® C014496
FSC www.fsc.org

Penguin Random House Verlagsgruppe FSC® N001967

1. Auflage
Deutsche Erstausgabe März 2022

Umschlaggestaltung: semper smile, München
Umschlagmotiv: © Plainpicture/Florian Loebermann
Satz: GGP Media GmbH, Pößneck
Druck und Bindung: GGP Media GmbH, Pößneck
JT · Herstellung: sc
Printed in Germany

ISBN 978-3-442-77153-0

www.btb-verlag.de
www.facebook.com/btbverlag

Für Selen Özer Günday

Mein Dank gilt H. Orhan Günday, er teilte seine Weisheit mit mir und öffnete mir sein Archiv.

Der Finger, hinter dem keine organisierte Macht steht, soll den Abzug ziehen und den ganzen Wahnsinn vorführen, der in einem einzelnen Menschen stecken kann. Es ist Zeit, die schlafenden Massen aus dem Bett zu reißen. Zeit, ihnen die Augenlider mit Rasiermessern abzutrennen. Zeit für ewige Schlaflosigkeit. Jetzt ist Attentatszeit …

*Kinyas ve Kayra**

---

* Roman des Autors von 2000.

Er schaute nicht länger hin und schloss die Augen vor dem Leben. Einziger Beweis dafür, dass er lebte, waren die ihm aus den Nasenlöchern quellenden Schwaden. Kälteschwaden. Vor Kälte dampfender weißer Atem. Er hatte sich zugedeckt. Mit Kalpak, Mantel und Augenlidern. Er war ein Fels auf dem in der Nacht gefallenen Schnee. Um auf den hingebreiteten Pelz zu passen, hatte er sich gefaltet, die Knie bis zum Bauch angezogen.

Adjutant Muzaffer war müde und fror. Sein Blick lag auf Etem, der in der Hand die ICA Reflex hielt und in der Brust den angehaltenen Atem. Der Blick des Fotografen galt dem Mann auf dem Boden, verwandelt in einen pechschwarzen Fleck im Weiß, das den Horizont getilgt hatte. Er sah nichts außer ihm und niemanden. Beweis dafür war das Foto, das er schoss.

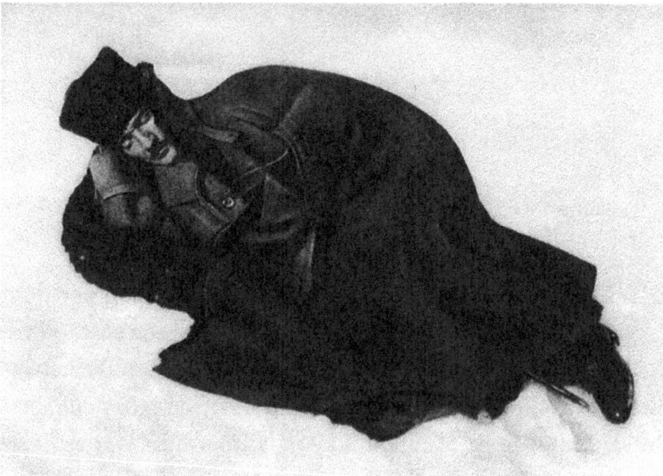

10

»Der Gazi ruht auf dem Dikmen-Grat. 12. Februar 1921.«

So stand es unter dem Foto, das in Augenhöhe vor mir hing: Der Gazi ruht. Doch er ruhte nicht. Ich hatte Hunderte Fotos von Atatürk gesehen. Auf diesem Foto war kein ruhender Mann. Ich sah keinen solchen Mann. Ich sah auf dieser Aufnahme jemanden, der aus Verdruss über uns die Augen geschlossen hatte. Sah jemanden, der aufgehört hatte, uns anzublicken, weil er von allem und von uns allen die Nase voll hatte. Sah einen Mann, der dachte, die Menschen, die er befreien wollte, seien im Grunde ein Haufen Betrüger, all die Mühe wäre für die Katz. Einen Mann, der vielleicht zum ersten Mal im Leben daran dachte zu sterben. Sterben, verschwinden, im Schnee vergehen. Ich sah einen Mann, der darauf wartete zu sterben und zu erstarren oder zu erfrieren und tot zu sein. Einen Mann, der dachte, das mache keinen Unterschied. Es sei völlig egal. Einen Mann, der keine einzige Menschenstimme mehr hören wollte, dem die Kraft fehlte, auch nur ein einziges weiteres Menschengesicht zu ertragen.

Deshalb hielt er die Augen geschlossen. Nicht weil er fror, hatte er die Ohren bedeckt, sondern um nicht hören zu müssen. Ja, so musste es gewesen sein. Er sagte, ich habe Augen und Ohren geschlossen. Übt ihr nur Verrat, soviel ihr wollt. Ich sehe und höre euch nicht. Ihr seid mir einerlei.

Ich aber konnte hören. Ich hörte die Stimme aus dem Foto. Möglicherweise war, was ich hörte, auch eine Stimme, die aus meinen Augen sprang, gegen das Foto prallte und zu mir zurückkehrte. Meine eigene Stimme. Ich … Laut Protagoras war das Maß aller Dinge der Mensch. Und zwar nicht irgendein Mensch. Das Maß aller Dinge war der Mensch, der ihn maß. Je länger ich das Gesicht des Gazi und die Art, wie er dalag, studierte, sah ich mich selbst. Denn in den raren Momenten, die mir auf meiner schmalen Pritsche vergönnt waren, wollte ich unter der steifen Wolldecke verschwinden und fort sein. Um keinen einzigen Menschen mehr zu sehen und zu hören. Doch das war unmöglich. Denn der obligatorische Wehrdienst war kein Einmannspiel, er war eine Vorstellung, die etliche Tausend Menschen gemeinsam gaben. Eine Aufführung, bei der Schauspieler wie auch Zuschauer Soldaten waren. Das Exerzieren in geschlossener Formation war eine Choreografie. Die Märsche Teil eines Musicals. Die Feldanzüge ein maßgeschneidertes Kostüm. Befehle, Fragen und die Antworten darauf waren auswendig zu lernende Repliken. Das Skript, an das man sich niemals hielt, stand in Verordnungen geschrieben. Der Regisseur hieß »Herr Kommandant«. Alles war da. Alles war bereit. Allerdings machte das alles viel zu viel Krach. Unerträglich viel. So viel, dass man am liebsten das Bett aufgeschlitzt hätte und hineingeschlüpft wäre. So viel, dass ich das Kissen, auf das ich meinen Kopf bettete, am liebsten mit meinem Kopf gefüllt hätte. So viel, dass ich mich selbst sah, wenn ich den Gazi betrachtete!

»Du hast Wachdienst.«

Der Satz stach mir ins Ohr, und ich schlug die Augen zum Leben auf. Am Nachtoffizier vorbei verließ ich die Kantine. Beim ersten Schritt wurde meine Nase nass. Schnee. Schnee, der mir ins Gesicht schlug und es beim Schmelzen gefror. Es schneite seit Monaten. Tag und Nacht, morgens, mittags, vor- und nachmittags. Es schneite, um zu begraben. Alles und jeden. Fahrzeuge, Kinder, Häuser und Ochsen. In den Fernsehnachrichten war die Rede von der idealen Schneehöhe zum Skifahren. Scheißfernsehnachrichten! Schneehöhe? Ideal zum Skifahren? War sie auch ideal für die Ärsche in den durch Schnee von der Außenwelt abgeschnittenen Dörfern, die keinen Piep von sich geben, wenn ihre einjährigen Kinder wie Fliegen sterben, aber Schlitten über die Fatiha-Berge zur Straße nach Van ziehen, damit ihre hunderteinjährigen Großväter überlebten? Schneehöhe! Erst versinken die Füße, dann sind auch die Fußgelenke weg. Knie, Beine, der Stall. Der Schnee begräbt bei lebendigem Leib. Erst kämpfst du mit der Faust. Um den Schnee dorthin zurückzuschicken, woher er kam, füllst du deine Faust und wirfst sie in die Luft. Dann die Schaufel. Eine Schaufel auf zwanzig Soldaten. Eine einzige auf vierzig Arme! Vielleicht noch ein Spaten, der mehr einem Hammer gleicht. Du schaufelst. Mit der Schaufel! Mit dem Spaten! Der Schnee fällt. Bis du begraben bist. Regen fällt, bis du ertrinkst. Wind bläst, bis es dir die Füße vom Boden haut und dich davonwirbelt. Lauschst du der Welt, wirst du es hören: Menschensohn Mensch, verpiss dich! Du aber bist hartnäckig. Du wirst überleben. Es gibt Erdanziehungskraft. Aber keinen Ort, an den man gehen könnte. Dir bleibt nichts anderes übrig, als auf dieser Welt zu leben, von der du ständig vertrieben wirst, die sich schüttelt und spaltet, um dich zu verschlingen. Der Mars ist weit! Das Leben auf der Erde ist ein Rodeo. Wirbelstürme, Lawinen, Überflutungen, Erdbeben. Du kämpfst, mit der Schaufel in der Hand. Das ist mein Zuhause, brüllst du. Scheiße! Das ist kein Zuhause! Das ist überhaupt nichts! Die Erde ist nicht die Schale des Menschen. Das ist hier nicht unser Nest. Mit der Schwerkraft sind wir an die Erde gekettet. Wer weiß, wo man uns hinausgeschmissen hat? Aus dem Paradies? Wohl kaum! Wohl überhaupt gar nicht!

Ich redete. Ich erzählte all das den Handschuhen, die ich mir auf die Lippen presste. Meinen löchrigen grünen Handschuhen. Eine Lira. Zweilagig. Eines der wenigen billigen Produkte: Handschuhe. Handschuhe, die anbrennen und gelb werden, wenn du dich am Elektroofen wärmen willst. Handschuhe, die aufreißen, wenn du sie vom gefrorenen Lauf des Gewehrs lösen willst. Ihnen erzählte ich, was mich quälte. Was ich sagte, drang bis zu meinen Händen durch. Denn mit der Kälte ließen meine Handschuhe auch Geräusche durch.

In den Fußstapfen eines Unbekannten, in denen gefrorenes Wasser stand, stakste ich voran. Ich kämpfte mich durch den weißen Matsch, stach wieder und wieder in den weißen Sumpf. Als ich bei dem Arsenal ankam, war die Anzahl meiner Zehen längst auf eins reduziert. Sie waren dermaßen unterkühlt, dass ich sie nicht mehr einzeln spürte in den Stiefeln. Boots nannte man sie hier. Stiefel hießen hier Boots, das Leben, das ich einst führte, hieß hier Zivil. Vieles hieß hier anders. Es gab eine Soldatensprache. Heerisch. Man musste es nicht sprechen, verstehen genügte. Man brauchte überhaupt keine Sprache zu sprechen. Denn in unserem Rang sprach man nicht. Im Rang der Ranglosigkeit. In der Theorie stellt Disziplin die Grundlage des Militärs dar. In der Praxis aber, die die Theorie hinterrücks ersticht, bilden die gemeinen Soldaten die Grundlage des Militärs. Das Fundament, die Basis, wie auch immer man es nennt, auf uns fußte die Armee. Alles und jeder stand über uns. Wir standen noch unter dem Schnee. Wir waren die Ketten eines Riesenpanzers. Laut *Handbuch des Gemeinen und Gefreiten*, das aussah wie der komplizierte Prospekt einer komplizierten Maschine, zu tragen in der oberen linken Tasche unserer Parkas, die seit fünfzehn Jahren dienende Offiziere beharrlich Parkett nannten, waren wir Soldaten ohne Rang, für deren Unterhalt der Staat sorgte. Glorreiche Gemeine! In diesem Land mit höchster Chancengleichheit in der Bildung hatten wir unser Bestes getan, um gemeiner Soldat zu werden, hatten kein Studium abgeschlossen und kein Zeugnis vorzuweisen, das uns als Experten in irgendeinem Beruf ausgewiesen hätte. Wir waren stolz auf unsere Opferbereitschaft. Denn wir wussten es. Wussten, dass in den Gesetzen und Verordnungen zur Wehrpflicht ein Fehler unterlaufen war. Um Gemeiner zu sein, brauchte es höchstens ein Abitur oder einen Fachhochschulabschluss. In einem Land, in dem alle Männer studierten, gäbe es bald keine Gemeinen mehr. Der Sockel der Armee würde ihr unter den Füßen wegrutschen. Davor konnten wir nicht die Augen verschließen. Was dem Auge des Gesetzgebers entgangen war, hatte sich uns offenbart, und wir hatten geschworen, von keiner Universität ein Diplom zu holen. Manche von uns hatten vor lauter Angst, dass der Armee die Soldaten ausgingen, nicht einmal lesen gelernt. Welch ein Mut! Welch ungeheures Opfer! Gefallene oder Veteranen brauchten wir gar nicht zu werden. Helden waren wir ohnehin. Helden, die den Preis für Vaterlandsliebe ein Leben lang mit Unwissen zahlten! Dumm zu bleiben war nicht weiter schlimm. Den Geist der Strafgesetze hatten wir besser begriffen als alle anderen. Während es lediglich eine Geldstrafe dafür gab, sein Kind nicht zur Schule zu schicken, wurde mit Haft bestraft, wer den Wehrdienst verweigerte. Wir verstanden genau, was das hieß. Unsere Ohren hörten. Die zwischen den Zeilen des Gesetzes verborgene grandiose Botschaft kam an. Das nannte man Anreiz per Gesetz. Seine Ausbildung nicht abzuschließen, war kein großes Ding. Doch nicht zum Militär zu gehen, war ein Unding! Unwissen war nicht tödlich, Kriegsdienstverweigerung aber zog Schikane nach sich. Das sagten die Gesetze. Fick die Schule, aber leiste auf jeden Fall deinen Wehrdienst, sagten sie. Meinetwegen kannst du gern dumm bleiben, Hauptsache, du wirst Soldat. Denn, entschuldige, aber deine Dummheit ist mir scheißegal! Also sagten wir, gut, ganz wie du willst! Es war ein Vergnügen, den vom Staat aufgezeigten Weg zu gehen! Vielleicht nicht äußerlich, innerlich aber waren wir herrlich entspannt.

Als ich die Sturmweste anlegte, kam sie mir etwas zu leicht vor. In ihren Taschen sollten vier volle und ein leeres Magazin stecken. So stand es im Übergabe-Übernahme-Protokoll, das der Kompaniechef und ich unterschrieben hatten. Die Anzahl der Magazine, die ich in Obhut genommen hatte, lautete fünf. Das würde der Staat nötigenfalls beweisen können, warum aber die Tasche über meiner rechten Niere leer war, könnte er nicht erklären. Ein Magazin mit zwanzig 7,62-mm-Projektilen war futsch. Mir fiel ein, wie die Vorgesetzten reagierten, wenn solche Vorfälle gemeldet wurden:

»Hättest du besser auf dein Material aufgepasst! Besorg das, woher auch immer! Kommt das zu Protokoll, kommst du vor Gericht!«

Nach dem fehlenden Magazin musste ich nicht in der Ferne suchen. Ich stand im Arsenal. Im Hort von Waffen und Sturmwesten mit vollen Magazinen. Nicht ich würde derjenige sein, der vor dem Militärgericht landete, weil ihm etwas von der Ausrüstung abhandengekommen war. Ich fingerte ein Magazin aus einer Sturmweste, deren Besitzer ich sehr genau kannte, schob es mir in die Tasche und schulterte das Gewehr. Reue? Keine Spur! Ja, vielleicht standen wir alle in derselben Armee, doch wir leisteten nicht denselben Militärdienst. Für jeden war der Wehrdienst anders. Auf jedem Quadratmeter ein anderer Kriegsdienst. Nur die Verpackung war die gleiche. Unsere Verpackung und unsere Accessoires.

Zwischen dem Militärdienst von Nahif, der sich im Depot hinter der Kantine ein Lager aus leeren Kartons gebastelt hatte, auf dem er schlief, und dem von Fethi und Nuh, über die ich auf dem Weg zur Entladestation springen musste, weil sie über den Schnee robbten, bestand ein Riesenunterschied. Sie robbten dort, weil ihnen beim Morgenappell eine Frage gestellt worden war, deren Antwort sie nicht wussten. Sie robbten, weil sie, obwohl sie nicht einmal die Geburtsdaten ihrer Mütter kannten, alle Arten möglicher Hinterhalte auswendig lernen und aufzählen sollten. Sie robbten seit Wochen. Morgen für Morgen. Die Beschreibung, die sie lieferten, machte keine Fortschritte. Ihre Antworten gingen nie über zwei Wörter hinaus. Schnee war der gemeinsame Boden für Gemeine, die nicht wussten, wie man lernte, und Vorgesetzte, die nicht wussten, wie man lehrte. Die Sache wurde mit Robben erledigt, und alle setzten ihre Tätigkeiten fort.

Nahif dagegen war ABZler. Anleitungs- und Beratungszentrum. Ein Abenteuer, das damit begann, dass in der weit entfernten Grundausbildung bei allen Gefreiten und Gemeinen, die sich mit Rasierklingen Arme und Beine ritzten, die ein Tattoo auf der Haut trugen oder von denen man glaubte, sie wären nicht in der Lage, den Verpflichtungen des sozialen Lebens nachzukommen, in den Wehrpass – dem Pendant des Personalausweises im zivilen Leben – auf Seite 32 ABZ gestempelt wurde. Theoretisch handelte es sich dabei um einen Stempel, der erforderte, dass die Betroffenen im Verlauf ihres Wehrdienstes weiter vom Anleitungs- und Beratungszentrum betreut und nötigenfalls psychiatrisch unterstützt wurden. Doch in der Praxis, die die Mutter der Theorie fickte, entwickelte sich das Soldatenleben derer, die den ABZ-Stempel im Wehrpass trugen, je nach Person auf eigene Weise.

Auch ich trug den Stempel. Auch ich war ein ABZler. Denn ich war tätowiert. Auf meinem Rücken prangten vier fingerlange Striche und einer, der sie durchkreuzte. Das bedeutete in der Knastsprache, was ich über die Tage dachte, die ich überleben würde. Auch ich war ein ABZler. Denn ich hatte eine Stirn und ein Handgelenk, die erst von mir geritzt und später von Ärzten, deren Namen ich nie erfuhr, genäht worden waren. Ich trug einen Stempel, der verhinderte, dass ich bei der Berufswahl am Ende des ersten Monats der Grundausbildung Tourismusgendarm wurde. Daneben stand »T+S«. Die Initialen von *tattoo* und *self mutilation*. Warum auf Englisch? *I don't have any fuckin' idea!*

Ich entsinne mich jenes seltsamen Tages. Auf einem Feld, das einem Stadion glich, warteten wir auf die Durchsage aus den Lautsprechern, die unser Soldatenleben rausreißen würde. Dutzende Tische. An jedem ein Offizier.

»Metallbauer an Tisch zwei! Fliesenleger an Tisch sechs! Kellner an Tisch neun!«

Ich wartete. Natürlich hatte ich keinen Beruf. Dennoch wartete ich. Denn ich wusste, in meiner Kohorte sprach ich am besten Französisch. Zweifellos wäre ein Gendarm, der Französisch konnte, von Nutzen. Ich beherrschte Französisch so gut, dass ich imstande war, einen Belgier, der sämtliche orientalistischen Maler verfluchte, weil er in Kappadokien vom Esel gefallen war, zu überreden, im nächsten Jahr mit seinem Nachbarn gemeinsam den Berg Nemrut zu besteigen. Tourismusgendarm! Das war mein Ding.

»Wer Französisch kann, an Tisch sieben!«

Ich rannte los, stellte mich in die Schlange, wartete. Schritt für Schritt ging es voran. Dann war ich dran. Den Blick auf seinem Zettel fragte der Offizier:

»Eule?«

Ich verstand sofort, was er wollte. Niemand hatte Zeit zu verlieren. Ich nannte ihm das französische Wort. Er fragte weiter.

»Gürtel?«

Super! Meine Antworten kamen wie aus der Pistole geschossen. Er streckte die Hand aus.

»Dein Wehrpass!«

Ich reichte ihn ihm. Er blätterte darin. Finis.

»Der Nächste!«

Der Offizier hatte den ABZ-Stempel gesehen und sofort erkannt, dass aus mir kein Tourismusgendarm werden würde. Er hatte recht. Denn auch wenn das Tattoo auf meinem Rücken saß, würden die Touristen seine Existenz spüren und ihre Vorstellung davon, dass wir alle Barbaren waren, wäre auf ewig in Beton gegossen. Denn der Schaden, den ich anrichten könnte, das Tohuwabohu, für das ich sorgen würde, wenn ich Französisch sprach, wäre grenzenlos. Die Armee hatte wie stets korrekt entschieden und all die Menschen gerettet, die ich hätte umbringen können, wenn ich Französisch gesprochen hätte. Damit ich meiner Wehrpflicht nachkommen konnte, ohne jemandem zu schaden, verfügte man mich mit siebzehn Mann zu einer Gendarmerieabteilung für innere Sicherheit und drückte mir eine Mordmaschine namens G3 in die Hand. Ich war sogar berechtigt, einen Granatwerfer zu tragen. Dank jenes Offiziers trat ich heute mit achtzig Kugeln, einem vollautomatischen Kampfgewehr und einem Granatwerfer meine Wache an. Die Touristen waren davongekommen. Nun mussten sich andere Sorgen machen. Kurden, die mir en passant »Gute Wache, Bruder Soldat!« wünschten und von mir nur die von der Schneemaske nicht verdeckten Augen sahen. Um kein Missverständnis aufkommen zu lassen, ich hatte nicht vor, auf sie zu schießen. Ich kotzte lediglich meinen Hass und meine ABZ-gestempelte psychische Störung auf Französisch aus. Das machte ohnehin mehr Eindruck als das Gewehr an meiner Schulter:

»*Va te faire enculer, fils de pute!*«

Oder wie der Lehrjunge des Krämers, bei dem wir durch das Loch im Stacheldrahtzaun am Ostrand der Kaserne einkauften, immer sagte:

»Verpiss dich, du Hupensohn!«

Wie auch immer er Prostitution mit Autofahren in Verbindung brachte.

»Lauf in den Kanister!«

Sechzehn mit Sand gefüllte rote Kanister, auf Hüfthöhe in Beton versenkt, die Öffnung ein Loch. Nebeneinander. Vor jedem ein Soldat, der den Lauf seines Gewehrs genau dort hineinsteckte.

»Spannschieber ziehen! … Loslassen!«

Die Kommandos gab der Unteroffizier, der in die Kantine gekommen war und mir Bescheid gesagt hatte, dass ich Wache hatte. Er wollte seinen Job machen. Er war eine von zwei Brücken zwischen uns und den Vorgesetzten. Der andere war der Unteroffizier im Tagesdienst. Jetzt waren wir auf Nachtschicht. An der Entladestation. Vor Wachdienstantritt mussten wir uns vergewissern, dass kein Projektil im Patronenlager unseres Gewehrs steckte, bevor wir das Magazin einsetzten.

»Entsichern! Abzug betätigen! Sichern! Magazin einsetzen! Stillgestanden!«

Bei der Rückkehr von der Patrouille würden wir das Ganze in umgekehrter Reihenfolge erneut vornehmen. Würden zuerst das Magazin herausnehmen, dann den Spannschieber des Gewehrs mit dem Lauf im Kanister ziehen und loslassen, entsichern, Abzug betätigen. So würde niemand einen anderen erschießen. So stand es zumindest in der Vorschrift. Doch Vorschriften wurden in weiter Ferne geschrieben. In einem Gebäude in der Hauptstadt. Texte aus der Hand von Offizieren, die militärische Instruktionen verfassten, waren romantische Werke. Nur ein Romantiker konnte sich in Sachen Realität dermaßen etwas vormachen. Die beiden Beine der Armee, eines die Verordnungen, das andere die Realität, standen zum Reißen voneinander entfernt. Denn wenn Verordnungen die physischen Regeln dieser Welt waren, waren wir Gespenster. Wie der in der Hauptstadt entworfene ideale Armeestandard reine Fantasie war. Wir waren weit genug entfernt. So weit, dass wir unsere eigenen Fantasien hegten. Es war kalt genug hier. So kalt, dass wir imstande waren, unsere Handbücher mit Seiten voller Standards zu verbrennen, um uns beim Wachdienst die Hände zu wärmen.

Seit elf Tagen versah ich stets dieselbe Wache. Zur selben Uhrzeit auf denselben Wachtürmen. Auch das verstieß gegen die Vorschriften. Aus Sicherheitsgründen. Acht Stunden täglich. Zweistündige Wachen alle vier Stunden. Nicht weil ich bestraft worden wäre oder irgendeine außergewöhnliche Situation herrschte. Nur weil der Wehrdienst eines jeden eben anders war. In der Kompanie von vierundsiebzig Mann hielten nur achtundzwanzig Wache. Die anderen, die verschiedene Aufgaben versahen, hatten mit dem Wachdienst nichts zu tun. Köche, Innendienst, Post, Fahrer, Barkeeper ... Die übrigen fünfunddreißig Mann kamen alle vier Stunden an die Entladestation, damit die vor Jahren errichteten Wachtürme rund um die Uhr ununterbrochen besetzt werden konnten, und bekamen nie genug Schlaf. Wir genügten nicht. Weder unsere Anzahl noch unsere Eigenschaften. Wir waren Männer, die man auf dem Weg in die Schlacht aus Kaffeehäusern geholt hatte. Man gewann keine Schlacht mit in Kaffeehäusern zusammengesuchten Männern. Wir waren Amateure, die aus Schlafmangel an der Schwelle zum Wahnsinn standen. Was uns daran hinderte, vor Schlaflosigkeit und Kälte wahnsinnig zu werden, war einzig die Angst. Wir fürchteten uns dermaßen, dass wir nicht durchdrehen konnten. Wir fürchteten uns vor allem. Vor den Vorgesetzten, den Militärgerichten, den Waffen in unseren Händen und vor Zivilisten, die sich uns näherten.

Soldatische Schlaflosigkeit bedeutet nicht, nicht zu schlafen, sondern stets geweckt zu werden, bevor die Tiefschlafphase einsetzt. Wird das hundertfach ununterbrochen wiederholt, platzt das Gehirn und die Augen fallen aus den

Höhlen. Dies ist das erste Beben, das das Gedächtnis erschüttert. Das zweite besteht darin, dass infolge der Verwandlung der Person in eine auf Befehl funktionierende Maschine der Entscheidungsmechanismus ausgesetzt wird. Das Hirn, das sich schlafend glaubt, träumt weiter, der neunzehn Stunden lang wache Soldat erlebt innerhalb eines Tages etliche plötzliche Erinnerungsschübe. Plötzliche Erinnerungsschübe bedeuten, beim Blick in den Spiegel über dem Waschbecken, das du zum dreihundertvierten Mal putzt, den Schmerz der Ohrfeige zu spüren, die du dir als Sechsjähriger einfingst. Alles, woran du nie gedacht, woran du dich nie erinnert hast, wie im Traum erneut zu erleben, als fände es in jenem Augenblick, an jenem Ort statt. Bei solchen Schüben kommt es vor, dass Leute, die nicht wissen, wie sie am Morgen danach heimgekommen waren, sich plötzlich daran erinnern, was sie in durchtrunkenen Nächten taten. Die Seite des Militärdienstes, die das Gedächtnis aufreißt, ist keine gesunde Nebenwirkung. Am Ende des Schubs in die Realität zurückzukehren, bringt einen um.

Der Zwilling des Erinnerungsschubs ist der ebenso mörderische Vergessensschub. Für Minuten, für Stunden kannst du dich an absolut unvergessbare Dinge nicht erinnern und zweifelst an deiner eigenen Vergangenheit. Wenn das alles mit einem G3 zusammenfällt, sieht es nicht sehr nett aus. Familien in weiter Ferne mögen friedlich schlafen, weil wir Wache halten, doch hier schlafen Familien gar nicht tief. Denn sie wissen genau, dass unsere Augen Gewehrläufen gleichen.

Als ich den Wachturm erreichte, stand der Soldat, den ich ablösen sollte, in der scheibenlosen Hütte wie ein Tier auf den Hinterbeinen. Atemlos vom schnellen Ein- und Ausatmen. Das sah ich an der gefrorenen Atemwolke, die ihn einhüllte. Er bemerkte mich nicht einmal, als ich die brüchige Tür aufstieß. Er glaubte, reglos in der fahrstuhlgroßen Hütte zu verharren, doch er wippte auf Zehenspitzen auf und nieder, schüttelte den Kopf, als sagte er unablässig »Nein!«, und trotz der sieben Lagen Stoff an seinem Leib merkte man, dass er schlotterte. Sein Blick lag starr auf dem quadratischen Loch vor ihm. Durch das Loch, so breit wie ein 37-Zoll-Fernsehbildschirm, spähte er auf die Straße, die vor der Kaserne vorbeiführte. Ich glaube nicht, dass er etwas sah, er stierte bloß. Seit vier Uhr nachts stand er da, und ihm tat alles weh. Nicht bloß Hände, Füße, Ellbogen, Bauch, alles schmerzte. Herz und Seele. Alles, das bewies, dass er am Leben war, tat weh. Als ich seine Schulter berührte, stellte ich fest, dass er es nicht spürte. Erst als ich ihn schüttelte, bemerkte er, dass ich direkt neben ihm stand. Beide trugen wir doppelte Schneemasken. Darum schauten wir durch eine Schwimmbrille in die Welt. Was rechts und links von uns geschah, war ohne Bedeutung. Auch die Hurensöhne, die sich anschleichen und uns die Kehle aufschlitzen würden. Von allen blinden Punkten aus hätten sie sich nähern und uns den Kopf vom Rumpf trennen können. Nur nicht von vorn! Dann hätten wir kämpfen müssen, da wir aber drei Handschuhe übereinander trugen, hätten wir den Abzug gar nicht bewegen können. Wichtiger, als nicht umgebracht zu werden, war für uns, nicht zu erfrieren. Besonders klug waren wir nicht. Auch der Verstand war uns eingefroren.

Ich half ihm, den zerlumpten Wachmantel abzulegen, den etliche Kohorten aus- und angezogen hatten. Die kugelsichere Weste hatte er, obwohl die Strafe für das Nichttragen eine Gelegenheit für den Kommandanten wäre, wenn er es denn bemerkte, seine reiche Fantasie unter Beweis zu stellen, unbekümmert liegen lassen. Sie wog elf Kilo. Sie stank, atmete, lebte und vor allem war sie Soldatenarbeit. Es war eine alte Sturmweste mit Eisenplaketten und Rissen. Das Modell einer Stahlweste, die das Herz frei ließ, aber Magen, Bauch, Rücken und Nieren schützte, designt, um ihrem Träger den Atem zu nehmen. Im Augenblick lag sie auf dem Boden. Ihr Anblick drehte mir den Magen um. Auch ich würde sie nicht anlegen. Nur den Helm. Den könnte ich aufsetzen. Den Helm, vor dessen Tragen wir Hundewart Cuma mit seiner komischen Hautkrankheit und den stellenweise wie ausgerupft ausgefallenen Haaren dutzendfach eindringlich gewarnt hatten, könnte ich mir über den Kopf stülpen. Selbst wenn Cuma, der Tierfreund wider Willen, der dafür verantwortlich war, die Hunde zu füttern und ihren Dreck wegzumachen, ihn aufgehabt haben sollte, würden seine Scheißmikroben durch die doppelte Schneemaske nicht an meine Kopfhaut vordringen. Das glaubte ich zumindest. Im Grunde war es völlig wurscht. Denn ich trat meine letzte Wache an. Das allerletzte Mal. Bis zum Ende meines Wehrdienstes war es noch über ein halbes Jahr hin, aber ich würde das letzte Mal Wache stehen.

Nein, der Wehrdienst war nicht verkürzt worden. Darauf bestand keine Aussicht. Wie in dem dreimal wöchentlich im Ferienclub Kommandeursstunde gezeigten Dokumentarfilm »Warum ist die Türkei Zielscheibe?« verkündet waren sämtliche Nachbarländer unsere Feinde, die alle nichts anderes im Sinn hatten, als uns abzuschlachten und sich auf unserem Territorium anzusiedeln. Die Gefahr war also nach wie vor akut. Alle hassten uns, und wir hassten alle. Kein Problem. »Der obligatorische Wehrdienst ist keine Pflicht, er ist ein heiliges Recht. Die Türkei gibt ihrer Jugend das Recht, ihr Land zu schützen.« So endete die herrliche Doku, in der alles klar dargestellt wurde. So klar, dass wir sogar Kessel-Fuat, dem Armenier aus Antakya, trotz seiner Vorfahren verziehen. Es war nicht seine Schuld, Armenier zu sein. Es war eben sein Pech.

»Macht nichts«, sagten wir zu Fuat. »Es ist ja nicht deine Schuld, dass dein Opa eine Verräterschwuchtel war.« Dann bekamen wir etwas von den fünf Kilo Joghurt ab, die Fuat pro Woche zustanden. Der Joghurt war eine wissenschaftlich belegte Vorsichtsmaßnahme gegen die Vergiftung des Mannes am Kessel, den Rahm verspeisten selbstverständlich wir.

Dass die soeben übernommene Wache meine letzte sein würde, hatte einen anderen Grund. Ich würde Hand an mich legen. Niemand würde mir jemals wieder gratis eine solche Menge Munition und eine so starke Waffe überlassen. Die Chance war mir in den Schoß gefallen, ich konnte sie mir keinesfalls entgehen lassen. Das Geschoss aus dem G3 mit vier Zügen und vier Verriegelungen im Rohr drehte sich im Flug um sich selbst, schlug ein Loch groß wie ein Vogelauge und trat aus dem Fleisch, in das es eindrang, mit einer Wunde groß wie ein Aschenbecher wieder aus. Die Gefahr zu überleben war ausgeschlossen. Denn Gemeine, die sich umbringen wollten, fürchteten nichts mehr als zu überleben. Es war ein ungeheures Verbrechen, sich für das Militär untauglich zu machen. Darauf stand jahrelange Haft, im Krieg der Tod. So stand es in unserem Handbuch und wurde uns bei jeder Gelegenheit ins Gedächtnis gerufen. Selbstmord verüben durfte man, aber Überleben war ein Verbrechen mit entsetzlichen Folgen. Also war Vorsicht geboten. Zögern ließ mich einzig Artikel sechs der Allgemeinen Wachvorschriften: *Solange er nicht tot ist, verlässt der Wachsoldat seinen Wachposten nicht.* Mein Körper würde den Wachturm ja nicht verlassen. Ich würde lediglich tot sein. Ich fand, ein toter Wachsoldat würde den Turm weit besser schützen. Ein stinkender, blutiger, von der Stahlweste zermalmter Soldatenleichnam würde noch den brutalsten Terroristen stoppen. Artikel sechs der Allgemeinen Wachvorschriften tat auch die Meinung der Armee in Sachen Metaphysik kund: Wer tot ist, verlässt den Posten! Er geht, verschwindet, kann nicht auf Befehle hören, ist zu nichts nütze! Sterben heißt gehen. Dabei bist du da, liegst auf dem Boden, gehst nirgendwohin. Wer das nicht glaubt, soll die Fliegen fragen, die dich umschwirren. Falls er deren Sprache versteht. Ich verstand sie. Früher schon sprach ich mit Käfern und Fliegen. Schon als ich ihnen die Flügel ausriss und ihre haarfeinen Beine ansengte. Eines der Vergnügen, die das Kind in mir nicht aufgegeben hatte! Zweifellos hatte ich ein besseres Verhältnis zur Mikrowelt als Celal aus Urfa, der in der Grundausbildung auf die Krankenstation kam und dem Sanitätsunterleutnant die aus der Streichholzschachtel wuselnden Ameisen zeigte: »Herr Kommandant, ich bringe die einfach nicht in Reih und Glied. Ich kriege keine Formation hin.« Mit Sicherheit kannte ich auch den Unterleutnantsrang besser als alle anderen in meiner Umgebung. Denn kein Rekrut, den ich in der Grundausbildung kennengelernt hatte, wusste, dass er seinen Wehrdienst im Rang eines Unterleutnants ableisten konnte. Denn aus ihren Familien oder Dörfern hatte nie jemand ein Studium abgeschlossen und war Unterleutnant geworden. Für sie unterschieden sich Unterleutnants nicht von anderen naturgemäß Vorgesetzten, die ganz oben auf einem dreihundertstöckigen Gebäude saßen. Der Begriff »verkürzter Wehrdienst« war für sie nur ein Märchen. Ich musste wochenlang reden, damit sie mir glaubten. Die Standardantwort lautete stets:

»Unmöglich! Wieso fünf Monate? Das gibt's doch gar nicht! Die haben dich für dumm verkauft!«

Ja, dachte ich. Stimmt, sie haben mich für dumm verkauft.

Allerdings reichten mir Kommunikation und Leben jetzt. Mehr brauchte es nicht für mich. Ich würde töten. Mich selbst. Nicht, weil ich ausgebrannt war oder es nicht mehr aushielt. Nicht, weil ich die Schmerzen, die meine Psyche und mein Körper litten, nicht mehr ertragen hätte. Nicht, weil ich irgendeinem Sterblichen zürnte. Erst recht nicht, weil ich mich auf dem irreversiblen Pfad einer melancholischen Philosophie befunden hätte. Ich wollte sterben, weil ich drauf und dran war, wahnsinnig zu werden. Ich wollte sterben, weil ich Stimmen hörte. Ich wollte sterben, weil ich auf jedem Wachturm, den ich betrat, mit einem Mann sprach, der nicht existierte. Einem Mann, der nicht fror, nicht zitterte, und obendrein behauptete, vor über achtzig Jahren gestorben zu sein. Immer wenn ich Wache schob, stellte sich der Hurensohn vor mich hin. Redete zwei Stunden lang und verschwand, um bei der nächsten Wache erneut aufzutauchen. Ich hasste ihn. Weder trug er einen Feldanzug, noch litt er unter Schlaflosigkeit, auch wurde er nicht von Vorgesetzten zur Sau gemacht. Er hatte überhaupt nichts zu leiden. Er war ja schon tot. Nichts kümmerte ihn. Er redete bloß und ließ mich nicht in Ruhe.

Ich glaube nicht an Gespenster. Deshalb glaubte ich auch nicht, was er mir erzählte. Wenn seine schmalen Lippen unter dem komischen Bart, der wie ein Fleck in seinem Gesicht saß, sich regten und fragten: »Wie geht's dir, Soldat?«, gab ich stets dieselbe Antwort:

»Verpiss dich!«

Unsere erste Begegnung fiel auf meinen Geburtstag. Ich stand im Wachturm. Auf Nachtwache. Das Thermometer, das neben der Entladestation an die Wand genagelt war, zeigte minus sechsundzwanzig Grad Kälte. Hier zeigen die Thermometer keine Wärme. Sie sagen, wie viele Minuten nach Betreten des Wachturms du anfängst herumzuhopsen, und nach wie vielen Minuten du nach und nach krepierst. Sie sagen, wann der einzige Münzfernsprecher in der Kaserne einfriert, wann die Wasserrohre und die Steckdosen. Wann dir die Ohren aufplatzen und die Füße in Fetzen gehen. Und wir hören zu. Hören zu und haben Angst. Haben sogar Angst, Fäuste zu ballen, weil sie in der Kälte so bleiben könnten. Wir hassen Weiß. Die hellste Farbe der Welt macht uns schwermütig. Denn was sich hier niederschlägt, ist kein Schnee, sondern die Luft selbst. Bei diesem Niederschlag klebt uns vor Kälte die Zunge an den Zähnen fest. Wir hassen die Schwerkraft. Schnee ist hier die einzige fruchtbare Saat. Wohin er fällt, wachsen schneeweiße Bäume. Hin und wieder stehen auch Bäume mit schwarzen Gräten da, wie abgegessene Fische. Aber die sind so hässlich, dass sie uns in den Hals stechen, kaum dass wir hingucken. Weiße Schwermut! Alles an uns ist Schnee. Wir hassen Weiß so sehr, dass wir uns sogar fürchten, einen Becher heiße Milch anzurühren. Wir hassen auch die Luft und das Wetter. Denn von ihnen hängt unser Leben ab. In der Luft hängende Marionetten sind wir, die ihre Fäden verbrennen, um sich aufzuwärmen.

Wir stehen stramm, um die Mutter jedes Menschensohnes zu ficken, der in seinen Wehrdiensterinnerungen schwelgt oder sagt: »Herzliche Grüße an unsere Mehmetçiks*, die gerade ihren Dienst fürs Vaterland leisten!« Die Grundstellung zeigt den Grad der psychischen und physischen Reife eines Soldaten. So steht es in der Verordnung zum Exerzieren in geschlossener Formation. Es reift allerdings bloß unser Hass. Unsere Fantasie reicht nicht aus, um an jemand anderen als uns selbst zu denken. Wir zählen. Alles. Jeden Schritt, jede Minute, jeden Tag, die Staubkörner, die Zähne der anderen. Weil auch ich alles zählte, wusste ich, dass ich meine dreihunderterste Wache schob und noch drei Zigaretten in der Schachtel waren. Alle halbe Stunde rauchte ich eine. Acht Züge, und sie war aufgeraucht. Dann glaubte ich, mir wäre wärmer. Es rauchte ja etwas. Doch es war für die Katz. Und erwischt zu werden bedeutete, noch länger Wache zu schieben, denn das war die Strafe für Rauchen im Wachdienst.

»Eine brennende Zigarette ist bei klarer Sicht aus zwei Kilometer Entfernung zu sehen, das verzeiht Dragunow-Leyla

---

* *Mehmetçik* (dt.: »Kleiner Mehmet«) ist eine liebevoll verwendete Bezeichnung für Infanteristen in der türkischen Armee, vergleichbar mit »Tommy (Atkins)« für britische oder »G.I.« für US-amerikanische Soldaten. (A.d.Ü.)

nie!«, sagte der Ausbilder, dessen Namen uns längst entfallen war, weshalb wir kein Problem damit hatten zu rauchen. Wir wussten nur, dass Leyla sich die rechte Brust abnehmen ließ, um den Knauf der Dragunow* einwandfrei in die Schulterbeuge setzen zu können, und dass sie genau fünf Zentimeter über die Zigarette gezielt hatte, die sie in der Dunkelheit aufglimmen sah.

Solcherlei Dinge gingen mir durch den Kopf, während ich das Feuerzeug, das ich aus der Schachtel gefingert hatte, in der hohlen Hand zündete, um die aus der Parkatasche gezogene Zigarette anzustecken. Bis ich einen Schemen in der Zwei-mal-zwei-Meter-Steinhütte bemerkte. Seit einer halben Stunde stand ich Wache. Mir war nicht eingefallen, den Turm zu verlassen, denn der Boden draußen war schneebedeckt und meine Stiefel durften auf keinen Fall nass werden. Wurden die Sohlen feucht, hieß das, die Kälte kröche einem Virus gleich in den Körper hinein. In sieben Minuten wäre sie durch die Stiefelsohle hindurch, hätte innerhalb von vierzig Sekunden jeden Strumpf an meinen Füßen durchstochen und in vier weiteren Minuten mich von den Zehen bis zum Haaransatz durchdrungen. Das Stehen im Wachturm verlängerte die Zeiten um ein paar Minuten.

Als ich den Schatten bemerkte, machte ich einen größtmöglichen Schritt. Rückwärts. Ich klebte den Rücken an die Linie, an der die beiden Wände hinter mir zusammenliefen, und warf Feuerzeug und Zigarette. Auf den Schatten. Da fiel mir ein, dass ich ein Gewehr trug. Ich hatte ein Gewehr, das ich so oft trug, dass es mir das Rückenmark verschob, und es

---

* *Snaiperskaja wintowka Dragunowa* (SWD), russisches Scharfschützengewehr auf Kalaschnikow-Basis.

war zum Töten da. Jetzt oder nie! Das war der Augenblick seiner Bestimmung! Ich richtete es in die Ecke, die noch finsterer war als das Dunkel im Turm. Und zog ab.

»Gesichert.«

Sagte er. Gesichert. Was war gesichert? Natürlich das G3. Deshalb war der Abzug, den ich betätigt hatte, nicht weiter als bis zum Druckpunkt gekommen. Außerdem hatte ich den Spannschieber nicht gezogen. Es gab Kurse, in denen man lernte, wie man entsicherte, spannte und den Abzug durchzog angesichts eines Feindes, der unvermutet anderthalb Meter vor einem auftauchte. Kommandokurse hießen die. Ich hatte aber nie an irgendeinem Kurs teilgenommen. Reden war leichter. Etwas, das ich konnte. Ich tat es seit Langem.

»Wer bist du?«

Reine Gewohnheit. Die Verwarnung, die Ermahnung, die Soldaten, die ohne Identifikation losredeten, von den Vorgesetzten zu hören bekamen. Keine Ahnung, ob man einem Schemen eine Frage stellen kann. Doch ich hatte es getan.

»Beweg dich, wenn du nicht frieren willst.«

Sagte er und trat einen Schritt auf mich zu. Er war ins Dämmerlicht getreten, wo ich sein Gesicht erkennen konnte. Er trug einen Schnauzer. Ein wichtiges Detail. Schnauzer hieß Zivilist. Er trug einen Anzug, dessen Farbe ich nicht ausmachen konnte. Und Krawatte. In einer Kälte, wo Bäume zu Eisskulpturen mutierten, stand er im Anzug da und sah mich an. Die Distanz zwischen uns war entschieden zu kurz. Wenn ich daran denke, was mir in jenem Augenblick durch den Kopf ging, muss ich grinsen. Denn das Einzige, woran ich denken konnte, war, dass ich mich nicht den Wachdienstvorschriften gemäß verhalten hatte und jemand aufgetaucht war, der es bezeugen konnte. Ich erinnere mich, allein aus militärischer Sicht beurteilt zu haben, was mir zustoßen könnte, und dass ich mich vor möglichen Strafen fürchtete. Dabei sah und hörte niemand außer mir den Schemen. Aber das wusste ich noch nicht. Ich wusste überhaupt gar nichts.

»Hab keine Angst. Entspann dich.«

Ich sah, dass er lächelte. Seine Zähne schimmerten wie Mondlicht über dem Meer.

»Keine Sorge. Ich verrate nicht, dass du geraucht hast.«

Es gab keinerlei Grund, ihm zu vertrauen. Wie war er überhaupt in den Turm gelangt? War er hereingekommen, als ich an Ort und Stelle meine Knie so hoch wie möglich hob, damit mein Körper keine Beute der Kälte wurde? Oder war er in den Turm geschlüpft, als ich in einem plötzlichen Erinnerungsschub auf der Wand gegenüber den Morgen ablaufen sah, an dem meine Mutter mich angebrüllt hatte: »Aus dir wird nie was!«

»Ich war schon hier«, sagte er.

Dabei hatte ich gar nichts gesagt. Kein einziges Wort. Denn ich war vor Angst wie gelähmt. Dennoch hatte er mich gehört. Er konnte also hören. Dann konnte er auch dies hören: Bitte geh! Geh weg. Ohne dass dich jemand sieht. Sonst bin ich erledigt. Die machen mich fertig, weil ich einem Zivilisten den Zutritt zum Wachturm gestattet habe.

»Zünde sie an.«

Er deutete auf die Zigarette und das Feuerzeug am Boden. Plötzlich merkte ich, dass ich die Kälte nicht mehr spürte. Ich fror nicht mehr. Dabei fror ich seit Monaten zu jeder Tages- und Nachtzeit. Ich schlief im Tarnanzug. In drei Pullovern und Tarnanzug.

»Rauch deine Zigarette, ich bin hier«, sagte er, trat zurück und lehnte im Dunkel des Turms den Rücken an die Wand.

Nachtwache. Parole, Signal. Sicherheitsmaßnahmen. Was in der Militärsprache Wachturm hieß, war eine Zelle aus Stein. Ein Soldat und ein Schemen. Terrorismus. Selbstmordattentat. Sprengstoffanschlag. Trillerpfeife in der Tasche! Stimmt, ich sollte sie ziehen und hineinblasen. Doch wie oft musste man bei Gefahr noch gleich pfeifen? Zweimal, dreimal? Und was sollte ich sagen? Im Turm ist jemand! Er ist reingekommen, als ich geträumt habe! Kommt und holt ihn raus! Nicht gerade vernünftig. Es galt, diesen Kerl still davon zu überzeugen, den Turm zu verlassen. Nun dachte ich nicht, sondern sprach.

»Du kannst hier nicht bleiben. Geh aus dem Turm!«

Der Wachturm war eine alte Stellung. Aus den Neunzigern. Er stammte aus der Zeit, als zweihundert Terroristen den Bezirk gestürmt und wie Ratten alles angefallen hatten. Aus der Zeit des Terrorfestivals. Als es Raketen wie Meteore hagelte. Dass Leute noch heute das Gesicht verzogen, wenn sie das Feuerwerk bei Hochzeiten betrachteten, lag an jenen Tagen und Nächten. Die Stellung lag zehn Meter hinter der einzigen Straße der Kreisstadt, fünfzig Meter von der Kaserne entfernt. Sie wurde als Turm bezeichnet, erhob sich aber nur eine Handbreit über dem Boden. Davor stand hüfthoch eine zwei Meter lange Mauer. Darauf Sandsäcke, vor langer Zeit schon aufgeplatzt. Kein Mensch war auf der Straße. Bloß Hunde. Der Typ vor mir könnte unbemerkt verschwinden. Wir waren weit genug von der Kaserne entfernt, aus keinem der Fenster des Bar genannten Raums, in dem der wachhabende Unteroffizier döste, war der Wachturm zu sehen. Ich könnte mich dieses kleinen Skandals, der meine Wehrpflicht um einige Monate verlängern dürfte, entledigen. Er aber war anderer Meinung.

»Unmöglich. Dräng nicht weiter.«

Ich hatte Schiss. Aber richtig. Extrem. Ich traute mich nicht, zu ihm zu gehen, ihn am Arm zu packen und hinauszubefördern. Ich redete nur.

»Hör zu! Die machen mich fertig! Geh weg! Das ist hier verboten! Du darfst hier nicht stehen!«

Dabei fragte ich mich nach seinem Akzent. Der war garantiert nicht von hier. Er konnte von überallher stammen, aber nicht von hier.

»Çamlıhemşin«, sagte er.

»Was?«

»Schwarzes Meer. Danzig. Izmir. Ist doch egal. Alle Orte sind eins. Jeder ist gleich. Nur wir sind anders. Nur hier. Weil wir jetzt hier sind.«

»Was willst du?«, fragte ich ihn. Er musste eine Absicht haben. Er musste einen Grund dafür haben, in dieser Saukälte mit mir im Wachturm zu stehen.

»Was auch immer du willst.«

Auf einmal fiel mir die Ansprache des Kompaniechefs vom Vortag ein. Ein Anzeichen fürs Erfrieren sind Halluzinationen, hatte er gesagt. Wir hatten gelacht. Denn die hatten wir dank unserer Erinnerungsschübe ständig. Um zu erkennen, was real war, brauchten wir mehrere Sekunden. Doch vielleicht begann ich tatsächlich zu erfrieren. An den Fingern. Bei denen nahm alles seinen Ausgang. Ich versuchte, die Finger zu bewegen, die das Gewehr hielten, deren Lauf ich in die Dunkelheit gerichtet hatte. Gut. Ich erfror nicht. Ganz sicher war ich mir allerdings nicht. Es gab nichts, dessen ich mir wirklich sicher war. Mir Feigling blieb keine große Wahl. Wenn er nicht ging, könnte ich den Turm verlassen. Und das tat ich. Mit zwei Schritten war ich draußen und lief zur

Mauer. Wenige Schritte vor der Straße blieb ich stehen. Dort verbrachte ich den Rest der Wache. Wäre der Typ bewaffnet gewesen und hätte vorgehabt, mich umzulegen, hätte er das längst getan. Ich hatte akzeptiert, dass es ihn gab. Jetzt fürchtete ich nur noch, dass der Kamerad, an den ich die Wache übergeben würde, ihm begegnete.

»Hast du gepennt, Alter?«

Ich entsinne mich, einen Luftsprung vollführt zu haben. Vor Schreck. Es war Sefer. Er stand neben mir und lachte. Als ich mich umdrehte und zum Turm linste, sah ich, dass er sein Gewehr an die Tür gelehnt hatte. Wie konnten zwei Stunden vorüber sein? Wie lange war es denn her, dass ich die Wache angetreten hatte? Und vor allem, wo war der Kerl? Ob er noch drinnen war? Ich hatte Sefer nicht kommen hören. Da er mich angrinste, hatte er drinnen den Mann nicht gesehen. Also war er fort. Vielleicht war doch alles eine Halluzination gewesen. Oder ich war eingeschlafen. Im Stehen. Ich nahm den Helm hab und reichte ihn Sefer. Ich war nicht in der Lage zu reden. Gern hätte ich etwas erzählt, aber ich wusste nicht, was ich sagen sollte. Und wie alle Soldaten, die nicht wissen, was sie sagen sollen, sagte ich: »Scheiße!« Und:

»Feuerzeug und Zigarette liegen auf dem Boden. Schenk ich dir.«

So verlief meine erste Begegnung mit dem toten Mann. Gegen Morgen derselben Nacht erwartete mich im selben Turm der nächste Wachdienst. Es gibt zwei Momente im Verlauf des Wehrdienstes, in denen ein Rekrut außerhalb der Befehlskette steht und etwas wie Seelenfrieden empfindet. Einer ist die Einsamkeit auf dem Schießplatz, wenn nach den Vorbereitungen der Befehl »Feuer frei!« kommt. Dann sind nur die abgefeuerten Waffen zu hören. Drei Geschosse. Bis drei Kugeln abgefeuert sind, ist man frei. Danach geht das Leben weiter. Der zweite Moment, in dem der einfache Soldat sich selbst überlassen ist, heißt Wachdienst. Herrschen nicht gerade zweiunddreißig Grad minus, bedeutet Wachdienst zu wissen, dass Verstand und Körper zwei Stunden lang nicht leiden.

An jenem Morgen hatte ich beobachtet, wie die anderen Wachen fröhlich aufs Thermometer schauten, das neun Grad minus zeigte, weil es plötzlich wärmer geworden war. Ich konnte mich nicht freuen. Denn zum ersten Mal gab es einen zweiten Grund, der mich den Wachdienst fürchten ließ. Als ich am Turm anlangte, war ich fest entschlossen, ihn nicht zu betreten. Ich würde unmittelbar vor der Tür stehen, direkt hinter der Mauer. Wie der Soldat auf den roten Schildern am Stacheldraht rings um alle Militärbereiche würde ich mit dem Gewehr in Achtung-Präsentiert-Stellung strammstehen. Würde die früh erwachende Kreisstadt beobachten, versuchen, einen Blick der Augen der Krankenschwestern zu erhaschen, deren Gesichter auf ihrem Weg in die Klinik aus ihren Schals hervorlugten, und mich entspannen. Doch das geschah nicht. Nichts von alledem. Denn ich hörte. Ihn.

»Ich bin tot, Soldat.«

Er stand im Turm. Womöglich direkt hinter mir. Seine Stimme war in meinem Nacken. Nicht aber sein Atem. Ich biss die Zähne zusammen. Fest entschlossen, mich nicht nach ihm umzudrehen. Auf keinen Fall würde ich hinschauen oder gar antworten. Ich war der Soldat auf dem Schild, auf dem »Sperrgebiet« stand, in vier Sprachen. Meine Haltung war seine Chance. Er konnte reden, so viel er wollte. Mir war schnuppe, ob es sich um einen Spinner aus der Kreisstadt handelte. War es mir tatsächlich egal? War ich imstande, die Meldung, die gemacht werden würde, das Militärgericht, vor das ich käme, die Strafe, die ich erhielte, mit einem Schulterzucken hinzunehmen? Keineswegs! Ich war nicht wie die anderen Idioten. Ich hatte nicht vor, den Kriegsdienst auch nur eine Sekunde über die gesetzliche Pflicht hinaus zu leisten. Ich drehte mich um. Auf der Stelle. Betrat den Turm. Aber da war er nicht. Da war niemand.

»Bemüh dich nicht vergeblich. Es braucht meine Erlaubnis, um mich zu sehen.«

Ich verließ den Turm, schritt um ihn herum. Niemand. Mir fiel die Gegensprechanlage im Turm ein. Womöglich hatte der Kerl in der Zentrale das Ganze inszeniert. Er kam vom technischen Gymnasium. Sein Handy hatte er mit dem Kasten des einzigen Münzfernsprechers in der Kaserne kurzgeschlossen und monatelang die Verbindung benutzt, ohne geschnappt zu werden. Es war strengstens verboten, das Handy zu benutzen. Die Zone, in der wir uns befanden, galt als schwierig. Schwieriges Gelände. Nicht das Gelände war daran schuld. Schwierig waren die, die sich darauf befanden. Alle außer Pflanzen und Tieren. Genau, der Mann in der Zentrale nahm mich wahrscheinlich hoch, wäre das der Fall, hätte ich ihm gern die Fresse poliert. Ich betrat den Turm und beäugte die Gegensprechanlage. Wie immer saß sie in die Wand eingelassen. Wie immer funktionierte sie nicht. Es gab in den Wachtürmen keine einzige funktionierende Gegensprechanlage. Wir hatten Trillerpfeifen. Oder auch zerfetzte Telefone mit Hörer. Der Gebrauch von Funkgeräten war uns untersagt. Denn wir fickten alle, die mithörten. Sicher, dass man uns nicht erwischte.

»Ich werde nichts tun, damit du mir glaubst. Es ist mir egal. Du wirst schon noch hören und sehen.«

Erneut verwandelte ich mich in den Soldaten auf dem Schild. Und stand stramm, unmittelbar hinter der Mauer. Ich blickte über die Ebene vor mir. Auf das Weiß. Auf die schwarzen Knospen darauf. Auf die Häuser hinter der Ebene. Die weißen Häuser mit ihren schwarzen Fenstern. Es war die Stunde, da die Öfen geheizt wurden. Rauchende Schneebälle.

»Hör mir mal zu. Ich bin keines normalen Todes gestorben. Man hat mich aufgehängt. Ich wurde hingerichtet.«

Ein Hirtenjunge. Etwa sechs Jahre alt. Vielleicht sieben. Ein Büffel. Wohl hundert Kilo schwer. Oder hundertzwei. Ein Zweig in der Hand des Jungen. Den musste er im Herbst vom Baum gerissen haben. Denn seit Monaten waren die Bäume abwesend. Allesamt leichenweiß. Der Junge peitschte und sprach Hirtensprache. Er schrie mit heiserer Stimme. Den Büffel kümmerte es nicht. Sie liefen mitten auf der Straße. Wohin sie traten, Eis. Wir hatten vergessen, welche Art Boden sich darunter befand. Steine? Sand? Einmal glitt der Büffel mit den Hinterläufen aus. Der Hirtenjunge kannte kein Erbarmen. Er peitschte nur umso heftiger auf ihn ein. Weißer Dampf quoll dem Büffel aus den Nüstern. Er wirkte wie ein Drache. Statt Feuer spuckte er Geifer. Speichel, der gefror, noch während er ihm aus dem Maul rann. Ringsum Schnee, wohin führte er den Büffel?

»Wenn sie dich aufknüpfen, musst du darauf achten, dein Gewicht so weit wie möglich nach unten zu verlagern, sobald du hängst. Dein Genick muss brechen. Sonst schaukelst du wie ein Fisch an der Angel. Das ist peinlich. Es ist peinlich, vor so vielen Zuschauern zum Fisch zu werden. Darum musst du gleich tot sein. Fallen und hängen. Kein Zittern, kein Schütteln, kein Zucken. Solange du höher hängst als deine Henker, ist alles im Lot. Die Schuhe sind wichtig. Die müssen glänzen, dass es auffällt. Damit die Zuschauer zufrieden sind. Sie sollen dir deine Schuhe neiden. Ebenso die Bügelfalten deiner Hose. Bei der Hinrichtung ist die Kleidung von enormer Bedeutung. Da sie das wissen, ziehen sie dir ein Leichentuch über, bevor sie dir die Schlinge um den Hals legen. Doch sie behalten es ja in Erinnerung. Deine Augen erlöschen, aber das Tuch an dir strahlt weiter. Es muss so teuer sein, dass sie es sich nicht leisten könnten, selbst wenn sie ihre Frauen verkaufen würden. Sie sollen glauben, den mächtigsten Mann der Welt gehängt zu haben. Sie sollen denken, wenn du tot bist, kommt das Jüngste Gericht, und sich fürchten. Mindestens eine Nacht lang sollst du ihnen Albträume bereiten. Sie sollen glauben, das einzige überlegene Wesen vernichtet zu haben, das sie in ihrem armseligen Leben je zu Gesicht bekamen, und schlottern. Selbstverständlich brauchst du kein überlegenes Wesen zu sein. Es reicht, wenn du so aussiehst. So wie es reicht, dass ich für dich sichtbar bin, nicht wahr?«

Kinder gehen zur Schule. Sie laufen vor meiner Nase vorüber. Minus neun Grad. Nur die Schuluniform. Ihre Wangen sind knallrot. Vor Kälte können sie kaum den Kopf heben. Die Hände in den Taschen schlurfen sie vorüber. Sie müssen schlurfen. Bis sie das Feuer erfinden. Schultaschen haben sie nicht. Unnötig. Sie haben ja keine Bücher. Sie sind die Rekruten der Zukunft. Zu nichts anderem sind sie nütze. Kleine Fleischstücke. Würden sie doch nur rasch heranwachsen und an meiner Stelle hier stehen. Könnte ich mich doch davonmachen. Still ziehen sie vorüber. Vergebens. Ich kenne ihre Schulen in den Dörfern. Ein einziger Raum, die Fenster vergittert. Denn ausgeraubt werden dort nur die Schulen. Zwei gibt es in der Kreisstadt. Einhunderteinundachtzig Schüler. Davon hundertsiebenundsechzig Jungen. Wo sind die Mädchen? Ein Verstoß gegen das Primarbildungsgesetz. Wen kümmert es? Mich nicht. Was wirst du, wenn du groß bist, kleines Kind? Ich sterbe, verdammte Scheiße! Ich krepiere und bin weg! Richtige Antwort, Klassenziel erreicht.

»Spielst du? Nein, ich denke nicht. Denn du hast eine Menge zu verlieren. Du bist so reich, dass du dich nicht an den Spieltisch setzen kannst. Auch wenn alles, was du besitzt, im wahren Leben keinen Heller wert ist, musst du ziemlich wohlhabend sein. Anders ist deine Angst nicht zu erklären. Du fürchtest dich wie der reichste Mann der Welt! Dabei bist du ein Habenichts. Warum eigentlich? Ich frage nicht nach dem Grund deiner Armut. Ich meine deine Feigheit. Warum bist du so feige? Weil in dir so viel Leben steckt, wie du es auf keiner Bank deponieren könntest. Blöde Situation, Soldat. Sich so ans Leben zu klammern. Sich unbedingt Kummer und Leid vom Leib halten zu wollen. Jeden Befehl auszuführen. Vor jeder lauten Stimme zu zittern. Die Angst hat dich fertiggemacht. Die Angst hat dir das Hirn aus dem Schädel gepustet. Du bist toter noch als ich. Und wirst nie wieder lebendig werden. Dein Leben lang wirst du zittern und stöhnen. Dumm und feige. Du weißt ja selbst, dass du dem Mann in der Zentrale niemals die Fresse polieren wirst. Das ist eine Straftat, die du nicht riskieren würdest. Denn es gibt ein Leben, das du anstrebst, stimmt's? Du willst so schnell wie möglich hier weg und woandershin. Da sind deine dumme Familie und deine noch dümmeren Freunde. Du senkst noch den Kopf, wenn sie deine Mutter beleidigen, und gehst deines Weges. Es gibt Menschen, die auf dich warten. Ich sag dir mal was, Soldat: Niemand ist da! Niemand wartet auf dich! Die, mit denen du telefonierst? Deine Mutter? Dein Vater? Kein Einziger ist es wert, Soldat. Weder dich noch deine Angst! Keiner ist irgendetwas wert! Du bist allein. Du hast ein Gewehr und Kugeln. Wie viele Männer sind hier in der Kaserne? Siebzig? Achtzig? Wie viele Kugeln hast du? Passt doch, oder? Glaubst du an den Zufall, Soldat? Glaubst du ernsthaft daran abzuhauen, zu verschwinden? Leg sie alle um! Und dann tschüs! Doch das kannst du nicht. Du hast Angst. Vielleicht hast du recht. Das ist das Beste. Du musst Angst haben. Denn Schmerz macht süchtig. Denn manchmal ist es am einfachsten, ein charakterloses Schwein zu sein. Denn es ist am leichtesten, deinen Verstand zu beschäftigen, um mich nicht hören zu müssen. Denk mal nach, Soldat. Denk nach. Kneif vor mir. Denk an die Kinder. An die Kälte. Ich habe keine Eile. Wir werden noch oft zusammen Wache schieben. Und wenn du nichts mehr hast, woran du denken kannst, dann treffen wir uns wieder.«

Ich war nicht so zäh, wie er glaubte. Es brauchte nur acht Minuten, bis ich dem, was ich hörte, erlag und anfing, mit ihm zu reden. Acht Minuten. Reichten, um meinen Schwur, nicht mit einem toten Mann zu reden, zu brechen. Ich war müde. Mein Wille glich einer Spinnwebe. Beim ersten Windhauch wäre er zunichte. Wäre ich gezwungen, im Leben nur zehn Wörter zu benutzen, lautete das erste »Warum?«. Braucht es einen Beweis? Hier ist er:

»Warum bist du hier?«

»Ich bin nicht hier, Soldat. Nicht hier an diesem Ort, nicht zu dieser Zeit.«

Der tote Mann, der nicht damit gerechnet hatte, dass ich so schnell einknickte, zögerte, wie ich mich heute entsinne.

Dachte er nach? Konnte ein Toter nachdenken? Inwieweit konnte er denken, wenn seine Hirnzellen von den Fersen barfüßiger Kinder schilferten, die auf der Erde spielten, unter der sein Leichnam begraben lag? Ich glaube nicht an die Existenz der Seele. Nach dem Tod bleibt nichts. Der Körper ist die organische Vorrichtung des menschlichen Verstands. Funktioniert er, ist er am Leben und produziert Gedanken. Mit dem Abbruch der elektrischen Hirnströme erlöschen auch Seele und Verstand. Wie ein Akku nicht behaupten kann, der Strom selbst zu sein, kann auch der Mensch nicht davon reden, die Quelle der Energie zu sein. Es liegt aber in der Natur der Sterblichen, sich Illusionen zu machen. Zu behaupten, Gottes Ebenbild zu sein, nach dem Tod zu ihm zurückzukehren, in einer sterblichen Ledertasche eine unsterbliche Seele zu tragen. Das ist was für Kinder. Vielmehr gilt es zu begreifen, dass der Körper ein Speicher ist. Ein Speicher, der vernichtet wird, wenn er leer ist. Woher ich das weiß? Ganz einfach, ich habe den Toten danach gefragt:

»Dann erzähl mir vom Tod. Sag mir, was nach dem Tod kommt.«

»Das Universum ist auf Entwicklung angelegt. Lebewesen leben und sterben, bis sie voll entfaltet sind. Das erwartest du von mir zu hören, stimmt's? Weißt du, was Entwicklung bedeutet? Sie bedeutet Reifen. Evolution. Und weißt du, was das ist? Ich sage es dir: Reifen heißt zu lernen, nichts und niemandem zu vertrauen. Und Evolution heißt, mit leerem Mund geboren zu werden und Zähne zu kriegen, die nötigenfalls scharf genug sind, um Menschenfleisch zu verzehren. Wiedergeburt, Leben nach dem Tod, ewige Seele. Das ist kindisch. Nach dem Tod bleibt nichts. Der Körper ist der organische Apparat des menschlichen Verstands. Funktioniert er, ist er lebendig und produziert Gedanken. Mit dem Abbruch der elektrischen Hirnströme erlöschen auch Seele und Verstand. Wie ein Akku nicht behaupten kann, der Strom selbst zu sein, kann auch der Mensch nicht davon reden, die Quelle der Energie zu sein.«

Diese Sätze kamen mir bekannt vor. Was war zuerst da? Seine Wort oder meine Gedanken? Wessen Worte waren das? Hör auf zu denken! Denk nicht darüber nach! Fick sie alle! Augen geradeee – aus! Mein Lieblingsbefehl. Der Befehl, auf den man beim Antreten in geschlossener Formation nach der Abstands- und Zwischenraumkorrektur wartet. Der Befehl, der gegeben wird, damit wir die linke Hand, die wir gleich angetretenen Abc-Schützen auf die Schulter unseres Vordermannes gelegt hatten, zackig herunterreißen und an den Oberschenkel kleben. Ich aber verstehe diesen Befehl anders. Für mich bedeutet er: »Nimm nicht wichtig, was gerade geschieht, schau nach vorn! Denk an die Zukunft!« Weder Befehlshaber noch Befehlsempfänger verstehen dieses Kommando. Nur ich. Augen geradeee – aus! Vergiss, dass du wahnsinnig geworden bist. Vergiss alles. Leider aber erinnere ich mich. Erinnere mich daran, dass der Tote mir einflüsterte, was mir durch den Kopf ging, und mich verhöhnte.

»Du willst wissen, was nach dem Tod kommt? Ich komme nach dem Tod. Alle Menschen, die je starben, seit die Welt sich dreht, werden Teil von mir. Eine Art Rückverwandlung. Alle bisher Verstorbenen schlüpfen in mich hinein und nehmen ihre Plätze ein. Werden meine Augenfarbe, mein Geruch, mein Fingerabdruck. Du kennst mich noch nicht, Soldat.«

Wir standen nicht mehr bei minus Neun. Der Kältefahrstuhl hatte sich dem Zentrum der Erde genähert. Es musste um die minus Dreißig sein. Das Wasser in mir gefror und war drauf und dran, meinen Körper wie einen Stein zu sprengen, da kam die Ablösung. Wir wechselten kein Wort. Wozu auch. Als ich den Turm verließ, drehte ich mich um, dachte, ich würde den Toten sehen. Doch da stand nur der Wachposten. Er murmelte vor sich hin. Oder sprach auch er mit dem Toten? Er trug keine Schneemaske. Aus Ağrı stammte er, war achtundneunzig Kilometer von zu Hause entfernt. In meinem Zuhause dagegen ging gerade erst die Sonne auf. Hier machte die Maxime, Jungs aus dem Osten in den Westen, Jungs aus dem Westen in den Osten, keinen Sinn. Hier klang sie nicht Türkisch. Kurdisches Rauschen funkte dazwischen. Um das zu übersetzen, brauchte es Kurden. Kurden mit ihrer verknoteten Muttersprache. Etliche Hunderttausend Kurden, deren Dörfer auf der Landkarte nur handbreit auseinander lagen, die ihr Recht auf Ableistung des Wehrdienstes in Anspruch nahmen. Wenn die Jungs in der Grundausbildung sprachen, wurden sie verwarnt: »Sprich Türkisch! Woher soll ich wissen, dass du nicht meine Mutter beleidigst?« Hier dagegen lautete der Befehl an sie: »Frag die Frau da, wem das Gewehr im Haus gehört!« Letztendlich froren sie gemeinsam mit denen, die glaubten, es gäbe ständig einen Grund, ihre Mütter zu beleidigen, und tauten auch gemeinsam wieder auf. Als ich im einzigen Schreibwarenladen in der Kreisstadt nach einem Kurdisch-Türkisch-Wörterbuch fragte, hieß es: »Ich betreibe dieses Geschäft seit dreißig Jahren. Noch nie hat jemand danach gefragt.« Auf dem Tresen vor ihm lagen alte *Istanbul-Life*-Ausgaben mit Gesichtern auf den Titelblättern, die sich erheblich von denen der Leute unterschieden, die sie anschauten. Ein Wörterbuch gab es nicht. Wir hatten uns also darauf verständigt, einander nicht zu verstehen.

Kein Problem. Ohnehin verstand der Mann aus Midyat nicht den aus Doğu Beyazıt, der aus Harran nicht den aus Cizre. Kein Problem. Überhaupt kein Problem. Wir würden doch sowieso alle krepieren. Wozu brauchte es da ein Wörterbuch?

»*Başi?*«, fragten wir. Geht es dir gut? »*Başi!*«, sagten sie. Es geht mir gut. Was hätte es geändert, wenn sie nicht *başi* gewesen wären? Wir würden ja doch alle erfrieren. Schneeweiß. Würden unter dem Schnee umkommen, der auf uns läge wie Kalk, den man in Massengräber streute, damit sich von dort keine Mikroben ausbreiteten. Dann würden wir uns verständigen können. Dann wäre alles *başi*!

Başi? Başi, scheiße! Alles *başi*!

Ich hatte nicht vor, irgendjemandem auch nur ein Wort vom toten Mann zu sagen. Ich hatte keine Lust, nach Tatvan zu kommen. Dort saß die Psychiatrische Poliklinik des Militärs. Außerdem musste man, um dorthin zu kommen, durch die ASS. Die Aufnahme- und Sammelstelle. Ich hatte nicht vor, mit dreihundert Leuten in einer von Stadionscheinwerfern beleuchteten Stube zu liegen. Kasernen, die in der schwierigen Zone für den Transfer von Soldaten errichtet worden waren. Diesen Weg nahm man wegen einer Scheißorganisation namens PKK, bei der niemanden interessierte, wofür die Abkürzung stand. Man bewegte sich im Verbund und gelangte unter Schutzbegleitung von hier nach dort. Das war sicherheitstechnisch Pflicht. Komisch daran war nur, dass in der Pinkelpause zwischen zwei Gebirgszügen etliche Typen von den Hängen strömten, aus ihren Säcken Zigaretten aus dem Iran und abgelaufene Obstsäfte zogen und an den Mann zu bringen versuchten. Die Existenz fliegender Händler, die so gut informiert waren, dass sie einen der Geheimhaltung unterliegenden Militärkonvoi verfolgen konnten, erhöhte unsere Überzeugung, dass es sich um eine schwierige Zone handelte. Die Zone war derart schwierig, dass wir uns nicht einmal fliegende Händler vom Hals halten konnten!

Nein, ich würde zu niemandem vom toten Mann sprechen. Niemand würde erfahren, dass ich mit einem Geist redete, der sich nur zeigte, wenn ich Wache stand. Ich wusste, was Wachdienst bedeutete. Möglicherweise handelte es sich lediglich um eine Nebenwirkung. Eine Nebenwirkung stundenlangen Alleinseins und Strammstehens konnten Halluzinationen sein. Das hätte mich nicht gewundert, denn ich hatte unzählige Soldaten kennengelernt, denen während des Wachdienstes seltsame Dinge widerfahren waren. Bei ihren Geschichten stellte ich mir eine Doku vor. Die Frage lautete: »Was hast du während des Wachdienstes getan?« Der Reihe nach würden die Soldaten antworten:

»Ich habe geraucht.«

»Ich habe geflennt.«

»Ich habe einem vorbeikommenden Jungen Geld gegeben, damit er mir Essen aus der Gaststätte drüben holt.«

»Ich habe etwas an die Wände des Wachturms gekritzelt.«

»Als die Saat, die ich hinter dem Turm gesät hatte, aufging, habe ich mir daraus eine gedreht und geraucht.«

»Ich habe eine Zigeunerin gefickt, die ein Zuhälter vorbeibrachte.«

»Ich habe geflennt.«

»Ich habe die Projektile rausgenommen und das Schwarzpulver rausgepult.«

»Ich habe geflennt.«

»Ich habe mir den Lauf meines Gewehrs mit der Seriennummer 326784 in den Mund geschoben und abgedrückt.«

»Ich habe geflennt.«

»Ich wurde von den Gefangenen der Haftanstalt, vor der ich Wache hielt, als Geisel genommen.«

»Ich habe den Lauf meines Gewehrs mit der Seriennummer 465382 auf mein rechtes Fußgelenk gerichtet und abgedrückt.«

»Ich habe geflennt.«

»Ich habe eine Hundehütte abgerissen, angezündet und meine Stiefel gewärmt.«

»Ich habe den Umhang auf den Boden gebreitet, mich daraufgelegt und bin im Schlaf erfroren.«

»Ich habe ein Loch in den Schnee gegraben und reingeschissen.«

»Ich hielt Hundetöter für einen Rotwein, dabei ist es eine Kälteart. Ich sah, wie ein Hund in der Kaserne erfror.«

»Ich habe geflennt.«

»Ich habe mein Gewehr mit der Seriennummer 0906584 ohne zu zielen, abgefeuert und sechs Zivilisten getötet.«

»Ich habe geflennt.«

»Ich wurde von einem Kerl in die Luft gejagt, der jeden Tag zur selben Stunde vorüberging und ›Gute Wache, Bruder Soldat!‹ wünschte.«

»Ich habe mit meiner Frau telefoniert und erfahren, dass mein Kind tot zur Welt kam.«

»Ich habe geflennt.«

Am Ende der Dokumentation würden alle in derselben Reihenfolge noch folgenden Satz sagen:

»Aber ich habe den Wachposten nicht verlassen!«

Ja, vielleicht sprach ich mit einem Toten, aber daraus musste man keinen Elefanten machen. Wachdienst war eine Zelle. Die Vakuumzelle eines offenen Gefängnisses. Eine

Zelle mit Mauern aus Willen. Darin hockten wir, die Eigentümer des Willens. Wir waren in gewisser Weise Sträflinge. Allerdings keine Galeerensträflinge. Wir waren Gewehrsträflinge. Deshalb drehten wir durch. Wir waren es nicht gewohnt. Es war ungewohnt, so lange mit einer Waffe allein zu sein. Seit unserer Geburt waren zwanzig Jahre vergangen, zum Gewöhnen hatte uns die Zeit gefehlt. Wir interessierten uns nicht für den Mann, der mit einundzwanzig Jahren Istanbul erobert hatte. Istanbul lag zu weit entfernt. Wir waren es nicht gewohnt, allein zu sein. Hätte der Arzt in der Grundausbildung, der unsere Hoden abtastete, gefragt: »Bist du in der Lage, dreitausend Mal jeweils für zwei Stunden mit einer Waffe allein zu sein?«, wäre vielleicht alles anders gekommen.

»Nein«, hätten wir sagen können.

»Glaube kaum«, hätten wir sagen können.

»Keine Ahnung«, hätten wir sagen können.

»Könntest du das denn?«, hätten wir zurückfragen können.

Doch so war es nicht gewesen. Rederechte und Alternativen, die wir nicht hatten nutzen können, vertrockneten an ihren Zweigen und verwelkten. Niemand interessierte sich für unsere Gedanken. Das war normal. Unsere Gedanken waren viel zu langweilig, als dass sie für irgendjemanden von Interesse hätten sein können. Wir wollten ja auch niemanden langweilen. So marschierten wir als Versuchskaninchen in einem verrückten Resilienzexperiment von Wachdienst zu Wachdienst. Wir landeten zwar in Verbänden von siebzig, achtzig Mann bei Aufgaben, die zwanzig professionelle Stabsunteroffiziere viel effektiver hätten ausführen können, auf dem Bauch, beklagten uns jedoch nicht. Wir sahen lediglich tote Männer in Wachtürmen.

Zudem wurden wir für all das entlohnt. Sold! Eine der Inspektionsfragen bezog sich darauf:

»Wie hoch sind dein Sold und dein Verpflegungsgeld, Soldat?«

»Der Sold beträgt dreizehn Lira siebenundzwanzig Kurusch, das Verpflegungsgeld vierundzwanzig Lira sechsundachtzig Kurusch.«

»Die Antwort ist korrekt, aber du hast dich nicht identifiziert!«

Wir erhielten einen Lohn, dessen Betrag wir auswendig zu lernen hatten. Das kränkte allerdings unseren Stolz. Doch, trotz aller Beschimpfungen, Beleidigungen und Erniedrigungen war noch ein Quäntchen Stolz in uns übrig. Genug, um gekränkt zu werden. Denn wir waren Zivilisten, die glaubten, das Recht auf Wehrpflicht freiwillig auszuüben. Es war nicht gerade moralisch, für die Ausübung dieses Rechts Geld zu nehmen. Es passte nicht zum Begriff der Freiwilligkeit in unseren Köpfen. Dass wir eine Stelle zum Schlafen, Kleidung und zu essen bekamen, war verständlich, aber was sollte das mit dem Sold? Wir waren verwirrt, was unseren rechtlichen Status in der Struktur des Heeres betraf. Wie viel Lohn sollte es für eine heilige Pflicht geben? Waren wir Freiwillige, sollten wir kein Geld annehmen. Waren wir das aber nicht? Dann hätten wir eine völlig andere Rechnung für die Summe aufmachen sollen, mit der die fünfzehn Monate in der Armee und die Quadrillionen Kalorien an Energieverbrauch dabei entgolten wurden. Einige von uns waren alphabetisiert, sie hätten das mit Vergnügen ausrechnen können! Zweifellos hätte das Ergebnis weit über achtunddreißig Lira und drei Kurusch gelegen. So weit, dass es den Staat in den Ruin gestürzt hätte! Die Praxis des Freikaufs vom Militärdienst gab eine Vorstellung davon. Fünfzehntausend Lira! Der Gegenwert dafür, nicht durchzudrehen, nicht irgendwo seine Absätze zurückzulassen, nicht von der Dumpfbacke vor dir beim Waffenreinigen umgebracht zu werden und schließlich nicht vor den Lauf eines Gewehrs namens Kalaschnikow zu geraten, betrug fünfzehntausend Lira!

Es hätten fünfzehn Millionen sein sollen! Hundertfünfzig Millionen! So viel war es aber nicht. Also hätten auch wir abwarten können, bis die Reihe an uns kam, den schlauen Abgeordneten, die berechneten, wie viel unsere Zeit wert war, im Traum zu erscheinen. Zeit hatten wir doch genug! Genug, um sie zu verschwenden. Wir hatten mehr Zeit als die Tunten, die in England Drogen verkauften, in Frankreich in Geschirrspülerfabriken arbeiteten oder Scheinfirmen leiteten, deren Adressen sie nicht einmal kannten! Mehr Zeit als jene, die in glücklichen Jahren geboren waren und dank eines Gesetzes, das noch jede pleitegehende Regierung erließ, nur für wenige Wochen zu einem Witz von Grunddienst eingezogen wurden. Uns hätte der Staat die fünfzehntausend Lira geben müssen! Blutgeld! Zeitgeld! Entschädigung für den Todesjob! Das fiel aber niemandem ein. Denn wir waren an keiner Börse von Wert. Das heißt, an einer Stelle war unserem Leben doch ein Wert beigemessen worden. Am Tag unseres Eintritts in die Ausbildungskompanie hatten wir auf die paar Kurusch in unserer Tasche, die wir bei der Oyak Bank* einzahlen mussten, noch einmal zwanzig Lira draufgelegt und damit eine Lebensversicherung in Höhe von zwölftausend Lira abgeschlossen. Das war obligatorisch. Um die

* Ehemaliges Finanzinstitut der OYAK-Holding, dem Solidaritätsfonds der Angehörigen der türkischen Armee. (A.d.Ü.)

zwölftausend Lira ausgezahlt zu bekommen, musste man allerdings umkommen. Nun, man kann nicht alles haben. Am Leben bleiben und zwölftausend kassieren! Wo gibt's denn so was! Die Rechnung geht doch so: Du bist geboren, bist herangewachsen, kriegst zu hören:

»Geld oder Leben!«

Wir hatten kein Geld! Sonst hätten sie uns ja nicht jeden Monat achtunddreißig Lira und drei Kurusch ausgezahlt!

Ich würde also zu niemandem vom toten Mann sprechen. Doch Wehrdienst ist eine Zeit des Wachdienstes und des Redens. Ist er nicht gerade Zuhälter oder Politiker, fällt für einen Mann die Zeit, in der er am meisten redet, mit den Tagen seines Wehrdienstes zusammen. Wir redeten. Ständig. Ununterbrochen. Praktisch ohne Luft zu holen. Beim Appell, im Kasino, auf Wache, im Schlaf, bei der Militärgymnastik, immer und überall. Sabber rann uns aus dem Mund, wir redeten. Gerüche quollen uns aus dem Mund, wir redeten. Und erzählten alles. Und zwar wirklich alles. Wahres, Erlogenes, Dinge, von denen wir nicht wussten, ob sie wahr oder erlogen waren. Deshalb war uns untersagt, mit der örtlichen Bevölkerung zu reden. Die Vorgesetzten kannten unsere Redesucht genau und hatten uns strengstens verboten, mit Zivilisten zu reden. Denn wir hätten plaudern können. Über alles. Hätten unser Wachsystem, die Einzelheiten unserer Waffen und Munition, die Struktur unserer Einheit und sämtliche strategischen Informationen, die uns in den Sinn kämen, ausplaudern können. Bei unseren Gesprächspartnern brauchte es sich dabei gar nicht um hervorragend ausgebildete Experten ausländischer Nachrichtendienste zu handeln. Unser Mundwerk saß dermaßen locker, dass wir auf das freundliche Geplauder des Lehrjungen in einem Handyshop hereingefallen wären, der uns Musik auf den iPod lud, das wir nicht benutzen durften. Warum redeten wir so viel? Keine Ahnung. Eine Art Nebenwirkung. Ein Nebeneffekt dessen, dass wir uns weder im Frieden noch im Krieg befanden. Eine Auswirkung des Experiments. Ich brannte darauf, über den Toten zu reden. Doch die Furcht, die Sache könnte aus dem Ruder laufen und ich käme nach Tatvan, überwog. Deshalb schrieb ich lieber in das schwarz gebundene Notizbuch, das ich in der Kantine erstanden hatte.

Die kleinen Hefte, die es in den Kasernenkantinen zu kaufen gab, kannte ich sehr gut. Sie gehörten zur Grundausstattung, die man zu Beginn der Ausbildung bei sich zu tragen hatte. Ich weiß nicht mehr genau, wo sein Platz in der Tarnuniform war. War es die Gesäßtasche hinten rechts? Nein, dort steckte das Taschentuch. Wie auch immer. Das schwarze Notizbuch diente dazu, die Sätze der Ausbilder zu notieren. Doch wir waren in der Grundausbildung zu viele. Das Wasser reichte nicht. Die Kantine erhielt keine Taschentuchlieferungen. Ich stand an einer Weggabelung:

Sollte ich die linierten Seiten für soldatische Notizen benutzen oder herausreißen, um mir auf der Latrine den Arsch abzuwischen? So seltsam es sein mag, ich hatte eine Familie und die Toilettenhygiene, die sie mir einst vermittelt hatte, befahl mir, den zweiten Weg zu wählen. So war in den Tagen damals eine recht enge Beziehung zum schwarzen Notizbuch entstanden. Jetzt aber zog ich es vor, die linierten Seiten zu beschreiben. Ich weiß nicht, wie viel Prozent der Menschen ihren Namen schreiben, wenn sie einen neuen Stift ausprobieren. Ich jedenfalls schrieb mehr. Wobei das äußerst riskant war. Zunächst überlegte ich, es wegzuschicken. Immer wenn ich etwas geschrieben hatte, wollte ich es wegschicken. Stück für Stück würde ich im schwarzen Notizbuch ausbüxen. Wort für Wort, Silbe für Silbe, Punkt für Punkt würde ich mich davonstehlen. Dann wurde mir klar, dass es niemanden gab, dessen Adresse ich kannte. Draußen war niemand, der mich gelesen hätte. Es gab keinen anderen Ausweg. Das Notizbuch würde bei mir bleiben. Was hatte ich nach einem Versteck für den Beweis meines Wahnsinns gesucht!

In der Kompanie gibt es kein Privatleben. In der Kompanie ist alles Wissen offen. Ob konkret oder abstrakt, alles gehört der Armee. Die einzige Möglichkeit, private Informationen privat zu halten, besteht darin, sich aufs Denken zu beschränken. Das beweisen die unangekündigten Visitationen von Leib, Taschen, Pritsche, Post und Spind. Einen Beleg dafür, dass seine mentale Stabilität gestört ist, darf ein gemeiner Soldat auf keinen Fall besitzen.

Das alles war mir absolut bewusst. Darum änderte ich unablässig den Ort, wo ich das schwarze Notizbuch verborgen hielt. Nur wenn ich schreiben wollte, trug ich es bei mir, ansonsten versenkte ich es in jedem erdenklichen Loch der Kaserne. Unter Soldaten fällt sofort auf, wenn man ohne Befehl irgendetwas irgendwohin schreibt. Ich sagte, ich würde Briefe schreiben. An meine Mutter, meinen Vater, meine nicht vorhandene Liebste. Briefe, die ich nie abschickte. Das Leben eines jeden Soldaten ist für die anderen interessant. Woher konnte ich Französisch? Wieso benahm ich mich wie ein Dreißigjähriger, obwohl ich doch erst zwanzig war? Was hatte es mit dem Heft in meinen Händen auf sich? Was schrieb ich hinein?

Es ist eine soldatische Gewohnheit, seinem Gegenüber auf die Hände zu schauen, wenn sich darin etwas befindet. Aus zwei Gründen: Erstens, die Suche nach einem unüblichen Gegenstand an einem Ort, wo sämtliche Materialien und Accessoires gleich verteilt werden. Zweitens, der Wunsch, falls ein interessantes Objekt entdeckt ist, in Erfahrung zu bringen, wie man darankommt. Was es in der Kantine gibt, weiß jeder auswendig. Alles, was anders ist, fällt auf. Man gewöhnt sich erst mit der Zeit daran, dass ein Soldat einem zuerst auf die Hände statt ins Gesicht blickt. An dem Tag, an dem man selbst anfängt, anderen auf die Hände und auf das, was sich darin befindet, zu schauen, ist alles zur Normalität geworden.

Es gibt keine soziale Distanz zwischen den Soldaten der Mannschaften. Unser Talent zusammenzurücken ist enorm. Wir passen überall hinein. Wie gebündelt. Wie aufgestapelte Winterkleidung. Wie ein zusammengefalteter Akkordeonbalg. Wir sind imstande, zu viert auf einer Pritsche zu schlafen, uns zu dritt vor einem Spiegel zu rasieren, zu sechst in einer Telefonzelle zu rauchen. Das Gelände ist weitläufig, die Stuben dagegen eng. Es gehört zum Wesen militärischer Architektur, so wenig Quadratmeter wie möglich einzunehmen. Ich weiß nicht, warum. Vielleicht, um das Ziel zu verkleinern. Oder um permanent an die Grundstellung zu mahnen. Strammstehende Gebäude und darin wir.

Ich hatte mich an den toten Mann gewöhnt. Natürlich fürchtete ich ihn. Und zwar extrem. Doch immerhin hatte er meinen monotonen weißen Tagen ein Ende gesetzt. Merkwürdigerweise interessierte er mich. Obwohl wir uns erst zweimal begegnet waren, fühlte ich mich weniger einsam. Mich überraschte, dass ich mich so schnell an seine Existenz gewöhnt hatte. Man spricht ja nicht tagtäglich mit Toten. Ich hatte mich aber wahnsinnig schnell darauf eingestellt. So war ich normalerweise gar nicht. Allerdings konnte keine Rede davon sein, dass mein Leben gerade in einer normalen Phase steckte. Vielmehr befand ich mich im Ausnahmezustand.

Vielleicht kämpften wir nicht. Wir gehörten nicht zu den Einheiten, die im Gelände im Antiterroreinsatz waren. Unser Ausnahmezustand rührte nicht daher, dass wir in Stellungen an Bergachsen nächtigten. Wir waren kein SEK. Wir standen nicht an der Grenze. Wir waren mittendrin. In allem. Wir befanden uns auf einer kleinen Ebene mitten in einem gebirgigen Gebiet neunzig Kilometer von der Grenze entfernt, wo es jeden Tag bei einem Posten zu Störfeuer kam. Was die Nachrichten meldeten, geschah in unserer unmittelbaren Umgebung. Wir lebten in Dauerspannung auf einem von Krieg umzingelten Flecken Frieden.

Wir warteten darauf, dass er übersprang. Dass der Terror auch uns erreichte. Doch er kam nicht. Er schrammte an uns vorbei und traf andere. Die vor uns, die hinter uns, alle schlug er am Mal an, nur wir durften nicht mitspielen. Denn wir standen in der Ebene. Denn auf Ebenen gab es keine Verstecke. Denn auf Ebenen gab es keine Felsen, wie sie in Hakkari als natürliche Stellungen dienten.

Im Bezirk unserer Gendarmerieeinheit agierte die Terrorbewegung in legaler Verpackung. Stadtverwaltung, Handwerker, Gewerbetreibende, lokale Bevölkerung, sie alle hatten tausend Gesichter. Wir kannten nur das, das sie uns zeigten. Tagsüber Krämer und nachts Terroristen, das galt hier nicht mehr. Schon lange führten sie keine Terrorakte mehr durch, ihre Militanz hatten sie längst ins Alltagsleben verlegt. Vielleicht gab es in jeder Familie einen, der im Namen der PKK auf Soldatenjagd ging. Doch die Daheimgebliebenen führten eine andere Art von Krieg. Den sogenannten psychologischen Krieg. Krieg mit psychologischem Druck. Die Bevölkerung benahm sich, als lebte sie nicht in der türkischen Republik, uns betrachtete sie als Soldaten einer Besatzungsarmee.

Selbstverständlich gab es ein Rathaus, vor dem eine Fahne wehte. Es gab sogar einen Festplatz mit Atatürk-Denkmal, den allerdings niemand außer subalternen Beamten an Nationalfeiertagen betrat. Sie repräsentierten hier des Staates Hand, Finger, Fingernägel samt dem Dreck darunter. Die Zeremonien der Kranzniederlegung auf diesem Platz erfuhren in etwa so viel Aufmerksamkeit wie ein Nationalfeiertag im fernen Neuseeland. Selbst am Veteranentag standen bloß ein paar Veteranen aus den umliegenden Dörfern auf dem Platz und wir. Janitscharenmärsche wurden gespielt. Doch niemand kam, um ein Wort mit den Veteranen zu wechseln. Auch wir wussten nicht, was wir hätten sagen sollen. Danke wäre zu wenig gewesen. Möge es überstanden sein, ging gar nicht. Und etwas wie »Herzlichen Glückwunsch zum Veteranentag!« war heikler als alles andere. Es war ja kein Vatertag, dass man Glück hätte wünschen können. Tatsächlich gab es kein einziges Wort, das man einem Veteranen hätte sagen können, der zur Feier des Tages seine Prothesen in einen Anzug gesteckt hatte. Ging es um Gefallene, war alles viel einfacher. Da gab es Tausende Gedichte, extra für sie verfasst. Man konnte vor ihre Gräber hintreten und sie rezitieren, oder auch stumm dastehen. Einem Veteranen aber, der die Hälfte seines Körpers als Faustpfand fürs Vaterland gelassen hatte, gab es nichts zu sagen. Wo das Wort Held aus dem Wörterbuch geschlüpft leibhaftig vor uns stand, fühlten wir uns schwach und machtlos. Wir wussten nicht, wie wir damit umgehen sollten. Auch wenn sie so wirkten, als läge der Moment ihrer Verwundung ewig zurück, waren sie für uns weiterhin erhabene Existenzen, die immer noch kämpften. Womöglich weil sie an scheue Blicke gewöhnt waren, kam das erste Wort von ihnen: »Wie lange noch?« Wir schämten uns, Auskunft zu geben. Männern, die in Erfüllung ihrer Vaterlandspflicht verwundet worden waren, mochten wir nicht sagen, dass wir die Tage unseres Militärdienstes zählten.

Die einzige Beziehung zwischen offiziellen Einrichtungen und der Bevölkerung gründete auf Interessen. Am gefragtesten war das Gebäude der Agrarbank. Kindergeld, Kleegeld, Arbeitsunfähigkeitsrente nach Gesetz Nr. 2022, Entschädigung für Schäden durch Antiterrorkampf, Landwirtschaftskredite, Lohn für temporäre Dorfschützer, Bedürftigenkarte. Sieben hinreichende Gründe, um eine Ausweisnummer zu haben. Nur über die Bedürftigenkarte ärgerten sie sich, weil sie es nicht für nötig hielten, für Mädchen einen Ausweis zu beantragen. Doch ohne Ausweis keine Bedürftigenkarte. Da sahen sich genervte Männer gezwungen, Anträge für siebenundvierzigjährige Frauen zu stellen, um sie offiziell zu Bürgerinnen der türkischen Republik zu machen. Zu den Dingen, um die sich die Gendarmerie zu kümmern hatte, gehörte es nachzuforschen, ob diese Frauen Staatsangehörige anderer Länder waren. Da musste recherchiert werden, bis geklärt war, dass es sich bei einer Frau, die nie aus ihrem Dorf, mitunter nicht einmal aus ihrem Haus herausgekommen war, nicht etwa um eine kubanische Spionin handelte. In der Rechtssprache hieß der Status der Frauen »verborgene Bevölkerung«. Einer der wenigen Rechtsbegriffe, die eindeutig benannten, worum es ging. Er traf genau. Die Frauen waren verborgen. Sie tauchten nicht auf, bis sie sich umbrachten. In jedem Haus im Bezirk gab es mindestens zwei Waffen, morgens erschoss sich die kleine Schwester, abends die große, erst auf diese Weise erfuhren die Behörden von ihrer Existenz. Das Geschlecht des Selbstmords war weiblich. Männern fiel nicht im Traum ein, sich zu erschießen. Aber Frauen! Sie waren besessen vom Selbstmord. Beteten ihn an. In sämtlichen Dörfern war Selbstmord in Mode. Die Mode der verborgenen Bevölkerung hieß Suizid! Männer hingegen gierten danach, sämtliche staatlichen Finanzquellen voll auszuschöpfen, saßen in den Kaffeehäusern rings um das Rathaus und warteten auf das Ende der Mittagspause.

Bevölkerung war verborgen, Gedanken ebenfalls. Ihr Verlangen, alles, was dem Staat gehörte, zu Geld zu machen, prägte auch ihren Blick auf uns. Sie beschummelten uns, wo sie konnten. Einige von uns schnüffelten in den Läden, in denen wir einkauften, um herauszubekommen, zu welchen Preisen die Einheimischen dieselben Waren erstanden. Denn wir waren uns sicher. Alles hatte zwei Preise. Nur Handschuhe und Schmuggelzigaretten waren günstig. Beides je eine Lira. Nein, niemand kämpfte gegen uns. Man bediente sich anderer Methoden. Man ignorierte uns. Und trieb seinen Spott mit uns. Achtjährige beschossen die Kaserne mit Knallkorkenpistolen, warfen Knallfrösche und rannten davon. Sie wussten, dass selbst bei solchen Minimalexplosionen unbekannter Herkunft Alarm in der Kaserne ausgelöst wurde und sämtliche Soldaten bis zum Morgen in Kampfbereitschaft parat stehen mussten. Denn auch ihre älteren Brüder waren beim Militär. Es ging ihnen nicht darum, dass wir umkamen. Dafür waren andere Verwandte zuständig. Es ging ihnen darum, dass wir durchdrehten. Dass uns die Nerven rissen. Etwas anderes hatten sie nicht zu tun. Die meisten hatten überhaupt nichts zu tun. Sie verbrachten ihre Zeit damit, auf den Straßen herumzulaufen. Scharenweise liefen sie vor unseren Füßen herum. Und grinsten uns an. Wir dagegen warteten. Warteten darauf, eines Morgens umzingelt zu sein von den Kalaschnikows der Dorfschützer und den Pumpguns, die man sich auf Jagdgewehrlizenzen besorgt hatte. Wir warteten. Wurden wahnsinnig vor lauter Warten. Wir hörten die Gefechtsmeldungen aus den Einsätzen ringsum und spürten, wie uns die Kehle zugedrückt wurde. Die Erlaubnis, die Kaserne zu verlassen, gab es nur für eine halbe Stunde und nur in voller Montur. Zum Krämer gingen wir mit dem G3. Die Gewehre stießen überall an. An Waffeln, Kaugummis, Kinderschultern. Wenn die einzige Straße der Kreisstadt vereiste, rutschten wir aus. Das Gewehr entglitt unseren Händen, die Mütze rutschte uns auf die Nase. Alle beobachteten uns und lachten. Alle verspotteten uns. Alle hassten uns. Und wir hassten sie. Dann sahen wir die Kinder. Die noch ärger froren, wenn sie in unseren Schatten traten. Sahen ihre blau gefrorenen Füße, ihre schmutzstarrenden Haare, die wie Krakenarme aussahen, ihre vor Kälte erstarrten Gesichter. Eine halbe Stunde reichte nicht aus, um Blumen der Barmherzigkeit zum Blühen zu bringen. Wir trugen nichts bei uns, das den Namen Hoffnung verdient hätte. Die Taschen prall mit Schmuggelzigaretten gefüllt kehrten wir in die Kaserne zurück.

Ich schrieb. Schwärzte die Seiten. Erzählte meinem Notizbuch vom toten Mann. Überlegte, was er wohl von mir wollte. Mühte mich ab zu begreifen, warum er gerade mich ausgesucht hatte. Je mehr ich mich abmühte, desto schwärzer wurde mein Verstand. Je schwärzer er wurde, desto weißer blieben die Seiten. Denn ich hatte keine einzige Antwort. Womöglich, dachte ich, hat gar keiner den anderen ausgesucht. Wir sind uns einfach begegnet. Ja, all das kann eine Folge davon sein, dass wir uns zur gleichen Zeit am selben Ort aufhielten und begegnet sind. Ein toter Mann? Keine Ahnung, schrieb ich auf die Seite. In Großbuchstaben. In Kleinbuchstaben. KeIneAhNUng. Ich schrieb mit durchsichtigen Buchstaben.

Mein Verstand war ein Sumpf. Er zog alles in sich hinein. Ungewiss, wann er es wieder ausspucken würde. Ich stieß mit dem Stift zu, hoffte, mir werde warm von dem Blut, das aus den Seiten ränne. Ich raspelte meinen Kopf in Scheiben, hätte gern jede einzeln gebraten. Ich schrieb. Unvermeidlich kam dann ein Befehl. Ließ keine Zeit zum Weitergrübeln.

»Drei Mann! Kohle schleppen.«

Ich schleppte.

»Der Landy ist kaputt. Anschieben.«

Ich schob.

»Kantine putzen.«

Ich tat, als putzte ich.

»Kantinenlieferung. Ware schleppen.«

Wieder schleppte ich.

»Der Oberst kommt, die Wege für ihn vom Schnee befreien und Eis hacken.«

Ich hackte. Was den Menschen vom Tier unterschied, war doch, dass er Werkzeuge benutzen konnte. Und das erste Werkzeug, das der Mensch benutzt hatte, war ein anderer Mensch: Ich! Ich war sogar bereit, nicht erteilte Befehle auszuführen. Denn ich klemmte zwischen Himmel und Erde fest. Zwischen zweimal Weiß. Gepresst. Wie Haschisch. Wie ein im Schneeball steckender Kieselstein. Ich suchte einen Schädel zum Verwunden. Doch am Ende war ich es, dem die Hände bluteten. Meine Hände, die schleppten, putzten, froren, auftauten, meine Lenden rieben, salutierten. Die mir die Ohren zuhielten, das Gesicht bedeckten, die Kehle zudrückten. Die Linien darin hatten sich tiefer eingegraben, durch die Risse strömten schwarze Flüsse. Pechschwarze Deltas. Ich wusch sie, doch die Wasser stiegen immer wieder. Weder die Zukunft noch das Schicksal, nichts war zu lesen. Die aufgequollene Haut war rissig, die gesprungenen Nägel brüchig. Es scherte uns nicht. Weder meine Hände noch mich. Wir schrien nicht, wir flennten nicht, stießen keine Faustvoll Schreie aus. Denn wir wussten, dass Stille angesagt war. Die brauchte es zum Denken. Stille war unabdingbar, um über den Toten nachzudenken. Doch das wussten die anderen nicht. Deshalb redeten sie. In den Stunden, wo weniger Befehle hagelten, laberten sie so viel, dass es mir die Ohren durchlöcherte. Ich gab nichts auf ihr Gerede. Es war Gelaber in einer Lautstärke, die neue Löcher in meine Ohren stach. Gebrüll.

Der gemeine Soldat reißt das Maul bis zum Arsch auf, wenn er redet. Produziert ein Rauschen. Ständig. Sogar in der Stube. Sogar im Schlaf. Denn sie alle reden im Schlaf. Wie unruhiges Vieh. Sie flüstern nie, als wüssten sie nicht, wie das geht. Dabei müssten sie sich erinnern. Als Neugeborene hatte man ihnen ihren Namen ins Ohr geflüstert. Sie wussten wohl, was Flüstern war. Doch es gelang ihnen nicht. Stimmen wie Steine! Wie eine lärmende Maschine. Macht eine Maschine allzu viel Krach, ist sie kaputt oder die Technologie ist veraltet. Bei ihnen trifft beides zu. Die Regeln des Bodens, von dem sie stammen, sind so alt wie ihre Religion. Die Maschine ist alt. Den Boden ihrer Herkunft drischt die rein materielle Modernisierung, die sich dort eingenistet hat. Die Maschine ist kaputt. Druck und Drängen. Einer brüllt: »Tu dies!«, der andere: »Mach das kaputt!« Sie gleichen einem beidseitig geohrfeigten Kind. Zwei Fäuste gleichzeitig. Von rechts und von links. Ihre Stirn ist gerunzelt, ihr Verstand eingequetscht. Vielleicht brüllen sie deshalb so. Weil Druck auf sie ausgeübt wird. Weil ihnen das wehtut. Vielleicht sind ihre Stimmen deshalb so laut. Weil ihre Tränenseen vor lauter Druck verstopft sind. Weil sie nicht weinen können. Sie lachen, wenn sie brüllen. Denn es fällt ihnen nicht schwer zu glauben, die Welt bestünde aus ihnen allein. Sie lachen, wenn sie jemanden verprügeln. Denn sie werden vom Leben besiegt, just wenn sie es auf ihrem Terrain genießen, wo die Phasen von Entwicklung und Fortschritt falsch aufgereiht sind. Sie hängen der Sekte der Gelegenheitsdiebe an. Ich dagegen glaube an nichts von alledem, woran sie glauben. Weder an Gelegenheiten noch an aus Leid geborene Grausamkeit. Deshalb kann ich noch flüstern.

»Der erste Mensch, den ich umzubringen versuchte, war ein Brite.«

Zwar entsann ich mich nicht genau, wann ich die Wache antrat, diesmal aber war ich gelassen. Ich hatte mich daran gewöhnt, Armeeangehöriger zu sein, also konnte ich jetzt auch damit umgehen, mit einem Toten zu reden. Ich hörte zu. Er sprach. Im Gegensatz zu allen anderen brüllte er nicht.

»Ich glaube aber nicht, dass es mir gelang. Denn es ist nicht leicht, von einem Kreuzer zum anderen jemanden zu erschießen. Dutzende Schiffe, Flanke an Flanke. Gekenterte, Fliehende, beim Versuch, ihren Arsch zu retten, auf die

Schnauze Geflogene. Im ununterbrochenen Geschützfeuer war der Schuss meiner Pistole natürlich gar nicht zu hören. Es herrschte ein derartiger Krach, dass überhaupt nichts zu hören war. An jenem Tag soff das Skagerrak Schiffe. Ich stand auf beiden Beinen, mitten im Rauch. 1916 war das. Ich trug eine deutsche Uniform, glaubte, geschossen zu haben. Auf die Briten. Auf die Engländer, die geschworen hatten, die ganze Welt englisch zu machen. Wer sich ernst nimmt, egal wer, dreht mir den Magen um. Ich hasse jeden, der seine Macht benutzt, um zu unterdrücken und auszubeuten. Das ›Groß‹ im Namen des britischen Empires nützte an jenem Tag gar nichts. Vierzehn ihrer Schiffe gingen unter. Voll besetzte Schiffe. Das Meer wimmelte von Abgesprungenen. Hunderte Köpfe. Prächtige Köpfe prächtiger Soldaten der prächtigen englischen Flotte. Hässlichen Seevögeln gleich schaukelten sie auf dem Meer. Wer würde nach Hause schwimmen können? Die meisten versuchten es. Bis sie ertranken. Ich sah die Deutschen aufs Meer schießen. Feuer frei! Ich sah zerfetzte hässliche Vögel. Wie Sektflaschen ploppten die Köpfe auf! Säcke der Arroganz! Blutfontänen. Was hatte ich dort zu suchen, was meinst du? In der nassen Hölle des Nordens. Was tat ich an einem Ort, wo alle Farben, die ich sah, Aquarell waren? Ich war ja nicht einmal Deutscher.«

Er verstummte. Und wartete. Auf eine Antwort. Von mir. Von einem Soldaten wie mir. Er erwartete eine Antwort vom Falschen, der nichts außer Angst kannte. Sie kam natürlich nicht. Der Tote war er. Der alles wusste. So beantwortete er auch die eigene Frage.

»Weißt du, was ich in der Schlacht dort tat? Ich spielte mit meinem Leben. Wie immer. Vielleicht nannten sie mich deshalb Spieler. Die Welt ist nicht rund, Soldat. Sie ist platt wie ein Spieltisch.«

Ich sah ihn nicht an. Vielmehr studierte ich die weiße Wand vor mir. Eigentlich lag auf rund dreihundert Metern eine leere Ebene vor mir. Doch kaum legte sich Schnee darauf, vereinte er sich mit dem weißen Himmel und die Ebene erhob sich gleich einer Mauer vor mir. So nah, dass ich sie hätte berühren können, wenn ich nur die Hand ausstreckte. Ich streckte sie aber nicht aus. Dazu fehlte mir der Mut. Die Kälte glich einem Ring, der sich nicht vom Finger ziehen lässt. Weder der Ring noch die Hände aus den Taschen. Zuhören war einfach.

»In der Schlacht damals sah ich so viel Blut, dass es für tausend Leben reichte. So viel Blut, dass es das Meer stocken ließ. Doch ich fürchtete mich nicht. War außerstande, mich zu fürchten. Durch die Nase war Todesangst in mich eingedrungen, als ich sie wie Zigarettenqualm aus dem Mund hinausblies, wurde mir klar, dass ich keine Furcht kannte. Ich glich einem Toten. Ich war so tot, dass ich keine Angst vor dem Tod hatte. Mir war alles egal, mein Leben, meine Familie, meine Freunde. Ich war im Krieg. Denn da wollte ich sein. Denn ich war sechzehn Jahre alt. Ja, Soldat, als ich das erste Mal auf einen Menschen schoss, war ich vier Jahre jünger als du.

Ich kam 1900 zur Welt. Mein Vater sagte 1317. Er hatte recht. Denn zwischen mir und Hopa, wo ich geboren wurde, lag stets eine Distanz von sechshundert Jahren. Um das zu begreifen, hatte ich Hopa nicht verlassen müssen. Ich brauchte nur alt genug zu werden, um auf die Straße zu gehen. Mein Vater war Kadi von Hopa. Kadi Hurşit Efendi. Ich hielt alles in Händen, das mir erlaubt hätte, mich als osmanischer Dandy zu fühlen, doch nichts davon vermochte ich festzuhalten. Denn meine Hände waren nicht frei. Sie waren damit beschäftigt, meinen Kopf zu halten, den ein sonderbares Gefühl schwer gemacht hatte. Ich war erst sieben. Ein Alter, in dem ich glaubte, einziger Lebenszweck wäre es, Träume zu hegen. Doch Hopa war zu klein. Und zu laut.

Die Armut, Soldat. Sie brüllt, macht krank und wirft um. Sie schreit, sie flucht. Aber die Armut ist blind. Sie erkennt den Mann nicht, den sie nötigt, sein Reitpferd aufzuessen. Armut ist der rote Teppich unter den Füßen des Reichtums, der ihm ermöglicht, ohne Stolpern zu laufen. In jenen Jahren war Hopa ein roter Teppich, und ich fuhr mit dem Einspänner darüber hinweg. Was mir Übelkeit verursachte, waren nicht Schlamm und Schmutz, es waren die gleichaltrigen Kinder. Hungrige Kinder. Georges Arien, Soldat. Er wurde Revolutionär, weil er Armut und Gemeinheit hasste. Ich erzähle dir einmal bei einer Wache von dem großartigen Darien. Der zweitinteressanteste Mann, den ich kenne. Auch vom interessantesten erzähle ich noch. Zeit ist genug.«

Genau das brachte mich um. Zeit ist genug! Zeit ist genug! Scheiße! Was soll das heißen, Zeit ist genug! Ich gehe, sagte ich. Ich kehre ins Leben zurück! Bald! Sehr bald. Und ich kehre vollständig zurück. Wie ich gekommen bin. Ohne dass mir etwas fehlte oder zu viel an mir wäre. Mit demselben Gewicht, demselben Verstand. Kein Landy wird mit mir über eine Miene fahren! Mir wird nichts passieren. Allerdings war es bereits passiert. Nur hatte ich es nicht bemerkt.

»Ich blieb nicht lange in Hopa. Türkisch lesen und Französisch schreiben lernte ich in Pazar, Atina hieß der Ort seinerzeit. Bei den Schulbrüdern in Atina. Als mein Vater pensioniert wurde, zogen wir nach Istanbul, Kadıköy. Wieder die Schule der Brüder. *Frères des Écoles Chrétiennes.* Saint-Joseph-Gymnasium in Kadıköy. Moment mal, erzählte ich nicht gerade, was ich im Skagerrak zu suchen hatte? Achtung, da kommt einer!«

»Wo?«

»Was, wo? Mit wem redest du, Mann? Steh stramm, Schweinehund! Steht stramm in diesen Türmen. Ihr krepiert und merkt es gar nicht. Ich steh schon vor dir, und du kriegst es gar nicht mit! Schwuchtel! Doppelte Wache!«, brüllte er und ging.

Wer das war? Der Vize vom Kompaniechef, Sergeant Ekber. Das Kohlepapier zwischen Kriegskunst und Sadismus! So verpasste er mir meine erste Individualstrafe in der Kompanie. Wegen des toten Mannes. Vier Stunden Wachdienst ohne Pause, zur Strafe dafür, dass ich mit den Händen in den Taschen an der Turmwand lehnte und nicht bemerkt hatte, dass Ekber kam. Egal. Es wurmte mich nur, dass er mich direkt vor meiner Nase beschimpft hatte. Stolz brach mitunter an einer einzigen Stelle. Wie ein Knochen. Und beide Bruchkanten schmerzten. Das Fleisch ringsum schwoll an, Entzündungen von Wut und Kummer entstanden. Manchmal ging der Stolz auch ganz in Fetzen. Wurde nur unter Mühe wieder ganz. Um die Stolzteile zusammenzufügen, mussten die Platinen mit Nägeln befestigt werden. Die besten Nägel dafür waren Vergeltung. Sätze, die begannen mit: »Wenn der Militärdienst erst vorbei ist, dann …«

Letztlich waren vier Stunden Wachdienst nicht so schlimm. Denn ich fror nicht. Seltsamerweise setzte die Kälte mir nicht zu, wenn ich dem Toten lauschte. Zumindest kam es mir so vor. Bisher war ich als Soldat nicht weiter aufgefallen, nun aber befürchtete ich, Ekber im Gedächtnis zu bleiben. Er würde mich nicht vergessen. Beim Erstellen der Wachdienstpläne würde er mich zu den beschissensten Zeiten eintragen. Würde mich beim Morgenappell fragen, wie viele Schritte ein korrekt marschierender Soldat pro Minute setzte. Ich würde es nicht wissen und bis zum Umfallen den Kommandotanz aufführen.

Kommandotanz! Gewehr auf die Schultern, in den Nacken pressen, die Hände über Lauf beziehungsweise Schaft. Ganz in Inquisitionstradition. Ein Knie runter, aber nicht den Boden berühren. Dann auf Kommando die Knie wechseln. Erlahmt eines und berührt den Boden, verlängert sich die Tanzzeit. Ein Ziel gibt es nicht, nur zählen muss man. Erste Bedingung für Strafe ist, nicht zu wissen, wann sie endet. Dann … Dann kippt der Soldat um. Auf dem Boden, auf dem Ohrfeigen und Tritte nicht als Gewalt gelten, ist es untersagt, einen Soldaten zu schlagen, also ist der Kommandotanz eine Gelegenheit, den Körper zu stählen. Um in den Genuss zu kommen, muss man bestraft werden. Die Chance, dass aus braven Männern starke Soldaten werden, ist also gering.

»Ich hatte dich gewarnt, Soldat. Ärgere dich nicht über mich. Reiß dich zusammen. Du bist nicht unsichtbar wie ich. Du glaubst, hier rauszukommen, ohne irgendwo anzuecken. Das ist unmöglich. Deine Kompanie ist eng. Du eckst so oder so bei jemandem an. Tust dir sicher weh. Und woher kommt überhaupt all der Stolz? Wann hast du den entwickelt? Es ist doch gar kein echter Stolz, der dich zum Feigling macht. Verlierst du deine Würde? Deine Menschlichkeit? Hier beziehst du Prügel genauso wie Anschisse. Wie lange kannst du dich allein gegen eine Armee stellen? Du stehst, aber im Grunde kriechst du. Und das auch noch ohne Befehl. Deine Feigheit ist deine Wunde. Schließ sie. Verbirg sie. Vergiss sie.«

Fick dich, dachte ich. Ich wollte nicht, dass Ekber auch das noch hörte. Ich ließ es tief von Innen kommen. Fick dich! Du kennst mich nicht! Du hast keine Scheißahnung von mir! Was willst du überhaupt von mir? Wer bist du?

»Gut, dass du mich daran erinnerst. Ich war gerade dabei, es zu erzählen … Also, wie kam ich von der Brüderschule in Kadıköy ans Skagerrak, das die Beine Norwegens und Schwedens auseinander hält? Es war eine lange Reise. Die aber nur kurz dauerte. Genau wie mein Leben. Weißt du, ich habe nie die Grundschule besucht. Elementarschule hieß sie damals. Ich war dermaßen elementar, dass ich die Abschlussprüfung mit acht bestand. Ein Hauslehrer hatte mich unterrichtet. Er sagte meinem Vater, ich sei klug. Jahre später verschwendete Vater seinen letzten Atemhauch darauf zu erzählen, wie dumm ich wäre. Wie dem auch sei. Die sechs Jahre auf der Brüderschule las ich Bücher. Alles, was mir in die Hände fiel, was es außer Schulbüchern gab. Am Tag, als ich Französisch so weit gelernt hatte, hielt ich Georges Dariens *La Belle France* in Händen. Ich hatte es von einer armenischen Hure. Einer verrückten armenischen Hure. Das Buch lag auf der Kommode neben ihrem Bett. Gleich neben meinem Kopf. Einmal stießen wir zusammen. Das Buch und ich. Die Frau lachte, hob sich von mir, raffte die zerfledderten Seiten zusammen und reichte es mir. ›Nimm es mit‹, sagte sie. ›Ich hab kein Geld‹, warf ich ein. Es war ihr egal. Sie setzte sich wieder auf mich. Ich hielt das Buch in den Händen, reckte die Arme, um Licht zu bekommen, und las den ersten Satz. Die Frau ritt weiter. Ihr Gesicht sah ich nicht mehr. *La Belle France* stand zwischen uns. Du verstehst, an jenem Tag schlief ich mit einem Buch mit Frauenkörper. Oder mit einer Frau mit Buchgesicht. Ich war vierzehn.

Ich las. Las nur noch. Darien war so verrückt wie die Hure. Vielleicht noch etwas mehr. Denn er schrieb: ›Was du Volk nennst, ist eine Kreatur, die nicht frei sein will, obwohl sie es sein könnte, die um dämlicher Vergnügen willen dämliches Leiden hinnimmt und sich sämtlichen sozialen Übereinkommen unterwirft. Sie ist eine Schafherde und eine Hirtenherde. Darüber hinaus gibt es Individuen. Der Hass des Individuums dem Volk gegenüber muss ewig sein …‹

Darien war Anarchist. Was ich war, wusste ich nicht. Doch Darien wusste es. Er war früher aufgewacht als wir alle. Das Tausendfache der Qualen, die du hier zu erleiden behauptest, litt er fünf Jahre lang in der Spezialeinheit der französischen Armee in Tunesien und schrieb sein Buch *Biribi* darüber. Ich las zwar, ohne zu wissen, was aus mir werden würde, doch ich verstand. Ich konnte nachvollziehen, was es hieß, Menschen zum Aufstehen zu bewegen und ihnen die Stühle unter dem Hintern wegzuziehen, damit sie sich nicht wieder hinsetzten. Mein Vater dagegen sprach von Deutschland. Von Studieren. Ich las Baudelaire. Sein Poem *Anywhere out of the world.* Gut, sagte ich zu Vater. Egal wo. Und dahin ging ich.«

»Hör auf! Hör endlich auf! Halt den Mund! Guck mich an! Sieh genau hin! Wovon redest du da? Was schert mich das Volk! Was interessiert mich dein Vater! Deinetwegen schiebe ich hier Doppelwache! Stehst vielleicht du hier für mich auf Posten? Erfrierst etwa du hier? Morgen ist Inspektion. Es gibt nur eine Stunde warmes Wasser. Deinetwegen komme ich nicht hin. Weißt du, was Inspektion bedeutet? Zur Untersuchung antreten! So lautet der Befehl. Du hebst die Arme, verschränkst die Hände hinter dem Kopf. Ekber inspiziert.

Deine Achseln. Wird er da nicht fündig, musst du die Hosen runterlassen. Reicht ihm auch das nicht, inspiziert er deine Fußnägel. Denn er weiß, dass du keine Zeit und kein Wasser zum Waschen hattest. Weißt du, wie wir uns waschen? Mit Heizungswasser. In dem Wasser aus der Heizungswabe, die du mit bloßen Händen nicht anfassen kannst, hältst du es nackend nicht aus. Kaltes Wasser zum Beimischen findest du nicht. Vielleicht hilft ein wenig Schnee, trotzdem verbrennt es dich, wo es dich berührt. Ich muss mich aber waschen. Ich brauche heißes Wasser. Sonst erfriere ich. Bibbere wie ein Hund. Und wenn ich die Inspektion nicht bestehe, scheißt Ekber mich zusammen.«

Ich redete nicht weiter. Konnte nicht weiterreden. Ich flennte. Verdammt, ich heulte. Und heulte. Ich wusste nicht, wie man lautlos weint. Doch ich lernte es lautlos. Lautlos schluchzte ich. Wurden meinen Augen feucht, gefror mir das Gesicht. Ich fror extrem. Ich wusste, dass mir die Nase lief. Ich hatte verdammt Schiss. Vor dem Weiterflennen. Davor, noch ärger zu frieren. Dass kein warmes Wasser mehr da sein würde. Vor der Schlaflosigkeit. Vor allem. Vor allem, was ich tat. Vor dem Militärdienst. Ich hatte Angst vor meinem Leben. Fürchtete, ich könnte mich umbringen. Aber er redete davon, gar nichts zu fürchten. Der Kerl war ein Held! Ein Held! Scheiß auf den Helden! Ich schlotterte. Ich hasste alle Menschen, die in jenem Augenblick nicht dort neben mir standen und die nicht ein Millionstel der Qualen litten, die ich erduldete. Ich war dermaßen in Rage, dass ich am liebsten sechs Milliarden Mal abgedrückt hätte. So wütend, dass ich meinen Granatwerfer Neugeborenen in die zum ersten Schrei aufgerissenen Münder hätte stecken mögen!

An jenem Tag redete der Tote nicht wieder mit mir. Oder

ich hörte es nicht. Denn ich fror so erbärmlich, dass mir die Ohren rissen. Ich fror dermaßen, dass mir die Strümpfe an den Füßen festklebten. Sie klebten so fest, dass die Haut in Fetzen abriss, als ich die Strümpfe auszog. Sie riss dermaßen ab, dass ich am Ofen in der Kantine vor Schmerz aufschrie. Ich schrie so laut, dass Ekber es hörte und sagte:

»Was brüllst du da rum, Pferdepimmel? Raus mit dir, in Präsentierstellung!«

»Zu Befehl, Herr Kommandant!«

Niemand durfte mir helfen. Ich zog die Strümpfe wieder an, streifte die Stiefel über, verließ die Kantine, schlüpfte in die Handschuhe. Humpelte zur Atatürk-Büste vor dem Stabsquartier. Dort riss ich das Gewehr von der Schulter und ging in Präsentierstellung. Eine Hand am Schaft, die andere in der Mitte des Handschutzes, das Gewehr musste schräg einen Strich über mich ziehen. Selbstverständlich war verboten, den Träger über die Schulter zu streifen. Zweck war nicht, die Atatürk-Büste zu schützen, sondern dass mir die Arme erlahmten. Dafür zu sorgen, dass sie vor Erschöpfung zitterten. All das war Ekbers Idee. Es war Ekbers Erfindung, Soldaten neben der Büste, auf deren Marmorsockel »Frieden im Land, Frieden in der Welt« geschrieben stand, das Gewehr präsentieren zu lassen. Der Frieden im Individuum war allen schnurz. Für alle sichtbar stand der Soldat zur Strafe in der Nähe der einzigen Tür, durch die die Vorgesetzten im Stabsquartier ein und aus gingen. So fassten sie entsprechende Vorurteile. Über den Tag verteilt standen immer wieder Soldaten auf diese Weise neben der Atatürk-Büste. Soldaten, denen Tränen aus den Augen liefen, die sich, um das Gewehr halten zu können, so heftig auf die Unterlippe bissen, dass sie sie beinahe verschluckt hätten.

Geladen wiegt ein G3 viereinhalb Kilo. Das Gewicht erhöht sich mit jeder Minute, die man es präsentiert. Die Stiefelinnentemperatur beträgt sieben Grad. Und sinkt mit jeder Präsentierminute. Ekber schreitet die Soldaten ab, die er präsentieren lässt. Auch ohne den Kopf zu heben, sieht er Verfehlungen. Er merkt sofort, wenn jemand das Gewehr an den Körper lehnt, um es leichter zu machen. Er ist ein alter Soldat. Er kennt die Soldaten. Deshalb blickt er ihnen nicht ins Gesicht. Damit sie noch mehr leiden, tut er so, als hätte er die Soldaten vergessen, die an nichts anderes denken können als an das Ende ihrer Pein. Wenn das Gewehr eine Tonne wiegt und im Stiefel minus sechzehn Grad herrschen, schickt er den Adjutanten des Kommandeurs. Aus seinem Büro beobachtet er die Soldaten, wenn sie die Nachricht vom Ende ihrer Strafe erhalten. Sucht nach einem Anzeichen von Rebellion. Einer Bewegung von Lippen oder Hand, die einen Fluch andeuten. Ekber ist das fantastische Gedächtnis der Armee. Ihr Archiv. Er vergisst nichts. Wer die Atatürk-Büste anders als vorgeschrieben verlässt, wird unbedingt von ihm bestraft.

All das wusste ich. Ich hatte es gesehen, mit angesehen. Darum versuchte ich, auszuhalten und ruhig zu bleiben. Doch der Schmerz wurde zur Schlange. Sie wand sich in mir. Schlängelte sich vom rechten Handgelenk zur Stirn und von dort in die linke Ferse. Ich wollte an etwas denken. Um zu vergessen. Oder gleich Ekber so zu wirken, als hätte ich vergessen. Etwas denken und vergessen, dass die Schlange namens Schmerz mir durch den Körper kroch. Doch es gelang mir nicht. Die Schlange vernichtete. Jede Vorstellung, die ich aufrief, durchlöcherte sie und schlängelte sich hindurch, verschlang alles, was mir vor Augen kam.

»Steh stramm, Arsch!«

Als Ekber, nachdem er an mir vorübergegangen war, zum Mittagessen wieder auftauchte, gab es keine Schlange mehr und auch keine Leere, in der sie hätte herumkriechen können. Alles war fort. Bei minus zwölf Grad spürte ich nur noch den Schweiß, der mir die Wimpern verklebte. Unmöglich, dass er mich nicht sah. Ich war eine Statue, die sich auf ein einziges Wort hin rühren und umkippen würde. Und das Wort kam.

»Verpiss dich!«

»Zu Befehl, Herr Kommandant!«

Er hielt inne, drehte sich um. Ich versuchte, das Gewehr über die Schulter zu hängen. Doch meine Finger gehorchten mir nicht. Unsere Blicke trafen sich. Ich zögerte nicht, trat mit zwei Schritten vor ihn hin.

»Befehlen Sie, Herr Kommandant!«

Befehlen Sie, Herr Kommandant, heißt: Befiehl und ich sterbe. Denn Soldat ist der einzige Beruf, in dem Sterben befohlen werden kann. Gar der einzige Beruf, in dem die Strafe für die Verweigerung dieses Befehls der Tod sein kann. Er ist so weit von anderen Berufen entfernt, dass in seiner Beschreibung das Wort »Kriegskunst« steht. Kunst, jawohl! Womöglich ist es das, was es am besten trifft. Denn die Kunst bezieht ihre Inspiration genau wie das Soldatenwesen aus dem Tod. Hin und wieder dreht allerdings ein Soldat durch und fleht: »Befiehl mir zu sterben, Herr Kommandant!« Denn für den irre gewordenen Soldaten ist die beste Garantie für Ausmusterung der Tod. Ich hingegen dachte: Befiehl, dass ich gehen kann. Befiehl, dass ich verschwinde! Doch Ekber hatte anderes im Kopf.

»Und ich hielt dich für irgend'nen besseren Scheiß«, sagte er, drehte sich um und stolzierte davon.

Da begriff ich. Ich war aus der Armee, deren Uniform ich trug, ausgeschieden und zu Ekbers Soldat geworden. Dabei hätte ich ihm hinterherbrüllen mögen:

»Aber, Herr Kommandant, ich bin doch ein besserer Scheiß! Ich bin echt scheiße!«

Es ging nicht. Meine Stimme kam nicht heraus. Sie dröhnte mir im geschlossenen Mund. Blieb mir in der Kehle stecken, im Schlund. Von dort fiel sie herunter, nahm den Platz des Schmerzes ein. Drehte und wand sich. Wie eine Schlange. Dann … Dann passierte gar nichts, verdammte Scheiße!

»Gratuliere, du bist Ekbers Soldat geworden!«

Das sagte Duran. Ihm blieben noch einundzwanzig Tage bis zur Entlassung. Wache schob er nicht. Er war Landy-Fahrer. Alles außerhalb der Kaserne wurde Einsatz genannt. Duran fuhr die Soldaten und ihren Vorgesetzten zum Einsatz. An unserem ersten Abend in der Kaserne hatte er uns eingenullt.

»Wie bist du bloß dazu gekommen, Junge?«

Einnullen ähnelt Internatsritualen. Neulinge, bereit, alles zu glauben, was man ihnen sagt, werden vor einem psychopatischen Vorgesetzten gewarnt. Hat die Angst ein ausreichendes Maß erreicht, stürmt einer der alten Hasen mit einem aus dem Wohnblock der Stabsunteroffiziere gemopsten Offizierskäppi in die Stube, versetzt dem Erstbesten eine Ohrfeige und läutet damit das Ritual ein.

»Hab ich dir nicht gesagt, halt dich von Ekber fern? Wenn er Dienst hat, darfst du keine Dummheiten machen. Der Mann ist ein Psychopath, verdammt!«

Sein erster Befehl reiht die frischen Rekruten an der Wand auf. Die alten Hasen schickt er auf die Schrankseite. Dazwischen stehen die Etagenbetten. Die Frischlinge, denen noch immer nicht klar ist, wo in ihrem Land und in der Welt sie sich befinden, stehen stramm und versuchen, das Zittern zu unterdrücken. Der Einnuller brüllt: »Was ist die Fahne?« Konfrontiert mit dieser Frage, deren Antwort auf einer der Seiten des in der Grundausbildung verkauften Handbuchs steht, reden die Grünschnäbel, ängstlich bemüht, dabei nicht in Ohnmacht zu fallen. Keine Antwort gefällt. Also ergeht der Befehl: »Robben!«

»Egal, mach dir keinen Kopf darüber. So schlimm ist die Sache ja nicht. Vorerst bist du im Kontingent. Noch gehörst du nicht zu Ekbers Soldaten. Aber wenn du dir noch eine Eselei leistest, gibt es kein Zurück mehr. Reiß dich zusammen. Tu, was man dir sagt, später holst du dir den Entlassungsschein und machst die Fliege.«

Die Pritschen vor sich zögern die Jungs sekundenlang, besinnen sich aber beim zweiten Befehl: »Robben, ihr Deppen!« Also kriechen die neuen Soldaten unter den Betten hindurch. Der Einnuller rennt zwischen den Pritschen umher und tritt auf jeden Kopf, der sich hebt. Die Kriechenden haben alle dieselbe Frage im Kopf: »Wie soll ich diesen Typen ein Jahr lang ertragen?« Erreichen sie die Schrankseite, wo die alten Hasen stehen, ergeht der nächste Befehl: »Zurück! Robben!« Die Alten amüsieren sich, halbwegs froh ist allerdings nur der Stubenmann. Denn der Boden wird von einem menschlichen Feudel gewischt. An der Wand zurück springt man auf und steht erneut stramm. Als alle mit Robben durch sind, wird eröffnet, alles sei nur Spaß gewesen.

»Lauf auf keinen Fall mit den Schwuchteln rum. Die kommen jetzt an und bedrängen dich, wollen dir auf Deubel komm raus was entlocken. Du redest doch mit niemandem, oder? Mach so weiter. Wenn Ekber dich mit denen sieht, glaubt er, du wärst einer von ihnen.«

Wie brutal das Einnullen vonstattengeht, liegt im Ermessen des Einnullers. Prügel, Zusammenscheißen, Kommandotanz, Liegestütz, den Nebenmann ohrfeigen, Stiefel putzen ... Eine Frage des Mitgefühls. Viel oder wenig. Wenn das Einnullen mit dem Applaus der alten Hasen endet, träumen die Frischlinge. In diesem Traum sind sie überzeugt davon, der schwerste Moment in der Kaserne, in der sie ein Jahr ihres Lebens verbringen werden, sei dieser Scherz gewesen. Der Einnuller hat indes alle Vorgesetzten, mit denen er je zu tun hatte, in einem Typus kumuliert. Die Jungs werden aber den Prügler, den Zusammenscheißer, den, der Stiefel putzen lässt, und den, der Stiefel lecken lässt, später alle einzeln kennenlernen. Das Einnullen hört bis zum Ende des Militärdienstes nicht auf.

»Wenn der Sergeant nach Männern ruft, springst du als Erster. Kümmer dich um alles. Nicht ewig, nur für ein paar Wochen. Ekber wird das mitkriegen und dir verzeihen.«

Der Name des Rituals kommt von den ersten Schüssen der Rekruten, wenn sie die offene Visierung der ihnen ausgehändigten Gewehre justieren. Das wird Nullen genannt. Ein justiertes Gewehr verfehlt das Ziel theoretisch nicht. Kimme und Korn sind perfekt ausgerichtet, das Gewehr zieht weder nach rechts noch nach links. Es ist eine Art Spurstangeneinstellen. Allerdings ist ein Soldat nicht so leicht eingenullt wie ein Gewehr. Hat der Soldat die Verabschiedung seiner Kumpel mit Trommel und Pfeife überstanden und steigt in die Tiefen der Kaserne hinab, trifft er auf einen Ranghöheren.

Der hält eine Fernbedienung in der Hand, neben ihm steht ein riesiger Fernseher. Seine Aufgabe ist es, den Neulingen eine Dokumentation vorzuführen, deren Titel »Ein Tag des Soldaten« lauten könnte. Man sitzt in Gruppen vor dem Fernseher und schaut zu. Es dauert nicht lange, nach einer Minute bereits spult der Vorgesetzte den Film vor. Man schaut ein paar Sekunden lang zu, dann spult er erneut weiter. Da noch Dutzende Zuschauergruppen warten, zeigt er den Film gerafft. In einer gegen null gehenden Raffung. Bereits in diesem Moment setzt das Einnullen ein. Hier kristallisiert sich der Unterschied zwischen dem Offizier, der den Film drehen ließ, und dem, der ihn vorführt und vorspult, heraus. An diesem Punkt wird klar, dass der Unterschied zwischen Theorie und Praxis so groß ist wie ein ganzes Heer. Danach geht es ans Taschenpacken. Ein Vorgesetzter lässt eine Gruppe von zehn Mann das ihnen ausgehändigte Material in ihre Taschen packen. Hier macht man zum ersten Mal Bekanntschaft mit Befehlen. Wenn man sieht, wie streng, ernst und kompliziert selbst eine Praxis wie das Taschenpacken sein kann, gewinnt man die Überzeugung, das Einnullen gehe weiter, solange man Rekrut ist. Noch denkt man, wie praktisch, wenn der Mann auch vor dem Urlaub neben mir stünde und im Koffer dann nichts fehlte, später erkennt man, dass man überhaupt nichts mehr lustig findet. Zuletzt wird dem Soldaten der Schädel rasiert, und er erwacht zu seinem ersten Morgen in der Armee.

Zwanzig Lebensjahre zur Null zu machen und einen Soldaten darauf zu bauen, ist ein Prozess von Bedeutung. Nicht von Bedeutung ist einzig und allein Durans zehnminütiger Scherz. Der versierte Soldat, der die neue Kohorte einnullt, bleibt bis zu ihrer Entlassung eine Art großer Bruder für sie.

Eine Art Stubenältester. Mitfühlende wie Duran geben Tipps. Tipps sind wichtig, sind wertvoll. Erfahrung ist die wahre Munition eines Soldaten. Sie schützt ihn besser als die um den Körper gelegten Patronengurte.

Auch ich war eingenullt worden. Aber ich war anders als die anderen. Bei mir hatte keiner das zivile Leben und seine Verhaltensweisen von der Haut kratzen müssen. Das hatte ich schon selbst erledigt. Ich hatte mein vorheriges Leben auf null zurückgesetzt. Von da aus konnte ich mit dem neuen beginnen. Bei null!

Man zieht eine Latte, die etwas von einem Bügeleisen hat, über frisch gegossenen Betonmörtel. Richtscheit heißt sie. Richten nennt man das. Es tilgt die Spuren vom Mörtel. Auch ich war spiegelglatt zur Armee gekommen. Ohne einen einzigen Fußabdruck auf dem Rücken. Ich hatte das Richtscheit über mich gezogen, bevor ich herkam. Sie konnten auf mir bauen, was auch immer sie wollten. Natürlich tauchten dann andere Fußabdrücke auf, links und rechts von mir. Wir waren ja durch Matsch marschiert. Ständig waren wir feucht! Ein Richtscheit sollte auch die Armee ziehen. Ich war bereit. War bereit, unablässig eingenullt zu werden. Um wieder auf null zu kommen, bevor ich eine Eins hatte werden können.

»Egal. Rück eine raus.«

Als ich eine Zigarette für Duran und eine für mich aus der Schachtel fingerte, die ich aus meiner Parkatasche gezogen hatte, dachte ich, die Lage sei nicht allzu schlimm. Duran war längst bei einem anderen Thema, doch ich hörte nicht zu.

»Mann, die älteren Kohorten patrouillieren an den Straßen zur Grenze, weißt du? Wer vorbeikommt, muss zahlen. Damit sie ein bisschen Kohle in der Tasche haben, wenn sie wieder Zivile sind. Tolle Sache, was, Alter?«

Ich hörte es nur. Mit korrupten Soldaten hatte ich nichts zu tun. Meine Gedanken drehten sich darum, wie ich das Band zwischen Ekber und mir lösen könnte, wenn ich ein paar Wochen lang die Zähne zusammenbiss. Es gab aber noch etwas anderes, das mir Ärger bereiten könnte. Und zwar, dass sich die Nachricht ausbreitete wie ein schwerer Geruch. Mir wäre viel lieber gewesen, das Thema zu schließen wie eine schwere Tür! Denn jeder wusste, was es bedeutete, Ekbers Soldat zu sein. Vor allem Ekbers Soldaten.

Sie liefen gemeinsam herum. Aßen gemeinsam, rauchten gemeinsam. Eine kleine Herde in der Herde. Ihre Namen standen auf zerknitterten Zetteln in den Taschen der Offiziere vom Tages- und Nachtdienst. Zu allen Arbeiten wurden erst einmal sie gescheucht, man sorgte dafür, dass sie keine Sekunde Ruhe hatten. Man wusste, dass sie keine gewöhnlichen Gemeinen waren. Es waren Soldaten, die nie in irgendeiner Reihe gestanden hatten. Sie trugen mehr Wunden am Körper als es Rasierschnitte im ganzen Regiment gab. Das scharfe Messer, das sie von den anderen trennte, waren ihre Verurteilungen vom Militärgericht. Keiner würde am Ende der normalen Wehrpflicht nach Hause gehen. Die meisten hatten nicht einmal ein Zuhause, in das sie hätten gehen können. Sie hatten monatelange Strafen. Auf sie warteten Tage und Monate im Militärgefängnis. Aus Personalmangel zur Bewährung ausgesetzte Haftstrafen. Deshalb waren sie anders. Bei Kennern des Soldatenlebens weckten sie ein aus Furcht und Mitleid gemischtes Gefühl. Ein Schwarm Haie. Verwundete Haie. Manche von ihnen waren in Außenstellen versetzt, aber kurze Zeit später zurückgeschickt worden. Außenstelle bedeutete Verbannung. Da sie sich aber auch dort nicht konform verhielten, war der einzige Ausweg, sie alle zusammenzustecken und Ekbers Aufsicht zu unterstellen. Ältere Soldaten waren sie. Keine versierten. Denn sie trugen keinerlei Verantwortung. Es gab also keine Einsätze für sie. Nur Wachdienst und Knochenarbeit. Anarchisten, die sich mit dem Geld der Steuerzahler den Arsch abputzten. Sie aßen mehr als alle anderen und plünderten alles aus. Prügel, Drohung, Protokoll. Nichts nützte. Sie waren seit Monaten nicht aus der Kaserne herausgekommen. Halbstündige Freigänge, nicht für sie. Kam der Regimentskommandeur, wurden sie in die fernsten Ecken der Kompanie auf Wachposten gestellt, aus den Augen geschafft, damit er sie nicht zu Gesicht bekam. In die Kompanie versetzte Stabsunteroffiziere wurden als Erstes vor Ekbers Soldaten gewarnt. »Nehmen Sie sich in Acht!«, hieß es. »Nehmen Sie sich vor diesen Kerlen in Acht!«

Diese Männer wurden von Kurzzeitsoldaten, Universitätsabsolventen, die dreimal jährlich zur Kompanie stießen, um sich nach vier Monaten wieder aus dem Staub zu machen, am meisten gefürchtet. »Hallo, Kumpel«, fingen ihre glücklosen, aber netten Kennenlernversuche an, prallten aber auf den Satz: »Wir ficken dich und deine Kumpel!« Die Wirkung des Aufpralls wurde durch die Legende der Vergewaltigung im Bad, die man über sie erzählte, noch verstärkt. Alle ABZler wie ich. Schwere ABZler. Die Medikamente, die auf den ihnen in Tatvan ausgestellten Rezepten standen, verwahrte Ekber. Um ihre Tagesdosis zu bekommen, warteten sie täglich vor seiner Tür. Sie waren nach der Grundausbildung ins Regiment gekommen, dort sogleich aufgefallen und in die Provinz verbannt worden. Man hätte sie gern in den Iran verbannt, wenn das möglich gewesen wäre. Jenseits der Grenze! Die Kreisgendarmerie war aber der letzte Posten. Soldaten, deren Existenz unzumutbar war. Soldaten, die es nicht geben sollte.

Selbst ihre Feldanzüge sahen anders aus. Da sie mehr robbten und mehr schufteten als alle anderen, waren deren Farben arg verblichen, sie wirkten wie Uniformen einer anderen Armee. Der unter Rekruten verbreitete Sinn für Kohorte und Herkunft ging ihnen ab. Woher jemand kam und wann er in die Kompanie eingetreten war, hatte keine Bedeutung. Wo auch immer sie geboren waren, sie waren Ekbers Soldaten. Das war die Endstation. Wo die Reise begonnen hatte, interessierte niemanden. Sie waren schmutziger als alle anderen. Ihre Gesichtszüge waren vom Staub der Kohlen, die sie täglich schleppten, schärfer gezeichnet. Die Linien in ihren Gesichtern waren schwärzer und deutlicher. Sie wirkten wie Kohlezeichnungen. Opernmasken. Sie bewegten sich unter uns, als wanderten sie durch Kulissen. Riesig wirkten ihre Augen zwischen den sonnengegerbten Stirnen und Jochbeinen und übermäßig weiß. Sie sahen aus wie Bergleute. Wie Schwarz-Weiß-Fotos von Grubenarbeitern. Ihre Hände waren schrundig. Auf ihren Feldanzügen saßen schwarze Flecken. Getrocknetes Blut. Eigenes Blut. Sie rochen. Sie rochen pechschwarz. Gäbe es eine Möglichkeit, sie vorzeitig zu entlassen, hätte niemand auch nur eine Sekunde gezögert. Gäbe es einen Weg, sie loszuwerden, hätte jeder ihn beschritten. Es gab aber keinen. Sie wurden irgendwie erträglich gemacht. Soweit es eben ging. Von Ekber. Obwohl sie schufteten wie Maultiere, fanden sie an jedem Tag, den sie bestraft wurden, unbedingt die Zeit und Kraft dazu, Ärger zu machen. Sie waren sieben. Sie standen bis zum Umkippen neben der Atatürk-Büste stramm und präsentierten das Gewehr. Sie waren es, die sich beim Kommandotanz während des Morgenappells als derart zäh erwiesen, dass Ekber schier wahnsinnig wurde. Sich von rohem Fleisch ernährende wilde Hunde. Von den ständigen Prügeln war ihre Haut steinhart, ihre Zungen geschliffen von Anschissen. Die Hälfte aller Wachdienste der Kompanie versahen sie. Zehn bis zwölf Stunden täglich. Sie schliefen auf den hintersten Pritschen der Stuben, weil sie das Tischgebet verweigerten, durften sie nicht in die Kantine. Das Gedeck in der einen, den Löffel in der anderen Hand, schlürften sie bei minus zwanzig Grad ihre Suppe im Stehen.

Kurz, außer dass auch ich ABZler war, hatte ich nichts mit ihnen gemein. Ihr Militärdienst hatte nichts mit meinem zu tun, das hätte ich auch nicht gewollt. Es war, als wären sie zum Sterben gekommen. Wie um Leiden anzuziehen. Sie benahmen sich, als wäre der Militärdienst ihr letzter Lebensabschnitt. Als hätten sie nichts, wohin sie zurückkonnten, und auch nicht vor, irgendwohin zurückzukehren.

Ich würde keiner von ihnen werden. Mein Name würde auf keinen Fall mit ihrem in einem Zug genannt werden. Ich würde tun, was Duran gesagt hatte. Würde jeden Auftrag erledigen, mich allem beugen. Würde noch kleiner werden und mich im Schnee vergraben. Niemand würde mich sehen. Ekber würde vergessen, dass es mich gab. Ich würde verschwinden. Keine einzige Regel würde ich übertreten. Mir nicht den winzigsten Fehler leisten. Mein schwarzes Notizbuch würde ich im Kesselhaus verbrennen.

Das dachte ich und schwor es mir, während ich mit Duran rauchte. Ich fasste Beschlüsse. Große Beschlüsse in meinem kleinen Leben. Wie früher. Als meine Haare noch länger waren. Als vor meinem Namen noch nicht Gendarmeriesoldat stand. Wie der Beschluss, am Tag des Abbruchs meines zweiten Studienjahrs das Wehrbüro zu betreten. Einer meiner großartigen Beschlüsse! Der beste Beweis dafür, wie hervorragend ich in der Lage war, meine Interessen zu kalkulieren! Das prachtvolle Maß des Wertes, den ich mir zuschrieb!

Es hielt aber nicht lange. Konnte nicht lange halten. Der Antritt des nächsten Wachdienstes reichte, um meinen Plan über den Haufen zu werfen.

Ich stand am Haupttor. Im schwersten Wachturm der Kompanie. Der schwerste, weil die Stahlweste dort elf Kilo wog. Der schwerste, weil der Kompaniechef hier ein und aus ging. Der schwerste, weil er von sämtlichen Fenstern des Stabsquartiers aus zu sehen war. Ich stand im Schaufenster der Gendarmerie. Wo ich stand, betraten die Zivilisten die Kaserne. Ich nahm ihre Ausweise entgegen, registrierte ihre Namen in einem Heft, durchsuchte sie, nahm ihnen, falls sie welche bei sich trugen, die Waffen ab und gab dafür Plastiknummern aus. Normalerweise wäre das Aufgabe des Kasernentoroffiziers gewesen. Doch wie ständig wiederholt, litten wir unter Personalmangel. Wir genügten nicht. Niemals. Alle hatten Waffen dabei. Gemeindevorsteher, temporäre Dorfschützer, freiwillige Dorfschützer, Denunzianten, Jäger von Jagdgewehrscheinen, Leute, die aus Langeweile zum Teetrinken kamen, Mauschler, die ihren Gegnern zeigen wollten, wie gut sie sich mit der Gendarmerie standen, Benzinhändler, Inhaber von Bedürftigenkarten, Angehörige verborgener Bevölkerung, Lkw-Fahrer, die die Verkehrsabteilung beknien wollten, um ihren stillgelegten Lastwagen wieder flottzukriegen, Männer, deren Töchter ausgebüxt waren, Männer, deren Töchter schwanger nach Hause kamen, Parteien von Blutfehden und wiederum Denunzianten. Sie kamen trotz der Kälte. Trotz Schnee und Eis. Sie kamen trotz allem.

Einmal entdeckte ich hinter der Schranke vor mir einen glänzenden Fleck. Und als ich den Kopf hob, eine zwischen Wolken klemmende Sonne. Ihr Licht war mir genau zwei Schritte vor die Füße gefallen. Hinter das Kasernentor. Zwei Schritte, und ich hätte auf sie treten können. Aber es war natürlich verboten hinauszugehen. Dabei stand sie da so schön. Mein Körper hatte die Temperatur einer Leiche, meine Augen wärmten sich an dem, was sie sahen. Der Schnee funkelte und schmolz, auch wenn es niemand sah. Ich glaubte, mir würde warm werden, wenn ich nur auf sie treten könnte. Dann bewegte sie sich ganz allmählich. Rückte näher zu mir heran. Als sie unmittelbar vor meinen Füßen lag, brach die Leuchtkraft weg. Ich riss den Kopf in die Höhe, um Rechenschaft zu fordern. Es war nun an den Wolken, in den Vordergrund zu treten. Wer vorn ist, hat Befehlsgewalt. Für eine Weile hatte sich alles Weiß verloren. Ein hellblauer Vorhang von Eiseskälte war über den Himmel gezogen. Wo kamen nur die Wolken her? Im Grunde verstand ich. Es waren keine Wolken. Die Welt war in Glas gehüllt, das beim warmen Atem der Sonne beschlug. Es war das Glas, das verhinderte, dass mir warm wurde. Wegen des verfluchten Glases schien die Sonne, wärmte aber nicht. Wie eine kaputte Klimaanlage. Dann wurde wieder ein weißer Schneevorhang über den Himmel gezogen. Was er bei sich trug, rieselte auf mich herunter. Es fing zu schneien an, und das Licht schwand. Nicht die Arschlöcher, die jetzt auf der südlichen Halbkugel surften, beneidete ich, sondern die Leute mit zwei Pullovern übereinander, die mich passierten. Jene, die für zehn Minuten aus dem Haus gegangen waren und wieder nach Hause zurückgehen würden. Denn dieser Kälte vermochten nur vier Wände und ein Dach Einhalt zu gebieten, ich dagegen musste mit zwei Paar Handschuhen und drei Paar Strümpfen ausharren.

Das einzig Lustige am schwersten Wachdienst der Kompanie waren die Namen der Besucher. Soeben war ein Mann gekommen, der hieß Resim: Bild! Als er wieder ging, händigte ich ihm seinen Ausweis aus mit der Bemerkung: »Hier ist dein Malpapier!« Dann kam ein Tozbey, Staubmann, zusammen mit einem Dedo. Dann noch ein Yado, darauf folgten Vezir, also Wesir, und Yami. Und Balyoz-Vorschlaghammer und Kalabalık-Menschenmenge. Noch ein Siyam-Fasten. Auch ein Kazo war dabei. Dorfschützerchef Kazo.

Ich kannte ihn. Er gehörte nicht zu den Freiwilligen, sondern zu den Temporären. Die Freiwilligen interessierten uns kaum. Sie wurden nur Schützer, um einen Waffenschein zu ergattern, wir sahen sie dann nie wieder. Den Weg der Temporären dagegen pflasterten Leichen. Sie bezogen Lohn und Waffen, PKKler überlegten sich dreimal, in ihre Dörfer hinabzusteigen. Sie machten nicht Liebe statt Krieg, sie liebten den Krieg! Einer von denen war Kazo. Temporärer Dorfschützer seit einundzwanzig Jahren. Das brachte Dauer ins Temporäre. Wir grüßten einander. Er händigte mir seine Waffe aus, bevor ich ihn durchsuchen konnte. In diesem Augenblick hörte ich den toten Bastard: »Wenn du mir noch einmal den Rücken kehrst, wirst du es bereuen.«

Selbstverständlich antwortete ich nicht, versuchte vielmehr, mich auf Kazo zu konzentrieren. Bemühte mich, mir vor Augen zu halten, wo ich war und warum ich dort war. Er wollte den Kompaniechef sprechen. Ich griff zum Telefon im Turm, um den Posten zu informieren.

»Hör zu, Soldat! Wenn du mich ärgerst, kommst du hier garantiert nicht raus.«

Noch immer reagierte ich nicht. Schaute nur Kazo an. Sah ihm in die Augen. Zwischen uns fiel Schnee. Das Turmtelefon klingelte. Ich ging ran, die Erlaubnis war da. Als ich auflegen wollte, hörte ich den Satz: »Wenn du jetzt nicht mit mir redest, lass ich dich nie wieder in Ruhe!« Ich traf eine weitere Entscheidung. Wie immer. Stumm trat ich beiseite, um Kazo einzulassen. Als ich das Tor auf seiner Schiene wieder zuschob, kam statt des erwarteten Quietschens eine Stimme:

»Alles, wirklich alles hast du gewollt. Vergiss das bloß nicht.«

Zehn Minuten später kam Kazo wieder heraus und ging davon. Alles war normal. Bis Cafer vor mir stand, der Adjutant des Kompaniechefs. Mit dem Abdruck einer Ohrfeige im Gesicht.

»Was hast du gemacht, Mann? Was hast du gemacht, verflixte Scheiße?«

»Was habe ich wie gemacht?« Ich hatte keine Ahnung, wovon er redete.

»Der Kerl hatte eine Waffe. Die hat er gezogen und dem Haupti auf den Tisch gelegt. Herr Kommandant, hat er gesagt, wenn du die Sache nicht für mich regelst, leg ich mich damit um!«

»O Scheiße!«

»Der Haupti ist hochgegangen!«

Ich hörte Cafer gar nicht weiter zu. Der Ohrfeigenabdruck auf seiner Wange interessierte mich kein Stück. Ich hörte danach kaum noch etwas. Meine Ohren wählten einen Motorroller in weiter Ferne und die von der Schule an der Straße herüber klingende Nationalhymne aus. Warum gerade die? Keine Ahnung. Die Stahlweste wog immer schwerer. Ich spürte, wie meine frierenden Finger sich dorthin zurückzogen, wo sie herausgekommen waren, und mein Kopf, meine Arme und Beine sich allmählich in die Stahlweste verkrochen. Eine Schildkröte, die sich in ihren Panzer verkriecht. Ich hatte Kazo nicht durchsucht und ihm die zweite Waffe nicht abgenommen. Und die hatte er vor dem Kompaniechef gezogen. Natürlich nicht in der Absicht, ihn zu erschießen. Es gab andere Wege, den Hauptmann umzubringen, keiner führte durch das Stabsquartier. Aber ich allein war verantwortlich dafür, dass ein bewaffneter Mann in sein Büro gelangt war. Ich hatte total die Kontrolle verloren, weil ich damit beschäftigt gewesen war, den toten Mann abzuwehren. Bei solchen Fehlern konnte dem Soldaten alles Mögliche vorgeworfen werden. Sogar Kollaboration mit Zivilisten. Denn der Mann war letztlich kein echter Armeeangehöriger. Beizeiten würde er verschwinden. Er war kein Soldat, mit dem man Jahre später im Offizierskasino sitzen und die alten Tage aufrechnen könnte. Ein Soldat, von dem man nicht wusste, woher er gekommen war und wohin er gehen würde. Das gefährlichste Wesen für eine Armee. Geschichten über Ex-Soldaten/Jetzt-Terroristen, die eine Woche nach ihrer Entlassung die Kaserne stürmten, in der sie ein Jahr verbracht hatten, kursierten in allen Einheiten.

Ich hörte Cafer nicht. Er sprach aber weiter. Ich starrte auf seinen Mund, der auf- und zuklappte. Auf seine Zunge, seine Zähne. Er war ein Meister darin, Salz in die Wunden und auf die Fehler anderer zu streuen. Er faselte, ich wäre erledigt, meine Amme werde gefickt, es täte ihm wahnsinnig leid um mich, er könne aber gar nichts tun, und steckte sich eine Zigarette an. Cafer hatte keinen Wachdienst. Noch nie gehabt. Bis zum Ende der Wache waren es noch über anderthalb Stunden hin. Deshalb war mir schleierhaft, wohin der Soldat wollte, der in voller Montur herbeilief. Er wollte nirgendwohin. Er kam zu mir.

»Leg die Weste ab. Ich übernehme die Wache. Der Hauptmann hat mich geschickt. Ekber will dich sehen.«

Wären diese Sätze irgendwann irgendwo gefallen, wären es einfach nur Sätze gewesen, doch sie waren die Einleitung zur Verwandlung meines Lebens in die Hölle. Der Teufel war Ekber. Ich der Sünder, der in Ewigkeit schmoren würde. Ich hatte die perfekte militärische Ordnung der Kompanie verletzt und ein Ereignis möglich gemacht, das den Tod des Hauptmanns hätte herbeiführen können. All das war dem toten Hurensohn geschuldet. Es war geschehen, weil er an meinem Verstand nagte, mein Verhalten verstümmelte und verhinderte, dass ich dem Ursache-Wirkung-Prinzip folgte. Rache? Wie denn? Der Kerl war tot!

Mein Kopf, meine Arme und Beine kamen aus der Stahlweste hervor. Den Helm legte ich dem neuen Wachposten in die Hände. In diesem Moment dachte ich zum ersten Mal daran, mich zu erschießen. Gleich dort an Ort und Stelle. Ich überlegte, den Spannschieber zu ziehen, zu entsichern, den Abzug zu betätigen. Auf der Anweisungsseite mit dem Titel Faktoren der Waffenbeherrschung war die Rede davon, den Abzug mit kontinuierlichem Druck durchzuziehen. Das hätte ich tun können. Mit kontinuierlichem Druck durchziehen. Den Abzug und den Suizid. Ich weiß nicht, ob jemand meine Gedanken ahnte, Ekber aber stand am Fenster seines Büros und musterte mich. Auge in Auge standen wir uns gegenüber. Gleich zwei Tieren. Ungewiss, wer von uns in der Nahrungskette überlegen war, gewiss war allerdings, dass mir die Befehlskette am Hals baumelte. Ich konnte den Blick nicht halten und schloss die Augen.

Als ich sie wieder öffnete, stand ich an der Entladestation. Im roten Gesicht des Tagesoffiziers, der die Kompanie am selben Tag wie Duran verlassen würde, sah ich zusammengezogene Brauen. Er war nicht so gnadenlos wie Cafer, denn er hatte nicht so viel Glück wie jener. Er hatte bei unter minus zwanzig Grad Wache gestanden. Er kannte die Qual. Vielleicht sprach er deshalb nicht. Weil er wusste, dass es nichts zu sagen gab. Statt zu sprechen, studierte er den Wachdienstplan. Er versuchte, die folgenden Wachen des Mannes, den er zu meiner Ablösung geschickt hatte, umzuschichten. Da hörte ich den Sergeanten den Tagesoffizier rufen. Dieser steckte den Plan in die Tasche und eilte in die Richtung, aus der der Ruf gekommen war, in die Kantine. Ich drehte den Kopf herum, und mein Blick traf auf das Auge in der Mitte des roten Kanisters vor mir. Da man an der Entladestation nicht ohne Befehl handeln durfte, wartete ich auf die Rückkehr des Offiziers. Ich wartete. Wartete. Und wartete …

»Ekber erwartet dich, Soldat. Du bist spät dran.«

Die Stimme kam aus meinem Rücken. Aber ich drehte mich nicht zu ihr um. Ich würde nicht hinschauen. Auch ich wusste, dass Ekber auf mich wartete. Auch ich wusste, was es bedeutete, zu spät vor Ekber hinzutreten. Doch der Tagesoffizier kam und kam nicht zurück. Sekunden verstrichen, Minuten kippten. Ich sah Ekbers Gesicht. Sein anschwellendes Gesicht. Seine kurz vor der Explosion stehende Miene.

»Ich leite die Entladung, Soldat. Warte nicht vergebens.«

Der Tagesoffizier kam nicht. Ekbers Gesicht schwoll weiter, und ich wartete noch immer. Ich musste los. So schnell wie möglich. Musste so schnell wie möglich Anschiss oder Ohrfeige abholen. Um jeden Preis. Sofort. Stand aber wie ein Idiot da. Stand sogar in Grundstellung da und wartete.

»Lauf in den Kanister!«
Ich schob den Lauf in das Loch im Kanister.
»Spannschieber ziehen!«
Ich zog ihn.
»Loslassen!«
Ich ließ los.
»Entsichern!«
Ich entsicherte.
»Abzug ziehen!«

!

Jäh löste sich der Schuss. Wie der Tod. So plötzlich, dass ich glaubte, jemand sei gestorben. So plötzlich, dass ich mich nach einer Leiche umschaute. So plötzlich, dass ich es nicht akzeptierte. Ich versuchte, ihn zurückzuholen. Was nicht ging. Die aus dem Patronenlager geschleuderte leere Hülse war längst gegen den Kanister geprallt und zu Boden gefallen. Als ich den aus dem Kanisterloch aufsteigenden feinen Rauch und den feinen Geruch einatmete, weckte mich die Stimme des Unteroffiziers.

»Warte! Erst das Magazin entfernen! Spannschieber ziehen und loslassen. Abzug ziehen. Sichern. Okay, jetzt das Gewehr langsam aus dem Kanister ziehen, leg es auf den Boden.«

Mir war, als wäre ich die Verlängerung des Körpers des Unteroffiziers. Ich tat, was er sagte, sogar, was er dachte. Ich entnahm das Magazin und schob es in die Tasche meiner Sturmweste. Ich zog den Lauf aus dem Kanister und legte das Gewehr auf den Boden. Ich war nicht bei mir. Ich steckte im

Unteroffizier, der die Lage sofort erkannt hatte und dabei war, das Problem zu lösen. Das war der Ort, an dem ich mich verbarg. Beim Gebrüll des Sergeanten fuhr ich aus dem Unteroffizier heraus und kam zu mir.

»Scheißkerl, was tust du da, Mann? Hundesohn! Willst du uns erschießen, du Bastard!«

Ich war eine wirre verknotete Angelschnur. Ein Knoten, den man herausschneiden musste. Ich war umzingelt vom Unteroffizier, vom dauermotzenden Sergeanten und den Soldaten, die, kaum dass sie den Schuss gehört hatten, aus der Kantine herbeigestürzt waren. Unter den Augen, die mich entsetzt anstarrten, als hätte ich einen Menschen umgebracht, obwohl ich lediglich in einen mit Sand gefüllten Kanister geschossen hatte, bemerkte ich einen. Dann noch einen. Und noch einen. Sie waren nicht erschrocken. Sie waren nicht entsetzt. Sie geiferten nicht. Sie lächelten. Ihnen war es egal. Sie berührten mich mit ihren Blicken. Schlugen mir auf den Rücken, boten mir Zigaretten an. Scheiß drauf, sagten sie. Scheiß drauf! Es waren Ekbers Soldaten. Ekber selbst teilte die Menge und kam auf mich zu. Flucht war unmöglich. Aus Willen errichtete Mauern. Der Schlag kam so plötzlich, dass ich mich tot glaubte. So plötzlich schlug er zu, dass ich wiederauferstand.

Auf der Tafel in der Kantine stand: »In der Gendarmeriebezirkskommandantur ist es seit … Tagen zu keinem Vorfall und Unfall gekommen.« Über den drei Punkten stand in blauer Schrift die Zahl 269. Laut Anweisung war ein Schuss in den Entladekanister ein Unfall. Da die Ziffer 269 aber versehentlich mit Permanentmarker geschrieben war und man bei der Inspektion auf keinen Fall Rechenschaft ablegen wollte, änderte sich die Anzahl von 269 vorfallsfreien Tagen nie. Und würde sich noch jahrelang nicht ändern. Wie in der ganzen Kaserne würde die Zeit auch auf der Vorfall- und Unfalltafel an der Wand stehen bleiben. Gegen uns kam niemand an. Nicht einmal die Realität!

»Ab sofort sage ich dir, was du frisst und was du scheißt.«

Ich hörte zu. Neben der Atatürk-Büste stand ich in Präsentierstellung. Eine Handbreit über Ekbers Kopf stand der Vollmond. Ein Nimbus umgab seinen Kopf. Allah-u Ekber!

»Dich trimm ich auch noch zum Mann. Keine Sorge.«

Vielleicht um warm zu werden, ich weiß es nicht, unsere Stiefelnasen standen zum Küssen nah voreinander. Speichel, Geruch und Stimme. Mein Gesicht vernahm, was ihm aus dem Mund kam. Mir aber wurde nicht warm. Mondkälte war eisig. Sie überzog meinen Körper. Ich trug eine Haut aus Eiseskälte und hörte weiter zu.

»Wie viele Monate bist du schon Soldat, verdammte Scheiße! Wie oft haben wir euch gesagt, kein Entladen, wenn keiner dabei ist? Wie oft? Aber du wirst das lernen. Du wirst alles lernen. Du wirst auch lernen, was es heißt, einen Zivilisten reinzulassen, ohne ihn durchsucht zu haben.«

Auch er fror. Durch meine geschwollenen Augenlider sah ich ihn bibbern.

»Was bist du von Beruf?«

»Ich war Student, Herr Kommandant.«

»Du hast die Uni nicht geschafft und bist hergekommen, stimmt's? Das Geld von Mama und Papa hast du durchgebracht, und jetzt ist das hier an der Reihe. Schade um das, was du isst, verflucht! Schade um das Bett, in dem du schläfst! Du Rindvieh, bist du auf den Bergen? Schläfst du im Schnee? Was fehlt dir hier?«

Ekber gehörte einer Spezialeinheit an. Er hatte den Fachkurs besucht. Das verriet die Rosette auf seiner linken Brust. Das SEK fing an, wo alles zu Ende ist. Das lernten sie zu allererst auswendig. Nichts aber konnte verhindern, dass er fror. Er schlotterte genau wie ich. Er ging vor die Hunde wie ich. Genau wie ich wusste er, dass gar nichts anfangen würde. Dem, was hier geschah, hätte ich allerdings vorgezogen, auf den Bergen zu sein und im Schnee zu schlafen. Statt hier Wachdienst zu schieben, schien es viel leichter zu sein, jemanden umzubringen oder selbst zu verrecken. Jeder Ort war besser als der Fleck, auf dem ich stand. Ich war vielleicht kein Kämpfer, aber ein Mörder könnte ich sein. In irgendeinem Gefecht hätte ich irgendeinen Hurensohn erschießen oder auf irgendeinem Pfad auf irgendeine Mine treten können. Kein Problem. Jetzt nicht mehr. Denn ich hatte noch ein halbes Jahr Militärdienst vor mir. Hunderte Tage und Nächte unter Ekbers Stiefeln.

»Morgen ist Inspektion. Ich hab mit dem Unteroffizier geredet. Gleich morgens gehst du in den Arrest. Da bleibst du stehen. Wenn du noch irgendeinen Scheiß anstellst, bei der Ehre meiner Mutter, dann ficke ich dich. Hau ab, das wär besser! Verstanden?«

Endlich war die Kälte einmal zu etwas nütze. Er würde es nicht weiter in die Länge ziehen.

»Zu Befehl, Herr Kommandant!«

»Verpiss dich jetzt, wasch dir Gesicht und Hände!«

Das Gesicht im Spiegel ähnelte meinem. Es war nur finsterer. Blauer. Roter. Schwärzer. Ich klapperte die Kabinen ab, suchte nach einem vollen Toilettenkännchen. Aus den Wasserhähnen kam kein Wasser. Würde es vorerst auch nicht. Mit einer viertelvollen Kanne kehrte ich vor den Spiegel zurück, in dem mein Gesicht auf mich wartete. Vier Waschbecken weiter rechts tauchte auf der Schwelle zur Tür, die das Klo vom Schlafsaal trennte, ein Schemen auf. Der Schein der einzigen Glühbirne gab nicht preis, wer es war. Ich erkannte ihn, als er näher kam. Wir hatten noch nie ein Wort gewechselt. Ich kannte lediglich seinen Namen: Cesim.

»Lass mich gießen. Wasch dir das Gesicht.«

Er nahm mir die Kanne aus der Hand und tröpfelte mir das Wasser in die Hände. Waren sie nass, befeuchtete ich mir das Gesicht. Langsam. Was die Fäuste nicht geschafft hatten, gelang den Tropfen. Mein Gesicht brannte. Die Wurzeln meiner Brauen, die Flecken an meinen Zähnen, die Risse in meinen Lippen taten weh. Bis sie trocken waren. Dann wurden sie wieder taub und verschwanden.

»Schmerz«, sagte ich. »Lässt einen sogar seine Poren spüren.«

Er lachte. Es klang wie ein Schluchzer. Ich trocknete mir das Gesicht. Mit meinem Arm. Drückte ihn behutsam auf. Auf Stirn, Kinn, Augen. Der Tarnärmel nahm die Nässe auf, der Rest blieb der Zeit überlassen. Als ich die Augen öffnete, sah ich vor meinem Mund eine Zigarette. Meine Hände waren nass. Ich öffnete die Lippen einen Spalt. Cesim drehte die Zigarette um und schob sie dazwischen. Er steckte sie mit dem Feuerzeug an, beobachtete, wie ich mir die Hände an der Hose trocknete. Als ich die am Nacken gepackte Zigarette aus meinem Mund nahm, machte er seinen auf.

»Von jetzt an sag ich dir, was du zu essen und zu kacken hast … So hat er angefangen, stimmt's? So fängt er immer an. Was du jetzt tun musst, ist vergessen. Deine Mutter, deinen Vater, wen auch immer du hast, vergiss sie alle. Damit fängst du mal an. Vergiss die Zivilen … Hat er dir die Waffe abgenommen?«

»Ncin.«

»Gut, das heißt, er hat dich bei uns aufgenommen. Weißt du, wie sie uns nennen?«

»Ja. Ekbers Soldaten.«

»Nein. Wir sind nicht Ekbers Soldaten. Wir sind niemandes Soldaten. Denn wir sind keine Soldaten. Wir tragen nur Soldatenuniform. Kapiert?«

»Nein.«

Er steckte sich selbst eine Zigarette an. Der Rauch, den er ausstieß, umfing meinen.

»Egal, scheiß jetzt erst mal drauf. Morgen sind wir alle beim Knast. Da reden wir. Geh jetzt schlafen. Diese Nacht ist die letzte deines Militärdienstes. Heute Nacht hast du keinen Wachdienst. Geh schlafen.«

Er drehte sich um und ging. Ich starrte in den Spiegel, bis die Zigarette auf war. Bis ich auf war, starrte der Spiegel zurück. Als ich die Tür der Kabine hinter mir öffnete, fiel mein Blick auf den an die Wand genagelten WC-Duft. *Air Fresh*. Wir hatten kein Wasser, aber schönen Duft. *Air Fresh*! Ich lachte. Als erfrischter, erleichterter Rekrut warf ich die Kippe ins Loch. Sie kreiselte in kleiner werdenden Spiralen und verschwand in der Dunkelheit. Kurz dachte ich, wenn ich ihr doch folgen könnte! Durch die Rohre, in die Kanalisation, dort geklärt wieder hinaus. An irgendeinem Ort der Welt. Durch irgendeinen Gully. *Anywhere out of the world,* hatte der tote Mann gesagt. Auch ich konnte Englisch. Genug, um zu sagen, *anywhere out of here.*

Seit Langem schlug ich zum ersten Mal ausgeschlafen die Augen auf. Zum ersten Mal wachte ich auf, ohne dass es noch etwas zu schlafen gegeben hätte. Ich erwachte in der Stube. Als ich den Kopf anhob, sah ich zwischen den Stapelbetten Stapel von Rekruten. Sie drängelten und beeilten sich, zum Frühstück zu kommen. Anziehen, rasieren und in die Kantine runter, bevor der Offizier vom Dienst die Stube stürmte. Wie immer brüllte der Sergeant herum, alles und jeden an.

»Heute ist Inspektion! Haltet euch nach dem Frühstück nicht auf. Jeder auf seinen Posten!« Nur Duran stand nicht auf. Vielmehr wühlte er sich in den vier Wolldecken so weit wie möglich nach unten. Das Licht in der Stube war schummerig, weil die Fenster vereist waren. Das Eis hatte sich wie ein Polyp an den Scheiben festgesaugt und sie blind gemacht. Flüche waren zu hören. Stapelweise Flüche. Flüche, von denen man nicht wusste, wer damit begonnen hatte und wer sie beendete. Da fiel mir etwas auf. Das war neu. Obwohl der Sergeant sah, dass ich noch lag, war er nicht zu mir gekommen. Versuchte mit keinem Wort, mich zum Aufstehen zu bewegen. Er lief an mir vorüber, zerrte den Mann unter mir am Arm aus der Koje, übersah aber mich. Er guckte nicht einmal. Ich traf Cesims Blick, er kam gerade aus dem Bad. Sein Gesicht war feucht, er hatte sich rasiert. Er kam zu mir, stützte den Ellbogen auf meine Pritsche. »Zieh dich an, geh zur Entladestation. Rasier dich nicht.« Damit verschwand er in der Menge. Mich nicht rasieren? Und das am Tag der Inspektion! Er dagegen hatte sich rasiert. Ich sprang vom Bett und stellte mich vor den Spind.

Bei der Armee ist alles standardisiert. Ankleiden, laufen, Gewehr auseinandernehmen und zusammensetzen, Stiefel zubinden, leben, alles. Und ich hatte eine Gewohnheit. Zählen. Die Sekunden. Beim Anziehen, beim Rasieren. An jenem Morgen aber war ich zu verwirrt zum Zählen. Dilettantisch sprang ich in die Kleider, als wäre es mein erster Morgen beim Militär. Ich schnappte mir das Rasierset aus dem Spind und hastete durch die Bettenreihen zum Bad, als Sabit mir entgegentrat.

»Hat Cesim dir nichts gesagt? Nicht rasieren! Hol dein Gewehr und komm nach unten!«

Ich dachte nicht weiter nach, drehte mich um, stürmte los. Warf den Beutel in den Spind, schlüpfte in den Parka, kontrollierte seine Taschen. Ein Paar ineinander verknotete und verklebte Handschuhe. Meine Schneemaske. Zwei Schachteln Zigaretten und ein Feuerzeug. Alles war da. Als ich die Stube verließ, sah ich den Sergeant an der Tür mich beobachten. Er musterte mein Gesicht, meine Wangen, mein Kinn. Sah, dass ich unrasiert war, schwieg aber. Er wandte den Kopf ab und brüllte die anderen an.

»Los! Los! Nicht trödeln!«

Ich sprang über die beiden Stufen vor mir und riss links die Eisentür zum Arsenal auf. Bis zum Morgenappell war es noch eine Stunde hin, weshalb noch niemand sein Gewehr geholt hatte. Ich zog das Gewehr und die Sturmweste vom Haken unter dem Etikett, auf dem meine Bettennummer stand, und stürzte hinaus. Die Weste zog ich über den Parka, das Gewehr hängte ich mir über die Schulter. Die vereisten

Stufen, die man hinuntermusste, um die Unterkunft zu verlassen, nahm ich mit Bedacht. Dann wandte ich mich nach links. Am Generatorraum vorbei gelangte ich zur Entladestation. Da glaubte ich den Schuss vom Vortag zu hören. Das Geräusch kam aber von der Tür der Generatorkammer. Sie war gegen die Wand geknallt, als sie aufging, heraus drang dichter Zigarettenqualm. Dahinter sieben Soldaten. Sieben Gemeine. Alle blickten mich an. Und ich sie. Der Letzte war Cesim. Die Zigarette hing ihm noch zwischen den Lippen. Trotzdem sprach er.

»Lauf auf Ekber!«

Sie lachten. Gewehrläufe wurden in die Löcher der Kanister gesteckt.

»Jeder Türke wird als Soldat geboren!«

Wieder lachten sie. Spannschieber wurden gezogen.

»Bis in den Tod.«

Spannschieber wurden losgelassen.

»Bis man zum Militär kommt!«

Abzüge wurden betätigt.

»Amen!«

Die Waffen wurden gesichert, die Magazine eingesetzt. Die aus den Kanistern gezogenen Gewehre wurden über die Schultern gehängt und los ging es. Ich sprach nicht. Machte einfach nach. Tat, was sie taten. Das Entladen hatte ich hingekriegt, indem ich meinen rechten Nebenmann beobachtete. Jetzt marschierten wir. Gleich würden wir das Stabsquartier passieren und Ekber begegnen. Am Morgen einer Inspektion müsste er eigentlich den Schnee vom Boden lecken lassen. Müsste das vom Himmel Gefallene vom Boden aufklauben lassen. Normalerweise Cesims Job. Heute aber war Inspektion. Was unsichtbar bleiben sollte, waren wir. Tatsächlich stand Ekber an der Tür zum Stabsquartier und teilte Befehle aus, als wiese er die vor ihm buckelnden Soldaten an, eine Pyramide zu bauen. Als er uns sah, verstummte er. Sabit vorneweg. Ekber stierte, als würde er gleich zubeißen. In den Nacken beißen und schütteln. Doch er tat nichts. Sagte nichts. Ich zog den Kopf zwischen die Schultern. Damit er nicht merkte, dass ich unrasiert war. Vergebens.

»So ist das also!«, sagte er, als ich an ihm vorüberging. Beim nächsten Schritt explodierte hinter meinem rechten Knie ein Schmerz. Der konnte nur von einem Spatenstiel stammen. Doch ich irrte. Als ich mich mit links vom Boden abstieß und wieder auf die Beine quälte, sah ich, dass Ekber die Hände in den Taschen hatte. Offenbar hatte er getreten. Cesim zog mich am Arm hoch. Als mein rechtes Knie sich vom Boden löste, murmelte er:

»Ja, so ist das, verfickte Scheiße!«

Das Kasernentor quietschte, und wir marschierten hinaus. Wir hielten die Gewehre jetzt anders, hatten zu Bereitschaft gewechselt. Sabit klopfte mit der linken Hand gegen seine linke Ferse. Das Zeichen kannte ich. Von der Grundausbildung. Vom Exerzieren im Verband. Es bedeutete: Zwischenraum überprüfen! Wie ein echter Verband marschierten sie auf die einzige Straße der Kreisstadt hinaus. Sie vergrößerten die Zwischenräume und marschierten los. Aus Sicherheitsgründen. Eine Vorkehrung, die getroffen wurde, damit ein Killer, der uns womöglich aus weiter Ferne durchs Fernglas beobachtete, beim ersten Schuss maximal einen Mann erwischte. Ich war nicht so flink wie sie, der Zwischenraum zum Vordermann war aber bereits weit genug. Selbst wenn ich gewollt hätte, hätte ich nicht aufschließen können. Die

Stelle, an der mein rechtes Bein eingeknickt war, schmerzte nach wie vor, ich hinkte.

Ich war zum ersten Mal auf dem Weg zum Gefängnis. Marschierte zum ersten Mal mit Gewehr in Bereitschaft durch die Straßen, Schaft oben, Lauf unten. Wie bereit zum Gefecht, das jeden Augenblick losbrechen könnte. Vielleicht waren die anderen bereit, ich aber gab mir nur Mühe auszusehen, als wäre ich bereit. In Wahrheit konzentrierte ich mich darauf, nicht zu rutschen. Nicht auszurutschen und hinzufallen. Ich zog mein rechtes Bein nach und achtete darauf, die schneebedeckte Seite der Straße zu benutzen. Es war nicht zu erkennen, wo der Gehweg anfing und aufhörte. Hier schätzte niemand Gehwege. Sie waren einfach nicht gefragt. Die Einheimischen hatten es gern breit. Straßen und Wege sollten breit sein. Nur ihre Häuser waren klein. Wegen der Kälte. Das einzig Beengte hier waren ihre Häuser. Ansonsten mochten sie keine Grenzen. Lieber liefen sie Arm in Arm mit ihrem klapperdürren Vieh mitten auf der Straße, die Handys dudelten Rojdas *Hoy Nar* dazu. Vielleicht war das der Grund dafür, dass Benzinhändler und andere Schmuggler mit ihren Nissan Pick-ups täglich einen Jungen oder ein Tier überfuhren.

Den Rhythmus hörte ich zuerst. Die Musik. Dann stieg die Straße an und die Linie weiter hinten verbreiterte sich. Wie ein am Horizont auftauchendes Schiff wuchs urplötzlich der rote Lkw aus dem Boden. Die Musik dröhnte lauter, als er näher kam. So laut, dass sie den Motorlärm übertönte. Die Scheiben waren offen, obwohl minus vierzehn Grad herrschten. Ihre Haare waren gegelt, obwohl es sechs Uhr morgens war. Die Hände mit Zigaretten zwischen den Fingern schlenkerten, die beketteten Reifen walzten über die Straße. Die Bäcker-Brüder. Agit und Felat. Von zwei Kubanern am Strand von Miami unterschied sie nur, dass hier weit und breit keine Frau war, die ihnen bewundernde Blicke hätte schenken können. Den Song kannte ich. Zwei Songs waren übereinandergelegt. *Qu'est ce qu'on attend?* und *Antisocial.* Der erste stammte von NTM. *Nique Ta Mêre.* Also, *Fick Deine Mutter.* So hieß die Band. Frankreich war Femininum auf Französisch. Die Mutter, die hier gefickt werden sollte, war Frankreich. Eine Hip-Hop-Band, gegründet, um sich an Frankreich und am Staat zu rächen. Natürliche Folge der Kolonialisierung Algeriens war es, in Seine-Saint-Denis Sozialwohnungen hochzuziehen und möglichst zu verhindern, dass das Blut der neun Kilometer außerhalb von Paris massakrierten algerischen Kids auf die Hauptstadt übersprang. NTM war aber für den Übersprung gegründet worden. Um ein Fuß zu sein, der aufstampfte. Aufzustampfen gegen Armut, Diskriminierung, Schmerz, Blut und Geschichte und sie alle in den Elysée-Palast, die Residenz der französischen Staatspräsidenten, überspringen zu lassen. So viele Barrikaden die Polizei mit ihren Schilden gegen Migrantenaufstände errichtet hatte, es war nicht gelungen, Paris sauber zu halten. Neben den Flüchen und Knochengeräuschen von Kämpfen war auch der Krach von NTM zu hören gewesen. Es war dann die Punkband Trust, die *Antisocial* über *Qu'est ce qu'on attend?* gelegt hatte. Was aber hatte die in einer fernen Schlacht geschwungene Faust, die hier die Frage *Worauf warten wir noch, um zu zerstören?* stellte, im Lautsprecher des Lkw mit Agit am Steuer zu suchen? Sein Neffe und Namensvetter Agit lebte in Seine-Saint-Denis und kam jeden Sommer auf Verwandtenbesuch in der Kreisstadt. Bei jedem Besuch plapperte er viel in seinem stümperhaften Kurdisch.

Zählte auf, wie viele Polizisten er mit Molotowcocktails beworfen, wie viele Autos er angezündet hatte, und erzählte von NTM-Konzerten. Das alles war Felat und Agit nicht fremd. Auch NTM nicht. Als Geschenk hatte der Neffe eine CD mitgebracht. Die spielten sie Morgen für Morgen und beschallten die Kreisstadt damit. Um ihren in Frankreich lebenden Neffen und den Plan Zehntausender seiner Landsleute, Frankreich abzufackeln, von Herzen zu unterstützen. Träumten sie auch davon, die Türkei abzufackeln und zu zerstören? Nein, denn es gab ein Leben, dem ihre Sehnsucht galt: das im Fernsehen. Bis sie das erreicht hatten, musste Istanbul bestehen bleiben. Wenn nötig, würden sie es später abfackeln. Vorerst aber nicht. Keiner von beiden hatte vor, ins Terroristenausbildungscamp Jerma Betkar zu gehen. Sie planten nicht, siebzehn Paar Socken übereinanderzuziehen, um sich auf die Lauer zu legen und an Berghängen Schakal zu spielen, oder sich meterweise Schärpen um den Bauch zu wickeln, um den Hunger nicht zu spüren. Sie wussten es. Sie hörten es. Ihre älteren Brüder waren gerade erst zurück. Die Familie hatte ihren Zoll gezahlt und die Söhne gerettet. Von ihnen hatten sie gehört, wofür PKK stand. Hatten gehört, was es bedeutete, wochenlang wie Rindviecher zu leben und inmitten von Viehherden die Grenze zu überqueren, um nicht geschnappt zu werden. Einen Security-Job beim Kurdischen Institut in der Hauptstadt Frankreichs aber, wo mindestens zehn Familien aus den Dörfern der Umgebung lebten, würden sie durchaus annehmen. Das galt für Agit so gut wie für Felat. Sterben würden sie für die PKK zwar nicht, aber um ihretwillen französische Staatsbürger werden und französische Mädchen ficken, die das Wunder Internet ihnen vor Augen geführt hatte, würden sie durchaus. All das wusste ich. Denn das wussten alle. Denn die beiden versorgten die Kompanie mit Brot. Denn sie plapperten ohne Unterlass. Denn um zu büßen, kamen ihre älteren Brüder, die dank des Rückkehrgesetzes vor dem Knast verschont geblieben waren, dreimal täglich zum Stabsquartier gelaufen.

Ich sah, dass der rote Lkw sich verlangsamte. Dass er anhielt. Neben Cesim. Die Stimme von Joey Starr von NTM, dermaßen aufgedreht, dass sie eine Lawine auslösen könnte, stopfte uns noch drei weitere Sätze ins Ohr. Dann fuhr der Lastwagen zwischen uns hindurch und entführte auch Joey Starr, den Urheber des Spruchs: »Hoffnung ist eine Vaselinemarke.« Erst da sah ich, dass Cesim ein kleines weißes Paket in seinen Parka schob. Beim Weitermarschieren würgte er den Reißverschluss des Parkas hoch. Ich überlegte noch, was Agit Cesim wohl gegeben haben mochte, als ich den dicken Bauch der Straße passierte. Zum ersten Mal. Obwohl die Erhebung nur einhundert Meter von der Kaserne entfernt lag, war ich noch nie auf der anderen Seite gewesen. Jetzt war ich da. An der Linie, an der die Kreisstadt endete und das Himmelweiß ins Bodenweiß überging. Vor einer Leere, angesichts derer keine der in der Ausbildung eingepaukten Methoden zur Entfernungsermittlung von Nutzen war. Die Straße war kurz zuvor geräumt worden. Deshalb war sie schwarz. Weit führte sie hinunter, dann ging es wieder hinan und in weiter Ferne erklomm sie einen Berg, hinter dem sie verschwand. Auch der Berg war so weiß wie der Himmel, die Straße wand sich wie eine Leiter ins Paradies hinauf. Als ich den Blick von dem Punkt löste, an dem die Straße in den Himmel stach, entdeckte ich das Gefängnis.

Zum ersten Mal erblickte ich das Gebäude, wo die Abenteuer spielten, von denen ehemalige Soldaten erzählten, wenn sie sich am Ofen wärmten. Dort Wache zu schieben, war ein Privileg. Ein Geschenk, das man drei Monate vor der Entlassung erhielt. Ein Ort, den kein Vorgesetzter aufsuchte, solange es keine Durchsuchung gab. Der Traum des Rekruten. Danach sah es aber gar nicht aus. Ringsherum herrschte Weiß, als hätte es nie andere Farben gegeben. Der Bau selbst war irgendwo zwischen Grau und Schwarz stecken geblieben. Er wirkte wie ein von Weitem hingeschleuderter Stein. So hockte er rechts von der Straße. Das einsamste Gebäude, das ich je gesehen hatte. Als wäre es selbst der Bestrafte. Ein zur Einsamkeit verdammtes Gefängnis. Zu Einsamkeit, Schwärze und Winzigkeit. Es war nicht größer als ein zweigeschossiges Haus. Viel hässlicher und schwächer, als ich gedacht hatte. Irgendwie erinnerte es an ein Kartenhaus. Eine kleine Dorfkirche. Keine Ahnung warum, aber so kam es mir vor. Vielleicht aufgrund der hohen Front, die ich besser sah, als wir näher herankamen. Wie Eingänge alter Villen. Ein in den Himmel ragender Giebel mit einem Fenster in der Mitte. Die Mauer ringsherum war mindestens so schwarz wie der ganze Bau und aus Stein. Sie trug einen sich kreisförmig windenden Stacheldraht. Israelische Ware, Klingendraht. Klar, dass er nicht nach Vorschule aussehen würde, aber der Bau war deprimierend wie eine Leiche. Nicht verlassen, vielmehr so, als hätte nie jemand darin gelebt. Als hätten die Erbauer statt Stein und Mörtel Krankheit und Tod verbaut. Wie vergessen. Dabei saßen Gefangene darin. Es gab sogar einen Strafvollzugsbeamten und hinter den Mauern Wachposten. Ich wusste, dass sie dort waren, doch es fiel schwer, das zu glauben. Deshalb schaute ich zu den hohen Wachtürmen hinter dem Gebäude hinüber. Zwei Türme mit Telefonhäuschen obenauf. Um irgendjemanden sehen zu können. Einen Soldaten. Doch sie waren leer, die Scheiben zerbrochen. So viel konnte ich auf die dreißig Meter Entfernung erkennen. Ohne sie hätte sich die durch das Weiß ziehende schwarze Straße nicht von einem zweidimensionalen Bild unterschieden.

Ein paar Schritte weiter entdeckte ich das rote Eisentor, das die beiden Enden der Mauer, hinter der Sabit verschwunden war, miteinander verband. Die einzige Farbe außer Schwarz. Offenbar frisch gestrichen. Es glänzte. Es reichte den Soldaten, die hindurchglitten, bis zur Brust. Hier fehlte der Stacheldraht, der die Mauer krönte. Der beste Fluchtweg musste das Tor sein. Um darüber hinwegzuspringen, sollten ein Paar lange Beine und etwas Mut ausreichen.

Soldaten gingen hinein, Soldaten kamen heraus. Unter den abgelösten Wachposten war auch der Zugführer meiner Abteilung von siebzehn Mann, mit dem ich von der Grundausbildung gemeinsam hergekommen war. Dass er zusammen mit den alten Hasen im Gefängnis Wache schob, hatte er seinem Schreibjob zu verdanken. Er war der Einzige, mit dem ich mich verstand. Akif. Jetzt war er Gefreiter. Er hatte studiert, zwei Jahre. Jetzt bedauerte er so sehr, kein vierjähriges Studium absolviert zu haben, dass ihm die Augen feucht wurden, wenn das Thema zur Sprache kam. Er war als Sekretär in der Operationsausbildungsabteilungskommandantur tätig. Ein Riesenname für eine winzige Kammer. In dem Raum, den er mit einem Sergeanten mit Mühe und Not teilte, arbeitete er an einem Computer in den letzten Zügen. Akif führte die gesamte Korrespondenz der Kompanie mit der Außenwelt. Der Sergeant paraphierte und ließ den Kompaniechef unterzeichnen. Heute aber war Akif ein gewöhnlicher Soldat. Denn heute war Inspektion. Denn es waren zwar Tausende Gemeine und Gefreite als Sekretäre in der Armee tätig, doch das widersprach den Ausführungsverordnungen. Deshalb waren alle Sekretäre vorübergehend suspendiert worden, obwohl der Oberst, der zur Inspektion kam, als Gefreiter selbst Sekretär gewesen war.

Inspektionen sind Inszenierungen außergewöhnlich großen Stils. Nötigenfalls werden in einer Stunde dreitausend Bettlaken gewechselt und nach der Inspektion erneut die verschlissenen, schmutzigen aufgezogen. Wenn nötig werden Gemeine und Gefreite in Luft aufgelöst. Es gibt nichts, das nicht getan, keine Lüge, die nicht vorgebracht würde, damit die Inspektion anstandslos verläuft. Da die Armee eine in Entwicklung begriffene Organisation ist, genau wie die Medizin, werden den Soldaten die neuesten Fassungen fünfzigjähriger Bestimmungen eingepaukt. Die, die sie behalten, lassen sich an den Fingern zweier Hände abzählen. Das alles weiß auch der Inspekteur. Denn es gibt immer einen Vorgesetzten und eines Tages wird er selbst inspiziert. Aus diesem Grund sind Inspekteure, die mehr sehen wollen, als gezeigt wird, selten. Jeder weiß, dass alles in den Vorzustand zurückkehrt, sobald die Delegation fort ist. Jeder weiß, dass Akif sich wieder an den Computer setzen wird, ein gemeiner Soldat, der Geheimhaltung unterliegende Informationen, die ihm nicht zugänglich sein sollten, pauken muss, die Toilette, deren Tür während der Inspektion verschlossen war, überläuft und es wieder Anschisse hagelt. Im professionellen Militär ist Heldentum leider eine Ausnahme. Vor allem aber gab es eine Jahreszeit für Inspektionen: Herbst.

Der Nettigkeit, »da soll mal einer hinfahren und nach den Jungs sehen, damit sie nicht erfrieren«, wer weiß welchen Hauptstadtgenerals die Inspektion entsprungen war, die uns zum Gefängnis führte.

Als Akif, mit dem ich in der Grundausbildung, in der ich all dies gelernt hatte, zusammen gerobbt war und zusammen geflucht hatte, an mir vorüberging, würdigte er mich keines Blicks. Ich konnte mir vorstellen, warum nicht. Ich war aus der Abteilung, die er führte, die hier aber ohne Belang war, ausgestiegen. Und in eine andere eingestiegen. In die Abteilung der Verfluchten. Mit mir zu sprechen konnte gefährlich sein. Verfluchung konnte anstecken. Ich grollte ihm nicht. Wir befanden uns nun einmal an unterschiedlichen Orten. Unter unterschiedlichen Umständen. Oder er war darüber geblieben, ich aber unter die Umstände geraten. Die Umstände waren zur Guillotine geworden, und ich hatte den Kopf ausgestreckt. Durch das rote Eisentor …

Zuerst sah ich das Schild. Das Schild neben der in die Mauer gequetschten, schmalen grauen Tür. Da sich über der einzigen Tür des Gebäudes ein Fenster befand, hatte man es nur seitwärts anbringen können. Ein rotes Schild. Im selben Ton wie das Außentor. Darauf stand in weißen Lettern: STRAF- UND VOLLZUGSANSTALT. Die großen Buchstaben quollen nachgerade über das Schild hinaus. Mich flog der Gedanke an, das Schild sei das Gefängnis, die Buchstaben seine Insassen. Zwischen Außenmauer und Gebäude lag ein leerer Platz von dreißig Metern. Selbstverständlich war nicht auszumachen, ob der Boden aus Stein oder Erdboden bestand. Das Eis, auf dem wir lebten, war auf dreißig Zentimeter angewachsen. Wir waren alle gewachsen. Rechts und links von mir standen zwei Wachtürme. Beide waren in die Ecken gestellt, in denen die Mauern aufeinandertrafen. Es waren eher Baracken aus Stein als Wachtürme. Baracken mit Eingängen ohne Türen und Fenstern ohne Scheiben. Dann stand da noch eine Hütte für den Unteroffizier vom Dienst. Eine Hütte mit Fensterscheibe in der verschlossenen Tür.

Später sollte ich erfahren, dass es sich bei dem Gefängnis, in dessen Hof ich stand, um eine Anstalt des Typs A1 handelte, 1953 erbaut. Seither hatte sich nicht mehr verändert als die Personen, die hier gesessen hatten. Im Fenster über der grauen Tür entdeckte ich ein Gesicht. Ein Gesicht mit Stoppelbart, das aus dem Kragen einer nachtblauen Jacke ragte.

»Der Müll muss raus.«

Vier Soldaten marschierten zu den Türmen hinter dem Gebäude. Cesim dagegen zündete sich eine Zigarette an. Es war Sabit, der sprach.

»Schick her.«

Als das Fenster leer und geschlossen wurde, traf ich Cesims Blick, »Verriegel das Tor!«, sagte er. Ich drehte mich auf der Stelle um. Die Beschläge waren derart verrottet, dass man das Tor ausbalancieren musste, um den Bolzen ins Loch zu schieben. Mit beiden Händen. Als ich das Gewehr über die Schulter hängte, hörte ich, wie im Gebäude ein Schlüssel gedreht wurde. Ich wusste nicht, wo der Müll entsorgt wurde. Was sollte geschickt werden? Ich hatte nur begriffen, dass das rote Tor verriegelt sein musste, bevor die graue Tür aufging. Endlich hatte ich Riegel und Falle auf einer Linie, und das Tor saß fest. Sofort nahm ich das Gewehr von der Schulter, ging erneut in Bereitschaftsstellung und beobachtete, wie sich die graue Tür öffnete. Ein junger Mann in unserem Alter trat heraus. Er trug eine schwarze Trainingshose, darüber ein weißes Unterhemd. Auf die Füße hatte ich nicht geschaut. Erst als ich Latschen über Eis schlurfen hörte, bemerkte ich, dass sie bloß waren. Bei minus sechzehn Grad war er quasi nackt. Mit beiden Händen hielt er einen rostigen Ölkanister gepackt und kam auf mich zu, blickte aber zu Boden. Weniger als fünf Meter vor mir bog er rechts ab und leerte den Kanister in die Mülltonne, die mir zuvor gar nicht aufgefallen war. Ich musterte seine Hände. Seine Füße. Bei einem Fluchtversuch würde er die zuerst einsetzen. Doch er verhielt sich nicht so, als hätte er eine solche Absicht. Er schwenkte den Kanister ein-, zweimal und überzeugte sich, dass er leer war. Dann hob er den Kopf und blickte mich an. Er neigte leicht den Kopf und grüßte. Und lächelte. Er war so groß wie ich, hatte in etwa mein Gewicht. Er ähnelte mir. Nur sein Haar war etwas länger und wirr. Auch er war unrasiert gleich mir. Als er in seine Fußstapfen trat und denselben Weg zurücklief, blickte ich ihm hinterher. Er war der erste Gefangene, den ich je sah.

Später sah ich etliche. Eiserne Schüsseln oder Blechkanister unter dem Arm, die Spuren ihrer feuchten Pritschen auf dem Rücken, liefen sie an mir vorüber und pflügten mit den Zehen Schneisen in den Schnee. Zerknittert, verrunzelt und bucklig. Mit der Zeit sahen sie alle gleich aus. Nichts unterschied sie mehr. Trainingsjacke oder Strickjacke. Sie hackten Holz, fegten und putzten den Steinweg, der von der grauen Tür zum roten Tor führte. Sie sangen. Boten uns Baklava an, das ihre Frauen mitbrachten. Sie umarmten und küssten uns, als wir ein Kind, das von zu Hause ausgerissen zum Gefängnis gelaufen kam, ohne Wissen des Staatsanwalts zum Vater brachten. Sie verfluchten uns, als wir die Decken durchsuchten, die Verwandte ihnen brachten, und das Haschisch darin fanden. Beim ersten Schritt aus der grauen Tür heraus, holten sie tief Luft und schauten in den Himmel hinauf. Es gab Todesfälle. Da stimmten sie Klagelieder an. Beim Durchsuchen brach eine Schuhsohle. Das zeigten sie an, zündeten Betten an. Doch all das taten sie gemächlich. Schön langsam. Damit die Zeit nicht stehen blieb. Sie hatten keine Eile. Genau wie wir. Sie warteten. Darauf rauszukommen …

Zu beiden Seiten der Mauern warteten wir gemeinsam. Schauten zugleich auf beide Seiten der Mauer. Sahen aber außer der Mauer rein gar nichts.

Wer mehr als zehn Jahre sitzen musste, wurde ins E-Typ-Gefängnis in der Provinzhauptstadt überstellt. Was wir bewachten, steckte voller illegaler Waffenbesitzer. Zuwiderhandlung gegen Gesetz 6136. Da jeder eine Waffe trug und keiner einen Waffenschein dafür hatte, spazierte die gesamte Kreisstadt hier herein. Wurde Platz frei, kamen andere rein. War es voll, wartete man darauf, dass Platz frei wurde. Das Gefängnis war für vierundzwanzig Häftlinge ausgelegt. Vierzig saßen darin. Kamen sie raus, kamen vierzig andere rein.

Noch zwei Gefangene leerten ihren Müll aus, dann wurde die graue Tür von innen verschlossen. Jetzt konnte ich fragen. Mein Bein schmerzte noch immer.

»Warum wolltet ihr nicht, dass ich mich rasiere?«

Cesim warf Sabit einen Blick zu, Sabit spie auf den Boden. Er hob den Blick zu mir und sagte:

»Es gibt zwei Wege, um das hier zu ertragen. Der Weg, den du gekommen bist, und der, den wir gehen. Auf dem Weg, den du gekommen bist, wird jeder an den eigenen Haxen aufgehängt. Keiner steht keinem bei. Bei deinem ersten Ausrutscher werfen sie dich zu Boden. War es nicht bei dir auch so? Du hast Mist gebaut, sie standen Schlange, um dich zu zerreißen. Du bist sauber. Du hast studiert. Du verstehst solche Dinge. Um nicht unterzugehen, musst du die Reihen schließen. Wenn sie dich aufhängen, musst du so schwer sein, dass das Seil reißt. Und dazu musst du Bruder sein. Unser Bruder.«

Şamil, der noch kein Wort mit mir gewechselt hatte, mischte sich ein.

»Weißt du, warum du hier bist?«

Das wusste ich.

»Ich leiste Wehrdienst.«

»Nennst du das, was du hier tust, Wehrdienst? Glaubst du, acht Stunden am Tag hier und da strammzustehen, sei Wehrdienst? Dienst du deinem Vaterland mit Kohlenschleppen und Aufzählen der Methoden zum Zielauffassen beim Appell? Denk nach, hat man dir das über den Wehrdienst erzählt? Du wurdest mit Trommeln und Pfeifen begrüßt! So heißt es immer, stimmt's? Das ist, was jeder Kommandant sagt. Hättest du gewusst, was dich hier erwartet, hättest du da nicht lieber gleich die Pfeife in die Trommel gerammt?«

Cesim hatte den Wachturm zu meiner Linken betreten und war nicht mehr zu sehen. Da ich noch immer nicht begriffen hatte, warum ich den Tritt gegen das Bein kassiert hatte, ließ ich Şamil nicht ausreden.

»Schön und gut, aber wieso reizen wir denn die Typen, wenn wir schon keine Chance haben? Der bringt mich vor Gericht, und ich trete unrasiert vor ihn hin! Und dann?«

Die Antwort gab an meiner Stelle Cesim, als er aus dem Turm trat. Dabei hatte ich auch schon eine parat.

»Gar nichts passiert. Überhaupt nichts. Wir sind keine Soldaten. Sowenig wie sie. Wir sind Schergen von Beamten in Uniform. Die sind hier, um sich ein tolles Auto leisten zu können. Sie sind hier, weil man hier kein Geld ausgibt. Wo aber ist der Krieg? Überall, nur hier nicht! Was tun wir? Wir knabbern Kürbiskerne, gucken Fußball, putzen Klos, paaren Hunde. Wir spielen hier ein Spiel, verdammte Scheiße!«

Cesim brüllte und deutete mit der Zigarettenhand auf Sabit.

»Keiner dieser Männer hier beugt sich. Niemals und niemandem! Aber hier sind sie nicht mal so viel wert wie ein Köter. Kennst du die Jungs hinten? Fatin? Aus Pervari. Seinen Vater hat die PKK erschossen. Weil er Schützer war. Und dann? Nichts! Fatin kam zum Militär. Als sie ihn das erste Mal zur Sau gemacht haben, ist er ausgetickt. Wer war bei seinem Vater, als der starb? Fatin! Weißt du, warum? Weil auch er Schützer war. Weißt du auch, warum sie ihn zusammengeschissen haben? Weil er mit einem Landsmann Kurdisch geredet hat. Dafür gibt es vier Monate. Er wartet auf das Urteil. Muss jeden Tag kommen. Hör mir gut zu, du bist nicht rasiert, weil es nicht um den Bart geht. Du bist nicht rasiert, weil du dich nicht gefügt hast! Du bist nicht rasiert, weil du in Ekbers Kanister abgedrückt hast!«

Beim letzten Satz lachte er. Auch Şamil lachte. Sabit ebenso. Während ich Cesim zuhörte, dachte ich, diese Männer, die Ekbers Soldaten genannt wurden, waren genauso wie die anderen. Tatsächlich gab es keinen Unterschied. Nur dass die hier die Chuzpe hatten zu tun, was sie dachten. Während die anderen aus Angst stumm blieben und gehorchten, muckten die hier auf und fingen Streit an. Ich war aus einer Hornochsenherde in die andere gestolpert. Und trug auch noch den Toten mit mir herum. Der Tag meiner Entlassung aus dem Militärdienst kam mir so fern vor, als läge er in der Vergangenheit. Als käme er niemals.

Cesim steckte die aus dem Parka gefischte Zigarette mit dem von Sabit gezückten Feuerzeug an, nach dem ersten Zug reichte er sie mir. Ich hatte mich getäuscht. Es war keine Zigarette. Es war in eine ausgehöhlte Zigarette gedrücktes

Hasch. Das kleine weiße Päckchen von Agit. Cesim musste sie im Wachturm präpariert haben. Ich zog einmal und stapfte zum Turm rechter Hand. An der Schwelle hielt ich inne und lehnte mich an. Die Hände in den Taschen, die Augen auf dem Eis, hörte ich, was ich nicht hören sollte. Am Ende sprach wieder die Stimme, die mir befohlen hatte, in den Kanister zu schießen.

»Dein Leben lang wirst du auf solche Leute treffen. Die sich schnell aufregen, die schnell töten, schnell bereuen. Die nur beim Reden denken. Und verdummen, wenn sie schweigen. Das kannst du nicht vermeiden. Sie tauchen überall auf. Wie Ratten. Da gibt es für dich nur eins zu tun …«

Kam es von dem Zeug, das ich inhalierte, oder vom Exhalieren beim Zuhören? Jedenfalls war ich stocksauer. Und brüllte leise.

»Fick dich! Alle sagen mir, was ich tun soll! Ekber sagt es, Cesim sagt es, du sagst es! Aber keiner von euch weiß es!«

Auch ich wusste es nicht. Kein Problem. Es war nicht das erste Mal. Ich trat einen Schritt zurück. Jetzt stand ich im Turm. Die Wände waren schwarz von Schrift. Tausende Inschriften von den Händen Tausender Soldaten. Es mochten Hände darunter gewesen sein, die später abgetrennt wurden. Was änderte das schon. Ich zog das Gewehr von der Schulter und legte es auf den Boden. Links von mir ging ein Fenster auf die Straße hinaus. Ohne Scheibe. Statt ihrer steckte ein Umhang dort. Ein zusammengefalteter, ins Fenster der dickwandigen Baracke gestopfter Umhang. Um die Kälte abzuhalten. Ich zog ihn heraus, schüttelte ihn aus und breitete ihn auf den Boden. Als ich mich wieder aufrichtete, erblickte ich durchs Fensterloch einen Jungen. Wenig größer als mein Gewehr. Er ging. Stapfte mit Riesenschritten in seiner blauen

Schuluniform durch den weißen Schnee, hob dabei die Knie so hoch wie möglich. Er hielt einen gelben Luftballon in der Hand. Einen gelben Ballon, auf den weiße Plastikbecher wie Strahlen einer Sonne geklebt waren. Ein Ballon, aufgeblasen wie der Leib des Jungen. Er sah aus wie ein Seeigel mit Stacheln aus Plastikbechern. Wer weiß, in welchem Fach das Experiment die Hausaufgabe gewesen war. Physik oder Erdkunde? Von meinem Standort aus war nicht mehr zu erkennen. Klar war nur, dass der Junge eines Tages mit dem Ballon in seiner Hand fliegen würde. Würde er eines Tages von hier fortgehen, dann weil der Ballon es ihn gelehrt hatte. Um hier wegzukommen, blieb ihm nichts anderes übrig, als mit dem gelben Experimentierballon zu fliegen. Zunächst musste er den Schnee überwinden und in die Schule gehen, seine Aufgabe abliefern, sich das Abschlusszeugnis holen und dann weiter andere Schulen besuchen. In der Ferne. Schulen, in denen Lehrer fest angestellt waren und nicht nur mit Zeitverträgen, darauf gefasst, jeden Augenblick entlassen zu werden. Schulen außerhalb der Reichweite von Männern, die sagten: »Es herrscht kein Lehrermangel, also stellen wir mit Zeitverträgen ein.« An Orten, an denen kein Mangel an Menschlichkeit herrschte. Das war sein einziger Fluchtweg. Und das wusste er. So fest hielt er seine Hausaufgabe, dass er im Schnee versank, der gelbe Meteor aber schwebte. Er tat, was seine Knie hergaben, um seinen Freunden davonzulaufen, die nach demselben Ballon lechzten. Ich konnte nicht länger hinschauen. Mein Magen war nicht Atlas, dass er die Welt des Jungen vertragen hätte.

Ich streckte mich auf dem Umhang aus und blickte den toten Mann an, der an der Wand lehnte. Musterte seine Schuhe, seinen Anzug, seine Miene. Und er beobachtete mich. Ich sperrte mich nicht länger. Ich schaute nicht länger hin und schloss die Augen vor dem Leben. Im Liegen hielt ich sogar die Luft an, damit nichts verriete, dass ich am Leben war. Doch es nützte nichts. Mit der Zeit gewöhnte ich mich an das Leben. Lebte ich noch länger, würde ich mich womöglich gar vor dem Sterben fürchten. Der Turm roch reichlich nach Selbstmord. Ich beschloss, mich beim nächsten Wachdienst umzubringen.

»Tu das nicht.«

»Verpiss dich!«

9

Ich dachte über den letzten Satz nach, den ich in mein schwarzes Notizbuch schreiben würde. Man würde es ja bei mir finden. Mir fiel ein, wo es hingehörte. In die linke Brusttasche meines Parkas. Dort würden sie es finden, wenn sie meine Leiche durchsuchten. Ich blätterte ein paar Seiten zurück und schaute, worüber ich geschrieben hatte. Ich hatte erzählt, was mir gerade in den Sinn gekommen war. Vom toten Mann, von Cumas Haaren, davon, mit einem Granatenwerfer dafür belohnt worden zu sein, dass es nicht zum Tourismusgendarmen gereicht hatte, von den Gemeinen als Fundament des Militärs. Jetzt brauchte es einen letzten Satz. Am Vortag war ich zehn Stunden lang mit Cesims Trupp im Gefängnis gewesen, hatte nach dem Abendessen eine Stellung gegraben und bis zum Morgen Sandsäcke geschleppt. Hatte mit meinen Fäusten in zerschlissenen Handschuhen auf Sandsäcke eingeprügelt. »Ich bin erschöpft«, könnte mein letzter Satz lauten. Ich hatte nicht einmal mehr die Kraft, den Blick zu heben. Konnte nur zu Boden starren. Auf meine

Füße. Auch wenn ich beim Wachdienst im Gefängnis nahezu eine Stunde geschlafen hatte. Erschöpfung war aber unwichtig. Ich war am Prophetenherd. Hier konnte man Propheten verbrennen, um sich aufzuwärmen. Wen kümmerte meine Erschöpfung? Ich konnte ja noch stehen. Vor allem aber sah ich von der anderen Seite des Stacheldrahts her immer noch wie ein Soldat aus. Ich dachte an meinen Vater. An Mutter. Doch vor meinen Augen blieb es leer. Ihre Gesichter erschienen nicht. Ich konnte mich nicht daran erinnern, wie sie aussahen, stammelte nur ihre Namen. Zum Erinnern reichen Namen nicht aus. Gewissen, sagte ich laut. Konnte mich aber nicht daran erinnern, was das sein sollte. Weder das Gewissen noch seine Qualen …

Die erste Stunde der Wache war mit Schreiben vergangen, jetzt war das Sterben an der Reihe. Aber dieser letzter Satz, was sollte der nun sein?

»Interessiert dich gar nicht, wer ich bin?«

Natürlich nicht. Mich interessierte überhaupt nichts mehr. Mit einem Lächeln meiner von der Kälte gekräuselten Lippen beantwortete ich die Frage des Toten. Mit einer Gegenfrage.

»Was macht das für einen Unterschied?«

»Das kapierst du, wenn du es weißt.«

Mich interessierte nicht, was er sagte. Ich schaute in mein Notizbuch.

»Mit welchem Satz sollte deiner Meinung nach ein Abschiedsbrief enden?«

»Ich kann dich hier rausholen.«

Ich blätterte und lächelte dabei.

»Solange der Wachposten nicht tot ist, verlässt er seinen Posten nicht. Weißt du das nicht?«

»Du kannst auch ohne zu sterben weg, Soldat. Hör mir einfach nur zu und tu, was ich dir sage. Du brauchst nicht zu sterben. Wenn doch, sage ich es dir. Aber vorerst ist das unnötig. Steck das Heft in die Tasche und hör gut zu.«

Noch siebenundvierzig Minuten bis zum Ende der Wache. Selbstmord war keine zeitraubende Angelegenheit. Die Büchse war zwar so kalt, dass man sie nicht mit bloßen Händen halten konnte, doch ich würde den Spannschieber ziehen, entsichern, mir den Lauf in den Mund schieben und den Abzug betätigen. Höchstens zwanzig Sekunden. In der ersten Woche in der Kompanie hatte ich Fotos vom Tatort gesehen, an dem sich ein Soldat auf einem Außenposten umgebracht hatte. Akif hatte sie gezeigt. Er musste einen Text aufsetzen, mit dem das Protokoll des Vorfalls beim Militärgericht eingereicht werden sollte. In seinen ersten Tagen im Schreibdienst. Die Fotos waren deutlich genug. Der Mund des Soldaten sah aus, als wäre ein Tierkadaver hineingestopft. Am Hinterkopf klaffte ein schwarzes Loch. Pechschwarz. Nur so viel konnte ich erkennen. Anstelle der Haare war ein schwarzes Loch. Ein Projektil schoss mit 80 Metern pro Sekunde aus dem G3. Nur ein Augenblick, bis mir ein Aas im Mund steckte und ich ein Loch im Hinterkopf hätte. Ich wusste nicht, wie schnell die Spermien meines Vaters gewesen waren. Sterben schien allerdings leichter und schneller zu sein, als gezeugt und geboren zu werden. Also hatte ich Zeit. Ich stopfte das Notizbuch in die erstbeste Tasche und schenkte die Aufmerksamkeit, die mir vom Wehrdienst noch verblieben war, dem toten Mann.

»Nicht meinetwegen hast du vergessen, Kazo zu durchsuchen. Ebenso wenig bin ich der Grund für deine Unachtsamkeit bei der Entladestation. Nicht ich habe dein immer mieser werdendes Rekrutenleben gekillt. All das hast du selbst getan.

Denn du gehörst hier nicht hin. Denn dein Verstand begreift den Wehrdienst nicht. Über den kleinsten Anschiss, bei dem die anderen Jungs höchstens den Mund verziehen würden, ärgerst du dich schwarz. Und wenn du es noch so sehr willst, du wirst nicht zum Soldaten. Du bist nicht in der Lage, wie ein Soldat zu denken. Wie ein Soldat zu handeln. Weit mehr als hundert Tage sind rum, du hast dich noch immer nicht eingewöhnt. Ich weiß, an dein früheres Leben denkst du nicht. All das hat nichts damit zu tun, dass du die Zeit an der Uni oder deine Familie nicht aus dem Kopf kriegen würdest. Das Problem ist, dass du zwischen zwei Leben klemmst. Im Grund gehörst du zu keinem einzigen Leben. Ich mache dir ein Angebot …

Wenn du dich umbringst, erfährst du nie, wer ich bin. Dir wird ewig etwas fehlen. Bringst du dich aber nicht um und lebst weiter, wird dein Militärdienst erst in ein paar Jahren enden. Denn vor dir liegen noch Hunderte militärische Straftaten, die du alle begehen wirst. Du wartest darauf, dass ich verstumme, um dir den Lauf in den Mund zu schieben, ich weiß. Gib mir etwas Zeit. Um mit dir zu reden. Es braucht ein bisschen Zeit, bis ich dir alles erzählt habe, was ich weiß. Niemand wird dir das Gewehr wegnehmen. Du kannst dich später immer noch umbringen. Wenn du mir zuhörst, bringe ich dich hier raus. Ich sage nicht, bring dich nicht um, ich sage, stirb nicht jetzt.«

»Wenn ich mit dir rede, wenn ich dich sehen und hören kann, bin ich ein Verrückter. Völlig egal, wer die Schuld hat. Genauso unwichtig, warum ich die Fehler gemacht habe, die ich gemacht habe. Ich friere einfach nur. Ich friere wie irre. Ständig. Solange ich wach bin, wird mein Körper nicht eine Sekunde lang warm. Meine Füße gleichen auf Eis gelegten

Fischen. Ich bin ein tiefgefrorenes Stück Fleisch, das einfach nicht auftaut. Guck nur, wie ich schlottere. Meine Füße brennen. Meine Fußsohlen. Wir erfrieren hier alle. Schau! Schau dir das vorbeilaufende Vieh an.«

Hinter dem Stacheldraht, der die Kompanie und den Wachturm, in dem ich stand, von der Straße trennte, trieb ein Hirte im Anzug sein Vieh vorüber. »Hadscha! Hedede! Hedschi!«, redete er auf Hirtisch auf sie ein. Doch die Tiere verstanden ihn nicht. Wie Dampfmaschinen verschwanden sie bei jedem Atemzug im Nebel. Die Knochen ragten ihnen aus der Haut, die Augen aus den Höhlen. Mit brüchigen Hörnern stießen sie einander an und versuchten, dem Knüppel auszuweichen, der auf ihre Rücken knallte. Das gelang aber nicht. Sie glitten aus. Sie mühten sich, vom Fleck zu kommen, rempelten einander an. Sie glichen mir. Und dem halb nackten Gefangenen, der zum Müllausleeren herauskam. Alle, die nicht vom Fleck kamen, glichen diesen Tieren.

»Siehst du? Wie sie frieren! Wir brauchen die Sache nicht in die Länge zu ziehen. So viel Leben ist genug für mich. Lass auch du es gut sein. Was könnte realer sein als Schmerz? Alles andere ist Geschwätz. Ist es möglich, hier rauszukommen? Kommt man hier raus? Selbst wenn, wohin soll man denn gehen? Siehst du, ich rede mit dir. Mit einem Toten! Kann ich wieder so werden wie früher, wenn ich hier raus bin? Die Scheiße ist, dass ich mich nicht einmal mehr daran erinnere, wie ich früher war. Ich erinnere mich an gar nichts. Nicht einmal an die Telefonnummer von zu Hause. An den Namen des ersten Mädchens, das ich geküsst habe. Ich bin hier vor die Hunde gegangen. Hier! Bis gestern nahm die Armee keine Notiz von mir. Hatte keine Ahnung, wie wahnsinnig ich geworden war. Aber jetzt weiß sie es. Jetzt nimmt sie

Notiz. Es ist zu spät. Weißt du, warum ich das Studium abgebrochen habe? Warum ich zum Militär gegangen bin? Weil es mir nicht gut ging. Überhaupt nicht. Ich konnte nicht schlafen. Jede Nacht verfolgte mich derselbe Albtraum. Weißt du, was ich träumte? Ich träumte, dass ich Atatürk tötete. Dass ich auf ihn schoss. Mit der Pistole in meiner Hand. Als er im offenen Wagen vorüberfuhr. Wem hätte ich von einem solchen Albtraum erzählen können? Wem? Weißt du, was es heißt, jede Nacht denselben Albtraum zu haben? Am Anfang gibst du nichts darauf. Lachst darüber. Dann wirst du nervös. Dann fängst du an, dich vor dem Einschlafen zu fürchten. Noch später siehst du bei jedem Lidschlag, wie Atatürk der Kopf nach vorn fällt und Blut über die Brust strömt. Du gehst zum Arzt. Der verschreibt dir eine Handvoll Medikamente. Und dann? Gar nichts! Wieder dasselbe! So geht es weiter. Ich habe kein Problem mit Atatürk, auch nicht mit meinem Vater, der ihm ähnlich sieht! Kann ein Albtraum das Leben eines Menschen in einen Albtraum verwandeln? Kann er dazu führen, dass er sein Studium abbricht? Kann er ihn verrückt machen? Glaub mir, genau das kann er. Das alles geschieht und dann ist es für alles zu spät ...«

Wieder flennte ich. Wie ein Kind. Zum ersten Mal erzählte ich jemandem, warum ich durchgedreht war. Leider war das ein toter Mann. Dem Psychiater, zu dem ich mit der Überweisung von der Universität gegangen war, hatte ich nur berichtet, dass ich nicht schlafen konnte. Ich wusste nicht, was ich sagen sollte. Wie sollte man von einem derartigen Irrsinn reden? Mit welchen Worten? Hätte er gefragt, hätte ich die ganze Szene malen können. Welche Farbe der Wagen hatte, wie schief die Sonne hing, wie die Luft roch, von welchem Tuch Atatürks Jackett war. Doch er hatte nicht gefragt und ich hatte nicht reden können. Ich kann nicht schlafen, klagte ich. Erwähnte Träume, die mich verstörten, die ich nach dem Aufwachen aber wieder vergäße. Er nickte zwar, hatte aber offenbar nichts verstanden. Wer hätte das auch verstehen können? War ich insgeheim ein Atatürk-Feind? Eine extrem geheime Feindschaft! So geheim, dass ich selbst nichts davon wusste!

Ich musste lachen.

»Egal, hau jetzt ab. Und gib mir einen Tipp für den letzten Satz.«

»Wann hattest du den Albtraum zum ersten Mal?«

»Es ist viel zu spät! Denn ich erinnere mich nicht daran! Vielleicht mit achtzehn, vielleicht später.«

»Hör mir zu. Ich weiß, warum du das geträumt hast. Ich werd's dir erklären. Du bist nicht verrückt. Du hast einfach nur Pech. Bist ein kleiner Junge ohne Glück. Verbrenn das Heft in deiner Tasche. Ich will nicht, dass du aufschreibst, was ich dir sagen werde. Nur du sollst es wissen. Niemand soll es lesen. Niemand soll davon wissen.«

Diesmal musste ich nicht lachen.

»Okay, es reicht jetzt. Halt den Mund oder sag mir den letzten Satz.«

Aus der Tasche gefingert blätterte sich das Notizbuch in meinen Händen von selbst auf. Die letzte Seite meines Abschiedsbriefs. Ich setzte den Stift aufs Papier. Gerade wollte die Tinte verlaufen, da sprach er.

»Dein Traum«

Ich schrieb.

»Dieser Albtraum«

Ich hielt inne.

»War mein Traum.«

Ich stierte ihm ins Gesicht. Auf die Lippen, die auf- und zuklappten.

»Jede Nacht im Schlaf hast du gesehen, wovon ich einst träumte. Der Albtraum stammt aus meinem Leben. Tut mir leid, Soldat. Das habe ich nicht gewollt. Aber jetzt bin ich hier. Bei dir. Bin da, um dich rauszuholen. Du brauchst keine Angst mehr zu haben.«

Ich sah ihn nicht mehr. Ich sah die Vergangenheit. Meine Vergangenheit. Meinen Schlaf. Meine Nächte. Meine Familie, die überhaupt nichts begriff. Den Morgen, an dem ich mir die Stirn mit der Rasierklinge ritzte, um den Albtraum loszuwerden. Den Morgen, an dem ich hoffte, mit dem Blut würde auch mein Geist verströmen. Meine Stirn, mit zwölf Stichen genäht. Womöglich ein weiterer Grund dafür, dass ich nicht Tourismusgendarm hatte werden können. Ich beobachtete die in meine Stirn gegrabene Linie. Außer dem Toten konnte ich alles sehen. Falls, sagte ich. Falls er die Wahrheit sagt. Falls eine Wahrscheinlichkeit von eins zu einer Milliarde besteht. Falls der Traum, den dieser Kerl einst hegte, aus irgendeinem Grund jahrelang mein Albtraum war und er jetzt da war, um mich rauszuholen. Sollte ich vielleicht doch diese Wache überstehen und weiter mit ihm reden. Eine Wahrscheinlichkeit in einer Milliarde. Nicht sonderlich hoch. Auch nicht von Bedeutung. Falls, sagte ich. Falls es kein Wahnsinn ist, mit einem Toten zu reden, besteht für mich noch eine Wahrscheinlichkeit. Eine in einer Milliarde. Ich war einer von sechs Milliarden. Ich konnte an eins zu einer Milliarde glauben.

»Glaub mir! Du trägst das, was mir gehört. Zwei Leben in einem Geist. Deine Bürde ist schwer. Und zwar sehr. Lass mich dir helfen. Ich bringe dir bei, frei zu sein.«

Ja, ich könnte ihm glauben. Könnte dem toten Mann folgen, an die Quelle meines Wahnsinns gehen und meinen Geist erlösen. Ich hatte nichts weiter vor, als mich umzubringen. Das konnte warten. So viel hatte ich schon gelitten. Zumindest könnte ich in Erfahrung bringen, warum es geschah. Oder in wessen Namen ich litt.

»Sag mir deinen Namen.«

»Ich heiße Ziya Hurşit.«

»Den Namen kenne ich von irgendwoher … Du … Das Attentat in Izmir!«

»Richtig, Soldat, der bin ich.«

»Warum hast du versucht, Atatürk umzubringen? Warum hast du das getan?«

»Weil kein anderer den Mut dazu hatte.«

»Suizid ist ein in den Verstand fallender Tropfen Säure. Wer sich nicht damit zu reinigen versteht, wird perforiert und löst sich auf. Deshalb kehrt niemand von der Schwelle des Selbstmords zurück. Wer einmal dort ankommt, lebt fortan dort weiter. Wer dort ankommt, stirbt auch dort. Auch du bist jetzt an der Schwelle. Unter der Schwelle. Bis du stirbst. Keine Angst, dein Standort ist sicher. Selbst wenn der Himmel einstürzt, stürzt dein Verstand nicht. Denn wo du stehst, interessiert dich die Menschheit nicht mehr. Doch vergiss nicht, es braucht nur einen abgebrochenen Fingernagel, um dir den Mund mit Kugeln zu füllen.«

Ich war am Leben. Nach wie vor. Hörte Ziya Hurşit zu. Ich hatte einem toten Mann vertraut, den ich sah und hörte, und mich am Leben gelassen. Wozu? Um geheilt zu werden? Um meine psychische Gesundheit wiederzuerlangen? Keine Ahnung. Aber ich hatte es versprochen. Erst würde ich ihn anhören. Was auch immer er zu erzählen hatte.

»Man muss nicht sterben, um all das zu wissen. Es reicht,

sich vorzustellen zu sterben. Wie du. Wie ich. Auch ich stellte mir das einst vor. Verrückt, ich wollte mich aufhängen. In Berlin …

Ich war sechzehn. Mein Vater hatte mit der königlich preußischen Technischen Hochschule Danzig korrespondiert und mich, als die Schule mich annahm, in einen Zug nach Deutschland gesetzt. Ich war in Berlin. Am Bahnhof. Wartete auf den Zug nach Danzig. Zum Semesterbeginn waren es noch zwei Monate hin. Ich sollte in einem Studentenwohnheim unterkommen, eine Weile Deutsch lernen und meinem Vater Briefe schreiben. Aber ich war in Berlin. Im Herzen Europas. Es dauerte nicht lange, bis ich feststellte, dass dieses Herz ein Loch war. Denn ich saß auf einer Bank und schaute dem Krieg zu. Denn es war das Jahr 1916, der Boden des Berliner Bahnhofs war übersät mit verwundeten Soldaten. Die meisten in meinem Alter. Einige waren schon tot. Unbemerkt waren sie auf die andere Seite hinübergewechselt. Der Bahnhof stank nach Entzündung. Nach Wunden, Narben, Knochen. Züge hielten, Soldaten stiegen ein, Züge hielten, Tote kamen heraus. Dann hielten Züge und fuhren nicht wieder an. Generalstreik! Großer Krieg. Der erste der Weltkriege. So heißen sie heute. Doch wer weiß, der wievielte es war? In Berlin lebten zwei Millionen Menschen. Die Hälfte hungerte. So arg, dass sie die andere Hälfte gern verschlungen hätte …

Auf dem Bahnhof zu warten war sinnlos. Ich musste einen anderen Weg nach Danzig finden. Ich verließ das Gebäude. Mächtig waren die Mauern des Bahnhofs. Mächtig genug, den Krieg von Berlin fernzuhalten. Hier gab es weder Krieg noch die Augenlöcher verwundeter Soldaten. Der Bahnhof war zu Ende, Berlin begann. Jetzt standen Bauten vor mir, gewaltig wie die Blaue Moschee, Straßenbahnen und Berliner. Ich bemühte mich, wie jemand zu wirken, der ein Ziel hatte.

Zuerst eine Unterkunft, sagte ich mir. Ich muss einen Ort finden, an dem ich übernachten kann. Ich war zwar gekleidet wie sie, es brauchte aber nicht lange, bis sie mich als Fremden erkannten. Bevor ich mich unter die Menge mischen konnte, kam ein Junge auf mich zu. Und redete. Ich verstand kein Wort. Er verstand mich nicht. Er legte die Handflächen aneinander, brachte den Rücken der rechten Hand unter die linke Wange, legte dann die Fingerspitzen der linken Hand zusammen und führte sie auf Mundhöhe vor und zurück. Ein Schlafplatz und Essen! Nein, sagte ich. Auf Türkisch. Beides habe ich selbst nicht! Ich hasse Bettler. Aber auch er sagte Nein. Auf Deutsch. Er wollte Unterkunft und Speise nicht von mir, er versuchte, sie mir zu vermitteln. Kurz löste ich den Blick von dem Jungen und warf ihn in die Menge vor mir. Es könnte schwierig sein, ein solches Angebot erneut zu erhalten. Also nickte ich. Er lachte und versuchte, meinen Koffer zu tragen. Zu schwer. Wie klein er war. Höchstens neun, vielleicht erst sieben. Ich folgte meinem Führer. Wir stiegen die Stufen vor dem Bahnhof hinunter und traten auf den Platz. Von dort auf eine breite Straße. Dann bogen wir in eine von Mülltonnen verengte Gasse ein und blieben vor einem schwarzen Haus stehen. Der Junge hieb mit der Faust an die Tür.

Als sie sich öffnete, war ich ein anderer. Ich war verliebt, sie dunkelblond. Sie sah mir in die Augen. Aus ihren Augen floss grauer Rauch. Der Zigarettenhauch, eingeatmet, bevor sie die Tür öffnete, war durch ihre Lunge gewandert, aus ihrem Gesicht entwichen und legte sich jetzt auf meines. Eine Drachin. Sie streckte die Hand aus. Die mit der Zigarette. Offenbar lud sie mich in ihr Nest ein. Ich wollte die Hand ergreifen, doch der Junge zupfte an meinem Jackett und sagte: ›Geld.‹ Auf Deutsch. So viel Deutsch verstand ich. Ich stopfte ihm in die Hand, was meine Tasche hergab. Er reichte es der Frau, in die ich mich verliebt hatte. Ihre vergoldeten Fransen gleichenden Finger schlossen sich. Die Hand war voll. Das Gesicht lachte nicht. Sagte aber: ›Willkommen!‹ Auch dafür reichte mein Deutsch gerade eben.

Sie trat von der Tür zurück, und ich trat ein. Ein Vestibül. Und eine Treppe. Nebeneinander. Ungewiss, wohin sie führten. Doch der Geruch der Liebe war stark. Er stapfte die Stufen hinauf. Ich folgte ihm. Vier Stufen hinterdrein. Sie war vier Jahre älter als ich. Wie ich später erfuhr. Sie hieß Yonina. Eine Jüdin aus Zürich. In Zeiten, da alles in die Schweiz flüchtete, war sie von dort nach Berlin gekommen. Weißt du, warum? Weil auch sie verliebt war. Allerdings kein bisschen in mich. Sondern in eine Frau. Eine Frau namens Hannah Höch.

Das Zimmer, das Yonina mir gab, war geräumig. Ein großes Bett, ein Schreibtisch, ein Bücherschrank. Mir steht alles wie damals vor Augen …«

Ich weiß nicht, wie es geschah, doch jede Szene, die Ziya schilderte, sah ich mit eigenen Augen. Wie er das geschilderte Zimmer bezog, Yoninas Gesicht, alles. Die Wörter waren ihm kaum über die Lippen, da nahmen sie Gestalt an. Das Wort Bücherschrank wurde zum Bücherschrank, das Wort Berlin zu Gassen und Straßen. Ich sah weder die Mauern meines Wachturms noch den Stacheldraht. Ich sah einen Film, der Stimme in Bilder verwandelte. Einen Stimmfilm.

»Bald wurde mir klar, dass ich der einzige Pensionär in dem dreigeschossigen Gebäude war. Dutzende Zimmer und ein großer Salon im Parterre. Wem gehörte das Haus? Das erfuhr ich nie. Doch am ersten Abend lernte ich Hannah und Raoul kennen. Die Teufel der geliebten Yonina. Ja, Soldat, während der gesamten Menschheit nur ein einziger zukommt, hatte das arme hübsche Mädchen zwei. Zwei persönliche Teufel. Hannah war zwar im ersten Kriegsjahr als freiwillige Krankenschwester beim Roten Kreuz tätig gewesen, kannte aber ebenso wenig Erbarmen wie Raoul. Sie studierte Kunst. An der Unterrichtsanstalt des Kunstgewerbemuseums. Ein Zimmer im dritten Stock hatte sie in ein Atelier umgewandelt, sie arbeitete mit Fotos und Bildern. Sie zerschnitt sie und setzte sie neu zusammen. Fotomontage nannte sie das. Das war die neue Kunst! Raoul teilte ihre Meinung allerdings nicht. Wie bereits am ersten Abend, an dem ich sie kennenlernte. Sie waren derart damit beschäftigt, einander anzuschreien, dass sie mich gar nicht bemerkten, als ich den Salon betrat. An einen mannshohen Kamin, in dem ein Feuer glimmte, war ein Tisch gezogen, an dem bequem dreißig Personen Platz gefunden hätten, daran saßen sie und brüllten. Gleichzeitig. Yonina verschwand unterdessen in der Tür, die den Salon von der Küche trennte, um gleich darauf mit Flaschen und Tellern wieder aufzutauchen. Niemand schaute zu mir, bis ich am Tisch stand, dem einzigen Möbel im Salon. Als ich mich auf einen Stuhl in der Nähe setzte, sprach Yonina, während sie aus dem Topf in ihrer Linken Salzkartoffeln auf die Teller häufte. Auf Französisch. Mit dem Holzlöffel in ihrer Rechten deutete sie auf mich.

›Unser neuer Pensionär. Heute angekommen … Wie war noch dein Name?‹

Endlich schwiegen sie. Ihre Stimmen hallten noch im Salon nach, doch ihre Münder klappten zu. Alle drei beäugten mich. ›Ziya‹, sagte ich. ›Ich heiße Ziya.‹ Yonina fuhr fort.

›Ziya, diese Dame ist Hannah Höch. Und der Herr Raoul Hausmann. Mein Name ist Yonina. Jetzt erzähl uns einmal, wo du herkommst und was du in Berlin machst.‹

Weder Hannah noch Raoul schien zu interessieren, was ich erzählen würde. Es war ihnen egal. Wichtig war, dass im Kriegselend ein Kunde gefunden war, der in ihrem Haus logieren würde. Von Wert war allein das Geld in meiner Tasche. Nicht für fünf Pfennig interessierte sie, woher ich kam und wohin ich unterwegs war. Ihre Mienen waren starr und trunken. Bleiche Betrunkene. Ich kam aus dem Land der Menschen, deren Gesichter sich rötet, wenn sie trinken. Betrunkene Weiße war ich nicht gewohnt. Doch Yonina war nett. So nett wie ein morgendlicher Schlaf, in den man noch einmal eintaucht.

›Bitte, Ziya, erzähl uns von deiner Reise.‹

›Ich komme aus Istanbul. Ich will zur Technischen Hochschule in Danzig. Aber wegen des Streiks bin ich jetzt erst mal hier.‹

Raoul zog die erste Frage aus dem Mund, die ihm dazu einfiel:

›Konstantinopel? Hast du Opium?‹

Ich war sechzehn. Ein Alter, in dem du mit einem einzigen Blinzeln vom Mann zum Jungen wirst. Zurück zum Mann dauert es nicht länger.

›Nein‹, entgegnete ich. ›Hab keins dabei.‹

Dabei wusste ich nicht einmal, wie Opium aussah. Für mich war Opium der Mohnblume gleich, die keiner weiter beachtete. Etwas, von dem man ständig hörte, es aber nie in die Hand nehmen würde. Enttäuscht warf Raoul mir seine nächste Frage hin.

›Wie lange bleibst du?‹

›Weiß nicht‹, gab ich zurück. ›Ein paar Tage. Höchstens eine Woche.‹

Ja, so fing alles an. Mit ein paar Tagen. Ich blieb in dem schwarzen Haus dann zwei Monate. Volle sechzig Tage. Sechzig verrückte Tage. Ich lernte sie alle kennen, sprach mit allen. George Grosz, Johannes Baargeld, John Heartfield. Dichter, Maler, Schriftsteller, Alkoholiker, Morphiumsüchtige. Ich sah, wie sie in Scharen im schwarzen Haus ein und aus gingen. Schon bald war ich einer von ihnen geworden. Eigentlich war ich nur ein Zuhörer. Ein Zeuge. Damals wusste ich natürlich nicht, dass ich Zeuge einer Geburt war. Dass der Rabatz im großen Salon ein Wehenschrei war, merkte ich aber sehr wohl. Sie bereiteten sich vor. Fluchend, saufend bis zum Umkippen, vögelnd. Ich für mein Teil lief Yonina nach. Noch immer mit vier Schritten Abstand. Ein Abstand, der sich partout nicht verringerte. Sie sah mich gar nicht. Sie sah niemanden. Außer Hannah gab es kein Leben. Und für Hannah waren alle außer Raoul zu viel. Raoul allerdings war verheiratet. Mit einer Frau, die wir nie zu Gesicht bekamen. Vielleicht war das der Grund dafür, dass keiner im großen Salon allein sein wollte. Ständig kamen andere ins schwarze Haus und reihten ihre Flaschen auf dem Tisch auf. Während ich hinter Yonina her war und miterlebte, wie in einer Pension mit einem einzigen Gast die Antikunstbewegung entstand, änderte sich unser finsteres Leben auf eine Nachricht hin jäh. Hugo Ball hatte in Zürich das Cabaret Voltaire eröffnet. Das Zentrum der Antikunstbewegung. Es war eigentlich ein Nachtclub. Die Nachricht überbrachte Richard Huelsenbeck. Dada war offiziell geboren. Auf nach Zürich! Hinfahren und erleben. Dada umarmen und in die Luft werfen. Es galt, die im Laufe von Jahrhunderten gestaltete Kunst des Westens in die Luft zu jagen und auf ihre Trümmer zu urinieren! Wie Marcel Duchamp sagte, der einzige Mensch, dem es gelang, ein Pissoir in einen Ausstellungssaal zu bringen.

Vorbereitungen wurden getroffen, und Hannah sagte zu Yonina: ›Bis hierher, liebes kleines Mädchen. Uns zu folgen wäre nur schmerzlich für dich.‹ Weil Hannah es nicht wollte, konnte die in Zürich geborene Yonina nicht in ihr Land zurück. Dabei hielt Yonina Hannah für einen Umschlag und sich selbst für eine Briefmarke. Klebte sie nicht auf dem Umschlag, wäre sie nur ein wertloser Fetzen Papier, außerstande, auch nur zwei Schritte zu setzen.

Am nächsten Morgen stieg Yonina auf das Dach des schwarzen Hauses hinauf und ließ sich aufs Pflaster fallen. Außer mir hätte in jenem Moment niemand gern unten gestanden, um sie aufzufangen. Danach dachte ich daran, mich aufzuhängen. Ich trieb sogar ein Seil auf. Legte mir sogar die Schlinge um den Hals und saß ein paar Stunden im Dunkeln. Weißt du, was ich dachte? Um tot zu sein, reicht es, sich das Sterben vorzustellen. Ich dachte sogar, dass keine Vorstellung wahr wäre außer die vom Tod. Sich vorzustellen, mächtig, reich, glücklich oder verliebt zu sein, hatte keinerlei Nutzen. Gewöhnliche Vorstellungen konnten in keinerlei Hinsicht zufriedenstellen. Sie wären gestorben, bevor sie wahr wurden. Vom Tod zu träumen aber genügte, um zu sterben. An die Schwelle des Suizids zu treten genügte, um dort weiterzuleben. Vielleicht besitzt der Mensch Vorstellungskraft, damit er sich nicht das Leben nimmt. Vielleicht habe ich aus diesem Grund alles umgesetzt, was mir in den Sinn kam. Außer einem. Du weißt, was ich meine.«

Ja, das wusste ich. Jetzt wusste ich es. Ich wusste, mit wem ich in den Wachtürmen sprach. Nur, was würde all das ändern? Ich fror noch immer erbärmlich und war nach wie vor einer von Ekbers Soldaten. Das wusste auch Ziya. Denn für ihn war meine Stirn ein Monitor, über den meine Gedanken liefen. Er konnte sie lesen. Und zwar in verschiedenen Sprachen.

»Ich bin ein Asyl, Soldat. Dein Asyl. Nimm vorerst Zuflucht zu dem, was ich erzählt habe. Wenn es so weit ist, trittst du vor und tust, was einem nie einfallen würde. Halt noch eine Weile durch.«

Ziyas letzte Aufforderung wiederholte eine andere Stimme.

»Halt durch! Ich komme!«

Sabit. Er lachte und schaukelte beim Gehen. Die Zigarette zwischen den Lippen, das Gewehr in der Hand wie einen Knüppel, kam er heran. Seine Haut war dicker als meine. Was seine Eingeweide beisammenhielt, war seine Unbekümmertheit. Bei jedem Schritt auf mich zu versuchte ich, ihn mir in einer anderen Situation bei der Grundausbildung vorzustellen. Was für einen Ausdruck mochte seine Miene beim Gesundheitscheck am Zuteilungs- und Registrierungstag gezeigt haben, als er gleichzeitig drei Spritzen erhielt, in beide Schultern und ein Bein? Hat er auch dabei gelacht? Hatte er Angst, als die ersten Befehle schärfer wurden, allmählich wie steigende Flut? Was fühlte er, als ihm klar wurde, dass der erste Anschiss Tausende weitere ankündigte, die ihn erwarteten? Was tat er, als er beim zehnten Schritt hinter das Tor mitkriegte, dass alle persönlichen Dinge aus seiner Tasche geplündert und zu Dingen anderer, sogenannter alter Hasen, wurden? Keine Ahnung. Ich hatte Angst. Ich war beunruhigt wie ein Tier, das ein Erdbeben spürt. Ich war durchgedreht. Ich schwor Rache. Mein Hirn pochte wie mein Herz. All das hatte ich mit dem Puls im Kopf erlebt. Womöglich hatte ich darum beim Absingen der Märsche und Meldungen das Maul so weit aufgerissen, dass mir die Zähne krachten. Die Vorgesetzten hatten gelächelt. Vor ihnen stand ein Kandidat für Heldentum. Eine Stimme! Machte Liegestütz. Kopf aufrecht, Augen geradeaus. Brüllte jedes Mal: »Gendaaarm!« Ein Held! Dabei litt der Held. Er schrie vor Schmerz, weil alle seine Nägel eingerissen waren. Je mehr er brüllte, desto besser gefiel es ihm. In die Gesichter brüllen, die Augen durchstechend. Er stellte sich vor, dass sein Röhren dem Gegenüber die Poren verstopfte, die Brauen ausriss, die Netzhaut zerfetzte …

Als ich der Wehrpflicht begegnete, war Brüllen meine erste Reaktion. Sehr, sehr laut brüllen. Eine Stimme herausbrüllen, die jedem Lebewesen auf dem Platz wie eine Ohrfeige ins Gesicht knallte. Vorname, Familienname und Heimatort benutzen wie eine Schockgranate! Das war meine erste Reaktion. Eine derart heftige Reaktion, dass mir in der dritten Grundbildungswoche ein Zettel in die Hand gedrückt wurde.

»Deine Stimme ist kräftig. Trag das bei der Vereidigung vor!«

Eine Rede. Ein im Namen aller, die mit mir die Grundausbildung im Regiment durchliefen, aufgesetzter Text. Vor allem: in ihrem Namen vorzutragen! Vor dem gemeinsam abgelegten Eid bei der Zeremonie, bei der die Zelle namens Familie die Armee mustern würde. Der Inhalt lautete kurz gefasst: Im Namen aller uns heiligen Werte schwören wir, alle uns heiligen Werte zu schützen, und danken den Kommandeuren, die uns die Gelegenheit dazu geben. Selbstverständlich hatte keineswegs einer von uns den Text aufgesetzt, sondern einer der Kommandeure, denen wir dankten. Es handelte sich seit Jahren um denselben Text. Nur die Angaben zu Regiment und Division änderten sich. Keine Sache, die man dem Zufall überlassen konnte. Jeden Augenblick konnte ein Mann wie ich auftauchen und nach dem Grüßen des Regimentskommandeurs ans Mikrofon treten, in die Menge Tausender stolzer Menschen auf der Tribüne blicken und sagen:

»Wehrpflicht ist eine Verschwendung von Arbeit, Zeit und Ressourcen. Rekruten sollten unverzüglich Berufsstatus erhalten und Teil einer Berufsarmee werden. Mit einem Zehntel des Aufwands, mit dem alle drei Monate Hunderte junge Männer in Soldaten verwandelt werden, ließe sich die Effektivität der Armee um das Zehnfache steigern. Die Annahme, die sozioökonomisch vernachlässigte, rückständige Gesellschaft mithilfe der Wehrpflicht in positivem Sinne gestalten zu können, ist irrig. Das beweist der heutige Status quo der Gesellschaft, die seit Generationen von Männern regiert wird, die den Wehrdienst absolviert haben. Der Glauben, der Militärdienst würde Menschen zur Vernunft bringen, entbehrt jeder Grundlage. Es ist unmöglich, bei bis zum neunzehnten Lebensjahr in Unwissenheit belassenen jungen Männern in fünfzehn Monaten brachial Bewusstsein auszubilden. Mithin ist der Mann, der 460 Tage lang das Gelände säuberte, indem er Kippen sammelte, derselbe, der später Abwässer ins Meer einleitet. Mithin ist der Mann, dem 460 Tage lang Patriotismus eingeimpft wurde, derselbe, der später den Staat bescheißt. Mithin ist das Land, das 460 Tage lang versucht, seine Einwohner zu vernünftigen Bürgern zu erziehen, dasselbe, das im internationalen Humanentwicklungsindex Platz 84 einnimmt. Die Armee ist eine so bedeutende Einrichtung, dass sie nicht auf erzwungene Teilnahme angewiesen sein sollte. Unsere Grundausbildung dauert zehn Wochen. Kein zeitgenössisches Heer darf sich für seinen

Fortbestand auf Zehn-Monats-Soldaten verlassen. Wir, die wir keinen Deut mehr Soldat sind als Fünfjährige in Kommandouniform, die Heldengedichte aufsagen, werden für das Vaterland sterben. Denn wir können weder kämpfen, noch erhoffen wir uns irgendetwas vom Leben!«

Eine solche Rede konnte niemand riskieren. Deshalb brauchte es einen abgesegneten Text und einen Rekruten mit kräftiger Stimme, der ihn verlesen würde, als hätte er ihn selbst verfasst. Einen, der brüllen konnte wie ich.

Zwar waren es nicht die mit der Ausbildung betrauten Stabsunteroffiziere, denen man ins Gesicht brüllen sollte, dennoch hatte ich keine Bedenken, bei einem von ihnen vorübergehende Taubheit auszulösen. Die Köpfe, die meine Stimme durchbohren sollte, befanden sich nicht in der Nähe. Sie lebten in der Hauptstadt und trugen Krawatten. Machten Gesetze. Und diese Gesetze machten aus mir einen Soldaten. Jene, deren Trommelfelle ich perforieren musste, damit Tageslicht in ihre Hirne dränge, spielten mit ihren Söhnen Verstecken, schlugen aber immer nur uns an. Ich wollte aber ihre Söhne. Hier an meiner Seite. Beim Liegestütz. Beim Wachdienst. Beim Gendarmbrüllen. Doch kein Einziger war hier. Sie würden auch nicht herkommen. Warten war sinnlos. Sie hatten zu tun. Dinge, von denen wir nichts wussten. Ihre von den Müttern neun Monate und zehn Tage ausgetragenen Leiber hatten die Väter übernommen. Sie waren jetzt an der Reihe, die Söhne in sich aufzunehmen und zu beschützen. Natürlich war mir unter den rund zweitausend Männern, deren Namen ich vergaß, kaum dass ich ihn erfahren hatte, ebenso wenig je der Sohn eines Generals untergekommen. Auch die steckten vermutlich in den Bäuchen ihrer Väter. Offenbar waren nur wir geboren worden. Nur uns gab es. Nur uns. Die draußen blieben, weil sie nirgends hatten unterkommen können. Die man beim Nacken gepackt und hier zusammengepfercht hatte, weil sie draußen geblieben waren. Die wahnsinnig geworden waren, weil man sie hierherverfrachtet hatte. Die außer beim Suizid ihr Leben lang nie über ihr Leben hatten bestimmen können. Wir. Keineswegs erste Person Plural, sondern die letzte! Jene, die in der Bauchhöhle ihrer Väter geborgen lagen, führten ein völlig anderes Leben. Sie gehörten keiner sozialen Klasse an. Denn sie bekamen privaten Spezialunterricht über das Leben. Sie wuchsen in Einpersonenklassen auf und lebten dort. In Privatklassen. In individuellen Klassen. Wir dagegen waren eine echte soziale Klasse! Die Klasse der Gemeinen und Gefreiten! Unsere Klasse war dermaßen sozial, dass sie uns gar nicht alle fasste. Wir quollen aus Fenstern und Türen hinaus. Die soziale Klasse, der wir angehörten, war eine solche Scheiße, dass wir robbten, um von einem Ort zum anderen zu gelangen.

»Rindvieh! Hab ich dir nicht gesagt, leg die Stahlweste an! Verpiss dich, kriechen bis zur Entladestation!«

Der liebe Ekber. Auch er ein Angehöriger unserer Klasse. Unserer prachtvollen Sozialklasse. Der Klasse, aus der es niemand in die darüberliegende schaffte, und wenn doch, trug er weiter die Abdrücke der eigenen Reihen am Hintern. Ja, er hatte einen Beruf, ein Auto, dessen Karosserie er uns ablecken ließ, eine Wohnung in der Wohnanlage, eine Krankenversicherung und eine Waffe. Ja, die Aserbaidschanerin im einzigen Raum – die Decke verdreckter als der Fußboden – des einzigen Puffs der Kreisstadt begrüßte ihn mit: »Willkomm', Kommandir!« Ja, er konnte in den Nächten, in denen er Dienst hatte, die Schnelle Eingreiftruppe herbeizitieren, um die Kohlen der Kompanie in den Keller seines Hauses umlagern zu lassen. Er konnte sogar den vom Kohleschleppen entkräfteten Rücken der Schnellen Eingreiftruppe, die im Falle eines Überfalls auf die Kompanie als Erste zu intervenieren hatte, Tritte versetzen. Das alles änderte allerdings nichts an der Tatsache, dass Ekber unserer Klasse angehörte. Warum nicht? Weil die Aussicht, den gleichen Befehl, den er mir erteilte, selbst zu erhalten, unmittelbar vor seiner Nase hing, bis er in den Ruhestand trat!

Uns am nächsten fühlen wir Typen wie Ekber bei Inspektionen. An den Tagen des Weltengerichts, die alle gleichmachen. Vor dem Oberst sind alle gleich. Auch die strengen Männer, die gerüffelt und erniedrigt werden, verblüfft beobachten wir, wie ihnen die Augen tränen. Weder ihre Kinder noch ihre Frauen sollten sie in diesem Zustand sehen. Das wäre nicht gut. Gar nicht! Vielleicht aber wäre es das Beste. Wir sind doch bei der Armee. An dem Ort, an dem sich noch am Kopf Hornhaut bildet.

Beim Robben fiel das Denken leichter. Es gehörte zu den Augenblicken, da die Angst transparent wurde. Meist durfte der robbende Soldat weiterkriechen. Da in keiner Vorschrift das Kommando »Grab eine Grube, kriech hinein und begrab dich« stand, war höchst unwahrscheinlich, dass es noch schlimmer käme. Deshalb robbte ich in aller Ruhe. Natürlich brüllte Ekber: »Schneller!« Das war nicht weiter wichtig. Plötzlich hörte ich die Hure, die Ziya das Buch geschenkt hatte, dasselbe sagen: »Schneller!« Ich grinste. Ekber musste es gesehen haben. Er brüllte nicht. Auch er war ruhig. Robben schadete niemandem. Es war keine Strafe, es war Training. Viel zu geringfügig, um wegen Misshandlung Untergebener vor Gericht zu kommen. Deshalb gab er in aller Ruhe den Befehl:

»Nach der Entladestation kriechst du über den Exerzierplatz.«

Im Grunde war es kein Befehl. Es war die Rede eines Sehers, der meine Zukunft voraussah. Eine Weissagung. All das passte mir. Ich konnte kriechen. Kein Problem. Nur der Schnee störte. Der Schnee, der mir wie getrockneter Zement die Nasenlöcher verstopfte. Das einzige Hindernis vor mir war der Schnee. Der Schnee, auf dem ich schwamm. Die Eislinie, die sich hinter jedem Kraulschlag bildete. Der Schnee, der sich auf die Haut zwischen Tarnanzug und Handschuh wie eine Handschelle mit Rasierklingen setzte und mir die Gelenke schmirgelte. Zum Schmelzen bringen! Alles. Und nachdenken! Über alles. Anfangen konnte ich bei der Spur, die ich hinterließ. Schneeweiß und kraus. Als schleifte man mich. Die Spur eines Körpers im Schnee, der nicht robbte, sondern geschleift wurde. So musste es aussehen. Hätte ich seit meiner Geburt eine Spur hinterlassen, hätte sie genau so ausgesehen. Als hätte man mich geschleift.

»Aufstehen!«

Der Unteroffizier brüllte. Damit Ekber ihn hörte. Nicht, weil er ein Problem mit mir hatte. Ich tat ihm sogar ein bisschen leid. Denn ich war einer der Letzten, der Ekbers Soldat hätte sein sollen. Ein anständiger Junge, sagte er über mich. Ich hatte es in der Stube gehört. Nach meiner ersten Woche in der Kompanie. Nicht einmal er hatte verstanden, wie ich so schnell in diese Lage geraten war. Ich hatte unterdessen die Verwunderung überwunden. Sie hatten verstanden, das war alles. Ich war verstanden. Mein Wesen war herausgekommen. Wie lange hätte ich es verbergen können? Wie lange hätte meine Angst mich noch hüten können?

»Lauf in den Kanister!«

Beim Entladeritual grübelte ich nach einem Song. Einem beliebigen. Irgendeinem, den ich gern hörte. Mir fiel kein einziger ein. Keiner! Arschlöcher! Tausende Songs, die ich gehört hatte, waren verdampft und verflogen.

»Hinlegen!«

Mehr sagte er nicht. Er sah, dass Ekber sich entfernte. »Warte«, sagte er. »Verschnauf mal. Die Jungs sagen Bescheid, wenn Ekber kommt. Rauch eine.« Er steckte mir die von ihm angezündete Zigarette zwischen die Lippen. Das Gewehr in den Händen, zwischen den Lippen die Zigarette lag ich auf dem Bauch und grübelte nach einem Song. Irgendeinem. Kein einziger fiel mir ein, verdammte Scheiße! Ich hatte sie also alle umsonst gehört. Als sie gebraucht wurden, hatten sie sich verpisst!

Drei Züge hatte ich genommen, da hörte ich den Unteroffizier: »Er kommt. Los!« Ich spie die Kippe aus und robbte los.

Was sich Exerzierplatz nannte, war der Flecken zwischen der Taille des mit Stacheldraht eingezäunten Sportplatzes, dem Bauch der Kantine, dem Rücken des Stabsquartiers und dem Bauchnabel der Stuben. Ein Platz, auf dem sich Morgen für Morgen die gesamte Kompanie aufstellte wie Schachfiguren. Der Platz, auf dem wir uns in einer Weise aufreihten und der Dinge, die da kommen mochten, harrten, bequem einsehbar von der Straße und von den oberen Balkonen des dreistöckigen Wohnblocks gegenüber, obwohl Informationen über die Anzahl des Personals der Kompanie der Geheimhaltung unterlagen. Wir klammerten uns an eine einzige Hoffnung: Dass keiner mit Raketenwerfer eine der dortigen Wohnungen bezöge. Doch diese Hoffnung war brüchig. Wie all die anderen auch. Und zwar gleich an zwei, drei Stellen. »Lass sie doch! Lass sie werfen, was sie werfen wollen!«, sagten wir. »Lass sie eine schleudern, damit man uns nicht mehr hier aufstellt!« Wie gesagt, wir waren nicht bei Verstand. Bei keiner der Untersuchungen, die wir durchliefen, bis wir die Seriennummer unseres Gewehrs auswendig wussten, ging es je um unsere psychische Gesundheit. Ich erinnerte mich an Asker aus der Grundausbildung, in der Stube schlief er unter der Pritsche neben mir. Ein Soldat, der Asker hieß: Soldat! Unter der Pritsche heißt: auf dem Boden. Auf dem Fußboden, dem Beton. Wovor auch immer er sich fürchtete, er war außerstande, im Bett zu schlafen, nur darunter. Er brauchte ein schwarzes Loch, um sich sicher zu fühlen. Nicht genug damit. Eine halbe Stunde nachdem Asker die Augen geschlossen hatte, fing er an sich zu schlagen, mit Fäusten. Das Schlimmste war, dass er dabei nicht aufwachte. Wir machten jeden Morgen Meldung, damit er auf die Krankenstation käme. Doch keine der Meldungen erreichte je einen Zuständigen. Überfüllung und Zeitknappheit ließen nicht zu, dass die Armee Askers psychische Störung registrierte. Auch an Süleyman dachte ich, der beim ersten Ausgang heimlich roten Nagellack eingeschleust, sich auf der Latrine eingeschlossen und die Nägel seiner rechten Hand lackiert hatte. Süleyman, dessen rechte Hand Cemile hieß. Wo mochten sie jetzt sein? Wie viele Patronen trugen sie in ihren Sturmwesten bei sich? Wie viele Anschisse hatten sie kassiert, weil sie angeblich den Verrückten markierten?

Die erste Runde um den Exerzierplatz hatte ich absolviert. Ich würde weiterrobben bis zum Befehl: »Aufstehen!« Doch ringsum war niemand zu sehen, der den Befehl hätte erteilen können. Als ich die Kantine passierte, wandten jene, die vor der offenen Tür Tee tranken, die Köpfe ab. Sie waren nicht in der Lage, zu mir zu schauen. Denn ich verkörperte, was womöglich auch ihnen blühte. Ich war die Angst in Person. Eine Angst, die den Männern, die sich in den Pausen zwischen den Wachen am Ofen wärmten, die Nasen rümpfte. Kurz vor der Treppe zur Stube hörte ich auf. Es hatte zu schneien begonnen. Ich hob den Kopf und spähte umher. Noch immer war niemand da. Ein kleiner dunkler Buckel in einer Ecke der weiten weißen Fläche. Ich schmiegte die rechte Wange an den Rücken der linken Hand und schloss die Augen. Schweißtropfen von den Schläfen umfingen meine vereisten Wimpern. Der Schnee fiel dichter. Ich wollte an Ort und Stelle sterben. Auf der Freifläche in der Mitte der mit etlichen Menschen gefüllten Gebäude wollte ich eingeschneit werden und erfrieren. Das musste die Suizidschwelle sein, von der Ziya gesprochen hatte. Die Schwelle, von der man nicht mehr wegkommt, hat man erst einmal den Fuß darauf gesetzt …

Doch es klappte nicht. Es gelang mir nicht zu erfrieren. Keine Ahnung, wie lange ich reglos dalag, jemand steckte die Finger in den Nacken meines Kampfanzugs und hob mein Gesicht aus dem Schnee. Ich konnte nicht sehen, wer es war. Meine Augenlider waren verklebt. Nur hören konnte ich.

»Steh auf, Scheißkerl, aufstehen! Du krepierst hier noch! Cesim, komm her! Bring den Kerl in die Kantine!«

Ich konnte nicht laufen. Jetzt kroch ich wahrhaftig und hinterließ Furchen, von meinen Knien gezogen, von meinen Stiefelspitzen verbreitert. Meine Kriechspuren. Ekber motzte weiter. Ich hörte es.

»Die euch als Soldaten hergeschickt haben, werd ich …«

»Ich auch«, wisperte ich. »Ich auch!«

Das Scheinwerferlicht verhängte die Dunkelheit und verwandelte den fallenden Schnee in scharlachrot. Jetzt waren die vom Wind verwirbelten Flocken Funken. Funken eines Schweißgeräts. Brennende Splitter, entflammt. Sie erloschen, wenn sie fielen. Auf mich. Verwandelten sich in Kälte. Die Luft warf mir Rasierklingen ins Gesicht. Weder die Schneemaske half noch meine Augenlider. Ich marschierte. Hin und her über die Schneise, die ich gezogen hatte. Ein Ein-Fuß-Pfad. Ich blieb nicht stehen. Auf keinen Fall. Ich marschierte bis vor die Tür des Wachturms, den ich auf Nachtwache nicht betreten durfte, machte dort kehrt und marschierte die sieben Schritte an der Mauer entlang zurück. Dann wieder hin. Sieben kleine Schritte. Schritte eines batteriegetriebenen Spielzeugs.

Ich wartete auf ihn. Auf Ziya. Auf den einzigen Menschen, dem ich von meinen Albträumen erzählt hatte. Den einzigen, der mir seine Albträume erzählen würde. Woher kam er? Wie gelang es ihm, unvermutet aufzutauchen? Plötzlich.

Darüber hatte ich mir noch gar keine Gedanken gemacht. Woher kamen Gespenster? Von unter der Erde?

»Findest du, dass ich wie ein Gespenst aussehe?«

Nein. Er lehnte mit der linken Schulter an der Tür zum Wachturm, die Hände in den Hosentaschen. In immer demselben Anzug und mit einem Lächeln, das nie aus seinen Zügen wich, blickte er mich an. Dann hob er den Kopf und spähte hinüber zum Scheinwerfer in den höchsten Ästen des Baumes hinter dem Stacheldraht.

»Von hier aus sehen sie tatsächlich wie Funken aus …«

»Wie komme ich hier raus?«

Sein Lächeln wurde breiter, die Zähne blinkten.

»Du bist eine Sparbüchse, Soldat. Eine Gierbüchse. Bis zum Rand voll. Der Rest ist einfach. Sie ist schnell zerschlagen. Du frierst, stimmt's? Sei froh, dass es schneit. Vergiss nicht die Eisnächte, in denen du den Vollmond doppelt gesehen hast. Vergiss nicht die Nächte, in denen du zum Warmwerden in den Stacheldraht gegriffen und auf Sternschnuppen gewartet hast. Vergiss nicht die Nächte, in denen du gebetet hast, das Universum möge seine gerechte Strafe kriegen, und gewünscht, der Polarstern fiele vom Himmel! Vergiss nicht die Zeiten, da du beim Anblick von kariertem Papier an Stacheldraht dachtest! Du hast keine Albträume mehr, stimmt's?«

Es stimmte.

»Nein.«

»Dein Körper lernt ebenso zu sparen wie dein Geist. Dein Schlaf weist keine Löcher mehr auf. Weißt du, warum man das sagt? Wenn der Schlaf keine Löcher hat, fliegen weder Albträume noch die Zeit hindurch. Er dauert nur einen Lidschlag.«

Meinen Sieben-Schritte-Marsch setzte ich fort. Ich war derart damit beschäftigt, die Wärme im Kampfanzug und in den Stiefeln zu halten, dass mich kein bisschen wunderte, keine Albträume mehr zu haben. Es interessierte mich nicht einmal. Sie waren der Grund dafür gewesen, dass ich aus meinem Leben ausgestiegen und hergekommen war, und hatten sich dann genau wie die Songs, die mir partout nicht einfallen wollten, verdrückt. Atatürk umbringen! Nicht zu glauben! Jahrelang derselbe Albtraum. Keiner von den halbdurchsichtigen, vielmehr ein Albtraum wie aus Marmor. Real genug, um meinen Schlaf zu zerschlagen. Real genug, mir Angst vor allen Atatürk-Bildern zu machen, die ich im Wachzustand sah. Real genug, damit ich jedes einzelne, sein Blick in meinen Augen, fragen hörte: »Warum hast du das getan?« Nur die Fotografie, unter der stand: »Der Gazi ruht«, hatte mich wohl nicht verstört. Denn darauf hatte er die Augen ja geschlossen.

»Es reicht.«

Er stand in einiger Entfernung, doch Ziyas Stimme war so nah an meinem Ohr wie die klamme Schneemaske. Noch immer lehnte er an der Tür zum Wachturm, sein Gesicht war so weit zu erkennen, wie die Schneeflocken es beleuchteten. Da er im Eingang stand, konnte ich nicht sehen, ob der Schnee an ihm haften blieb. Er stand unter dem Türsturz. Hatte er eigentlich Fußspuren im Schnee hinterlassen? Auch das konnte ich nicht erkennen.

»Es reicht. Das ist doch alles unwichtig. Denk nicht darüber nach. Du steckst jetzt mitten in einer Lawine und kannst nur noch vorwärtslaufen. Verantwortlich bist du nur für den jetzigen Augenblick. Die Lawine schwillt mit jeder Sekunde an und nimmt Tempo auf. Wo sie niedergeht, löscht sie alles aus.«

Zwischen uns lag bloß noch ein einziger Schritt. Ich hatte das Ende des Pfads erreicht. Vorsichtig streckte ich die linke Hand aus. Ich wollte seine Schulter berühren. Ziya regte sich nicht. Er lächelte auch nicht mehr. Er beobachtete die Hand, sie sich ihm näherte. Ich griff zu.

Als ich ihn berührte, spürte ich das Gewicht einer Hand auf meiner linken Schulter. Ich erschrak so sehr, dass ich herumfuhr. Doch hinter mir war niemand. Ich drehte den Kopf, linste über die Schulter zu Ziya. Mit den Fingern der rechten Hand fegte er sich den Schnee von der linken Schulter. Die Spur meiner Hand …

»Lass das sein. Ich will nicht, dass du völlig den Verstand verlierst.«

»Wie weit soll ich denn den Verstand verlieren?« Die Wörter troffen mir wie Schweiß aus dem Mund.

»So weit, dass du mich verstehst. Marschier jetzt weiter. Dein Körper kühlt aus.«

Ich gehorchte und nahm den Marsch wieder auf. Marschierte und hörte ihm zu.

»Wo waren wir stehen geblieben, in Berlin, nicht wahr? Ja, Yonina war tot und ich war am Leben. Zum ersten Mal hatte ich mich verliebt und zum ersten Mal daran gedacht zu sterben. So schnell wie möglich musste ich fort aus Berlin. Ich eilte zum Bahnhof mit seinem Blutgeruch und wartete. Ich hatte gehört, wenn man hoch genug bestach, konnte man einen der Militärzüge nehmen. Geld hatte ich. Ebenso meinen ausländischen Studentenausweis. Ich war osmanischer Untertan, also kein Fremdkörper im Magen des Reichs. Vier Tage verbrachte ich im Bahnhof. Endlich lief ein Zug ein, und ich bestieg die Gleise nach Danzig. Immer wieder gab es Pannen am Zug, zwei Tage brauchte es, bis ich aussteigen konnte.

Hauptbahnhof! Der Name des ersten Gebäudes, das ich in Danzig betrat. Ich, Soldat, verabscheue Gebäude. Ebenso wie Mauern. In Gebäuden bleibe ich nur so lange, bis ich die Hintertür ausfindig gemacht habe. Wo ich den Himmel nicht sehe, fühle ich mich begraben. Die Mauersteine würgen mich. Am liebsten würde ich sie alle zerschlagen. Vielleicht starb ich deshalb unbehaust. Ich hasste Häuser.

In dem Moment, da ich Danzigs Grau einatmete, war mir klar, dass ich einen Ort betreten hatte, in dem die Zeit stillstand. Mittelalter, Soldat. König Arthur! Ritter! Kirchen, Statuen, alles da. Danzig war eine Theaterbühne. Eine Bühne, die vergessen hatte, den Vorhang fallen zu lassen. Ich stand im Stadtgraben. Der Straße, an der der Bahnhof lag. Ich musterte den Uhrturm. Das große weiße Ziffernblatt, den Beweis dafür, dass Zeit verstrich. Das Leben, sagte ich mir. Ist genau wie diese Uhr. Vergeht, bezieht aber nicht ein. Keines der Rädchen, die dafür sorgen, dass der kleine Zeiger voranschreitet, ist aus menschlichem Fleisch. Die Zeit hat nichts mit mir zu tun. Ich lief los.

Ich gelangte auf die Hauptstraße, die Hindenburg hieß, wie ich später erfuhr. Passanten fragte ich nach der Universität. *Hochschule*, sagten sie und: ›Da hinten!‹ Die Hochschule lag so hoch, dass mir, obwohl es Anfang September war, vor Kälte die Finger steif wurden. Die Stadt war so kalt, dass Fahrenheit, der zweihundert Jahre zuvor in einem der Gebäude, an denen ich vorüberlief, geboren worden war, als Erster auf die Idee gekommen war, dem Thermometer eine Null hinzuzufügen. Verstehst du, Soldat, die baltische Kälte inspirierte die Null auf der Skala. Während ich also über die Hindenburg-Straße lief, war Danzig nicht wärmer als der Ort, an dem du hier Wache stehst. Übrigens, ich war an der falschen

Haltestelle ausgestiegen. Womöglich war ich bereits an einer falschen Haltestelle geboren worden … Wie dem auch sei, die Hochschule befand sich im Bezirk Langfuhr. Um dorthin zu gelangen, musste man der Hindenburg folgen, bis sie auf den Exerzierplatz mündete, und dort in die St.-Michaels-Gasse einbiegen, die den westlich gelegenen Friedhof durchquerte. Es hatte zwar den Anschein, doch St. Michaels war nicht bloß eine Gasse. Kaum hatte man die Hauptstraße verlassen, blendete das Weiß der auf die Gasse schwappenden Grabsteine. Die fruchtlosen Friedhofsbäume raspelten das Licht und warfen es vor sich hin. Die fahle Sonne des Nordens nieselte wie dürrer Regen. Die Gasse zeichnete eine Mondsichel in den Marmor. Fünfzig Schritte weiter umzingelte dich der Tod, wohin du auch schautest, alles wurde zum Nichts. Die Passage wurde lang, dass dir bald schwante, lebendig könntest du sie nicht bewältigen. So ging es, bis die Mondsichel den Rücken krümmte. Dort endete der Marmor, und die bemoosten Mauern der Hochschule, auf denen das Giebeldach ruhte, setzten ein. Am Bosseweg war die Mauer zu Ende. In der Straße, an der Arm in Arm Studentenheime lagen. Warst du einmal durch die St.-Michaels-Gasse gelaufen, wünschtest du, dir möge nie ein Grabstein gesetzt werden. Starbst du, sollte nichts an deinem Kopfende stehen. Kein Baum, kein Stein, keine Trauernden, keine Leute, die Schlange standen, um auf dein Grab zu pinkeln … Und, Soldat, mir wurde tatsächlich nie ein Grabstein gesetzt.«

Eine Sekunde lang meinte ich, im Licht des Scheinwerfers wirbelten Fliegen und geflügelte Insekten, deren Namen ich nicht kannte. Doch wie die Funken handelte es sich auch bei ihnen um Schneeflocken. Wasser. Durch jede Straße und Gasse, über den Platz, die Ziya geschildert hatte, war ich mit ihm gelaufen, hatte in jede Richtung geschaut, in die er den Kopf drehte. Als wäre ich dort. An dem Ort, der Danzig hieß. Dann tauchte ein Wort in meinem Kopf auf: Teutonen. Und eine Stimme. Die des toten Mannes.

»Strabo war ein Pontosgrieche aus Amasya. Dort war er 64 vor Christus zur Welt gekommen. Als er die siebzehn Bände seiner *Geographie* schrieb, war er vierzig. Auf den etlichen Tausend Seiten beschrieb er alle Völker in allen bis dahin bekannten Regionen. Als Jütland dran war, erwähnte er die Teutonen. Einen germanischen Stamm. In der *Geographie* stand zum ersten Mal das Wort Teutonen. Jahrhunderte vergingen. Heidnische Stämme machten Bekanntschaft mit dem Christentum. Die Teutonen gerieten in Vergessenheit, an ihre Stelle traten fromme Ritter. Im zwölften Jahrhundert suchte man nach seinen Wurzeln, erinnerte sich der Teutonen und benannte einen Orden nach den barbarischen Vorfahren. Die römisch-katholischen deutschen Ritter. Als eine Maschine, die Religion in Macht verwandelte, stellten sie Nordeuropa auf den Kopf. Bis nach Venedig und Wien reichte ihre Macht. Bis König Sigismund I. von Polen-Litauen sie in die Grenzen wies. Was dann geschah? Albrecht von Brandenburg, Hochmeister des deutschen Ordens, trat zum Protestantismus über und wurde zum Herzog von Preußen ernannt. Dann trat ein Narr namens Gobineau auf und behauptete, die Teutonen seien eine überlegene weiße Rasse. Ein weiterer Narr namens Chamberlain äußerte in seiner Schrift *Die Grundlagen des 19. Jahrhunderts*, bei den modernen Germanen handele es sich um eben diese Teutonen. Unter seinen Lesern befand sich ein dritter Narr namens Wilhelm. Sein Vater war Prinz von Preußen, seine Mutter die Tochter der englischen Königin Victoria. Wilhelm aber war ein Narr.

Nicht irgendein Hofnarr, sondern ein Reichsnarr. Ein Narr von Adel. Schließlich wurde er Kaiser. Sein Konterfei wurde auf Münzen geprägt. Er plante derart große Schritte, dass er gar nicht bemerkte, wie es ihm die Beine auseinandertrieb und den Arsch aufriss. Wilhelm war vernarrt in Chamberlains Ideen. Das Buch des Engländers, der die Überlegenheit der Germanen erkannte, erklärte er für heilig und sich selbst zum Theoretiker des Rassismus. All das beobachtete Danzig still. Es war eine Märchenstadt, in der eine von der Zeit erzählte Legende spielte. Ein gotisches Labyrinth …

Es gibt unteilbare Orte auf der Welt. Wie Kaschmir, wie Mossul, wie Elsass-Lothringen, wie Jerusalem. Unteilbare Städte. Fleischbrocken, nach denen zehn Hunde auf einmal schnappen. Sie sind so klein, dass sie sich nicht teilen lassen. Man kann sie nicht heiraten, Soldat. Sie sind nur deine Mätresse, bis du stirbst. So war es auch mit Danzig. Das berühmte *Gedanensis*! Wie die anderen unteilbaren Städte. Als ich es betrat, hieß der Mann, der Danzig zur Fußmatte gemacht hatte, Kaiser Wilhelm II. Danzig, wo Westpreußen auf das Meer traf und unklar war, wo welches begann. Immerhin hatte ich diesem Narren meinen Aufenthalt in Danzig zu verdanken. Denn es war dieser Wilhelm gewesen, der die Gründung der *Polytechnica Gedanensis* angeordnet hatte, an deren Tor *Patriae Marique Fidelis* geschrieben stand: Dem Vaterland und dem Meere treu. Welchem Vaterland? Welchem Meer? Es gab nur ein Ziel: Westpreußen auf ewig dem Reich einzuverleiben. Eine Finte auszuhecken, die die überlegene Kultur der überlegenen germanischen Rasse, deren Ahnen die Teutonen gewesen waren, in die Köpfe der lokalen Bevölkerung stopfen würde. Gar die Danziger Bucht in ein Becken zu verwandeln, in das einzig Wilhelm pinkeln durfte. Treue stand über dem Tor der Hochschule. Doch Vaterland und Meer scherten niemanden. Die Treue galt Wilhelm. Dem deutschen Geist, den er trug, dem deutschen Geist, der Nietzsche als Fall von Dyspepsie aufgrund gestörter Darmfunktion galt. Mich aber interessierten weder dieser Geist noch Wilhelm II. Im Grunde interessierte mich nichts und niemand.

Die Tore der Hochschule öffneten sich, und ich nahm das Studium in der Abteilung Schiffbau auf, dort hatte mein Vater mich eingeschrieben. Zunächst bemühte ich mich nach Kräften. Weißt du, worum? Darum, ein normaler Student zu sein. Ein Junge, der imstande ist, die Hoffnungen seiner Familie zu schultern, ohne dass sie herunterfielen. Doch es gelang nicht. Das war nichts für mich. Die Zukunft, die Vater mir geschneidert hatte, passte mir nicht. Ich war nicht wie er. War nicht wie meine älteren Brüder, die taten, was er sagte. Ich war ein junger Mann, in dem das Dunkle überwog. Ein junger Mann, der sich nicht mehr kannte, wenn ihn das Dunkle drückte. Nichts von alledem, was ein geregeltes, voraussehbares Leben mir bot, passte zu mir. In mir herrschte ein Gefühl, das ich nicht benennen konnte. Das Gefühl, zu zersplittern und zersplittert zu werden. Ich wollte fort. Wollte ans Ende des Lebens gelangen. Es war unbeschreiblich! Wie dem auch sei … Letztlich war es für mich zu spät. Danzigs Straßen auswendig zu lernen, kostete mich vier Wochen. Frauengasse, Beutlergasse, Junkergasse, Dominikanerplatz …

Die Reihe kam an Oliva. Im Danziger Westen. Dann an Zoppot an der Danziger Küste. Auf meinen Fluchten aus der Hochschule war ich an die Ostsee gekommen. Es gab keinen anderen Ort mehr. Beim Blick über die graue, feuchte Senke fasste ich einen Entschluss. Alles, was ich besaß, würde ich in eine Tasche packen und ans Ende des Lebens gehen. So war es, Soldat, als ich eines Morgens auf die Ostsee hinausblickte, entschied ich, alles hinter mir zu lassen, was mich ausmachte. Ich war sechzehn. Ich würde den Faden des Knäuels namens Welt finden und ihm bis zum Anfang folgen. Weder an meine Familie dachte ich noch an sonst etwas. Natürlich gab es Freunde. Enge Freunde. Kein einziger interessierte mich. Denn keiner war wie ich. Es gab nichts und niemanden, den ich nicht hätte verlassen können. Yonina war nicht mehr. Trunken von meiner Entscheidung kehrte ich zur Hochschule zurück. Ich taumelte. Bis ich einen Offizier sah, der im Haupthof eine Rede hielt. Ich verstand einzelne Wörter: Nord-Ostsee-Kanal! Flotte! Freiwillige! Tod den Engländern!

Das war ein Zeichen. Ich wusste nicht, woher es kam, und es war mir auch egal. Die Reise ans Ende meines Lebens würde ich kämpfend antreten. Alles, was mir gegeben war, würde ich in einer Schlacht vernichten. Ich würde gegen meine Identität kämpfen und mich besiegen. Die Unterschrift, die danach unter meine Bestimmung zu setzen wäre, würde meine eigene sein. Ich zögerte nicht und trat in das Heer des Narren Wilhelm ein. Wilhelm, dessen Großmutter die englische Königin war, erklärte den Engländern den Krieg. Ich, dessen Vater Hurşit hieß, erklärte Ziya Hurşit den Krieg.«

Ich verstand nicht, was er sagte. Selbstverständlich wusste ich, was jedes einzelne Wort bedeutete. Doch das genügte nicht. Ich hatte einfach nie wie er empfunden. War nie wie er gewesen. Mit sechzehn war ich ein Durchschnittstyp. Ich wollte weder von zu Hause noch aus meinem Leben weg. Ja, bis die Albträume einsetzten, liebte ich alles, was ich hatte, mein Leben, meine Familie, meine Freunde. Das Gefühl der Zersplitterung, von dem er gesprochen hatte, sagte mir nichts. Ich wollte nichts anderes, als ein friedliches Individuum in der Gesellschaft sein, in der ich lebte. Wollte ein gewöhnlicher Idiot sein! Frieden bedeutete für mich, dass sich nichts änderte. Nicht gehen, nichts kaputt machen, nichts verändern, so kam er zustande. Sich um das kümmern, was man besaß, war der Weg zu Frieden und Seelenruhe. Jetzt aber stand ich außerhalb dieses Weges und fürchtete mich. Davor, nicht mehr umkehren zu können. Einen Grund dafür hatte ich auch: meine Albträume. Die Albträume, die dafür gesorgt hatten, dass ich rot sah. Was hatte dieser Kerl für eine Entschuldigung? Was war es, das ihn veranlasste, sich als anders zu empfinden? Dass er ein, zwei Bücher mehr gelesen hatte? Die Grabsteine, die er auf seinem Weg durch St. Michaels gesehen hatte? Oder dass sein Vater genug Geld hatte, ihn auf die besten Schulen zu schicken?

»Nein, Soldat, nichts von alledem. Dass ich dem Wahnsinn verfiel, hatte keinen Grund. Ich kam schon verrückt zur Welt. In der Reichsflotte wurde ich Gefreiter. Mit sechzehn. Weißt du, warum? Weil Yonina nicht mehr war. Weil ich mein Haus auf der Schwelle zum Tod gebaut hatte. Weil ich alle hasste, die sich als Herrscher über die Welt aufschwangen. Weil ich nichts gab auf irgendwelche Schriftsteller, die das Leben schätzten und sich selbst ernst nahmen. Weil ich, wie schon erwähnt, ein Gefühl der Zersplitterung in mir trug, das ich nicht benennen konnte. Manchmal wollte ich alles vernichten. Alles und jeden. Gewalt schreckte mich nicht. Ich hatte keine Angst. Fürchtete nicht Schmerz und Leid. Scheute mich nicht, leiden zu müssen und Leid zuzufügen. Ich war kein gewöhnliches Kind. Ich passte in keine Reihe. Wie ich auch nicht in die Reihen im Parlament passte, in die ich Jahre später kam.

Schlussendlich kämpfte ich in der Schlacht mit, weil Schiffbau mich nicht interessierte. Ging in die Schlacht, weil ich nichts Besseres zu tun hatte. Weil ich dem Tod unmittelbar ins Auge schauen wollte. Ja, Soldat, in dem Alter war mir aufgegangen, dass man nicht allzu viel vom Leben erwarten sollte. Da ich Geburten nicht aufhalten konnte, konzentrierte ich mich auf den Tod. Ich wollte so schnell wie möglich mit der Vernichtung namens Tod Bekanntschaft machen. Wollte wie eine blutige Operation beobachten, was Menschen imstande sind, Menschen anzutun. Ohne mich abzuwenden.«

Ich hatte Jungs kennengelernt, die am Dasein litten. Sie waren gar nicht fern. Meine Umgebung war gespickt mit ihnen. Vielleicht waren sie zwei, drei Jahre älter als Ziya damals, als er ins deutsche Heer eintrat, in den Augen der meisten aber lag dasselbe Dunkel auf der Lauer. Ich sah Dunkel, das auf den Moment wartete, in dem es aus der Stellung bräche, um das Geschöpf, in dem es sich verbarg, vollständig zu erobern. Jungs, die Bahnen aus Rasiermesserspuren an den Armen trugen. Jungs, die sich prügelten, weil sie nichts Besseres zu tun hatten und ihnen das Leben absolut wertlos erschien. Ich sah Jungs, die permanent »Verfickte Scheiße!« riefen, weil sie sonst nichts zu sagen hatten und ihnen Worte nichts mehr bedeuteten. Einstige Lämmer, die ihren Müttern zu Wölfen wurden! Zum ersten Mal aber traf ich jemanden, der sich in die nächstbeste Schlacht stürzte, weil er an den Menschen, am Leben und an sich selbst zweifelte.

»Als ich verkündete, ich würde ins Heer eintreten und in den Krieg ziehen, lächelte die Hochschulverwaltung breit.

›Kein Problem‹, sagten sie. ›Kämpf nur, solange du willst. Wenn du nächstes Jahr wiederkommst, steigst du ins zweite Studienjahr ein. Und falls du länger bleiben solltest, schicken wir dir dein Diplom nach Hause! Noch besser aber wäre, wenn du stirbst, denn dann bist du ein Held!‹ So in etwa redeten sie. Denn sie waren unvorbereitet. Sie hatten nicht erwartet, dass an einer Hochschule, die intellektuelle Ingenieure ausbildete, ein Mann vortreten würde, den nichts mit dem, was man Deutschsein nannte, verband, und in den Krieg zog. Sie konnten es nicht fassen! Dass die Hochschule, an der ich lediglich einen Monat studiert hatte, so geschwind Deutsche für den Kaiser produzierte. Ich war mir sogar sicher, dass sie, kaum dass ich fort war, den Kaiser brieflich von der Sache unterrichteten und Gehaltserhöhung forderten. Wie dem auch sei …

Die Uniformen aller Armeen der Welt werden aus demselben Stoff genäht, Soldat. Dem Stoff der Unsichtbarkeit. Legst du sie an, verschwindest du. Keiner kann dich finden. Das Heer war eine Decke, und ich zog sie über mich. Tausende Reichssoldaten lagen neben mir. Wir brauchten gar nicht aufzustehen, denn der Befehl war einfach. Um in die glorreiche Royal Navy, die Alleinherrscherin über die Weltmeere, eine hinreichend große Bresche zu schlagen, sollte die deutsche Flotte geopfert werden. Auch wir waren Teil dieser Flotte, doch für uns interessierte sich niemand. Das war ja nicht neu. Ich kannte die Menschheit. Wusste seit Langem, wie sie war. Wusste, seit wir uns kannten, auch, dass wir uns nie verstehen würden. Schließlich fiel mir ein, was Dostojewski geschrieben hatte:

›Haben wir uns doch so sehr entwöhnt, dass uns mitunter vor dem wirklichen ›lebendigen Leben‹ beinahe Ekel erfasst, und darum können wir es nicht ausstehen, wenn wir an das Leben erinnert werden.‹*

Die Kräfte der Royal Navy und der deutschen Hochseeflotte waren überhaupt nicht zu vergleichen. Wie die Deutschen zu Lande herrschten, waren die Briten die Herren zur See. Und Wilhelm war nicht in der Lage, seine Interessen vernünftig zu berechnen. All seine Kalkulationen waren simpel und falsch. Ginge die Hochseeflotte unter, verlören die Deutschen angeblich nicht den Krieg, nähme aber die Grand Fleet der Royal Navy Schaden, wären die Engländer militärisch gelähmt! Eine von Wilhelms Eseleien! Zuerst wurden Unterseeboote Richtung Schottland entsandt. Doch sie versenkten kein einziges englisches Schiff. Dann unternahm Vizeadmiral Scheer einen Schritt, bei dem er die Menschlichkeit aufgab. Er ließ alle britischen Handelsschiffe bombardieren, die in Dänemark und Norwegen in See stachen. Absicht war es, die Grand Fleet in den Skagerrak zu locken. Mehr noch, die Schiffe unter dem englischen Admiral Beatty von der Grand Fleet zu trennen und umgehend zu versenken. Ich fuhr auf dem Schiff von Admiral Scheer. Ich sah alles. Wirklich alles. Ich hatte die Gelegenheit, aus nächster Nähe zu sehen, wie achttausendfünfhundert Menschen umkamen. Die Deutschen und Engländer hatten keine Kosten gescheut, mir dieses Schauspiel vorzuführen! 8.500 Soldaten! 8.500 Leben! Lebendiges Leben, an das Dostojewski nicht erinnert werden wollte. Und da nur zweitausendfünfhundert der Toten Deutsche gewesen waren, sagte der liebe Wilhelm bei unserer Rückkehr in den Hafen von Wilhelmshaven: ›Ihr habt die

---

* Aus: Fjodor Dostojewskij, Aufzeichnungen aus dem Kellerloch. Übersetzung von Swetlana Geier. Stuttgart, Reclam, 1984, S. 144.

englische Flotte vernichtet! Ihr habt eine neue Seite in der Weltgeschichte aufgeschlagen!‹

Als ich an die Hochschule zurückkehrte, trug ich eine Medaille in der Tasche, und es war Juni. Die Professoren sahen, dass ich nicht umgekommen war, wussten aber nicht, was sie mit mir anfangen sollten. Die Prüfungen des ersten Studienjahrs brauche ich nicht mehr abzulegen, erklärten sie, ich könne sofort Ferien machen und im Oktober wiederkommen. Doch ich hatte nicht vor, irgendwohin zu fahren oder in mein Land zurückzukehren. Mein Wunsch, alles aufzugeben, um ans Ende des Lebens zu gehen, war erfüllt worden. Ich hatte genügend Grauen erlebt, um das Gefühl der Zersplitterung in mir zumindest für eine Weile verstummen zu lassen. Im Augenblick ertrug ich es. Deutsch hatte ich genug gelernt, um den Satz ›Alle umbringen!‹ fehlerfrei auszusprechen. Den Sommer verbrachte ich lesend in der Hochschulbibliothek. Das Jahr 1916 war rasant genug. Genau richtig für mich. Deutsche Zeppeline hatten Paris bombardiert, an Irlands Küsten war Giftgas versprüht worden, ein Roman mit dem Titel *Der Zauberer von Oz* war erschienen und außer Danzig war alles im Krieg versunken. Selbst der Boden, auf dem du jetzt stehst, war von Russen besetzt. Ich aber las Schopenhauer. Den Mann, der alles bestätigte, was ich bis dato über das Leben zusammengetragen hatte. Wir waren einander nah. Er war ja in der Ducha-Straße, damals Heilig-Geist-Gasse, östlich der Hochschule zur Welt gekommen, im Haus Nummer 114. Vor einhundertachtundzwanzig Jahren. Und Nietzsche, der über Wilhelm gesagt hatte, er würde dem jungen deutschen Kaiser nicht einmal die Ehre zugestehen, ihm als Chauffeur zu dienen, war in meinem Geburtsjahr gestorben. Auch ihn kannte ich.

Als ich die Wälzer an der Nordwand der Bibliothek durch hatte, war es Zeit für den Einstieg ins zweite Studienjahr. Bloß hatte sich meine Meinung über Schiffbau kein bisschen geändert. Es interessierte mich nicht. So lag ich als junger Kriegsheld im Park der Hochschule und erlaubte der Oktobersonne, mir über das Gesicht zu spazieren. Bis sich der Schummer meiner geschlossenen Augen schwärzte. Ich schlug die Augen auf, sah erst ihre Schatten auf mir, dann sie selbst.

›Merhaba!‹, sagten sie. ›Ziya Hurşit, nicht wahr?‹

Sie sprachen meine Muttersprache. Drei junge Männer mit Fez. Gerade wollte ich die Lider wieder schließen, da sah ich Hände sich mir entgegenrecken. Zum Handschlag.

›Wir sind die neuen Studenten. Aus Kadıköy, vom Saint Joseph. Man hat uns von dir erzählt.‹

So lernten wir uns kennen. So lernte ich drei Männer kennen, die von ihren Vätern dem Krieg entführt und nach Danzig geschickt worden waren, um dem Land, in dem sie geboren waren, von Nutzen zu sein. Im Augenblick unserer ersten Begegnung war mir klar, dass wir nichts gemeinsam hatten. Sie hatten Ideale. Das Ideal durchzukommen. Ich dagegen glaubte nicht daran, dass man bei irgendetwas durchkommen konnte. Darum verstanden wir uns nicht besonders. Ich glaube kaum, dass ich den älteren Bruder mimen könnte, wie sie es erwartet hatten. Denn keiner der drei interessierte sich für Danzigs Unterwelt gleich mir, keiner liebte die Frauen wie ich, keiner verschleuderte das Geld seiner Familie wie ich, keiner fuhr nach Hamburg, um sich zu besaufen, und keiner hasste die Menschheit so wie ich.

Ich war bis 1919 an der Hochschule. Im Park der Hochschule. Es gibt nicht viel darüber zu berichten. Ich war kein guter Student. Ich kann nicht sagen, dass die Professoren mich mochten. Denn als ein unantastbarer Held ließ ich keine Gelegenheit aus, ihnen um die Ohren zu hauen, wie sie Wilhelm in den Arsch krochen. Wer damals von mir redete, blieb zwischen den Wörtern Nihilist und Anarchist stecken. Tatsächlich erwachte ich jeden Morgen als einer von beiden, gleich einer geworfenen Münze. Im Laufe der beiden Jahre nach dem Krieg hatte ich quasi mit sämtlichen Dirnen von Danzig geschlafen und sämtliche Wände der Bibliothek durchgelesen.

Das Wasser stieg wieder, Soldat. Die Zersplitterung in mir verschärfte sich, nahm Gestalt an. An die vom Skagerrak verschlungenen Soldaten dachte ich nicht mehr. Ich wollte nur noch fort. Wieder einmal. Verschwinden. Ans Ende des Lebens gehen. Da traf ein Brief ein. Von Mutter. Sie schrieb, mein Vater und Fazıl, der jüngere meiner älteren Brüder, seien von den Engländern in Eskişehir verhaftet worden. Ich war neunzehn. Als ich das Blatt faltete und wieder in den Umschlag steckte, stand mein Entschluss, in mein Geburtsland heimzukehren, um Eskişehir dem Erdboden gleichzumachen. Als ich den drei Fezträgern davon sprach, entgegneten sie: ›Du musst erst dein Studium abschließen. Wie wir. Erst dann kannst du dem Vaterland dienen.‹ Dabei hatten sie anders geredet, als sie frisch hergekommen waren. Hatten vom Komitee für Einheit und Fortschritt gesprochen, vom Aufstand der Bolschewisten, von den Tagen, da die Völker ihre eigenen Staaten gründen würden. Das Fleisch aber war nicht so stark wie die gehegten Träume. Vor allem ließ es Kugeln durch. Und das wollte keiner. Ich aber glich keinem. Ich wusste auch von Armeniern, die aus Anatolien nach Deutschland geflohen waren, wusste, dass Cemal, Talat und

Enver, die Paschas des Komitees für Einheit und Fortschritt, mindestens so blind waren wie Wilhelm. Ich mochte etliche Tausend Kilometer entfernt sein, doch der Geruch von Torheit breitete sich derart rasend aus, dass einem die Nase verstopft sein musste, um nicht zu kapieren, was bei den Osmanen vor sich ging. Der Waffenstillstand von Moudros war unterzeichnet, und entsprechend dem Artikel ›Nötigenfalls werden strategische Gebiete besetzt‹ hatten die Siegermächte begonnen, osmanischen Boden zu zerstampfen. Es war das Schicksal der Osmanen, den Großen Krieg zu verlieren. Ein von Hasardeuren regierter Staat konnte nicht immer gewinnen. Und die Spielbank namens Welt sprach damals Englisch. Hin und wieder standen auch die Franzosen auf und sagten: *›Faites vos jeux!‹*«

Als er bemerkte, dass ich nicht mehr zuhörte, verstummte er. Nach wie vor war mir schleierhaft, was das alles mit mir zu tun haben sollte. Ja, was Ziya erzählte, war interessant. Doch was erwartete er? Sollte ich mich beruhigen, wenn ich alledem lauschte? Sollte mein Zwangswehrdienst zur Normalität zurückkehren? Sollte sich mein Leben normalisieren, weil er mir sein Leben erzählte? Zwei Jahre der immer gleiche Albtraum hatten ausgereicht, dass all meine Ideen, von deren Wahrheit ich überzeugt gewesen war, einen Sprung bekommen hatten. Anschließend hatte die Armee alles dafür getan, sie vollständig zu zerbrechen und zu zerschlagen. Zudem war mein Leiden, worum auch immer es sich dabei handelte, offenbar weiter fortgeschritten, denn ich sprach mit Ziya. Mit einem toten Mann, der sagte, er würde mich hier rausholen. Ich wusste noch nicht einmal genau, wo er mich rausholen würde. Aus mir selbst, aus meinen Albträumen, aus dem Wehrdienst, dem Leben, der Welt? Woraus? Was änderte es, wenn ich Ziyas Vergangenheit kannte? Wozu sollte es gut sein, das Leben eines anderen zu erfahren? Das Leben war doch eine absolut persönliche Erfahrung, oder nicht? Beim wievielten Wort, das Ziya bemühte, würde ich auf mysteriöse Weise gerettet werden? Bis ich achtzehn war, waren meine Erwartungen an das Leben nicht über ein Mittelmaß hinausgegangen, und ich war entschlossen zu tun, was eben nötig war. Und ging man davon aus, dass alles, was zu tun nötig war, bereits vor meiner Geburt festgelegt war, gab es kein Problem. Ich würde auf irgendeine Universität gehen, irgendeinen Beruf erlernen und für Geld arbeiten. Ich würde glauben, dass ich eine Frau liebe, sie heiraten und mit ihr Kinder haben. Dann würde ich alle meine Schulden begleichen und sterben. Der einzige Beweis dafür, dass ich gelebt hatte, wäre, dass in dem Ausweis, den ein Kind von mir eines Tages beantragen würde, in der Spalte Vater mein Name stünde. Mehr wollte ich nicht. Hatte nie mehr gewollt. Mehr brauchte es nicht. Tun, was nötig war, und sterben. Ich glaubte nicht, dass ich Verantwortung trug. Nein, all das hatte nichts damit zu tun, dass ich ein früh gereifter, zur Übernahme von Verantwortung bereiter Junge war. Womöglich hatte ich mich gar dafür entschieden zu tun, was nötig war, um überhaupt keine Verantwortung zu übernehmen. Weder zu wenig noch zu viel. Denn ich wusste, dass mein Wille mich narren würde und mein erster selbst gefasster Entschluss falsch wäre. Ohnehin hatte ich es immer gehasst, eine Entscheidung zu treffen. War das Leben auf der Welt nicht ein Produkt von Idioten, die glaubten, richtig entschieden zu haben? Wie auch immer, bis mich diese Albträume aus dem Gleichgewicht brachten, träumte ich davon zu sterben, ohne je einen Entschluss gefasst zu haben. Doch es kam anders. Ich fasste einen Entschluss. Ich brach das Studium ab und stellte mich der Armee. Um bis zur Entlassung zu keinen weiteren Entschlüssen gezwungen zu sein. Auch das aber kam anders. Ich entschied mich, Hand an mich zu legen. Um all das zu beenden. Da tauchte Ziya auf. Ein Mann, der bis auf Ort und Datum seiner Geburt alles selbst entschieden hatte. Vielleicht war er unter allen Menschen, die ich je kennengelernt hatte, der einzige, der fähig war, das Wort Verantwortung auszufüllen. Denn solange er lebte, hatte er getan, was er wollte. Was ihm gerade passte. Er hatte akzeptiert, für seine Entscheidungen und ihre Folgen verantwortlich zu sein, und es kein einziges Mal bereut. Den Pfad zwischen Leben und Tod hatte er beseitigt und an seiner Stelle ein Seil gespannt, über das er spaziert war, und als er es wollte, hatte er sich mit eben diesem Seil erhängt. Er hatte keine Angst. Darin bestand der Unterschied zwischen uns. Sich entscheiden zu können, weil man keine Angst hat. Schritte getan zu haben, die niemand vorausgesehen hatte, und Beschlüsse umgesetzt zu haben, deren Gründe nur er selbst zu verstehen in der Lage war. Ohne auf irgendjemandes Zustimmung angewiesen zu sein. Ohne dass sich irgendeiner einmischen konnte. Ohne sich mit irgendjemandem zu vermischen …

»Außer mit dir! Wie du siehst, haben wir uns vermischt. Mal ehrlich, kannst du noch unterscheiden, wo der eine beginnt und der andere aufhört? Wie dem auch sei, heute Nacht sehen wir uns nicht mehr. Es reicht erst einmal. Du hast aber eine kleine Aufgabe. Sammle die Magazine aus den Westen im Arsenal. Hinter der Wäscherei gräbst du ein Loch, dort verbuddelst du sie. Du brauchst Kugeln, Soldat.«

Mit seiner Stimme blieb mir der Atem weg. Mir fuhr die gesamte Armee in die Glieder. Als ihm das Wort Kugeln über die Lippen kam, erschreckte mich die Vorstellung meiner selbst dermaßen, dass ich schlotterte. Magazine klauen und verstecken! Absolut unmöglich! Ich konnte mir nicht im Traum vorstellen, so etwas zu tun. Der Speichel der gesamten Armee klebte mir im Gesicht! Tausende spuckten mich an. Unmöglich! Völlig undenkbar! Ich würde nichts stehlen! Ich würde nicht vor dem Militärgericht landen! Keine Sekunde länger als geplant würde ich hierbleiben!

»Du sollst sie nicht klauen. Stehlen kann man das nicht nennen. Denn jede Kugel, die du nimmst, gibst du eines Tages zurück. Ausleihen nennt man das.«

»Warum soll ich sie stehlen, wenn ich sie doch zurückgebe?«

»Die Rückgabe nimmst du mit deinem Gewehr vor. Mit deinem G3. Du legst sie alle um. Rekruten, Stabsunteroffiziere, Sergeanten und den Kompaniechef. Dann entführst du ein Flugzeug und fliegst nach Ankara. Du erschießt den Generalstabschef. Den Premierminister, den Staatspräsidenten, alle Abgeordneten. Du brauchst Kugeln, Soldat. Viele Kugeln. Du tust gut daran, jetzt mit dem Ausleihen anzufangen. Ich möchte nicht, dass dein Magazin leer ist, wenn du das Atatürk-Mausoleum betrittst. Was von Mustafa Kemals Leib übrig ist, verbrennst du. An dem Feuer zündest du dir deine Zigarette an und wartest auf den Tod. Damit wirst du all deine Schulden beglichen haben. Ist es nicht das, was du willst? Alle Schulden begleichen und sterben. Das ist deine Chance!«

Seine Worte fielen wie Schneeflocken auf mich. Sie schmolzen nicht. Ich wurde begraben. Wurde unter Ziyas Worten begraben. Dann stand alles still. Er lachte.

»Keine Sorge, Soldat. Nichts davon wird geschehen. Du schuldest weder mir etwas noch sonst irgendwem.«

Da wurde ich sauer. So sauer, dass ich Nacht und Stille vergaß. Ich brüllte.

»Mach das nicht noch mal! Oder …«

»Oder du bringst mich um? Armer Junge. Du kannst niemanden töten außer dich selbst. Du bist kein Attentäter wie ich. Falls du aber einmal ein großer Mann wirst, dann könnte natürlich auch deine Selbsttötung ein großer Anschlag sein. Sonderbar, nicht wahr? Egal, jetzt musst du dem Nachtoffizier erklären, warum du so laut geschrien hast.«

»Was schreist du hier rum, verdammte Scheiße? Was ist los?«

Am besten reden, ohne nachzudenken. Es brauchte eine rasche Antwort, damit er nicht merkte, dass ich log.

»Da waren Typen. Wahrscheinlich besoffen. Als ich gebrüllt hab, sind sie abgehauen.«

»Hast du die Trillerpfeife nicht dabei? Mann, ihr werdet entlassen und seid immer noch Grünschnäbel! Stell dich vernünftig hin, der Sergeant vom Dienst läuft rum. Schlaf nicht ein! Wenn er dich erwischt, fickt er dich!«

Ziya lachte. Unsere Blicke trafen sich nicht. Denn mein Blick hing an seinen Lippen, die auf- und zuklappten. »Peng!«, sagte er. »Peng!« Den rechten Zeigefinger ausgestreckt, senkte er den Daumen, knallte den Nachtoffizier ab und machte: »Peng!«

Als ich am Ende dieser Wache Gewehr und Sturmweste ins Arsenal brachte, stopfte ich in eine der leeren Taschen ein Magazin, das mir nicht gehörte. Zwanzig Projektile. Zwanzig Leben …

»Haben wir uns doch so sehr entwöhnt, dass uns mitunter vor dem wirklichen ›lebendigen Leben‹ beinahe Ekel erfasst, und darum können wir es nicht ausstehen, wenn wir an das Leben erinnert werden.«

Wer hatte das gesagt? Wer? Ich? War das von Bedeutung? Zwanzig Kugeln. Sicher alle einwandfrei. Erst gestern gewartet. Jede war erst mit einem geölten Lappen eingerieben, dann mit einem trockenen poliert worden. Sie glänzten. Wie Goldzähne. Käme ein Tag, an dem ich sie zurückgeben würde? Und wenn ja, wem? Wem gehörte das Magazin? Sie waren alle gleich. Für einen büßt die ganze Kompanie! Das brüllten die Ausbilder. Die Strafe für einen bekommen alle! Hält man sich vor Augen, dass in der Ausbildungseinheit die brutalste Strafe Kommandotanz bis zur Erschöpfung lautete, hatten die Jungs hier Pech. Denn meine Strafe würde um einiges schwerer ausfallen. Schwer genug, die ganze Kompanie zu zermalmen. Alle würden für mich büßen! Die Armee war grandios! Ihre Regeln fantastisch! Nicht einer für alle, sondern einer trotz allen! Meine Strafe und die ganze Kompanie! Genug für alle! Für die Kreisstadt, den Ministerpräsidenten, den Generalstabschef! Meine Strafe, genug für alle. Was war mein Vergehen? Unwichtig. Denn die Welt war ein so wunderbarer Ort, dass du nicht schuldig sein musstest, um bestraft zu werden. Sie war ein Paradies! Wahrlich. Ein solches Paradies, dass alle bestraft wurden. Ein solches Paradies, dass als Belohnung der Unschuldigen auch die Schuldigen bestraft wurden. Die Unschuldigen, die das sahen, schrien: »Es lebe die Gerechtigkeit!« Vergessend, dass sie bestraft wurden, obwohl sie sich nichts hatten zuschulden kommen lassen. Ein solches Paradies, dass Gerechtigkeit erforderte, Ungerechtigkeit zu vergessen! Grandios! Ein Paradies von außerordentlicher Schönheit! Selbst die Luft ist erfüllt von Diamantenstaub. Und funkelt! Vereister Diamantenstaub!

Kristallstaub! Ein solches Paradies, dass ihre Sonne wärmt wie ein Bild der Sonne. Ein solches Paradies, dass ihre weiße Sonne am Himmel steht wie der Buchstabe O. Wer, fragen wir. Von vier Wänden hallt unsere Stimme viermal zurück: »Du!« Wir haben schwarze Hunde mit weißen Körpern. Sie haben auch Namen. Aber sie sind Statuen. Sie kommen nicht mehr, wenn man sie ruft. Sie bewachen das Tor zum Paradies. Die Ohren aufgestellt erstarren sie, um in der mit Schnee vermischten Erde begraben zu werden. Ein solches Paradies, dass selbst rostiges Eisen einen weißen Bart trägt. Der uns umzingelnde Stacheldraht ist aus weißem Angora geflochten. Die Luft bellt nicht mehr, sie beißt. In ihrem weißen Maul steckt unser Fleisch. Darum herrscht eisige Stille. Die an den Vordächern hängenden Speere haben ihre Zähne in unsere Nacken geschlagen. Blaue Bissspuren auf der gleich Zeitungspapier zerknitterten Haut stehen wir da und warten. Auf die Vertreibung aus dem Paradies. Schneeweiß sind wir. Eiskalt. Gefrieren. Auftauen. Erneut gefrieren. Mehr braucht es nicht. Nicht einmal, Verben zu beugen. Jeder bleibt an Ort und Stelle. Soll meine Brust sich an ihre Rücken lehnen, soll mein Atem ihnen den Nacken wärmen. Gemächlich will ich ihnen meine Zunge in die Haut stechen. Meines Lebens Gift soll in sie sickern. Zwanzig Kugeln. Fantastisch, verfickt noch mal! Ich murks euch alle ab! Alle!

8

Das Licht war fahl geworden, die Gesichter ringsum verschattet. Wir saßen bei abfallender Spannung. Über der Atmosphäre in der Kantine mit ihrer einzigen Tür, dem einzigen Fenster, dem einzigen Ofen hing eine schwarze Gardine. Das schwarze Netz einer schwarzen Spinne. Seit Langem lag es auf unseren toten Leichnamen, und es störte uns nicht. Das Licht würde nicht mehr Farbe bekommen. Die ganze Nacht hindurch nicht. Das war uns klar, denn wie Tabak und Tee war auch der Strom Schmuggelware. Dunkelhäutige Akrobaten kletterten auf die seit dem Tag ihrer Aufstellung gottverlassen dastehenden Strommasten und stahlen Strom. Da es mehr als schwer war, jemanden auf frischer Tat mit Strom in der Hand zu ertappen, war dagegen kaum vorzugehen. Außer darauf zu warten, dass sie sich einen Stromschlag holten. Darin waren sie nicht schlecht. Sie holten sich Stromschläge. Einmal in der Woche. Mitunter auch zweimal. Vor allem im Herbst. Wenn sie Strom in den See südlich der Kreisstadt leiteten, um Fische zu fangen. Sie fielen von den

Bäumen rings um den See, auf die sie kletterten, um Haken an die Leitung zu hängen, und kaum berührten sie das Wasser, wurden sie zum Schmaus für die Fische. Zu stark gegrillt, aber doch so schmackhaft wie ein Mensch. Sekretär Akif tat, was er konnte. Zusammen mit den Protokollen, die das Team vom Dienst an Ort und Stelle aufnahm, schickte er das Dossier der Elektrizitätswerke mit einem eigenen Anschreiben zum Justizpalast. Doch das änderte nichts am Ergebnis. Stets starben mehr am Stromschlag als dafür verurteilt wurden.

Hin und wieder ging auch ich zum Justizpalast. Als einem von Ekbers Soldaten war mir zwar verwehrt, eine juristische, administrative oder fiskalische Aufgabe zu übernehmen, doch aus Personalmangel brachte ich einen mir mit Handschellen ans Gelenk gefesselten Typen in den Justizpalast, damit er seine Aussage vor dem Staatsanwalt machte, und wartete daneben. Mitunter transportierte ich auch Asservatentaschen. Einmal hatte ich dem Staatsanwalt ein Notizbuch überbracht. Ein Heft mit Beschreibungen eines Bombenbauers. Bombenrezepte eines Bombenbauers, dessen Verstand und Handschrift auf Grundschulniveau stehen geblieben waren, ungeachtet seiner späteren Ausbildung. Die Überschriften waren in Rot geschrieben. Die Texte darunter mit der anderen Stiftseite in Blau. Nie vergaß ich die Worte, die schiefen krummen Buchstaben. Wie von einem Kind gekrakelt. Doch die es lesen sollten, würden mit diesen Worten hundert Kinder töten. Lunte, Zeitschaltung, Kabel, Batterie ... Falls jemand aufgrund dieser Beschreibungen in die Luft geflogen sein sollte, würde er nicht glauben, tot zu sein, wenn er das Heft gesehen hätte!

Was sich Justizpalast nannte, war lediglich ein Korridor. Ein Gang mit drei Türen linker Hand und zwei auf der rechten Seite. Ein Korridor im Erdgeschoss des Rathauses, nicht mehr. Für uns aber war es ein Palast. Denn wir bekamen dort heißen Tee. Der Sohn des Teeküchenwirts war auch bei den Soldaten. Ein paar Städte weiter südlich. Vielleicht nahm er deshalb kein Geld von uns. Vielleicht auch, um uns zu vergiften. Wir waren uns da nicht so sicher. Denn es war untersagt, außerhalb der Kompanie zu essen oder zu trinken. Man könnte uns vergiften. Etwas anzunehmen, das man uns anbot, war ein großes Verbrechen. Hier begann für den Rekruten das Problem. Denn ihm wurde angeboten. Tee und Zigaretten. Nur das. Vermutlich, weil sie nichts kosteten. Weil sie geschmuggelt waren. Bot ein Händler sie an, zeigte sein Nachbar ihn an. Beim Stab, beim Leiter der Wache, beim Kompaniechef, wen sie gerade vorfanden. Denn sie wussten, dass wir keine angebotenen Speisen und Getränke annehmen durften und dass nur Denunziantentum bewies, dass man aufseiten des Staats stand. Ich hatte so selten im Rathaus zu tun, dass ich den heißen Tee unmöglich ablehnen konnte. Mich scherte nicht, ob jemand die Szene, die er sah, der Kompanie zutragen würde, noch bevor ich zurück wäre. Denn in unserem Leben gab es nur dann heißen Tee oder Kaffee, wenn der Kessel befeuert war. Nahezu jeder von uns trug einen Heizungsschlüssel bei sich. Damit ließen wir die Heizungswabe in unser Glas pinkeln und schütteten unseren Kaffee dazu. Hätten wir uns ein weniger weiter links auf der Landkarte befunden, also »Im Westen!«, wie es hier hieß, hätten wir uns keinen Kopf um heißen Tee gemacht. Doch bei achtunddreißig Grad minus wären wir imstande gewesen, für einen Becher Kaffee jemandem die Nase einzuschlagen und das ihm aus der Nase tröpfelnde warme Blut in unseren Becher zu füllen. Dabei hatte der

Wehrdienst so schön begonnen! Mit Kaffeemaschinen! Automaten, die Cappuccino, heiße Schokolade, Kaffee von sich gaben. Eine Münze, und du hattest all das in deinem Becher. Selbst Jungs, die noch nie etwas mit Automaten zu tun gehabt hatten, gewöhnten sich schnell daran: »Verdammter Mist, der Cappuccino ist alle, nehmen wir Moccacino!« Herrliche Zeiten waren das. Jetzt dagegen saßen wir. Im gelbfahlen Licht.

Ekbers Soldaten hatten neben den wie üblich nicht funktionierenden Fernsehapparat MP3-Player und handgroße Lautsprecher gestellt und hörten nur solche Songs, die ihnen etwas bedeuteten. Die Reihenfolge war simpel. Erst ein türkisches Lied, dann ein kurdischer Rap. Dann wieder das Lied. Die Texte beider Sorten waren praktisch gleich. Nur waren beim Rap ein paar Flüche eingestreut. Da mir aus meinem vorherigen Leben von zigtausendfach gehörten Songs kein einziger einfallen wollte, hörte ich notgedrungen das, was mir zu Ohren kam. Was auch immer. Mein Kopf war ein Hostel. Lief die Musik, durfte keiner von den anderen reden. Wer laut denken wollte, konnte rausgehen und bei minus achtunddreißig Grad stammeln, was er zu sagen hatte. Die Gemeinen der Kompanie hassten Ekbers Soldaten zwar, wollten sich aber nicht mit ihnen anlegen. Zu Recht. Denn Cesim, der sich vor ein paar Minuten mit der Rasierklinge den Handrücken aufgeschlitzt hatte, beobachtete, wie ihm das Blut aufs Gelenk lief. Wir beobachteten den Weg, den das Blut nahm, und warteten darauf, dass der Tropfen fett genug werde, um zu Boden zu fallen. Wir hatten nichts anderes zu tun. Wir warteten auf unseren Wachdienst. Die Nachtwachen gehörten uns. Auch die tagsüber. Wir schützten die Kompanie. Wir, die wir lächelten, während wir beobachteten, wie Cesim das von seiner Hand rinnende Blut mit Bewegungen des Gelenks über seinen Arm wandern ließ.

»Im Vertrauen auf euch schlafen eure Kameraden! Haltet Wache wie ein Mann!« So hieß es. Doch ich glaube kaum, dass uns irgendwer vertraute. Erst recht nicht in diesem fahlen Licht. Denn wir hatten kurz zuvor Kohlen geschleppt und unsere Gesichter nicht waschen können, weil die Rohre eingefroren waren. Wir hatten Schmierseife, die kaum für unsere Hände reichte. Und ein paar Liter Trinkwasser. Man konnte nicht erkennen, wo unsere Nasen endeten und unsere Lippen ansetzten. Kloakenratten mit Menschenkörpern. Nur zwanzig Kilometer entfernt lagen Kommandosoldaten mit ähnlich finsteren Gesichtern auf der Lauer. Die Augen auf Thermalkameras gerichtet atmeten sie kaum, um kein fremdes Geräusch zu verpassen. Schützen, die ihre Bäuche auf die Eiseskälte pressten. Helden. Wir gehörten nicht zu ihnen. Wir gehörten zu niemandem. Wir, die wir Cesim beobachteten, der, als die Tropfen von seinem Handgelenk ein dunkles Siegel auf dem Steinboden gebildet hatten, es mit dem Stiefel verwischte, gehörten zu überhaupt niemandem. Denn es gab keinen einzigen Grund dafür, zu irgendjemandem zu gehören. Doch an der Wand hinter Cesim hing ein Plakat. Darauf stand in großen Lettern: Station zur Verhinderung von Selbstverstümmelung und Suizid. Darunter ging es in kleinerer Schrift um Drogen, Alkohol und das Rasiermesser in Cesims Hand. Cesim und das Plakat passten hervorragend zusammen. Ebenso gut wie Sabit zu dem Plakat in der Kantine, das verschiedene Hanfsorten zeigte, denn er sagte: »Alter, eines Tages roll ich die Bilder auf und rauch sie!«

Der Wehrdienst funktionierte zwar wie eine Arithmetikaufgabe, das Ergebnis war aber nicht immer positiv. Für alle, die zu unvernünftigem Handeln und Denken neigten, verwandelte er sich in eine Wasserrutsche, nicht wenige sausten durch den Schlund des Wahnsinns hinunter. Natürlich waren wir nicht die einzigen Verrückten in der Region. Mein Putzabschnitt in den ersten Tagen in der Einheit war die Kommandantur der Abteilung für Sicherheit und Aufklärung. Wiederum ein großer Name und ein kleiner Raum. War ich fertig, schloss ich die Tür ab und versteckte mich dort bis zum Morgenappell. So wollte ich dem Sergeant vom Dienst entgehen, der mich, falls er mich irgendwo erblickt hätte, zur Hauptabteilung schicken würde. Fünfzehn Minuten Alleinsein. Die erste Zeit schloss ich einfach nur die Augen und harrte der Zeit, die über mich hinwegfloss. Ein paar Tage später entdeckte ich in einem der Regale das Vorfallsbuch. Darin waren nach Monaten justiziable Vorfälle aufgelistet, die sich im Verantwortungsbereich der Kompaniekommandantur ereignet hatten. Morde, Diebstähle, Selbsttötungen. Die weckten mein Interesse: Selbsttötungen. Unter den Selbstmördern gab es keinen einzigen Mann. Es waren stets Frauen, die vor dem Frühstück Schädlingsbekämpfungsmittel schluckten. Jedem Vorfall war eine kurze Erläuterung beigefügt: »Suizidgrund: psychische Krise«. Nur das. Psychische Krise. Äußerst selten auch: »Suizidgrund: familiär«. Neunzig Prozent der Selbstmorde waren Folge einer psychischen Krise. Zwei schwer nachzuweisende, aber leicht hingeschriebene Wörter. Hatte sich jemand umgebracht oder es versucht, war er verrückt. So einfach war das. So war von vornherein dafür gesorgt, dass keine größere Sache daraus wurde, denn die Angabe »familiär« als Begründung zog eine Reihe Nachforschungen nach sich. Psychische Krise war die perfekte Beschreibung. Mehr brauchte es nicht. Sie erklärte alles.

Warum sind sie arm?

Weil sie in einer psychischen Krise stecken!

Warum erfrieren sie?

Weil sie in einer psychischen Krise stecken!

Warum laufen sie von zu Hause weg und prostituieren sich keine zwei Dörfer weiter?

Psychische Krise!

Warum werden sie zwangsverheiratet?

Warum haben sie vierzehn Kinder?

Warum ist die Kalaschnikow ihnen zum dritten Arm geworden?

Warum wurden im letzten Frühjahr dreizehnjährige Mädchen auf einer Bühne vor dem Rathaus versteigert?

Warum sind sie so verlogen, heuchlerisch und gierig?

Warum sind sie Terroristen?

Warum glauben sie jedem, der behauptet, er stamme in direkter Linie vom Propheten ab, und schmiegen das Gesicht an seinen schneebedeckten Mantelsaum, wenn sie ihm unterwegs begegnen?

Warum bringen sie dem Kompaniechef ihre Autoschlüssel in der Hoffnung auf einen falschen Haftbefehl, damit sie in Frankreich um Asyl bitten können?

Warum macht Entbehrung sie wüst statt gesittet?

Warum weist ihre Lebensbilanz stets ein Defizit auf?

Warum sterben sie auf Raten? Letztes Jahr verloren sie die Füße, dieses die Beine, warum?

Warum findet sich in den Taschen mancher kein Dokument außer dem Ausweis vom UN-Hochkommissariat für Flüchtlinge?

Die einzige Antwort lautet: Weil sie verrückt sind! So einfach. Einzelheiten braucht es nicht. Die rechte Seite der Landkarte steckt in der psychischen Krise. Alle sind verrückt! Dabei bemühen sie sich … Ich kann sehen, dass sie alles tun, um die psychische Krise zu überwinden. Sie laufen. An mir vorüber. Mit ihren schneeigen Hosenaufschlägen und hinter Schals verborgenen nebulösen Gesichtern. Ein Straßenball mit Schneemaske. Sie gehen ins Krankenhaus. Um geheilt zu werden. Voran die Babys. Voran gehen in Wolldecken mit Tigermuster gehüllte Säuglingsköpfe. Aus den Wolldecken quellende schwarze Flecken auf den Armen. Überbleibsel neugeborener Menschen. Auf den Wolldecken sind Tigerköpfe. Gelb auf Altrosa. Tigeraugen. Ich weiß, woher wir uns kennen! Die berühmten anatolischen Tiger! Das sind sie. Ihre Köpfe sind auf den Wolldecken, in die gewickelt wird, wer auf dem Weg ins Krankenhaus stirbt. Die anatolischen Tiger sind Früchte eben dieser Hölle. Produkte der vierzigjährigen Landwirtschaft der Gewalt. Die Hölle ist der Ort, wo es keine Vorstellung von der Zukunft und keine Erinnerung an die Vergangenheit gibt und keinen Winkel, um sich vor der Gegenwart zu verstecken. Ein Leben in einer einzigen Zeit. Ein Ort, an dem nichts erlaubt ist, was das Leid vergessen machen könnte. Alles ist hier und jetzt. Keine Zuflucht. Keiner erinnert sich, keiner träumt von gar nichts.

Dennoch bemühen sie sich. Geheilt zu werden. Sie laufen ins Krankenhaus. Doch wir alle wissen, selbst wenn sie aus der psychischen Krise herauskommen, gibt es keinen Ort, an den sie gehen könnten. Vorerst ist es dort wärmer. Wahnsinn bringt einen nicht durchs Leben. Das Eis, auf das wir treten, mag von dreißig auf vierzig Zentimeter angewachsen sein, wir sind dennoch unter der Erde. Schiffbrüchige auf einem im Schnee versunkenen Schiff. Ein gegen einen Eisberg geprallter Ozeanriese. Darin stecken wir. In der psychischen Krise.

Am besten trotzen noch die Befehlshaber. Die Offiziere, die wie in der Schlange vor einem Bankautomaten einfach darauf warten, dass die Zeit vergeht. Die sich mit Stillstehen begnügen, weil sie weder im Kampf noch in der Hauptstadt einen Job erhielten, und die Rekruten, die sie als Belastung betrachten, schlimmer anscheißen als ein Militärgegner. Die sich dann vor sie hinstellen und fragen: »Bist du beleidigt?« Die einzige Frage in der türkischen Sprache, auf die es keine Antwort gibt: Bist du beleidigt? Sind Sie beleidigt? Jene Frage, die nach bösen Schmähungen in gekränkte Mienen gestellt wird, um sie weiter aufzustacheln. Offiziere, die mit den Zähnen knirschen, während sie diese Frage stellen. Sie haben Dienstwohnungen. Sie haben Autos mit *air condition*, die all ihre sonstigen Konditionen bestimmen. Sie versuchen, sich nicht einzulassen. Das getriebene Leben nicht an sich heranzulassen. Sie halten sich fern. Von allem und jedem. In einem Land, in dem die Beziehung der US-Soldaten auf dem Stützpunkt Incirlik zur lokalen Bevölkerung von Adana enger ist als ihr eigenes, reden sie untereinander darüber, wie beschissen die Region ist und wie verlogen das Volk. Die amerikanischen Soldaten heiraten Mädchen aus Adana, käme aber hier so etwas vor, wissen sie um die negative Auswirkung auf ihr Führungszeugnis. Sie halten sich lieber an Lehrerinnen und Krankenschwestern. Sie schleppen junge Frauen im Pflichtdienst ab, denen es um die winzigen Vorteile geht, die der Dienst in dieser Region des Landes bringt, wo es so viele Inhaber von Bedürftigenkarten gibt. Kolonialismus in Afrika! Richtig, Afrika ist primitiv und heimtückisch. Die Vagina der Welt, wie ich in einem Buch las. Der Geburtsort des ersten Menschen, wie ich in einem anderen Buch las. Der Mensch ist die Spezies, die, ohne es zu merken, die eigene Mutter vergewaltigt. Keine Zivilisation ist für sich allein primitiv, heimtückisch und verhurt. Dafür braucht es mindestens zwei. Wohl deshalb kommen die Kommandanten nicht ganz von der Realität los. Weil sie all das wissen. Wohl deshalb gibt es welche, die einen Dorfschützer in den Einsatz schicken, um dann in sein Haus zu gehen und seine Frau zu vögeln, und ebenso welche, die ihr Leben für kurdische Kinder geben, die lernen, auf Tarnanzüge zu spucken, noch bevor sie laufen können.

Ich lehnte die nassen Stiefel an den Ofen. Vor Wachantritt mussten sie trocken sein. Zunächst ein Geräusch wie von überkochender Milch. Dann bekämpften Hitze und Kälte einander und zwischen den Fronten waren wiederum meine Füße. Wie immer. Dabei hatte ich alles ausprobiert. Zeitungspapier, Packpapier, Tüten, Säcke, was zur Hand war. Sogar Glutreste aus dem Ofen hatte ich auf meinen Wachplatz schütten lassen. Wir mussten aussehen, als würden wir brennen. Meine Füße und ich. Doch ausgereicht hatte nichts. Wie gern hätte ich in diesem Augenblick Cesim das Rasiermesser aus der Hand genommen und mir die Füße abgeschnitten! Nichts sollte mehr frieren können. Sogar die Augen hätte ich mir ausreißen mögen. Meine nackten Augen, die hinter dem Loch in Tauchbrillengröße in der doppelten Schneemaske saßen. Erst ertranken sie in der Kälte und wurden nass, dann fror ihre Feuchtigkeit und klebte mir auf den Augen, samt den Pupillen hätte ich sie ausreißen mögen. Oder mir die Nase abschneiden. Denn wenn ich gleich die Tür öffnete, würden die Härchen darin beim ersten Atemzug zu Eis erstarren und ich würde mich fühlen, als steckte in meiner Nase ein Eiswürfel, so groß, wie ich ihn früher ins Rakı-Glas warf. Ich würde keine Luft kriegen und den Mund öffnen. Die Kälte würde mir den Atem nehmen.

Die letzte Viertelstunde. War ich munter, zählte ich die Sekunden einzeln, benommen immer zwei zusammen, sie zogen rechts und links an mir vorüber. Ich dachte, ich wäre in der Lage, die Uhr zu lesen. Dabei bestand die Kunst darin, den Raum zwischen den schwarzen Strichen zu lesen. Zwischen den Zeilen der Zeit zu lesen. Das lernte ich hier. Auch Nevzat Çelik lernte ich hier kennen. Den Dichter der Zeile: »Dir fiel ein Stern ins Haar, Mutter, zupf ihn nicht heraus, weine nicht«, die Sabit sich mit Kugelschreibertinte und Nähnadel auf den linken Arm gestochen hatte. Er hatte Cesim das Tattoo gezeigt. Stellenweise hatten sich Tumore gebildet, die mit der Zeit wie leichengleich an die Hautoberfläche gedrungen waren, da blieb nur noch, mit Nadel und Tinte darüber hinwegzugehen. Sabit hatte das Tattoo wie Masern gestochen, es war klar, dass es sich entzünden würde. Die Buchstaben bildeten Reliefs, als wären sie unter die Haut gesetzte Stahllettern. »Eigentlich wollte ich auch den Anfang vom Gedicht mit draufschreiben, aber der Platz reichte nicht, Scheiße!«, murrte er. Wir befanden uns im Reich fabelhafter unvollendeter Tätowierungen. Dann erzählte er von dem Dichter, ohne dass jemand nachgefragt hätte, erklärte, das Gedicht beginne mit den Worten: »Such hier nicht nach mir, Mutter. Frag am Tor nicht nach meinem Namen.« Ich verstand, warum er das tat. Denn mittlerweile wusste ich, hier war der Ort, an dem rotwangige Mütter mit Pinzetten Sterne aus mondsichelnen Brauen zupften. Auf den ersten Blick erkannte ich die türkische Flagge auf den Gesichtern der kurdischen Frauen. Auch ihre Töchter erkannte ich, die auf den Frühling warteten, um zu heiraten. Ihre Töchter, die mit seltsamer Hoffnung in den Augen unseren Blick suchten und zwanzigmal am Wachturm vorüberflanierten, hoffend, dass ihnen jemand die Ehe antrüge, damit sie hier verduften konnten. Aber so lief das natürlich nicht. Es passte nicht. Der Familienname des Mannes, den sie heiraten würden, würde vermutlich mit ihrem eigenen übereinstimmen. Auf dem Nummernschild des Pick-ups, in den sie stiegen, würde wie zum Spott stehen: »Wir sind glücklich«. Im Frühling. Danach würden sie das Gesicht ihres Ehemannes nie wiedersehen. Denn der Kerl würde drei Schritte vor ihnen gehen und im Bett den Hund machen. Das war leicht zu lernen. Auf Roj TV, dem kurdischen Sender, den sie per Satellitenschüssel auf ihren stallartigen Häusern empfingen, liefen womöglich keine Dokus, aber ringsum wimmelte es von Straßenkötern. Die Ehemänner trugen keine Rückspiegel auf der Schulter und traten mit höherer Wahrscheinlichkeit auf eine Mine, denn die Frauen folgten ja erst in drei Schritten Abstand, also würden sie in ihrer seltsamen Hoffnung auch weiterhin nach uns ausschauen. Uns Lächeln schenken, uns zuzwinkern. Furchtlos. Würde das bekannt, würden sie sich eben erschießen. Für ein wenig Koketterie den Tod riskieren! Die Koketterie des Lebens, der Tod! Wüssten sie allerdings, wie durchgeknallt wir waren, gäben sie uns auf. Unverzüglich! Denn wir waren nicht etwa hübscher. Wir kamen nur von anderswoher. Gleichviel wo! Baudelaires Poem! Gleichviel wo, sagten die Mädchen. Ist es nur außerhalb dieser Welt!*

Auch im armenischen Dorf nördlich der Kreisstadt ging

* Charles Baudelaire: Gedichte in Prosa. Anywhere out of the World. Übersetzt von Camill Hoffmann, Leipzig, o.J. (https://gutenberg.spiegel.de/buch/gedichte-in-prosa-8396/22).

es nicht anders zu. Die armenischen Goldhändler im Gedeckten Basar waren weit. Auch jene, die auf der Karte voller Sehnsucht nach Varto blickten, das nur wenige Berge entfernt von uns lag, und ihren Batterien die Marke Vara verpassten, waren so weit wie Amerika. Und die Diaspora war noch viel weiter. Die hiesigen Armenier nahmen, was sie abbekamen. Wie alle anderen auch. Auch sie waren vergessen. Eine der Vergessenen war Bizar. Ein siebzehnjähriges dunkles Mädchen in Handschellen. Während ihr Vater vor dem Kompaniechef seine Aussage machte, bewachte ich sie vor der Tür. Sie war mit ihrem Liebsten durchgebrannt, zumindest hatte sie das gedacht. Drei Pausen vor der Straße in die Stadt hatte der Kerl es am Hang des Berges Gariban mit der Angst zu tun bekommen und gesagt: »Kehren wir um!« Keiner wusste besser als Bizar, was geschah, wenn man erst durchbrannte und dann heimkehrte. Sie erschoss den Mann. Der Revolver war antik, stammte aus einer Epoche anderer Morde. Ein russischer Nagant von 1896. Sie wollte auch sich selbst erschießen, doch der Revolver gab keinen zweiten Schuss ab. Er schoss nur einmal pro Jahrhundert. Das konnte sie nicht wissen. Sie konnte nirgendwohin. Um nicht zu erfrieren, kehrte sie verzweifelt nach Hause zurück. Drehte an Ort und Stelle um. Ihr Gesicht war noch dunkler, verrußt vor Wut. Auf dem Stuhl neben ihr lag eine alte Zeitung. Zum Fensterputzen. Wir konnten beide lesen. Da stand in zungengroßen Buchstaben: »In der Türkei wurde eine Million Armenier ermordet.« Ihre Augen gleich schwarzen Perlen berührten mein Gesicht. Aus einer Laune heraus fragte ich:

»Was meinst du, wer das getan hat?«

Sie dachte nicht lange nach. Ihre Stimme war dunkel gleich ihrem Gesicht:

»Ich hab keine Million Armenier umgebracht, aber ich hätte vieles darum gegeben!«

Die Wörter Peri (Fee) und Şan (Ruhm) vereinigen sich zu Perişan (erbärmlich). In dieser Gegend leben Mädchen, die Perişan heißen. Sie sterben, wenn die Anhänger der Traktoren, die ihre neunjährigen Brüder im Stehen fahren, umkippen, und werden noch einmal geboren. Dann heißen sie Isabalı oder Nazi, Ozo oder Humina, Belkiza, Lezgi, Tükezban, Telli, Kübar, Adman, Adle, Ebedin, Vehta. Wir verstehen ihre Namen ebenso wenig wie sie uns. Im Osten kommen die Mädchen als Frauen zur Welt. Und sterben vor der Zeit. Die Männer, deren erste Mahlzeit von den Brüsten ihrer Mütter stammt und die nichts dabei finden, in den Topf zu spucken, aus dem sie essen, haben so viele Frauen begraben, dass die Erde hier mittlerweile weiblich ist. Darum sagt man Mutter Erde. Daher kommt der Ruf von Mädchen wie Perişan. So viele wurden lebendig begraben, dass sie die Erde selbst zur Frau machten. Deshalb ist sie unfruchtbar und karg. Das nennt sich dann Rache der Frauen.

Die Zeit Kybeles, der wundersamen Selbstgebärerin, ist lange vorbei. Wir leben im Zeitalter des Mannes, der um die Fähigkeit seiner Spermien weiß. Epoche des Phallus! Epoche der Diener Priapos', des Fruchtbarkeitsgottes, dessen Phallus ihn selbst überragt! In dieser Epoche schwächt Besitz ihren Eigentümer. In dieser Epoche gewinnen Kriege jene, die keine Frau haben, die sie verlieren könnten. Aus diesem Grund vergräbt der Mann die Frau so tief wie möglich. Im Himmel trägt der Teufel alles, was zur Frau gehört, auf der Erde die Frau alles, was zum Mann gehört. Zwischen beiden klemmt der Mann fest. Wütend. Darum vergräbt er seine

Frau. Er erhebt sich über sie, weil er weiß, dass er nicht gleich sein kann, tritt sie mit Füßen. Denn er weiß, wenn er seinen Schwanz nicht hochkriegt, kann er nicht gebären lassen, eine Frau aber kann auch vor Lust vergehen, wenn sie unfruchtbar ist! Der Mann ist ein Unfall der Natur, der die Frau hasst, aber sich trotzdem um sie reißt und, wo er sie erwischt, mit Fäusten prügelt. Alles ist kleiner als sein Schwanz, so sagt er selbst. Sein Verstand, sein Herz, seine Menschlichkeit, alles, was er hat …

Als wir uns auf die Wachplätze verteilten, dachte ich an mein schwarzes Notizbuch. Mir wollte nicht einfallen, wo ich es zuletzt verborgen hatte. Kurz stand mir vor Augen, wie jemand es findet und ein anderer, dem er es ausgehändigt hatte, darin stöbert. Wie die an unseren Handgelenken gefrierenden Digitaluhren zeigte mein Geist mir sämtliche Zahlen zugleich an. Mir auszumalen, was alles passieren könnte, hatte gereicht, mir den Magen umzudrehen. Ich konnte gar nicht zählen, nach welchen Paragrafen welche Verfahren eingeleitet werden könnten. Wer weiß, wie sehr ich jenen, die das Notizbuch inspizierten, den Militärdienst verleidet hatte? Wer weiß, wie arg ich das Türkentum beleidigt hatte und gar Atatürk persönlich? Wer weiß, wie viele Jahre ich sitzen müsste in Militärgefängnissen, in denen einst Blumen aus Scheiße erblühten? Eine alte Geschichte. Der Akte, die einen Gefangenen stets begleitet, wird ein Vermerk beigefügt: »Erfordert besondere Aufmerksamkeit«. Man drückt dem Gefangenen ein Saatkorn in die Hand und sagt ihm ins Gesicht:

»Einen Monat hast du, um die Blume zum Blühen zu bringen.« Der Gefangene versteht nicht. Wie soll er ahnen, dass der Dung für die Blume seine eigenen Exkremente sein werden? Dann aber gewöhnt er sich ein, wie alle. Und fängt mit der Gärtnerei an. Bis die Kackblumen blühen. Wer weiß, wie schön sie duften? So ist es heute nicht mehr, die Regeln haben sich geändert. Und wer wird sich noch an diese Blumen erinnern, wenn die Gefangenen von damals erst gestorben sind? In wenigen Jahren werden sie Geschichte sein, wie alles andere auch. Werden sich unter die Menge auf der Straße der Menschheit gemischt haben …

Ich versuchte, nicht an das schwarz gebundene Notizbuch zu denken. Das fällt mir schon wieder ein, beruhigte ich mich. Wenn ich nur ruhig genug bin, fällt mir alles wieder ein …

Die Wache hatte ich von Şamil übernommen. Er aber hatte nicht vor wegzutreten. Aus dem haarigen Breitbandrahmen meiner Schneemaske konnte ich sein Gesicht zwar nicht gut erkennen, aber es war klar, dass er irgendwo etwas aufgetan und geraucht hatte. Er schwankte leicht. Die klirrende Kälte war verstummt, es schneite wieder. Die Flocken fielen wie Vogelfedern, handtellergroß. Der Schnee warf seine Blätter auf uns. Dann verwandelten sich die Blätter in Samen, und es hob Sturm an. Es prasselte Reißzwecken! Das vom Scheinwerfer beleuchtete Stück Himmel war jetzt ein kribbelnder Fernsehbildschirm. Wir redeten nicht. Wir schauten fern in dem Fernseher, der nicht funktionierte, aber weiter eingeschaltet war. Mehrere Tonnen Schnee fielen, dann sagte Şamil: »Weißt du?«

»Letztes Jahr haben die älteren Kohorten da hinten Gras gezogen. Gras, weißt du. Sie hatten es in einem Dorf beschlagnahmt. Von der Vernichtung waren ein paar Samen übrig. Die haben sie ausgesät. Hinter den Offiziersunterkünften. Einer vom Stab wohnte da, du kennst ihn nicht, wurde dann versetzt. Zuständig fürs Personal, einer der nie den Kopf von den Papieren hob, der nichts mit der Gendarmerie zu tun hatte. Egal. Als das Gras wuchs und sich ausbreitete, wurden die Jungs nervös. Sie hatten Schiss, dass er's spitzkriegt. Einmal, als er Wache hat, ruft er die Jungs. Die haben die Hosen voll. Er brüllt: ›Überall gießt ihr, ihr Wichser, nur hier nicht. Guckt mal, wie schön es hier gewachsen ist! Gießt das mal schön, Hornochsen! Das müsst ihr doch selbst sehen, müssen wir euch denn immer alles sagen!‹ Die Jungs trauen ihren Ohren nicht. Ein paar Tage sind sie high. Du hättest sie beim Exerzieren sehen sollen. ›Ein Schritt zurück‹, sagt der Kommandant, wir machen zehn. Er meckert, wir kichern. Er prügelt, wir krümmen uns. Dann hat's der Haupti geschnallt, als die ganze Kompanie exerziert. ›Was ist hier los?‹ Keiner kann gerade stehen. Alle lasch wie Waschlappen. Keine Ahnung, wer gesungen hat, er ging dann hin und fand es. Gras in der einen, den Knüppel in der anderen Hand hat er uns gejagt. Die Jungs hatten nur noch zwei Wochen bis zur Entlassung. Was sollte er machen? Protokoll aufnehmen und dem Gericht vorlegen, ging nicht. Da wär er dran gewesen. Das wär ins Fernsehen gekommen! Skandal bei der Gendarmerie! Also hat er uns vermöbelt, aber wie! Und die schöne Ware hat er natürlich rausreißen lassen. Mann, das war eine verrückte Sache!«

Er verstummte. Konnte stimmen, was er erzählt hatte? Hatten tatsächlich Gendarmen, zu deren ureigensten Aufgaben der Kampf gegen Drogen gehörte, in der Gendarmeriekaserne Hanf gesät? Hatte wahrhaftig ein Stabsunteroffizier dafür gesorgt, dass er begossen wurde, ohne misstrauisch zu werden? Vielleicht ja, vielleicht auch nicht. War das überhaupt möglich? Zweifellos. Denn die Umstände, unter denen wir lebten, hatten uns längst davon überzeugt, dass alles möglich war. Hätte sich die Welt in zwei Hälften gespalten, wäre das höchstens Thema für einen Plausch auf Wache gewesen. Schon jetzt erzählten wir uns gegenseitig Anekdoten vom Wehrdienst. Dabei waren wir noch gar nicht wieder zu Hause. Womöglich plapperten wir gerade darum hier. Um nach der Heimkehr kein Wort mehr über den Militärdienst zu verlieren. Gar nichts würden wir erzählen. Kein einziges Wort würde uns über die Lippen kommen. Sollten nur die anderen reden. Sollten sie ihren Enkeln berichten von Abenteuern, auf die sie stolz waren, von väterlichen Vorgesetzten. Wovon sollten wir denn berichten? Von unseren Wachen? Zehn Stunden täglich! Zwölf! Vielleicht könnten wir nach unserer Entlassung zur Polizei gehen und erzählen. Dass wir vor fünfzehn Monaten entführt und gezwungen worden waren, völlig absurde Dinge zu tun. Sagen, dass wir die Entführer anzeigen wollten. Doch wir hatten keine Chance. Eigentlich hätten wir es verstehen müssen. Hätten auf dem Schulhof der Grundschule aufwachen müssen. Stillgestanden! Rührt euch! Stillgestanden! Achtung! Augen rechts! Nichts davon war Zufall. Alles ging dann weiter. Es waren Übungen. Der Rest folgte dann hier. Wir hätten begreifen müssen, dass man in diesem Land, wo Nationalismus eine Religion ist, fürchtete, keine Freiwilligen für den Wehrdienst mehr zu bekommen, wenn er nicht Pflicht wäre. Ich hätte es begreifen müssen, als mich einst Polizisten anhielten, weil ich ein T-Shirt mit Bob Marleys Kopf in Gelb, Grün und Rot* trug, und

* Grün, Gelb, Rot sind die Farben der kurdischen Flagge und Bewegung. (A.d.Ü.)

fragten: »Was soll das?« Hätte es am leeren Blick voller Terrordrohung des Polizisten erkennen müssen, der »Wo?« fragte, als ich antwortete: »Reggae!« Hätte es an dem Tag begreifen müssen, als ich unter dem Verdacht, das bartlos aus dem Schwarz auftauchende Antlitz, auf dem nirgends Bob Marley stand, könnte einem PKK-Führer gehören, mit zur Wache musste. Als man mich erst wieder laufen ließ, nachdem meine Mutter das Bob-Marley-Poster von der Wand in meinem Zimmer gelöst und zusammen mit dem Album *Legend*, das sie auf meine genau Beschreibung hin unter meinen CDs gefunden hatte, zur Wache gebracht hatte. Ich hätte begreifen müssen, dass gewisse Farben, Töne, Buchstaben und Zeichen von gewissen Pennern als Geiseln genommen worden waren. Gelb, Grün und Rot hatten sie längst in die Berge entführt! Und das Bekloppteste war, dass sie ausgerechnet diese ausgesucht hatten! Wir hatten keinerlei Recht auf Mitsprache.

Viel zu spät, um zu sagen: »Nehmt Rosa, nehmt Weiß, lasst die anderen in Ruhe!« Sie hatten die Farben dezimiert. Als gäbe es so viele davon! Hoffnung ist doch keine olympische Fackel! Selbstverständlich erlischt sie. Es heißt zwar »Getrost!«*, dennoch wird sie zu Asche werden und vergehen. Wie solltest du die drei Buchstaben je nebeneinanderstellen, selbst wenn du jeden Terroristen einzeln unter die Erde brächtest? Sie sind nun einmal verflucht, da gibt es kein Zurück. Nie wieder kannst du etwas mit den Buchstaben

---

* Anspielung auf die ersten Worte der türkischen Nationalhymne, wörtlich: »Fürchte nicht, [sie] wird nicht verlöschen«, in der offiziellen deutschen Übersetzung von Eduard Zuckmeyer lauten die Zeilen allerdings: »Getrost, der Morgenstern brach an, / Im neuen Licht weht unsre Fahn'.« (A.d.Ü.)

PKK abkürzen. Mindestens für dreihundert Jahre nicht! Sie haben die Buchstaben dezimiert! Als gäbe es so viele davon!

Ich wusste nicht, worüber ich mich eigentlich so aufregte. Mir wirbelte so vieles durch den Kopf, dass ich nichts erkennen konnte. Vielleicht hatte mich der Zug von der Kippe, die Şamil mir gereicht hatte, zum Reden gebracht. Da mir aber nicht über die Lippen kam, was mir eingefallen war, hatte Şamil keine Ahnung von dem Krieg in mir. Bewegten sich meine Lippen beim Denken? Ich hatte die doppelte Schneemaske in die Stirn geschoben. Mein Gesicht spürte ich nicht. War mir die Zunge eingefroren oder die Stimme? Um das herauszufinden, sagte ich mit Blick auf den kribbelnden Bildschirm: »Şamil.« Şamil hörte es nicht, denn er war längst weg. Ich war allein. Weder Ziya noch sonst jemand war bei mir. Meine Waffenkameraden konnten friedlich schlafen. Hier in der Gegend gab es keinen, der gefährlicher gewesen wäre als ich, und ich stand weit genug von der Stube entfernt. Mit Hasch im Atem und dem Gewehr in der Hand. Doch beides reichte nicht. Vielleicht ein Atompilz! Der hätte mich tatsächlich abgehen lassen. Oder ich könnte den Puffer vor dem Druckpunkt mit mir selbst füllen können. Wäre hineingeschlüpft und hätte mich darin für immer versteckt. Etwa einen halben Zentimeter legte der Abzug bis zum Feuerstoß zurück. Eine Mauer aus Puffer, die ein erfahrener Schütze mit leichtem Druck den Abzug überwinden lassen muss. Auf dieser Mauer könnte ich sitzen und Himmel und Hölle betrachten.

Ich nahm das Gewehr aus seiner Halterung an der Schulter und presste den Griff an meine Brust. Mein Finger am Abzug. Mein Blick im Dunkeln, in das ich den Lauf richtete.

Bereit, meine Feinde zu jagen, die vor langer Zeit aufgehört hatten, sich zu zeigen …

Ich zog den Spannschieber und ließ ihn los. Ich entsicherte. Den Widerstand des Abzugs spürte ich gerade noch so weit, wie ich durch die doppelten Handschuhe fühlen konnte. Millimeter für Millimeter zog ich den Abzug des Gewehrs, dessen einziges Auge in die für den Scheinwerfer unerreichbare Finsternis blickte. Millimeter für Millimeter. Der Widerstand des Abzugs erhöhte sich, und ich hielt inne.

Jetzt war ich da. Im Puffer vor dem Druckpunkt. Im Puffer zwischen einem feuernden Gewehr und einem schweigenden. Ich befand mich im Puffer zwischen einer aus dem Lauf schießenden Kugel und einer, die weiter im Patronenlager ruhte. Im Garten des letzten Zweifels zwischen Leben spenden und Tod bringen. Im Spalt zwischen Leben und Tod.

Mein beschleunigter Puls pochte jetzt in der Fingerspitze. Ich konnte sehen, wie die Spur meines Fingers am Abzug sich dehnte und verengte, trotz der zwei Lagen Stoff. Um im Puffer verharren zu können, hielt ich bei gesenkten Augenlidern die Luft an.

Seit ein paar Minuten lebte ich in totaler Reglosigkeit im Puffer. Hinter mir und vor mir liefen zwei Linien ins Endlose. Zwei Linien, die mich von allen Orten, allen Menschen, allen Dingen trennten. Zwei Linien wie zwei Gleise. Ich stand zwischen zwei Linien, die sich niemals vereinen würden, auch wenn sie so wirkten, als liefen sie zusammen, wenn ich nach rechts und links blickte. Meine rechte und meine linke Seite. Vergangenheit und Zukunft. Ich wusste, sie würden sich niemals vereinen, auch wenn das Leben meine Augen an der Nase herumführen wollte. Ich wusste, dass optische Täuschung war, was wache Augen im Perspektive genannten

Rausch sahen. Das war ohne Bedeutung. Längst hatte ich begriffen, dass die Natur des Lebens und des Universums auf Hoffnung gebaut war. Die Hoffnung darauf, dass diese beiden Linien sich weiter vorn vereinten. Die Natur von Leben und Universum, die wisperte: »Ihr wart früher vereint, und ihr werdet es künftig wieder sein!« Die Natur von Leben und Universum, die den Menschen auf der Spur der Hoffnung über den Boden schleifte wie den Reiter eines durchgegangenen Pferdes, dessen Fuß im Steigbügel hängen blieb. Nichts davon glaubte ich. Mich foppte niemand. Ich wusste, dass die beiden Gleise nicht zusammenliefen. Weder in der Vergangenheit noch in der Zukunft. Ich wusste es besser als jeder andere. Vor allen anderen hatte ich den Horizont erreicht, an dem sie sich scheinbar vereinten. Hatte gesehen, dass gar nichts zusammenlief, dass nichts eins war, dass nur wiederum zwei Gleise auf einen einzigen Punkt zuliefen. Ein Hoffnungsschwindel ohne Ende. Vorwärts! In Zukunft werdet ihr eins sein! Ein einziges! Aus einem einzigen Wesen seid ihr entstanden, auf ein einziges Wesen lauft ihr zu! Seht nur, alle Linien, die ihr zeichnet, vereinen sich an einem Punkt am Horizont. Auch ihr werdet eins sein. Am Horizont! In der Zukunft! Weiter vorn! Nicht jetzt! Später! Nur Mut! Scheiße! Scheiße! Scheiße! Ich geh nirgendwohin! Nirgendwohin. Bewege mich keinen Millimeter vorwärts. Ich bin im Puffer. Dort, wo ich hingehöre. Im Puffer zwischen Sein und Nichtsein.

»Du solltest dich was schämen!«

Es hatte wieder nicht geklappt. Wieder hatten sie mich gefunden. Wie immer. Sie waren in mein Versteck eingedrungen und hatten mir ihre Wörter ins Ohr geflüstert. Sie waren bis in den Puffer meines Gewehrs gekrochen und hatten mich herausgeholt. Alles war weg, die Linien, der Horizont, die Hoffnung. Wieder hatte ich kapituliert. Ich nahm den Finger vom Abzug und das Magazin heraus. Ich zog den Spannschieber zurück, klaubte das aus dem Patronenlager flitzende Projektil aus dem Schnee und setzte den Patronengurt ein. Ich sicherte und zog den Gurt fest. Da hörte ich:

»Schäm dich was!« Änderte sich der Sinn, wenn die Reihenfolge der Wörter sich änderte? Vor mir stand Ziya Hurşit, der Mann, der ein Attentat auf Atatürk verübt hatte und hingerichtet worden war, als es fehlschlug. Was, wenn es nicht missglückt wäre? Was hätte er dann getan?

»Ja, was wäre geschehen, wenn es dir gelungen wäre, ihn zu töten? Wärest du an seine Stelle getreten?«

»Du hast Shit geraucht. Du spinnst. Mir gefällt nicht, dass du dich in der Rolle des Idioten so gut machst. Bald glaube ich, du wärst tatsächlich einer. Du tust alles, um hier nicht rauszukommen. Hast du dich etwa an das Leben hier gewöhnt? Daran, nur auf Befehl zu handeln? Hast du dich daran gewöhnt, auf deinen Verstand zu verzichten? Die Leute vergessen ihren Militärdienst, Soldat. Das ist hier nicht die Endstation. Oder ist sie es für dich? Glaubst du, die würden dich einen Tag länger festhalten? Du kommst denen doch wer weiß wie teuer zu stehen. Was hast du getragen, als du in die Kaserne kamst, weißt du das noch? Nur die Sachen gehören dir. Denk an dich selbst! Denk daran, dass du eines Tages alles vergessen haben wirst!«

»Du hast doch keine Ahnung. Du weißt überhaupt nicht, was ich durchmache. Weißt du eigentlich, welches Jahr wir schreiben? Es ist eine Wissenschaft für sich, in diesen Zeiten zu leben. Es braucht Fantasie, um das zu ertragen. Ich spiele die Rolle, die ich will, und zwar so, wie es mir gefällt. Heute bin ich ein Idiot, morgen ein Teufel. Und wieso bist du nicht vor ein paar Jahren gekommen? Warum hast du mich allein gelassen?«

Ich brach von selbst ab. Er hatte recht, ich redete Unsinn. Mein Ärger blieb mir im Halse stecken. Ich schluckte ihn herunter. Meine Wut, einer eisernen Murmel gleich, wurde von den Magensäften zersetzt und mischte sich in mein Blut. Damit erhöhte sich zwar der ständige Wutgehalt meines Blutes weiter, doch ich beruhigte mich.

»Du hast recht. Es tut mir leid. Ich weiß, dass ich es irgendwann überstanden haben werde. Nur kommt es mir so vor, als käme ich hier nie raus. Aber Duran ist weg. Auch andere. Ich hab erlebt, dass Leute entlassen wurden. Sie gaben ihre Feldanzüge ab und gingen. Aber nicht wie die draußen über den Gehsteig. Sie fuhren in Minibussen zur ASS. Sie verließen also nicht die Armee. Ich weiß schon, nach der ASS sind sie nach Hause. Aber kein Einziger hat sich gemeldet. Vielleicht wurden sie auch an eine andere Kompanie überstellt. Vielleicht mussten sie noch einmal von vorn anfangen. Vielleicht hat man ihnen erneut die Schädel kahl geschoren. Ich weiß, ich weiß. Ich spinne schon wieder. Ich sag das auch bloß, damit du mich verstehst. Damit du verstehst, wie ich mich fühle. Oder besser, damit du begreifst, dass mir vor lauter Fühlen keine Chance zum Denken bleibt.«

»Hör zu, Soldat, du musst den Winter überstehen. Warte, bis der Schnee weg ist. Vorher kommst du hier nicht raus. Du musst also Geduld haben. Du musst abwarten, ohne mich und deinen Verstand zu verlieren. Nicht mehr lange. Nur noch ein paar Monate. Halt durch, bis die Farbe der Erde wieder zu sehen ist.«

»Warum kommst du nicht mehr zu jeder Wache?«

»Weil die Hälfte dessen, was du lernen musst, in der Einsamkeit liegt. Du fürchtest dich dermaßen vor dem Alleinsein, dass du Selbstgespräche führst, wenn keine Leute um dich herum sind. Auch das gehört wohl zu den Fehlern des Menschen. Würden deine fünf Sinne sich durch Gebrauch abnutzen und wäre begrenzt, was du hörst und riechst, würdest du sie nicht dermaßen vergeuden. Dann müsstest du wählen, was du schmecken, was du berühren willst. Aber leider ist dem nicht so. Die Augen werden nicht schlechter, je mehr sie sehen, Ohren werden nicht vom vielen Hören taub. Deine Zunge fällt dir nicht vom Reden ab. Deine Geschwätzigkeit gleicht einer Mauer. Einer Mauer, an die du dich lehnst, um nicht denken zu müssen. Du versuchst nicht einmal, auf den Beinen zu bleiben. Übrigens, dein Notizbuch steckt in der linken Tasche deines Sommerfeldanzugs. Ich hatte es dir schon gesagt. Vernichte es. Verbrenn es. Es wird dir zum Verhängnis werden. Spuren, die du hinterlässt, holen dich eines Tages ein und zermalmen dich. Ich hatte weder ein Tagebuch noch Notizen. Wer weiß, was man später über mich schrieb? Je besser sie das Leben kannten, desto mehr werden sie gelogen haben. Ist besser so. Hätte ich ein Notizbuch gehabt wie du, hätten sie jeden meiner Schritte nachvollzogen. So aber hatten sie keine Ahnung. Sie verstanden weder mich noch mein Leben, da bin ich mir sicher. Die haben doch selbst nicht geglaubt, was sie über mich sagten oder schrieben. Denn sie hatten keinerlei Belege. Keine einzige Spur. Kein einziges Stück Papier. Es ist falsch, die Menschen und deine Kommunikation mit ihnen zu überschätzen. Du musst niemandem irgendetwas erklären.«

»Aber ich schreibe doch für mich selbst. Um mich zu verstehen. Um zurückzuschauen.«

»Wer zurückschaut, stolpert früher oder später. Der Mensch besteht aus mehr als einem Zustand. Du kannst unmöglich heute noch verstehen, was du drei Seiten vorher notiert hast. Denn das Du bist du nicht mehr. Vergebliche Mühe. Ein auf einer Welle treibender Zweig, der verfault, je weiter er kommt. Genau das bist du. Nichts weiter. Schau nicht zurück. Auf gar nichts. Vor allem nicht auf dich selbst. Du wirst nichts als ein abgehaktes Foto sehen. Nur eine Sekunde später sind selbst die Stimmen verändert. Der Mensch ist kein Geschöpf, das imstande wäre, richtig zu erinnern. Hör deshalb auf, dich erinnern zu wollen.«

»Aber du erzählst mir deine Vergangenheit. Dein Zustand sieht doch so aus, dass bei dir alles nur noch Vergangenheit ist. Darüber hinaus hast du rein gar nichts.«

»Stimmt, aber woher willst du wissen, dass alles stimmt? Woher weißt du, dass ich mich lückenlos an alles erinnere, sosehr ich mich auch darum bemühe? Das Gedächtnis stellt Fallen, Soldat. Es ist vermint. Schau nur von Weitem hin, tritt nicht darauf.«

»Ernährung, Unterschlupf und Fortpflanzung!« Genau das hatte der Bombenentschärfer gesagt.

»Wer diese drei Triebe nicht unter Kontrolle bringt, gerät im Gelände in eine Sprengfalle. Ein kühler Schatten oder eine Flasche Wasser oder ein Pornoheft. Alles kann zur Falle werden! Alles. Vor allem aber Dinge, die diese drei Triebe ansprechen. Ein Genießer ist also leichte Beute.«

Anschließend hatte er das als Falle präparierte Buch herumgereicht, der Reihe nach mussten wir es aufschlagen. Sofort schrillte eine Türklingel los. Genau gesagt krähte ein Hahn. Durchdringend wie ein Sprengsatz. Das Buch hieß *Die Kurden*. Der Autor Hasan Cemal. Ein Zufall? Höchstwahrscheinlich. Was von der kleinen Lektion blieb, waren die drei Triebe, die es zu beherrschen galt. Triggerten sie wohl auch Minen des Gedächtnisses? Gab es in dem Gelände namens Gedächtnis Löcher, gegraben von brüchigen Träumen um Ernährung, Unterschlupf und Fortpflanzung? Notlöcher, die im Laufe der Zeit zu füllen waren. Bodenlose Erinnerungen, auf die man auf keinen Fall zurückschauen durfte.

»Auch ich habe viele solcher Erinnerungen, Soldat. Mehr als man Geld in meiner Tasche fand, am Tag als ich starb. Vor allem Hunger …

Mein letztes Geld hatte ich für einen Zug nach Berlin ausgegeben, deshalb bekam ich weder etwas zu essen noch Wasser zu trinken. Als ich in Berlin ausstieg, hatte ich seit drei Tagen nichts gegessen, es war der 28. Juni 1919. Weißt du, warum ich das Datum nicht vergesse? An jenem Tag wurde der Versailler Vertrag unterzeichnet, der halb Deutschland unter Besetzung stellte. Der Tag, an dem der Große Krieg endete. Der Bahnhof roch nicht mehr nach Blut. Der sozialistische Aufstand war im Gange und hatte Berlin aus Restdeutschland herausgelöst. Ich habe mich immer gefragt, warum der Narr Wilhelm, der die 750-jährige Dynastie der Hohenzollern, deren letzter Kronprinz er war, auf die Seiten der Geschichtsbücher verbannen sollte, in jenen Tagen nicht Hand an sich legte. Denn der Vertrag hatte ihm jede Region, auf die er es dummerweise abgesehen hatte, aus den Händen gerissen wie Fingernägel. Drei Jahre hatte ich in Danzig verbracht, jetzt war es zur freien Stadt proklamiert, die Hochschule hatten die Polen übernommen. Das alles interessierte mich aber kein Stück. Ich wollte nur nach Eskişehir und alle Briten töten. Dort wollte ich fortsetzen, was ich am Skagerrak begonnen hatte. Aber der Hunger brachte mich um.

Ich fand mich vor einer Tür wieder, die ich sehr gut kannte. Vor dem schwarzen Haus in der Nähe des Bahnhofs. An der Stelle, wo Yonina mir durch die Hände gerutscht war. Es glich einem Wunder, dass das Haus noch stand. Nur eine Bombe mehr und die Gasse wäre von der Karte gestrichen gewesen. Deutschland lag am Boden, das schwarze Haus aber stand noch. Womöglich zum Gedenken an Yonina. Oder damit hier noch jemand aufs Dach stieg und heruntersprang!

Wie dem auch sei. Als ich klingelte, stand George Grosz vor mir. Der große Maler Grosz. Natürlich erkannte er mich nicht. Doch es war ein Leichtes, mich in Erinnerung zu rufen. Auch er war im Krieg gewesen. In dem Großen Krieg, der angeblich alle anderen Kriege ein für alle Mal beenden würde! Es dauerte nicht lange, bis ihm die Augen aufgingen. Vor ein paar Monaten war er beim Spartakusaufstand gegen den deutschen Staat festgenommen worden, hatte fliehen können und lebte fortan unter falscher Identität. Kurz nach der Niederschlagung des Aufstands waren Rosa Luxemburg und Karl Liebknecht von Soldaten erschlagen worden. Weißt du, wer sie waren? Die Anführer der gesamten Bewegung. Die deutsche Dummheit glaubte, wäre sie die beiden los, wäre sie auch den Kommunismus los. Doch es gab kein Zurück. Die Kommunistische Partei Deutschlands war gegründet, und George Grosz war eingetreten. Und er war ebenso betrunken wie das letzte Mal, als ich ihn gesehen hatte.

Die Welt ist Müll, sagte er, und ich habe die Aufgabe, sie zu verdauen! Die Schwierigkeit besteht nur darin, mein Maul so weit aufzureißen wie das eines Walfisches. Alles wird hier im Gedärm bleiben, bis ich fertig damit bin.

Er zeigte auf seinen Bauch und erklärte, er vertraue weder auf die Weimarer Republik noch auf die Punkte von Woodrow Wilson. Mein Hunger war so groß, dass ich zu allem nickte. Endlich fiel ihm ein zu fragen. Ja, sagte ich, ich habe Hunger. Er hatte mit Genossen von der Kommunistischen Partei das Gebäude besetzt und, so berichtete er, hielt mit Spenden von Sympathisanten Gelage ab. In jener Nacht bekam ich nicht die Hälfte dessen mit, was George sagte. Denn ich war mit Kauen beschäftigt. Seine Bilder aber waren grandios. Er hatte gemalt, wovor Deutschland sich fürchtete. Hatte dargestellt, was es verheimlichen wollte. Hatte seine Unterschrift unter all das gesetzt, was es vergessen wollte. Soldaten, die ihre Stiefel wichsten, aber keine Beine mehr hatten, Huren, Kriegswucherer, Schwarzmarkthändler, Soldaten mit von einer Kartätsche durchlöcherten Augen, an deren Hals ein Fernglas baumelte …

Die Entscheidung war gefallen. George Grosz, das sonderbarste Mitglied der Kommunistischen Partei Deutschlands, sollte mir helfen, meine Reise zum Abschluss zu bringen. Auch wenn einem Gentleman wie ihm nicht gut zu Gesicht stand, eine Gegenleistung für seinen Gefallen zu erwarten, richtete er eine Bitte an mich: Ich sollte den Zug besteigen, zweihundertzehn Kilometer weit fahren, in Weimar aussteigen und dort in die Humboldtstraße gehen. Nummer 36. Villa Silberblick. Ich sollte die Nacht abwarten, ein Fenster einschlagen und einsteigen. Die beiden Obergeschosse hätten mich nicht zu kümmern, vielmehr sollte ich im Parterre die Tür neben der Küche öffnen und die Treppe hinuntersteigen. Unten würde ich mich in einem Weinkeller wiederfinden und rechts der Mauer bis in den fernsten Winkel des Raums folgen. Dort stünde ein Schrank vor mir, den sollte ich öffnen und die Schatulle darin herausnehmen. Anschließend sollte ich denselben Weg wieder zurück zum Bahnhof gehen, den Zug nach Berlin besteigen und die Schatulle bei George abliefern.

In der Schatulle befänden sich die Kleider, die Nietzsche auf dem Totenbett getragen hatte, sowie ein Heft, auf dem *Ecce Homo* stand. Es wäre kein Diebstahl, denn George würde die Schatulle zehn Tage später per Post an das Haus in Weimar zurücksenden. Natürlich ohne Absender. Hast du das bis hierher verstanden?«

Natürlich hatte ich verstanden. Wie hätte man nicht verstehen sollen, wie dieser George Ziya hereinlegte? Warum fuhr er denn nicht selbst hin, um die Schatulle zu stehlen?

»Weil ihn die Polizei bei der Kontrolle sofort erwischt und festgenommen hätte, kaum dass er den Zug nach Weimar bestiegen hätte. Seine Papiere waren ja gefälscht. Na, das sind Nebensächlichkeiten. Wichtig sind die beiden Wörter auf dem Heft: *Ecce Homo*! Hast du davon gehört?«

»Nein.«

»Nun gut, hast du den Namen Friedrich Wilhelm Nietzsche schon einmal gehört?«

»Ja, das ist der Mann, der als einziger Mensch Gottes Leichnam gesehen hat.«

»Sehr schön … *Ecce Homo* ist einer der letzten Texte, die er schrieb, bevor er starb. Als er 1908, acht Jahre nach seinem Tod, veröffentlicht wurde, erkannten jene, die wussten, was ein Genie ist, dass da etwas schieflief. Jede Seite des Buches strotzte von Antisemitismus. Das konnte Nietzsche nicht geschrieben haben. Aber vielleicht eine andere Person namens Nietzsche. Seine Schwester Elisabeth, die beste Zuhörerin der Erzähler vom Märchen der überlegenen deutschen Rasse! Sie träumte davon, *Ecce Homo* umzuschreiben, und erdreistete sich auch dazu. Eigentlich war der Komponist Köselitz aus

Venedig, ein ehemaliger Schüler Nietzsches, damit beauftragt. Ein Komponist, der an Nietzsches Stelle schreiben sollte! Schließlich war die ganze Sache aufgeflogen, aber etwas fehlte. Das Original von *Ecce Homo*. Köselitz, der nach dem Skandal untergetaucht war, beging nur den einen Fehler, Jahre später noch einmal nach Berlin zu kommen. Ende 1917. Den Rest erledigte George. Zunächst hatte er sich Köselitz am Bahnhof geschnappt, ihn dann betrunken gemacht, so war es ihm gelungen, den damals bereits über Sechzigjährigen zum Reden zu bringen. Allerdings war Köselitz gar nicht so betrunken. Was er zu erzählen hatte, sollte bis zu seinem Tod geheim bleiben. George war ein Kommunist, der Wort hielt. Er hatte sich einverstanden erklärt. An jenem Tag erzählte Köselitz von der Schatulle im Weinkeller. Elisabeth hatte getan, was zu ihr passte, und *Ecce Homo* wie ein abgenutztes Möbel in einem Keller vor der Menschheit versteckt. Die Spuren, die du hinterlässt, holen dich eines Tages ein und zermalmen dich. Das hatte ich schon gesagt, nicht wahr? Wie dem auch sei. Schließlich verstarb Köselitz 1918, George saß in Berlin fest und Elisabeth war zu einem Vortrag über ihren Bruder in die Schweiz gereist. Er verfolgte jeden ihrer Schritte und hatte ausbaldowert, dass sie das Haus in ihrer Abwesenheit verschlossen hielt. In Villa Silberblick, bekannt als Nietzsche-Archiv, gab es weder einen Angestellten noch einen Wachhund. Wer wusste, wo *Ecce Homo* verborgen lag, konnte ein Fenster einschlagen, ins Haus einsteigen und es herausholen.«

»Hast du das wirklich getan?«

»Mein Vater und mein Bruder saßen in der Zelle. Was hättest du denn getan? Ich habe nicht einmal mit der Wimper gezuckt. Als ich aus Weimar zurückkehrte, hatte ich *Ecce Homo* bei mir. Mit Nietzsches Fingerabdrücken. An Georges

Augen erinnere ich mich genau. Er war so aufgeregt, dass er weinte. Ein paar Jahre darauf hörte ich, er habe ein Album mit dem Titel *Ecce Homo* herausgegeben. Ich las in der Zeitung, dass er seine Aquarelle in Nietzsches Handschrift gemischt und Bilder von einer Gewalt gemalt hatte, wie sie in Deutschland noch nie da gewesen waren. Die Bilder habe ich nie gesehen, aber die Meldungen mussten stimmen, denn ich hörte auch, dass er wenige Tage darauf verhaftet wurde. Was Elisabeth ihrem Bruder angetan hatte, enthielt der deutsche Staat George Grosz nicht vor, so kam es, dass beide *Ecce Homos* verboten waren. Doch wie ein Dichter schrieb: Wenn ich sagte, komm, wir begraben dich in der Geschichte, passt du ja nicht hinein! Tatsächlich passte ein *Ecce Homo* in keinen Keller, weder in einen privaten noch in einen staatlichen. Keine Grabstätte böte Platz genug …«

Er hatte es gelesen. Auf der Rückreise im Zug hatte er die Schatulle geöffnet und *Ecce Homo* gelesen. *Siehe, der Mensch.* Ich konnte kein Deutsch. Doch auch ich las es. Ich spürte, dass ich etliche Seiten in wenigen Sekunden lesen konnte. Das war kein Wissen, es war ein wahrhaftiges Gefühl. Ich las ein Buch, das ich nie gesehen hatte. Seite für Seite. Zeile für Zeile. Las, dass Elisabeth nicht nur ihren Judenhass eingestreut hatte, las vor allem den wahren Grund dafür, dass sie das Buch verfälscht hatte:

»Wenn ich den tiefsten Gegensatz zu mir suche, die unausrechenbare Gemeinheit der Instinkte, so finde ich immer meine Mutter und Schwester, – mit solcher Canaille mich verwandt zu glauben wäre eine Lästerung auf meine Göttlichkeit.«*

---

* Friedrich Wilhelm Nietzsche: Ecce Homo, Kapitel 3, Absatz 3.

Wie war das möglich? Wie nur? *Ecce Homo*. Zu den beiden Wörtern, die mir noch vor wenigen Minuten überhaupt nichts gesagt hatten, strömte mir Wissen ins Hirn. Der Ausruf war vor Jesus getan worden, gefoltert und mit der Dornenkrone gekrönt, bevor er ans Kreuz geschlagen wurde. Ausgesprochen von Pontius Pilatus, dem Statthalter der Provinz Judäa, während er der Menge Jesus vorführte. »Siehe«, sagte er. »Das ist der Mensch!« Damit wollte er sagen: Das ist der Mensch, den wir angeklagt und zum Tode verurteilt haben, weil er das Volk zum Aufstand aufgehetzt hat. Oder auch: Das ist der arme Wicht, den ihr Messias nennt. Oder: Auch ich glaube jetzt an ihn, aber es ist zu spät, doch wisset, das ist der Mensch! Die zwei Wörter *Ecce Homo!* inspirierten Hunderte von Künstlern. Vielleicht waren es die letzten Worte, die die Menschen zu Jesus sagten. Sie töteten ihn, es blieb nichts anderes mehr zu sagen. Immerhin war es zweifellos ein wichtiger Moment, da ihnen bewusst wurde, dass sie einen Menschen töteten! Ich sah Bilder. Bilder, die diese Szene darstellen. Bilder von Rembrandt, Ciseri, Correggio und vielen anderen. Maler waren darunter, deren Namen ich zum ersten Mal hörte. Ich sah sie an Wänden. An breiten Wänden aufgehängt. Bilder an Wänden, die sich nur in einem Museum befinden konnten. Alle waren unterschiedlich. Alle waren anders. Wie immer. Wie Ziya gesagt hatte. »Der Mensch ist kein Geschöpf, das imstande wäre, richtig zu erinnern.« Dann verblasste alles, und vor meine Augen, die auf den Exerzierplatz in der Ferne gerichtet waren, trat Grosz' Gesicht. Jetzt waren es seine Bilder, an die ich dachte.

»Die Bilder hätte ich gerne gesehen. Vielleicht bist auch du irgendwo darauf. Und dann? Wie ging es weiter? Bist du nach Eskişehir gekommen?«

»In derselben Woche noch reiste ich mit einem Viertel der Spenden für die KPD Berlin ab. Ich war neunzehn und zog aus, meinen eigenen Krieg zu führen. Ich würde alle Engländer töten, die mir über den Weg liefen. Mit ihren Schädeln würde ich die Tür der Zelle einschlagen, in die sie meinen Vater gesperrt hatten. Erst Leipzig, dann Prag. Weiter nach Bratislava und Budapest. Je näher ich dem Ziel meiner Reise kam, umso größer wurde mein Groll. An jedem Bahnhof, den der Zug hinter sich ließ, schrumpfte meine Menschlichkeit weiter. In Belgrad angekommen schwor ich, die Wärter meines Vaters eigenhändig zu töten. Wer auch immer sie waren, ich würde sie mit meinen Händen erdrosseln. In Sofia stellte ich mir vor, wie ich sämtlichen Soldaten, die Anatolien besetzt hielten, die Kehle durchschnitt. Als ich in Athen ausstieg und von dort weiter nach Kreta reiste, hörte, sah und sprach ich nicht. Ich war ein mit Hass geschliffenes Messer. Scharf genug, in das Boot, in dem ich saß, ein Loch zu stechen. Als ich in Aydın an Land ging, war es Nacht und ich fand meinen Weg im Licht der Flammen, die mir aus den Augen loderten.«

»Die Wache kommt, ich muss los.«

Er blickte mir nicht ins Gesicht. Wahrscheinlich sah er seinen Vater. Sah sich den Wärter seines Vaters erdrosseln. Er war dort. In Leipzig, in Sofia, in Aydın. Er bebte schier. Brannte genug, um den Schnee in Regen zu verwandeln. Offensichtlich hatte er den Schmerz bis in die Lunge eingesogen. Der angestaute Atem fuhr ihm wie Fluchen aus dem Mund. Falls er eine Seele besaß, pumpte sie wie ein Blasebalg das Feuer. Einer von den neuen Rekruten kam, um mich abzulösen, er sah mich an. Wollte verstehen, warum ich reglos dastand, während der Schnee auf mich fiel, und wohin ich schaute. Genau wie ich. Auch ich hätte gern verstanden. Wollte verstehen, ob der Mann vor mir, der bebte, als hätte man ihn gefoltert, ein Defätist war, der mich zum Aufstand aufstacheln wollte, oder ein Messias, der gekommen war, um mich zu erlösen. Ob mir der Soldat helfen könnte? Ich versuchte mein Glück. Mit dem Finger, der sich aus meinem zerfetzten Handschuh reckte, deutete ich auf den toten Mann und sagte:

»*Ecce* Ziya!«

Mittlerweile zählte ich nicht mehr. Weder die Tage noch die Befehle noch Ekbers Nasenlöcher. Ich zählte gar nichts mehr. Es war von selbst geschehen. Ich hatte das Zählen vergessen. Obwohl sich meine Umgebung den Arsch aufriss, um mich daran zu erinnern. Rechts und links, in den Händen zwischen den Beinen, überall liefen sie mit ihren Morgenbüchern herum. Das Ein-Blatt-Heft im Tarneinband trugen sie wie einen Pass bei sich. Damit würden sie gehen. Dank seiner. Nichts unterschied sie von Flüchtlingen, die ihr Leben in Lagern verbringen und an nichts anderes denken können, als rauszukommen. Ein Rückfahrtticket mit nur einer Seite. Darauf vierhundertsechzig Karos. 4, 6 und 0, genau 460 Karos. Ich wusste, wann sie es besorgt hatten. Als ehrbare türkische Söhne hatten sie es am Busterminal gekauft, wohin sie gekommen waren, um sich einziehen zu lassen. Sobald die Kumpel sie von den Schultern auf den Boden gesetzt hatten. Hatten sogar die Nacht auf der Fahrt als einen Tag Wehrdienst gerechnet und das erste Karo sorgsam ausgemalt. Inzwischen war die Zahl 460 ziemlich dunkel geworden. Der schwarz gemalte Teil von 460 Tagen war aufgebläht und von vier zu sechs übergeschwappt. Als sie erfuhren, dass die Nacht auf der Fahrt nicht zu den 460 zählte, waren sie schwer enttäuscht gewesen. Die »größten Soldaten«*, von schüchternen kleinen Schwestern aus der Ferne winkend verabschiedet, waren längst Rechenmaschinen und dachten so viel in Zahlen wie noch nie in ihrem Leben. Selbst wer nicht lesen konnte, hatte zählen gelernt. Sie warteten. Vom ersten Tag an. Darauf, dass die 460 schwarz wurden. Pechschwarz. Dass die schwarzen Tage Vergangenheit wurden. Wie an Gebetsketten zogen sie an der Zeit. Dabei war das Zählen der Tage offener Verrat an der heiligen Pflicht. Doch es waren so viele. Und zu wenig Zeit, sie alle anzuklagen. Vielleicht sollte man jene einsperren, die das Heftchen druckten und vertrieben. Alle, die diesen Job machten, alle im ganzen Land. Denn sie waren die eigentlich Schuldigen. Nicht die Soldaten, die gleich boshaften Krämern zählten, wann die Schuld der Vaterlandspflicht abgetragen wäre. Hauptschuldige waren die Drucker. Die Inhaber der Geschäfte, auf deren Schildern »Soldatenbedarf« stand. Mein schwarzes Notizbuch war im Vergleich zu ihren Morgenbüchern so legal wie ein Heldenmarsch. Sie waren es, die nach Artikel 318 im Rahmen der Straftaten gegen die Nationale Verteidigung vor Gericht gehörten. Sie waren es, die unschuldigen Jungs, die an nichts anderes als den Dienst am Vaterland dachten, einen Countdown-Mechanismus ins Hirn setzten. Sie verbreiteten den Virus mit derartigem Er-

* Anspielung auf den Ruf »Unser Soldat ist der größte Soldat«, mit dem Rekruten von Freunden vor dem Antritt des Militärdienstes lautstark verabschiedet werden. (A.d.Ü.)

folg, dass die Rekruten einander mit »Wie lange noch bis zum Scheißmorgen!« demütigten.

Die Nacht am Busterminal lag fern. Es war lange her, dass sie von den Schultern geglitten waren. Jetzt waren sie dran mit Schleppen. Tische schleppten sie aus dem Offizierskasino, alias Bar, tatsächlich aber ein ärmlicher Raum. Ich dagegen schippte mit Sabit Schnee. Versuchte, einen Weg von gut einhundert Metern vom Haupteingang der Kaserne zur Kantine freizuschaufeln. Er brach mit dem Spaten das Eis, ich schippte es mit der Schaufel auf die Schubkarre. Fragen brauchte ich nicht. Der Oberst war im Anmarsch. Hinter dem Tor würde er aus dem Jeep steigen und über den Weg zur Kantine marschieren. Vor einer Woche war er bei einer anderen Kompanie auf dem Eis ausgerutscht und gestürzt. So etwas würde hier nicht geschehen. Dank Sabit und mir. »Ihr kratzt den Weg sauber«, hatte Ekber angeordnet. »Zur Not mit der Rasierklinge!« So weit waren wir noch nicht. Wir waren erst beim Level des Eises vom letzten Monat angelangt. Darunter lag noch eine Menge. All das Eis aus den Monaten davor …

Der Besuch des Obersts, das Schleppen der Tische, all das war Teil von Vorbereitungen. Doch wofür wir Vorbereitungen trafen, wussten weder Sabit noch ich. Denn auch er zählte nicht mehr. Wir fragten einen vorbeikommenden Frischling.

»Silvester. Heute ist Silvester. Das Moralteam kommt. Der Oberst feiert mit uns Silvester.«

Sabit und ich wechselten Blicke. Der uns aus den Haarwurzeln sickernde Schweiß war auf der Stirn zu Eis gefroren, bevor er unsere Augen erreichen konnte. Genau wie unsere Blicke. Silvester! Längst hatten wir vergessen, dass ein solcher

Tag existierte. Selbst wenn, war undenkbar, dass er hier vorbeikäme, doch es war geschehen. Da war er nun. Die Zeit war nicht eingefroren, vielmehr hatte sie sich von uns gelöst und war uns allen vorangesprungen. Und hatte gleich noch den Oberst und das Moralteam mitgebracht.

Sabit taute als Erster auf. Das Moralteam musste etwas in Gang gesetzt haben.

»Warst du mal da, Alter, beim Strip?«

Das war ich, aber ich wollte nicht darüber reden.

»Nein.«

»Es war in der zweiten Woche Grundausbildung oder so. Was sich im Puff auftreiben ließ, hatten sie angekarrt. Und auf zweitausend Kerle losgelassen. Anschließend hatten sie Mühe, die Weiber wieder rauszuholen. Klar, die bekamen ja zum ersten Mal im Leben Frauen zu sehen. Was sollten die Jungs machen?«

Ich erinnerte mich an die Frauen. Dass sie ihr Brot nicht als Tänzerinnen verdienten, war auf den ersten Blick klar. Damals hatte ich mich sogar gefragt, wer sie wohl engagiert hatte. Ein Kuppler war dabei, der den Veranstalter spielte. Gratis war das natürlich nicht. Man hatte bei uns gesammelt. Wessen Job mochte es gewesen sein, den Luden zu engagieren? Na, es war dann genauso abgelaufen, wie Sabit erzählte. Die Jungs, die nie eine andere Frau als ihre Mutter gesehen hatten, ließen in Sekundenschnelle ihre Schüchternheit fallen und verwandelten sich in Monster. Die Tische aus der Kantine waren an die Wand geschoben und mit Wolldecken bedeckt, darauf tanzten barfuß die Frauen. Von Weitem schauten die Offiziere zu, hielten Abstand, um eingreifen zu können, falls es zu doll wurde. Sie hatten Erfahrung. Sie wussten, wie sie Minuten vor der Massenvergewaltigung die

Sache in den Griff bekamen. Mehrere Tausend Soldaten, nach wochenlangem massivem Druck für ein paar Stunden losgelassen, erreichten in Sekunden den Zustand kollektiven Wahnsinns und grölten sich Schmähungen vom Leib, die sie bis dahin nicht einmal zu flüstern gewagt hatten.

Die Frauen schmusten anzüglich mit den Koppeln, die Soldaten aus vorderster Reihe ihnen zuwarfen, die Männer waren aus Vergangenheit und Zukunft herausgesprungen. Ein gigantischer Penis aus zweitausend Stück Fleisch! Ein gigantischer Penis mit blutunterlaufenen Augen und geiferndem Maul. Und dann … Dann war alles vorbei. Auf einen Schlag. Innerhalb von Sekunden. Wie es angefangen hatte. Die Erektion kollabierte, die Offiziere waren eingeschritten. »Auseinander! Auseinander!« Der Penis verkrümelte sich. Zweitausend Stück Fleisch kehrten dorthin zurück, woher sie gekommen waren, zum Wehrdienst. Und wozu das Ganze? In welcher Verordnung stand es? Warum stellten sie Frauen vor uns hin und zogen sie aus, die wir nicht ficken durften? Was wollten sie damit sagen? Vielleicht … Womöglich sagten sie uns damit:

»Ihr seid noch jung, ihr sollt eine Möse gesehen haben, bevor ihr krepiert!«

Zweifellos war das ein oder andere der zweitausend Fleischstücke gefallen, vor allem aber war von nun an der Blick der Überlebenden auf Frauen in alle Ewigkeit verkrüppelt.

Ich erinnerte mich an die Frauen. An ihre schwarzäugigen Busen. Ich erinnerte mich an Frauen, denen das Fett von drei Mahlzeiten Brot von der Taille hing. Frauen mit blond gefärbten Haaren, aus Draht zum Erdrosseln. Die Augen in die Löcher geworfene Wunschsteine. Steine, deren unerfüllte

Wünsche vermoost waren. Die Spitzen ihrer gewaltigen Nasen, worin auch immer sie zuletzt gesteckt haben mochten, rot wie ihre Lippen. Von blauen Flecken übersäte Schultern hatten sie nicht, die waren abschmirgelt. Braun wie die Arme, die an ihren Enden baumelten. Ebenso ihre Zehennägel. Bald würden sie abfallen, sie wackelten schon. Darüber zwei Tischbeine. Und wo sie sich vereinten, das, was auch immer man sehen sollte, bevor man krepierte. Und dunkle Stoppeln …

Ich erinnerte mich an die Frauen. Sie alle waren betrunken. Sie rochen. Stark genug, um zweitausend Schweißlappen zu übertönen. Trotzdem lachten sie. Leicht verdientes Geld war es ja doch. Gutes Geld für einen Anfang, der kein Ende hatte. Anschließend brauchten sie sich nicht einmal zu waschen. Monate später hatten auch die Frauen der Kreisstadt uns auf diese Weise angelacht, als sie uns das erste Mal sahen. Vielleicht, weil sie wussten, dass wir nur gucken würden. Keine Gefahr drohte von den Organen einen halben Meter unter den jedes Jahr neuen Soldatengesichtern. Vierhundert Meter Schussweite hatten unsere Waffen, nicht unsere Schwänze. Das wussten sie. Deshalb hatten sie keine Angst und übten Vergeltung. An den Männern. An ihren Männern. Ihren Männern, die nach ihren Hüften griffen, sie in den Schnee warfen und ihnen später dann nie wieder ins Gesicht blickten. Wir waren die harmlosesten Männer, die sie je zu sehen bekamen. Botschafter sexuellen Friedens …

Sabit hatte aufgehört zu erzählen und sich eine Zigarette angesteckt. Ekber war nicht in der Nähe. Als Stellvertreter des Kommandeurs war er vermutlich mit organisatorischen Dingen beschäftigt. Die Schubkarre war voll und wartete darauf, durch einen Nebeneingang der Kaserne hinausgeschoben und ausgeleert zu werden. Sie konnte warten. Ich hatte noch fünfzig Fahrten mit der Karre vor mir. Kein Grund zur Eile. Auch ich steckte mir eine an. Rekruten kamen zum Tor herein, zurück vom halbstündigen Ausgang, der mir seit Langem verwehrt war. Frischlinge. Sie lachten. Ihre Gaumen waren noch nicht vor Kälte erstarrt. Sie spielten Schneeballschlacht. Das hatte ich noch nie gemacht. Hatte nie einen Schneemann gebaut, nie einen Schneeball geworfen. Ich fürchtete zu frieren. Dass meine Finger rissig wurden. Nie war mir auch nur der Gedanke gekommen, mich hinunterzubeugen und Schnee in die Hand zu nehmen. Die Jungs aber waren neu. Erst heute Morgen hatten sie ihre Waffen bekommen und noch gar nicht mit dem Wachdienst angefangen. Als sie näher kamen, roch ich den beruhigenden Duft von Dummheit. Sie hatten keine Ahnung. Wussten nicht, was sie hier erwartete. Über uns aber musste jemand geplaudert haben, denn sie verstummten, als sie auf unserer Höhe waren. Mit gesenkten Köpfen liefen sie ohne Blickkontakt vorüber. Auch sie würden lernen. Dass sie es waren, die beschmutzten und putzten. Dass sie zu nichts anderem nutze waren als zum Beschmutzen und Putzen. Dass sie in einem leerlaufenden Rad steckten, von dem nie ein Zahn je irgendwo zugebissen hatte …

Dann entdeckte ich Şamil. Vor ihm einer der Stabsunteroffiziere, der ihn Liegestütz machen ließ. Jedes Mal wenn sein Gesicht aus dem Schnee wieder auftauchte, war es stärker gerötet. Der StUffz zählte mit, und er brüllte bei jedem Pushup: »Gendarm!« Bei fünfzehn kam die Frage, die die Strafe beendete: »Wie viele?« Şamil brüllte: »Null!« Ein Duett aus Frage und Antwort, das belegte, dass sämtliche Liegestütze der Welt für den türkischen Soldaten ein Witz waren. Wer weiß, von wem es stammte? Wer weiß, was Şamil sich zuschulden kommen lassen hatte? Vielleicht hatte er im Vorbeigehen nicht salutiert. Was auch immer es war, dem StUffz war es offenbar wieder eingefallen, denn er hatte Şamil erneut zu den Push-ups gezwungen. Er hatte nicht vor aufzuhören. Und Şamil nicht zusammenzubrechen. Er war der beste Klimmzügler der ganzen Kompanie.

»Ekber.«

Ich warf die Zigarette weg und blickte in die Richtung, in die Sabit mit dem Kinn deutete. Ekber kam angerannt. Um nicht hinzufliegen, achtete er auf den Boden. Ich packte die Griffe der Schubkarre und zog sie rückwärts durch den Schnee. Ein paar Meter stapfte ich aus dem Nebeneingang hinaus, an dem Cesim Wache stand, und kippte die Karre um. Als auch das letzte Stück Eis herausgepurzelt war, ging ich durch dieselbe Pforte zurück zu Sabit. Ekber stand vor ihm.

»Komm her, hör du auch zu. Der Oberst kommt mit dem Moralteam. Dann sind alle in der Kantine. Wann habt ihr Wache?«

»Vier sechs.«

»Du?«

Er fragte mich.

»Genauso.«

An meine Sätze hängte ich mittlerweile kein »Herr Kommandant« mehr an. Es war nicht länger nötig. Egal, was ich sagte, das Ergebnis änderte sich nicht.

»Dann seid ihr hier, wenn der Oberst kommt. Hört zu, Bengel, wenn ihr euch eine Schweinerei leistet, kack ich euch ins Maul. Setzt euch vernünftig hin, baut keinen Mist in der Kantine. Tut, was die anderen auch tun. Ich schau mal, vielleicht setz ich euch auch auf Doppelwache. Macht hier erst mal fertig.«

Wir schauten ihm hinterdrein, dachten daran, was vier Stunden Wache bedeuteten, und unsere letzten noch nicht gefrorenen Zellen erstarrten. Auf Ekbers Vergesslichkeit zu setzen war unklug, er würde alles tun, damit wir dem Oberst nicht zu Gesicht kamen. Da er uns aber andererseits ermahnt hatte, uns in der Kantine vernünftig hinzusetzen, war uns auch klar, dass er zu beschäftigt war, um sich mit dem Wachdienstplan zu beschäftigen. Unsere Anwesenheit bei der Feier in der Kantine, für ihn schlimmste, für uns beste Aussicht, lag gar nicht so fern. Wir verstanden Ekbers Sorge. Er misstraute. Vor allem unseren Mündern. Insbesondere Sabits und Cesims. Sie könnten reden. Erkundigte sich der Oberst: »Habt ihr irgendwelche Probleme, Jungs?«, könnten sie ihm ins Gesicht blicken und Bullshit von sich geben. Das wäre ein Riesenproblem. Man hatte die leichten Westen aus der Kammer geholt und an die Wachposten verteilt. Vorübergehend. Die aus BTR-Stücken gefertigten Pseudostahlwesten waren vorerst eingelagert. Die Neuen waren sauber. Unsere dagegen eine Katastrophe. Wer weiß, was im Arsenal sonst noch so lagerte? Welche Ausrüstung für welche Kriege? Sicher befanden sich auch diese Heatpacks darunter, die bei Reibung Wärme abgeben. Ein Wunder der Chemie. Irgendwo hatte ich davon gehört, wusste aber nicht mehr, wo. Die gaben sie wahrscheinlich den Spezialkommandos. Schoben die ihre Hände in die Tasche, wärmten die Packs ihnen die Finger. Allein der Gedanke daran war schön. Im Arsenal befand sich sicher alles. Sogar Schneestiefel, höchstwahrscheinlich ebenfalls für die Kommandos. Marke Goretex. Wir wären nicht gezwungen, die Hundehütte abzufackeln, wenn sie uns ein Paar davon gäben. Damit würden wir sogar vernünftig Wache stehen. Würden aussehen wie Soldaten. Doch nichts davon. Vielleicht waren sie im Arsenal auch gar nicht vorhanden. Vielleicht hatten auch die hiesigen Kommandos vor Kälte Lähmungserscheinungen wie wir. Im Fernsehen hatte ich es gesehen. In modernen Armeen gab es moderne Soldaten, die Instrumente dabeihatten, von denen wir nicht einmal wussten, wozu sie gut waren. Die waren sicher sehr weit weg. Denn kein Stück davon hatten wir je gesehen. Das einzige Nachtsichtgerät der Kompanie wurde beim Nachtexerzieren feierlich aus dem Karton geholt und, sobald sich herausstellte, dass die Batterie leer war, ebenso feierlich wieder eingepackt. Gab es etwa Probleme in der Finanzverwaltung der Armee, die Priorität im Landeshaushalt hatte? Oder zahlten unsere trägen Bürger nicht genug Steuern, weil sie faulenzten? Keine Ahnung, Fakt aber war, dass wir eine außergewöhnliche Bürde darstellten. Unsummen wurden für uns ausgegeben, dennoch war kein Geld da, um am Baum vor dem Kasernenhaupttor einen konvexen Spiegel anzubringen. Der Wachposten bemerkte einen Wagen erst, wenn sein Schatten auf ihn fiel. Darum hatten wir nur eine Verteidigungstechnik gegen Autobomben:

»Wird ja nicht grad uns treffen, verfickte Scheiße.«

Mängel, Defizite. Die waren natürlich keine Entschuldigung. In der Kantine hingen Fotos der Helden von Gallipoli. Darunter war auch ihre Verpflegung vermerkt. Morgens Weintrauben, abends ein halbes Brot. Mittags nichts. Wir dagegen futterten gut. Auch wenn wir draußen aßen, weil wir das Tischgebet nicht sprachen, servierte man unser Menü mit Fleisch. Auch wenn das Fleisch genauso schmeckte wie der Pilaw und der wiederum wie das Kompott, ernährten wir uns gut. Es war normal, dass alle Speisen inklusive Dessert gleich schmeckten, wir waren ja bei der Armee. Wie bei allem war auch der Geschmack standardisiert! Die Instanzen, denen wir dankbar für diesen Ernährungsunterschied zwischen uns und den Helden von Gallipoli sein mussten, wurden einzeln aufgezählt und ausführlich erläutert, wie wir uns jeden Bissen, den wir herunterschluckten, verdienen könnten. Eines aber wurde vergessen: Wir waren stationiert! Unbeweglich! Wir standen und warteten. Mit vollem Magen stehen und warten. Mit leerem Magen laufen und kämpfen. Hätten wir die Wahl gehabt! Hätten wir in dieser Sache ein Wort mitreden können! Wäre es ums Kämpfen gegangen! Wäre es ums Töten, ums Sterben gegangen! Ums Überleben, indem wir das Fleisch der Männer, die wir getötet hatten, verspeisten! Das war es aber nicht. Darum ging es nicht. Wir warteten darauf, angegriffen zu werden. Jetzt wir, später andere. Die nach uns. Sie würden warten. Würden ewig warten. Auf den Moment des Anschlags. Dabei hätten wir die sein sollen, die angreifen! Und die anderen in Alarmbereitschaft! Die Fäuste ballen und warten ist tausendmal schlimmer als kämpfen. Doch es ging nicht. Wir warteten. Wir harrten. Unsere Adresse war bekannt. Ebenso unsere Telefonnummern. Wer wollte, konnte sie benutzen. Sosehr wir uns einigelten, wir waren ein offenes Ziel. Offen wie ein Elefantenarsch. Dabei hätte es hier Füchse gebraucht. Vielleicht Wölfe. Wenige, mit scharfen Zähnen. Vielleicht fünfzehn, vielleicht zwanzig Stabsunteroffiziere. Wir aber waren achtzig Gemeine. Mit Baggern versuchten wir, ein Haar aus dem Schnee zu fischen, doch das gelang uns nicht. Unterdessen wurden wir natürlich auch wahnsinnig. Jede Sekunde ein wenig mehr. Die Ausrüstung amerikanischer Soldaten im

Irak zu sehen, ließ die Gemeinen der zweitgrößten Armee der NATO durchdrehen! Wir wollten hin und rauben. Alles, was sie hatten! Wir wollten kugelsichere Scheiben in unseren Wachtürmen. Wollten Kampfanzüge in einer Stärke, die unsere Lebenszeichen nicht reduzierten, Stahlwesten von drei Kilo Gewicht, kabellose Kopfhörer. Wenn wir schon dabei waren, die Region zu verteidigen, dann wollten wir alles, was uns dies ermöglichte, auch wenn wir nicht wussten, wie all das hieß. Kameras wollten wir. Überall. Kameras, die nicht schliefen, nicht rauchten. Sollte das Problem aber finanzieller Natur sein, hatten wir noch eine andere Idee. Sämtliche Dienstwagen des Staates könnten die Kaserne einkreisen und uns Deckung bieten. Für uns wäre es kein Ding, wenn Landräte, Bürgermeister, Abgeordnete zu Fuß zur Arbeit gingen. Vermutlich auch für sie nicht. Was könnte kostbarer sein als das Leben eines Gemeinen?

»Das Leben eines Gefreiten«, sagte Sabit.

»Was?«

Offenbar hatte ich die letzten Sätze laut gedacht. Ohne es zu bemerken. Ich schämte mich. Nicht vor Sabit, sondern vor mir selbst. Nicht einmal meine Gedanken vermochte ich noch zu verbergen. Es stand gar nicht gut um mich. Ich fantasierte im Wachzustand. Mein Kopf verlor Gedanken.

Ich schämte mich weiter, bis Sabit sagte: »Nun geh schon.« Dann zog ich die Schubkarre zum x-ten Mal aus der Kaserne hinaus. Vor mir türmte sich mittlerweile ein kleiner Eisberg. Ich warf einen Blick darauf, dann einen zu Cesim, der im Wachturm bibberte. Er sang. Wie die Jungs in der Grundausbildung. Wie Kinder, die schön werden, wenn sie mit ihren hässlichen Stimmen singen. Wir hockten uns auf einen Gipfel, so hoch, dass er feucht von den Wolken wurde, und fielen vor lauter Kälte übereinander her. Die Flintenläufe sahen aus wie über die Schultern ragende Hörner und wir wie eine Herde Vieh. Wenn wir dann glaubten, die Stille würde tausend Jahre dauern, reckte sich ein einzelner Kopf zum grauen Himmel und sang gleich einem heulenden Hund ein Lied. Die kleinen Draufgänger verwandelten sich in traurige Kinder und sehnten sich nach ihren Müttern. Ich wusste nicht, wonach Cesim sich sehnte, doch er verstummte jäh. Denn von seinem Standort aus konnte er meine Augen sehen. Ich hatte die Hände von den Griffen der Schubkarre gelöst und starrte zum Horizont. Als wäre ich gern dort. Am Horizont. Ich tat einen Schritt. Dann noch einen. Gerade wollte ich den nächsten setzen, da hörte ich Cesim.

»Hör auf! Tu es nicht!«

Er hatte verstanden. Dass ich weiter auf den Horizont zugelaufen wäre. Doch auch ich hatte verstanden. Etwas anderes. Dass ich nicht würde fliehen können. Dass mein Fluchtgefühl nur wenige Sekunden überleben würde. Auf der Stelle drehte ich mich um und sah Cesim an.

»Keine Angst«, sagte ich. »Ich mach dir keinen Ärger.«

Cesim lachte, war sich aber nicht sicher.

»Was soll ich Angst haben, Scheiße! Geh doch, hält dich jemand fest?«

»Ich werde gehen, Cesim. Noch vor dir«, sagte ich und zog die Schubkarre weiter. Gemächlich, Schritt für Schritt.

Als ich zurück bei Sabit war, stand er auf dem in den Schnee gesteckten Spaten gestützt und begutachtete unser Werk. Vielleicht nicht wie eine Autobahn, aber schlecht war es nicht. Mit einem Anflug von Stolz musterte er den schmalen Pfad vor sich, sein Atem mit Schweiß vermischt. Eine schwarze Linie auf weißem Papier. Ziemlich gerade. Da hörten wir das Eingangstor vor dem Stabsgebäude zu unserer Linken quietschen. Wir drehten den Kopf und nahmen den Ankömmling mit Blicken in Empfang. Es war der Jeep des Obersts. Da er dort drüben einfuhr, würde er unseren Weg nicht benutzen. Als Sabit und ich Blicke wechselten, landete eine Schneeflocke zwischen uns. Als wir die Köpfe hoben, sahen wir die anderen. Es hatte zu schneien begonnen …

Es dauerte nicht länger als ein ausgedehnter Fluch, bis der Weg, den wir in vier Stunden freigeschaufelt hatten, verschwunden war. Nur die Hunde der Kaserne waren darüberspaziert. Und die Krähen.

Ekber, überzeugt, dass wir außerstande waren, auch nur einen einzigen Wachdienst ordnungsgemäß zu versehen, hatte uns zur Haftanstalt geschickt. Er musste mit allem rechnen. Er wollte nicht gezwungen sein, dem Kompaniechef, der mit uns keineswegs auf gutem Fuß stand, irgendeine Misere erklären zu müssen, die sich aus unserer Begegnung mit dem Oberst ergeben könnte. Hielten wir in den Türmen in der Nähe Wache, könnte der Oberst an uns herantreten und ein, zwei Fragen stellen. »Erzähl doch mal, mein Sohn, was bedeutet Wachdienst?« oder »Zähl doch mal die Richtungen auf, aus denen man sich diesem Turm nähern kann!« Wir würden ihm stumm ins Gesicht starren. Mein soldatisches Wissen war zwar im Vergleich zu dem der anderen auf dem Niveau eines Oberstleutnants, doch was Cesim und seine Kumpel unter Wachdienst verstanden, war nicht dazu geeignet, den Oberst zufriedenzustellen. Und Ekber mochte keine Risiken. Sie waren unnötig. Wie früher für die Dauer von Inspektionen alle Objekte, die mit der Verordnung unvereinbar waren, beiseitegeschafft worden waren, wurden wir zum Knast verbannt. Auch wir galten als Objekte. Wie alle Menschen, über deren Zeit andere verfügten. Gemeine wie wir standen nicht in den Verordnungen. In keiner einzigen war Platz für uns. Das einzige offizielle Dokument, in dem wir Erwähnung fanden, war das Militärstrafgesetzbuch.

Ekber hatte das Pech, an Silvester Offizier vom Dienst zu sein. Um nichts dem Zufall zu überlassen, hatte er uns sogar einen Stabsunteroffizier vor die Nase gesetzt. Einen einundzwanzigjährigen Praktikanten, der neu in der Kompanie war. Einen Illusionisten, der im Pistolenholster, das bis zum Ende seines Praktikums leer bleiben würde, sein Handy bei sich trug.

Im Gefängnishof gab es eine Hütte mit stets verschlossener Tür, sie war für die Offiziere erbaut worden, die laut Vorschrift hier hätten Wache halten sollen. Vor allem aber hatte sie Scheiben. Ihretwegen konnten wir hineinspähen, es standen ein Sofa und ein Ofen mit zwei Rohren darin. Das Sofa interessierte uns nicht, aber der Ofen! Wie gern hätten wir an ihm unsere Füße gewärmt!

Jetzt erlebte ich zum ersten Mal, dass die Hütte zu etwas nutze war. Nachdem der Stabsunteroffizier mit seinem Schlüssel aufgeschlossen hatte, wies er uns an, unsere Plätze einzunehmen, und hockte sich in die Bude. Der Name des StUffz, der noch keinen einzigen Dienstgrad besaß, lautete wie der aller anderen Vorgesetzten: Herr Kommandant. Der Rest scherte uns nicht. Unnötig.

Natürlich nahm er, wie alle Neuen, die Sache ernst. Zu Gemeinen wollte er die Distanz der Befehlskette wahren. Dabei handelte es sich um einen Ratschlag aus den ersten Tagen seines Praktikums. Er wollte im Auge des Gemeinen eine Respektsstufe erklimmen und von dort seine Befehle erteilen. Von oben. Doch im Leben des Menschen läuft sehr wenig nach seinem Willen. Die Ausbildung eines Stabsunteroffiziers endet nicht mit der Fachausbildung. Erst dort beginnt sie richtig. Lektion eins, die schwerste von allen: Wie man mit Gemeinen kommuniziert.

Alles fing damit an, dass Sabit eine Idee hatte, die Tür der Hütte öffnete und sie aussprach.

»Die Wachposten sollten der Reihe nach für eine Viertelstunde in die Hütte gehen, um sich aufzuwärmen. Wir sind zu acht. Am Ende wäre jeder einmal drin gewesen.«

»Nein!«, kam von drinnen. Dann hing ein StUffzkopf aus dem Türspalt.

»Wie kommt ihr auf solche neuen Moden? Geht auf eure Posten!«

Der Schnee hatte zu fallen aufgehört und war Frost gewichen, um sich in Eis zu verwandeln. Unser Temperaturempfinden war außergewöhnlich erhöht, wir wussten, dass wir bei unter zwanzig Grad minus draußen herumliefen. Ebenso wussten wir, dass wir in einer Stunde minus dreißig atmen würden. Als Thermometer auf zwei Beinen hielten wir es für eine gute Idee, uns in der Hütte aufzuwärmen. Unser Ärger wuchs, je länger wir dazu noch den Rauch aus dem Ofen der Gefangenen hinter den Mauern aufsteigen sahen. Sabit hatte nicht vor, klein beizugeben.

»Hier schieben normalerweise vier Mann Wache. Wir sind zur Strafe hier. Doppelte Zahl. Da stünden sowieso in jedem Turm zu viele Wachen rum. Lassen Sie uns rein. Zwei Stunden sind angesetzt, aber das wird sich ziehen, bis der Oberst weg ist.«

Doch der StUffz sperrte sich.

»Dräng nicht weiter. Sonst ruf ich Sergeant Ekber an!«

Er drohte! Uns! Idealismus ist Scheiße. So musste es sein, denn der war es, der den jungen Stabsunteroffizier aus seiner Heimat im ägäischen Muğla zu uns geführt hatte. Um uns zu stoppen, brauchte es mehr als Ekber. Vielleicht einen Vermerk. Wegen Befehlsverweigerung. Vierzig Tage Knast. Ich musste einschreiten, denn ich wollte keinen einzigen Tag zusätzlich Teil dieses vor Kälte starren Landschaftsgemäldes sein.

»Scheiß drauf«, sagte ich zu Sabit. »Ist doch egal.«

Aber Sabit war sauer. Vor allem, weil niemand den von ihm freigehackten Weg beschritten hatte. Seine Hände, die den Spaten gehalten hatten, waren noch nicht wieder warm und würden es, wenn das hier so weiterging, auch in Stunden nicht sein. Nur ein Grünschnabel, der noch nicht einmal gewählt hatte, hinderte ihn daran, zum Ofen mit den zwei Rohren zu gelangen. Sabit war achtundzwanzig. Cesim neunundzwanzig. Auch Şamil war älter als der StUffz. Sie schüttelten die Köpfe, hoben die Hände und wechselten Blicke. Sie wurden wütend. Nach und nach. Die anderen hatten nicht weiter darauf bestanden und waren hinter das Gefängnis gestapft, um sich in die Wachtürme zu verziehen. Ich warf Ist-ja-guts, Ist-doch-egals in die Runde. Keiner drehte sich zu mir um. Fatin, mit siebzehn der jüngste von Ekbers Soldaten, dachte wie ich. Er gehörte zu etlichen Zehntausend Kindern des Ostens, deren Geburtsdatum 1. Januar lautete. Also unbekannt. Beim Besuch im Justizpalast war mir sogar ein Ausweis mit 00.00.00 in der Spalte für das Geburtsdatum untergekommen. Ein Mädchen im Alter von Jesus. Sei's drum …

Der Ex-Dorfschützer/Jetzt-Soldat Fatin, auf dem Papier älter gemacht, als er war, und mitten in der Pubertät, sagte: »Abi, lasst doch. Lasst den Kerl doch in Ruhe.« Er sagte noch mehr, aber das verstand ich nicht. Was er auf Türkisch nicht konnte, versuchte er auf Kurdisch, mühte sich ab, seine wutschnaubenden Abis zu überzeugen. »*Were*!«, sagte er. Kommt schon! Dabei linste er zum Fenster über der grauen Tür. Dem Fenster des Raumes, in dem der einzige Wärter des Gefängnisses fernsah und speiste. Denn Fatin wusste, dass die Wärter petzten. Sie scheuten sich nicht, Ekber unverzüglich die geringste Unregelmäßigkeit zu melden. Im Augenblick war der Wärter nicht am Fenster zu sehen. Wir wussten, welcher Dienst hatte. Er stammte aus der Gegend, aus einem dumpfen Dorf im Bezirk. Sicher saßen auch Verwandte von ihm im Knast. Wurde ein Verwandter eingesperrt, setzte der Mann sich hin und spielte um Geld. Mit den anderen Gefangenen. Hatte er einen Verwandten im Rücken, fand er es unbedenklich, sich unter die Häftlinge zu mischen. Irgendwie waren sie ja alle verwandt. Jeder hatte von irgendwem ein Mädchen gekauft oder entführt, jeder hatte mal einen Mordanschlag auf irgendwen verübt. Sie kannten einander. Fatin bettelte weiter. Auf Kurdisch. Türkisch. Muslimisch:

»Um Gottes willen, hört auf!«

Doch ich sah, dass kein Wort in keiner Sprache zog. In Erwartung, sein Befehl werde ausgeführt, hatte der StUffz die Tür geschlossen und horchte vermutlich nach draußen. Um zu verstehen, was Cesim und Sabit mit Augen, rot wie ihre Gesichter, sagten, musste man kein Kurdisch können. Sie ratterten Flüche herunter, die ich kannte. Jetzt beleidigten Kurden tatsächlich einmal die Mutter eines Mannes.

Şamil schwieg. Er stammte aus Yozgat. Ein vom Weg abgekommener Faschist. Zu blöd, um Rassist zu sein. Süchtig nach allem, was betäuben konnte. Ein Monster mit zwei Halbmonden auf der linken Schulter. »Den dritten hab ich nicht mehr hingekriegt, bin weggedämmert. Dann warfen sie mich sowieso raus«, pflegte er zu sagen. In einer Region, wo alle noch vor ihrem Namen ihre ethnische Herkunft nannten, fing er halb Türkisch halb Kurdisch immer an mit: »Ben Terekemeyim!« Ich bin Türke! Er stand dem Kurdischen nicht ganz so fern wie ich. Ein paar Jahreszeiten nachdem er laufen gelernt hatte, war er Fabrikarbeiter geworden und hatte die Ohren gespitzt, um sämtliche kurdischen Flüche auswendig zu kennen. Jetzt schien er nicht zuzuhören. Gar nicht zu hören. Er stierte bloß auf die Scheibe, in der sich der Gefängnishof spiegelte. Die Scheibe der Hütte. Als wären seine Augen Diamanten. Als wollte er das Glas zerschneiden …

Vier Schritte setzte er zwischen Sabit und Cesim hindurch, die sich weiter ihren Flüchewettstreit lieferten. Vor der Hüttentür blieb er stehen. Zog das Gewehr von der Schulter und lehnte es an die Wand. Ich weiß nicht warum, doch er blickte mich an. Wollte er etwas sagen? Irgendetwas? Seine Augen sahen aus wie Ziyas. Wie dessen flammende Augen, als er in Aydın landete. Şamil klopfte nicht an, er stieß die Tür auf und trat ein.

Vor uns lief ein sehr kurzer Film ab. Als spielte sich das Geschehen auf einer Leinwand ab. Hinter der Leinwand. Direkt vor uns, aber unerreichbar weit. Der StUffz saß auf dem Sofa an der Wand gegenüber der Tür und musterte die Politur seiner Stiefel. Als er den Kopf hob, fuhren Şamils Hände an seinen Hals. Und seine an Şamils Handgelenke.

Im selben Moment. Şamils Hände aber waren schneller. Der StUffz hatte zwei Fehler: Er konnte nicht vorausschauen, und er saß breitbeinig da. Außerstande zu treten, und wegen der beiden Daumen unter seinem Kinn konnte er auch nicht schreien. Auf federnden Füßen wurde Şamils Rücken bald kleiner, bald größer. Sein Schädel war nach vorn gebeugt. Vielleicht ragte ihm die Nase des StUffz in den Mund. Vielleicht biss er die Nase auch. Am liebsten hätte er sie komplett zerbissen. Sicher waren wir uns nicht, denn außer einem Rücken und zwei Beinen zu seinen beiden Seiten sahen wir nichts mehr. Erst ging das eine Bein in die Luft, dann das andere, dann schlugen jäh beide Fersen auf dem Boden auf. Wo wir standen, hörten wir Şamil und den StUffz knurren. Unsere Ohren wurden Zeugen, dass in der Natur ein Knurren existierte. Es war in der wilden Natur das Geräusch zweier Menschen, die erdrosselten und erdrosselt wurden. Verkleinerte sich der kopf- und armlose Rücken, spannten sich die Beine zu seinen Seiten. Hätte ich nicht damit aufgehört, hätte ich gezählt, wie viele Minuten vergingen. Mit seinen verkehrten Armen, die von den Händen zu den Schultern immer schmaler wurden, war Şamil der beste Klimmzügler der Kompanie. Wir dagegen die schlechtesten Gendarmen der Welt …

Zunächst wuchsen ein Kopf und zwei Arme aus Şamils Rücken. Dann drehte er sich um. Zwischen zwei Stiefeln, die in entgegengesetzte Richtungen zeigten. Er setzte einen Schritt und blieb vor dem Ofen mit den beiden Rohren stehen. Dem versetzte er einen solchen Tritt, dass der Ofen, um dessentwillen er einen Menschen erwürgt hatte, sich von der Wand riss und ihm gegen das Bein prallte. Dem Ofen mit dem Stahlrost war nichts passiert. Weder brach er entzwei, noch ging er in Fetzen. Ich erwartete, dass er wenigstens umstürzte. Doch dem Ofen war die Welt der Menschen nicht so wichtig, er regte nicht den kleinen Finger. Dann hob Şamil den Kopf und sah mich an. Ich weiß nicht, warum. Wollte er etwas sagen? Irgendetwas?

7

Keiner, kein Einziger von uns fragte: »Was hast du getan? Warum hast du das getan? Wie konntest du das tun!« Nicht einmal ich. Auch Fatin mit seinen siebzehn Jahren nicht. Wir starrten bloß. Zuerst auf den Ofen, dessen Rost und Hülle immer noch ganz waren, als wollte er uns verhöhnen, dann auf Şamils Hände, die er wie zum Gebet geöffnet hatte und musterte. Zwei weitere Schritte setzte Şamil und verschwand aus der Hütte. Als er das Gewehr von der Wand nahm und sich über die Schulter warf, blickten wir zum StUffz auf dem Sofa. Die rechte Wange hing ihm auf der rechten Schulter, und zwar ziemlich weit herunter. Das linke Auge war blutig. Trotz der Leinwand dazwischen sahen wir alles genau. Aus dem Mund, in dem noch das Knurren steckte, rann immer noch Sabber und zeichnete transparente Striche zwischen seine rechte Brust und die Lippen. Beide Hände lagen ausgebreitet. Wir sahen die Handflächen. Eine auf dem linken Knie, die andere weitmöglichst vom Körper entfernt auf dem Sofa. Die Beine reckten sich schnurgerade, die Füße zu den

Seiten gedreht. Der Körper wirkte verkürzt. Von unserem Standpunkt aus saß seine Brust unmittelbar über seinem Koppel. Zwischen dem linken Auge und dem Haaransatz hing die linke Braue scheinbar in der Luft. Auch wenn der StUffz nicht mehr lebte, schien er weiter zu staunen. Als ich ihm ins seitwärts gekippte Gesicht blickte, merkte ich, wie ich den Kopf senkte.

Şamil sprach als Erster.

»Gib Feuer.«

Vor Kälte oder wegen der Kehle, die er zugedrückt hatte, waren seine Augen feucht. Mit Schweiß vermischt hockten ihm Tränen über den Terekeme-Lippen. Zwischen den Lippen zitterte eine Zigarette. Aufgrund des feinen Frosthauchs. Ich fingerte das Feuerzeug aus der oberen Tasche meiner Sturmweste und zündete sie ihm an. Gleich beim ersten Aufflammen. Der Befehl »Rührt euch!«, den ich so liebte wie »Augen geradeaus!«, erging mit dem Rauch, der Şamil aus den Nasenlöchern quoll. Wir sprachen alle gleichzeitig. Alle außer Şamil. Wer was sagte, war nicht zu verstehen. Wir verstummten. Cesim hob wieder an, und wir hörten zu.

»Wir vergraben ihn. Im Schnee. Hier irgendwo. Wir sagen, er ist weggegangen. Einfach weggegangen. Ich geh zur Kompanie, hat er gesagt, sagen wir. Dann ist er weg, sagen wir. Vielleicht ist er auch getürmt, sagen wir.«

Weiter kam er nicht, denn jemand pochte ans Tor. Jemand schlug mit Fäusten gegen das rote Tor in der Mauer. Keine Eiseskälte hätte uns so schnell erstarren lassen können. Doch Cesim taute rasch auf. Er erklomm den Stein an der Mauer und schaute hinaus.

»Sekunde«, sagte er, wessen Blick auch immer er aufgefangen haben mochte.

Er stieg vom Stein hinunter und wandte sich an uns.

»Der Imam. Macht die Tür zu. Geht auseinander.«

Sabit zog die Hüttentür zu und stellte sich vor den Wachturm daneben. Ich vor den gegenüber. Fatin marschierte zur grauen Tür der Anstalt. Nur Şamil regte sich nicht. Das Gewehr über der Schulter, die Zigarette zwischen den Lippen, verharrte er im letzten Schritt, den er gesetzt hatte, vor der Hütte.

Als Cesim sah, dass Fatin die graue Tür erreicht hatte, entriegelte er das rote Tor und zog es zu sich heran. Dem Imam hingen Eisnägel aus dem Bart. Er lächelte wie stets. Wie jeden Freitag war er gekommen, um vor den Gefangenen zu predigen. Das Mittagsgebet war zwar Stunden her, doch er hatte seinen Dienst nicht schleifen lassen und war hier, um ein Stück Güte zu bringen. Er trug die Güte in seinen Zügen. In seinem Lächeln. Wenn er ging, war das Lächeln jedes Mal verschwunden. Es war drinnen geblieben. Als er zum tausendsten Mal erlebte, dass das Schlechte aus einem Mangel an Reue herrührte, oder zum hundertsten Mal die Geschichten der Jungs hörte, die nichts im Leben hatten, das auch nur entfernt an Glück erinnerte. Doch er kam jede Woche. Jeden Freitag.

»Es geht euch gut, inschallah«, sagte er. Dabei schaute er uns tief in die Augen. Keine Ahnung, was er in unseren leeren Blicken sah. Wir nickten. Ohne dass uns ein einziges Wort über die Lippen kam. Fatin schlug gegen die graue Tür. Dreimal.

»Was gibt's?«, fragte eine Stimme dahinter.

Die Antwort gab der Imam.

»Ich bin zur Predigt da, Herr Direktor.«

Ein Schlüssel drehte sich. Mit dem Drehen öffnete sich die

Tür. Das finstere Gesicht des Wärters tauchte auf. Offenbar war er am Verlieren. Der Tisch, auf dem er sein Gehalt verprasste, würde wegen des Imams kippen.

»Wo bleibst du denn, Mann?«, schnauzte er. Sein Fauxpas wurde ihm wohl gleich selbst bewusst, denn er schob rasch nach: »Selamünaleyküm, Imam Efendi, komm rein.«

Das finstere Gesicht verschwand, wo es aufgetaucht war. Wieder drehte sich der Schlüssel. Mit dem Drehen war die Tür abgesperrt.

Wir umringten Şamil. Erneut ergriff Cesim das Wort.

»Wir warten, bis der Imam weg ist. Hat der Wärter gesehen, dass der Kerl hier ist?« Er kannte die Antwort auf seine Frage, wollte aber sichergehen.

»Nein«, sagte Fatin. »Keiner hat ihn gesehen. Die Scheibe war leer.«

Eigentlich hätte sich der Offizier vom Dienst wenigstens kurz beim Oberwärter melden müssen. Um zu sagen: »Ich bin da, wenn du genießbaren Tee da hast, schick mir einen raus!« Er war aber StUffz-Anwärter. Für alle Zeit.

»Gut«, fuhr Cesim fort. »Wir warten, bis der Imam geht. Dann verbuddeln wir ihn.«

Wir blickten Şamil nicht an. An der ersten hatte er die zweite Zigarette angesteckt. Sabit fragte:

»Und wenn jemand von der Kompanie kommt?«

»Nein. Solange der Oberst da ist, kommt keiner. Warte mal, ich schalt mal sein Handy aus. Wenn jetzt einer anruft, ficken die uns.«

»Ich mach das«, sagte ich und war schon in der Hütte. Auch Ziya war tot, aber so sah er nicht aus. Das heißt, er sah nicht so tot aus. Ich fingerte das Handy aus dem Holster im Koppel und vermied dabei, ihm ins Gesicht zu blicken. Ein

Modell, das ich kannte. Auf dem Display blinkte ein Couvert. Darin stand:

»Mein Sohn, ich hab dir Filzstrümpfe geschickt. Und Unterwäsche. Frier nicht, Schatz. Gott behüte dich.«

Ich schaltete das Handy aus und steckte es ins Holster zurück. Als ich bei den anderen zurück war, gingen sie auseinander. Auf ihre Plätze. Wir würden warten. Ich betrat den Wachturm neben der Hütte. Den aus Grabsteinen errichteten Turm.

Zunächst fühlte ich nichts. Gar nichts. Weder fror ich, noch war mir übel. Ich stand mitten im Turm. Den Blick auf die Mauer gegenüber gerichtet. Gekritzel ehemaliger Soldaten, die hier einst Wache geschoben hatten. Tagesstriche, Kohortenspitznamen, Flüche, Lieder, wieder Flüche. Ich fing von unten zu lesen an. Hoch zur Decke. Als ich den Kopf hob, entdeckte ich ein Wort. Eine Handbreit über mir. Direkt über meinem Kopf. *Mırıne*. Was daneben stand, konnte ich nicht lesen, es war zu nah. Ich trat einen Schritt zurück. Da stand eine Frage an der Decke. Die ich vorher nicht gesehen hatte. Unter der ich gestanden hatte, ohne es zu merken. Auf Kurdisch. *Mırın mırıne, xırexır çiye*? Sah aus wie mit einem Nagel eingekratzte Runen. Wer weiß, was das bedeutete? Als mein Nacken schmerzte, senkte ich den Kopf. Jetzt lag ein Satz zwischen meinen Stiefeln. Auch er in Runen. Von derselben Hand. Ich stand darauf. Ich trat einen Schritt zurück und las:

Der Tod ist der Tod, aber was ist das Knurren?

Der Moment. Genau dieser Moment. Der Moment des Verstehens. Der Moment des Wissens. Die Wahrnehmung. Der Moment, da das Leben genau an der Stelle stehen blieb, an der ich stand. Der Moment, als die Zeit ausgesetzt wurde. Zuerst klappte mein Mund auf. Der Mund zuerst. Er ging nicht mehr zu. Er konnte nicht mehr zugehen. Schrei? Nein. Nur offen. Sperrangelweit. Bis ans Ende der Zeit! Dann meine Stiefel. Als höben sie vom Boden ab. Ein oder zwei Zentimeter. Die Fühllosigkeit setzte in meinen Füßen ein. Fußgelenke, Knie, Beine. Wie abgeschnitten. Sie waren fort. Auch mein Rumpf war fort. Mein Hals! Meine Nase! Alles weg. Meine Arme, Hände, alles. Nur meine Augen! Sie blieben lebendig. Meine zwischen dem aufgerissenen Mund und der Stirn eingequetschten Augen. Von den Brauen verhängt. Was sahen sie? Nichts. Sie vibrierten. Meine Pupillen. Die Stirn wurde heiß. Die Wunde auf meiner Stirn musste wieder aufgeplatzt sein. Heiße, sehr heiße Tropfen rannen herunter. Langsam. Zu beiden Seiten des Nasenbeins. Jener Moment. Genau jener Moment! Ich hörte Stimmen. Von innen. Als hätte ich einen Korb Bienen verschluckt. Reden und ein Lied, das ich niemals vergessen werde. *İlahi Morluk.** So alt, dass es einem nicht einfällt, wenn man es ruft. Das Knurren. Wieder. Wenn der Tod der Tod ist, ist das Knurren das Danach. Meine erste Platte. Die erste Platte, die ich gescratcht habe. *İlahi Morluk*. Eine Faust mit tausend Fingern! In meinem Gesicht! Mittendrin! Meine Zunge presste sich an die Zahnrücken, mein Puls in meine Ohren. Ahhh! Mann! Frier nicht, Baby! Ich war fertig, Mann! Erledigt. Scheiße! Ich war am Ende! Mein Mund schloss sich. Als er sich schloss, zogen sich die Lippen zurück. Sie breiteten sich über mein Gesicht aus. Über die Wangen, das Kinn. Ich spürte, wie sie rissen. Eine nach der anderen. Ich war erledigt. Filzstrümpfe, Scheiße!

---

* »İlahi Morluk« (Göttliches Purpur) ist ein Song des türkischen Rockmusikers Erkin Koray, der musikalisch an »Killing Yourself to Live« von Black Sabbath erinnert. (A.d.Ü.)

Und alles blieb stehen. Meine Lippen, die Stimmen, der Song, mein Puls. Denn Ziya stand vor mir. Einen halben Meter vor mir, die Hände in den Hosentaschen. Wir waren gleich groß. Er äffte mich nach. Riss den Mund auf, schloss ihn, kniff die Augen zusammen, riss sie auf. Er sprach nicht, doch ich hörte: »Was soll ich tun? Was soll ich jetzt tun? Hab die Scheiße gefressen! Und zwar gleich mit dem Sack!« Dann saß nur noch ein Lächeln auf seiner Miene. Ein einzelnes Lächeln. Er redete. Mit den Lippen. Flüsterte.

»Komm runter. Entspann dich. Erlaub dir zu gehen. Lass zu, dass du lebst. Nimm die Hände weg. Du wirst noch Jahre leben. Jahrelang. Entspann dich. Ihr grabt ihn ein. Dann ist es vorbei. Der Schnee taut erst in vier Monaten. Keiner wird etwas davon erfahren. Vier Monate. Vielleicht bist du bis dahin längst weg und über alle Berge, wer weiß? Ja, es ist noch eine Weile hin bis zu deiner Entlassung. Doch weißt du, ein Fehler vom Stabsunteroffizier war, nicht vorausschauen zu können. Manchmal ist das ganz sinnvoll. Wer weiß, was dich erwartet? Und vergiss nicht, ich bin auch noch da. Bei dir. Immer … Du bist nicht wie ich. Du hast keine Ähnlichkeit mit mir. All das ist nichts für dich. Aber du wirst es verwinden. Hauptsache, du entspannst dich. Entspann dich und schau, bring in Erfahrung, was du alles tun kannst. Hab nie wieder Angst. Vor nichts und niemandem. Keine Angst mehr. Du, der nah am Selbstmord gebaut hat, wirst alle Wege dieser Welt ohne Angst gehen. Was das Knurren sei, hast du gefragt. Es ist das Leben, Soldat. Wenn der Tod der Tod ist, ist das Knurren das Leben. Solange du daran denkst, bist du am Leben. Solange du knurrst!«

Ich löste meinen Blick nicht von seinen Augen. Mir war, als würde es schmerzen, woanders hinzuschauen. Ich sah nur ihn. Wollte niemanden sonst. Ich lauschte seinen Worten. Den Buchstaben aus seinem Mund. Als stünde, was er sagte, irgendwo geschrieben, sah ich die Kommas und Punkte in seiner Rede. Die Zwischenräume zwischen den Wörtern. Ich lächelte. Weil er lächelte. Weil er mit einem Lächeln sprach. Ich beruhigte mich. Weil er ruhig war. Ich hatte keine Angst mehr. Weil er zu mir gesagt hatte: »Hab keine Angst.« Wie man einer Mutter gehorcht, die sagt: »Frier nicht!« »In Ordnung«, sagte ich, »Ich friere nicht. Wenn nötig erfriere ich, aber frieren tu ich nicht!«

Ich knurrte …

Ich wollte, dass er erzählte. Hauptsache, er verstummte nicht. Er sollte erzählen, wonach ihm gerade war. Was er getan hatte, um seinen Vater zu befreien. Was ihm in den Sinn kam, woran er sich erinnerte … Doch Ziya schwieg. Er beließ es beim Schauen. Mir in die Augen. Wieder sprach er nicht, doch ich hörte.

»Steck dir jetzt eine Zigarette an und konzentriere dich. Hinterlass keine Spuren. Du bist viel klüger als die anderen. Überlass nichts dem Zufall.«

Und Ziya wurde zur Wand. Je stärker er verblasste, umso deutlicher wurden die Inschriften hinter ihm. Die Sätze an der Wand. Ich steckte mir eine Zigarette an. Es war höchstens zehn Minuten her, dass der Imam reingegangen war. Er blieb normalerweise eine halbe Stunde bei den Häftlingen. Die nächsten zwanzig Minuten würde ich damit zubringen, das erste echte Verbrechen meines Lebens zu planen. Und das tat ich.

Ich trat vor den Turm und spähte zu Fatin vor der grauen Tür hinüber. Auch er hatte Schiss. Und zwar richtig. Er hatte noch immer Angst, war ganz bleich. Ich neigte leicht den Kopf und zwinkerte. Um zu sagen: »Wird schon.« Er nickte. Cesim und Sabit standen neben der Mauer zur Straße beieinander und behielten sowohl die Seite im Blick, auf der die Kompanie lag, als auch Şamil. Beide. Şamil stand am selben Fleck. Wer weiß, die wievielte Kippe er zwischen den Lippen hatte? Priorität hatte er. Erster Teil meines Plans war es, Şamil aufzuwecken und händelbar zu machen. Ich trat auf ihn zu. Hier galt es, ein klein wenig laut zu werden, gar etwas erbost zu wirken.

»Şamil! Reiß dich zusammen! Du hast Scheiße gebaut, und wir bügeln das aus!«

Er hörte mich, reagierte aber nicht. Ich legte ihm die Hände auf die Schultern und rüttelte ihn zweimal.

»Reiß dich zusammen, verdammter Mist! Wirf die Kippe weg!« Ich riss ihm die Zigarette aus dem Mund, warf sie auf den Boden und spuckte darauf. Ich wusste, dass er mich sah und hörte. Er hatte den Schock schon durchschwommen, brauchte aber noch einen Kraulschlag bis ans Ufer der Realität.

»Wenn du dich nicht sofort zusammenreißt, sind wir alle am Arsch! Okay, fick uns, aber dich lochen die bis an dein Lebensende ein! Bis du tot bist! Kapierst du das? Weißt du, was das heißt? Du bleibst hier, bis du krepierst!« Ich deutete auf den Gefängnisbau.

Er begriff. Das zeigten die Tränen in seinen Augen. Şamil erwachte. Zur Realität. Ich musste weitermachen. Hielte ich inne, stünden wir wieder am Anfang.

»Hör mir gut zu! Die Sache bleibt hier unter uns und ist gegessen. Keiner erfährt davon. Wir vergessen das. Aber jetzt müssen wir erst mal vernünftig sein!«

Die erwartete Stimme kam. Wenn auch einsilbig.

»Er ist tot … Der Typ ist tot …«

Willkommen in der Welt, konnte ich nicht sagen, also baute ich einen anderen Satz.

»Scheiß jetzt auf den Typ. Einer von euch musste sterben, du oder er. Der hätte dich erwürgt! Das war Notwehr, Scheiße! Wegen eines verfickten Ofens hätte der Kerl uns umgebracht!«

Was für ein Humbug. Aber so was von nützlich! Ich vertraute auf Ziya. Vertraute darauf, dass der Mensch ein Geschöpf war, das unfähig war, sich richtig zu erinnern.

»Reiß dich jetzt zusammen! Sieh zu, dass du anständig aussiehst!«

Dabei beseitigte ich die Spuren des Kampfes. Ich zog ihm das Koppel auf die Hüfte, versuchte, die Sturmweste, deren Reißverschluss zerrissen war, zu schließen. Als ich beide Seiten zusammenhatte, kam das Geräusch des Schlüssels. Als ich den Kopf drehte, ging die graue Tür auf. Der Imam trat heraus. Er schüttelte dem Wärter die Hand, gab Fatin einen freundschaftlichen Knuff in den Rücken und ging an ihm vorbei. Sein Lächeln war zwar drinnen geblieben, doch in seinen Augen hielt sich noch ein Rest. Der Wärter, darauf erpicht, an den Spieltisch zurückzukommen, hatte die Tür schon wieder abgeschlossen und war verschwunden, bevor der Imam noch fünf Schritte gesetzt hatte. Cesim zog den Riegel zurück und öffnete das rote Tor. Schon im Hinausgehen, hielt der Imam inne und schaute. Zur Hütte, zu Şamil, zu uns.

»Gute Wache, Jungs!« Damit verschwand er durchs Tor. Cesim verriegelte hinter ihm und schärfte Sabit ein: »Schau über die Mauer, bis der Kerl nicht mehr zu sehen ist.«

Für den nächsten Teil des Plans musste ich ein bisschen reden.

»Cesim, hör mal, die Jungs hinten haben gar nichts mitgekriegt. Sollen sie auch nicht! Nur wir wissen davon. Der Spaten ist beim Kohlenlager. Fatin soll ihn holen. Fatin! Komm her!«

Beim ersten Schritt glitt er aus. Normalerweise hätten wir gelacht. Nicht aber jetzt. In derselben Geschwindigkeit war er wieder auf den Beinen und kam angelaufen.

»Geh nach hinten und hol den Spaten. Der muss vor dem Kohlenlager stehen. Gleich neben der Tür. Wenn sie dich fragen, wozu du ihn brauchst, sagst du, der Wärter lässt den Platz vor der Tür putzen. Die sollen nichts wissen. Ist das so okay, Cesim?«

Meine plötzliche Veränderung erleichterte Cesim. Das spürte ich. Denn er war erschöpft. War müde, weil er an alles hatte denken müssen. Auch in ihm steckte letztlich ein Gemeiner, wie in uns allen. Wir zogen es vor, Befehle zu empfangen. Das war leichter, als welche zu erteilen.

»Okay«, sagte er. Und wandte sich zu Fatin, dessen Gesicht von Gelb zu Braun wechselte. »Gib Gas!«

An der Mauer des Knastbaus entlang hastete der Junge nach hinten. Diesmal ohne auszurutschen.

»Die Sache erledigen wir, Cesim, du und ich. Mit Şamil ist nichts los. Und Sabit soll hierbleiben. Fatin trägt den Spaten, wir transportieren den Kerl. Nicht so weit am besten. Siehst du den Schneehügel da?«

Ich deutete auf die Stelle, wo, soweit wir über die Mauer sehen konnten, die städtischen Bulldozer den Schnee hingeschoben hatten, als sie vor einer Woche die Straße räumten. Ein weißer Hügel auf einer Anhöhe, etwa zehn Meter hoch. Jenseits der Grenze, die niemand aus der Kompanie überschritt. Die Grenze bildete das Gefängnis. Weiter oben war der Weg sicher nicht frei. Als Verbindung in die Stadt diente eine Straße weiter unten. Hier oben war der Brotlaster von Agit und Felat seit Wochen nicht vorbeigekommen. Die Straße war dem Schnee und ihrem Schicksal überlassen. Natürlich gab es am Ende Menschen. Dörfer, Menschen, Kinder. Das waren die, von denen es in den Fernsehnachrichten hieß: »Seit sechs Monaten von der Außenwelt abgeschnitten.« Orte, die niemanden kümmerten. Derer sich niemand erinnerte. Dörfer in der Ferne, die nicht mehr zu uns gehörten, weil wir nicht hingingen und sie nicht sahen. Verborgene Bevölkerung …

»Da unten am Hügel vergraben wir ihn. Da ist der Schnee auch weicher.«

Mit gesenktem Blick nickte Cesim. Er war mit allem einverstanden. Selbst für Ekbers Soldaten war ein Mord eine große Sache, erst recht, ihn zu verschleiern. Ich ließ Cesim stehen und ging zu Şamil. Er hatte eine Zigarette zwischen den Fingern, steckte sie aber nicht an.

»Hast du einen Joint dabei, Alter?«

Cesim hörte mich schneller, obwohl ich vor Şamil stand.

»Alter, wie kannst du jetzt ans Kiffen denken?«

Ich durchsuchte Şamils Taschen und gab zugleich Cesim Antwort.

»Ich nicht, die hinten brauchen einen. Damit sie uns nicht erwischen, wenn wir den Kerl rausbringen. Wenn wir sagen, bleibt da stehen, merken sie gleich, dass irgendwas läuft.«

Ich fühlte, wie eine meiner Hände gestoppt wurde. Erst sacht, dann heftig. Şamil presste mein Gelenk und sah mich an. Sekundenlang glaubte ich, er würde auch mich umbringen, dann steckte er mir mit der freien Hand den Joint zu.

»Okay«, sagte ich und zu Fatin, der mit dem Spaten angerannt kam: »Gib den her, nimm das hier. Bring es den Jungs hinten, die sollen es rauchen.«

Da kam von Sabit: »Der Imam ist weg, alles in Ordnung.« Jetzt war es an der Zeit. Jetzt war die Reihe an uns zu zeigen, wie gnadenlos wir sein konnten. Şamil hatte bereits mehr als seine Pflicht getan. Vorher aber sollte ich eine rauchen. Um zwei Minuten innezuhalten und meinen Plan zu überdenken. Beim dritten Zug erinnerte ich mich an Ziyas Worte. Gleich darauf folgte die rauchige Inspiration der Zigarette zwischen meinen Fingern. »Der Schnee taut erst in vier Monaten«, hatte er gesagt. Die Leiche würde also auftauchen, bevor wir fort wären. Ziya hatte zwar nur »Entspann dich« gesagt, meinte aber: »Entspann dich und nimm dein Leben in die Hand.« Ich würde ihn verbrennen. Die Zigarette hatte mir einen Dienst geleistet. Alles vom StUffz würde ich zu Asche verbrennen und diese dann mit Schnee bedecken. Doch wie sollte ich den Kerl zum Brennen bringen in all dem Weiß? Ringsum war nichts als Schnee. Selbst unsere Zigaretten kriegten wir kaum angesteckt. Die Zeit verrann. Nur noch eine Stunde siebzehn Minuten bis zum Ende der Wache. Die Uhr an Fatins Arm, der sich neben mich gestellt hatte, sagte, wenn ich nicht sofort eine Lösung fand, würde ich es bis an mein Lebensende bereuen. Und zwar laut schreiend. Die Zigarette ging zur Neige. Vor dem letzten Zug musste mir etwas einfallen. Nur was?

»Was, was, Abi?«

Wieder hatte mein Kopf einen Gedanken verloren. »Nichts, Fatin«, sagte ich, und mein Blick fiel auf die Sturmweste, die der magere Bengel trug. Diesen Jungen hatten sie zum Dorfschützer gemacht? Sicher war er kein Temporärer, sondern Freiwilliger. Wie viele Dorfwachen hätte er sonst mit so vielen Magazinen schieben können? Das Gewicht der Munition hatte Fatin gekrümmt. Munition?

»Rasch, ein Tuch, darauf leerst du das Pulver aus den Kugeln. Schnell, Fatin, guck mich nicht so an!«

Ich hatte es! Ich wusste, wie ich den StUffz abfackeln würde! Wir streuen das Pulver aller Kugeln, die wir dabeihaben, auf ihn und schießen. Der Kerl würde aufblitzen! Auf einmal! Puff! Erst blitzen, dann verbrennen. Bis er Asche wäre. Es würde auch nicht allzu viel Lärm verursachen. Bei diesem Gedanken stand ich schon vor Cesim.

»Cesim, es reicht nicht, den Typ zu vergraben. Wir müssen ihn verbrennen. Das machen wir mit Schwarzpulver. Leer deine Patronen aus. Geh zu Fatin rüber. Sammelt alle auf einem Tuch ein.«

Anschließend erklärte ich es Sabit. Şamil hatte mitgehört und den Mann, den er umgebracht hatte, verdaut. Er hockte vor einem der alten Wartungslappen, die Fatin aus dem Kohlenlager geholt hatte, und knipste den Projektilen das Kopfteil ab. Die Wartungslappen waren ölig. Entflammbar, genau richtig!

Achtzig Kugeln pro Mann! Siebzehn Minuten später waren 400 Kugeln geleert, in unserer primitiven Satteltasche türmte sich das Pulver. Genau eine Stunde hatten wir noch. Die Lage hatte sich verändert. Jetzt brauchten wir jeden Mann. Den Platz vor dem Gefängnis würden die Krähen hüten. Mich scherte nicht, dass der Wärter aus dem Fenster schauen könnte und keinen Soldaten sähe. Auch wenn es nur Sekunden dauern würde, bis er die Kompanie alarmiert hätte, falls er Verdacht schöpfte. Ich hatte einen Plan! Einen Entschluss! Besser als Selbstmord!

Als Cesim und Şamil den StUffz aus der Hütte gezerrt hatten, hatte Fatin schon das rote Tor geöffnet. In drei Sekunden waren sie draußen. Sie schleiften ihre Last so schnell, dass sie ihr beinahe die Arme abgerissen hätten. Ich trug die Pulvertasche, Sabit ein Bündel Wartungslappen und den Spaten. Unsere Gewehre hatten wir im Gefängnishof stehen lassen. Je weiter wir uns vom nur angelehnten roten Tor entfernten, desto tiefer wurde der Schnee. Ein paar Hundert Meter weiter feierte der Oberst in der Kompanie Silvester, wir dagegen schleiften in der anbrechenden Dämmerung eine Leiche über die leere eisblaue Straße. Beim Rennen dachte ich daran, was gleichzeitig in der Kantine ablief. Mein Plan war so genial, dass ich mich entspannen konnte, in dem ich auf unwichtige Themen fokussierte. Zumindest, bis wir beim Schneehügel ankamen.

Alle mussten in der Kantine sein. Die Rekruten mussten an den Tischen sitzen und warten. Einer hätte den Auftrag, nach Oberst und Kompaniechef Ausschau zu halten. Einer stünde Schmiere und würde Bescheid geben, wenn sie kämen. Die Offiziere und Sergeanten plauderten vermutlich. Im Stehen. Moserten, was das jetzt noch soll, bei all der Arbeit, die sie sowieso schon hatten. Dann würde erst die Meldung, anschließend der Oberst selbst eintreten. Mit dem Kompaniechef im Gefolge. Wie Schnappmesser würden die Rekruten aufspringen und dem Oberst in die Augen blicken. Einige würden die Verpflegung der Gefallenen von der Schlacht bei Gallipoli auswendig hersagen. Eine der Lieblingsfragen des Obersts. Er würde lächeln. Er lächelte ähnlich wie der Imam. Er war der Einzige mit Rang, den die Rekruten tatsächlich mochten. Bei ihm würden sie sich sicher fühlen, wenn auch nur für Minuten. Doch stellte er nicht immer diese eigenartigen Fragen? Fragen, deren Antworten in keinem Buch geschrieben standen! Er wollte im Grunde nur, dass die Leiber vor ihm ein wenig ihre Köpfe anstrengten. Allerdings war er kein Illusionist. Die jungen Männer, die ihn anblickten, waren einfache Soldaten …

Zwischen Befehl und Schikane besteht nur ein haarfeiner Unterschied. Wird das Haar grauer, erhöht sich die Chance, dass der Befehlsgeber den Gemeinen menschlich behandelt. Das Haar des Obersts war schlohweiß. Er war ein Veteran. Einer von denen, die ihre Pistole gezogen und in die Berge gestürmt waren. Ihm fehlte die rechte Wange. Seine Haut spannte, als wäre sie enger geworden. Eine Kartätsche. Der Legende nach hatten ihn Rekruten aus der Schusslinie geholt. Vielleicht war das der Grund dafür, dass für ihn nur Rekruten zählten. Zwischen uns lagen aber so viele Ränge, dass uns das nicht viel nützte. »Guten Tag, Soldaten«, sagte er vermutlich. »Danke!«, brüllten die Rekruten, woraufhin er erwiderte: »Danke euch!« Er gehörte nicht zu jenen, die Dank unerwidert ließen. Einseitigkeit war seine Sache nicht! Vermutlich sprach er über das neue Jahr und die schönen Tage, die es bringen würde. Unvermutet würde er dann den nächststehenden Rekruten fragen: »Welcher Hort ist hier?« Der verdatterte Rekrut würde stottern. Ekber, dessen Blick er träfe, würde mit den Brauen sagen: »Du bist am Arsch, Mann!« Wie oft hatte er eingebläut, was sie tun sollten! Wie sie Hände schütteln, Wangen küssen, die Spucke bei sich behalten sollten. Der Oberst würde sich an den Kompaniechef wenden, »Na dann mal los« sagen. »Fangen wir an.« Auf Befehl des Hauptmanns würde sich die Kompanie unter geräuschvollem

Stühlerücken der Rangfolge nach aufstellen. Unterdessen müssten natürlich die vier Voraussetzungen für militärisches Feiern erfüllt sein: ein Tisch mit Decke, Kolonya, Süßigkeiten und Plastikblumen. An diesen Voraussetzungen würde der Oberst vorbeimarschieren und dem Hauptmann die Hand reichen, um die Silvesterzeremonie einzuleiten. Wer an der Reihe wäre, würde es dem Oberst nachtun. Hand geben, Wange küssen, Glück wünschen. So würde sich die Offiziersspitze der Kette nach innen winden. Ekber würde, nachdem er an der Reihe war, den Rekruten mimisch Anweisungen erteilen. Der Oberst würde es bemerken, aber ignorieren. Die Rekruten, denen »Frohes neues Jahr« ins Ohr geflüstert würde, würden ein halblautes »Danke!« herausbringen. Der Oberst würde mit ganzen Lippen küssen. Die anderen würden Schläfen berühren und unsere Wangen suchenden Lippen in die Luft küssen lassen. Eine halbe Stunde darauf würde das Leben weitergehen. Vor allem Ekber würde seine Schläfen gegen die der Gemeinen knallen. Er war der einzige Mensch auf der Welt, der auf eine Feier wartete, um anderen einen Kopfstoß zu versetzen. So natürlich Festtage und Silvester waren, so industriell liefen die Feiern bei uns ab. Nach Art der Kriegsindustrie! Unausgewogene, ungeordnete Danke würden herumwirbeln. Hypernervöse Rekruten, die, zehn Sekunden nachdem der Oberst ihre Hand losgelassen hätte, »Danke!« brüllten, würden die Trommelfelle der sich zum Wangenkuss nähernden Sergeanten strapazieren. Frischlinge, die zum ersten Mal einen Oberst küssten, würden vor Aufregung Nase und Wangenknochen küssen und vergessen, die geschüttelte Hand wieder loszulassen. Waren alle Gemeinen beglückwünscht, würde der Oberst gemeinsam mit dem Kompaniechef die Kantine verlassen. Mit plötzlicher Erleichterung würde der Krach der Vorgesetzten und Ranglosen eskaliert, das Geküsse laxer geworden und auf eiliges Händeschütteln reduziert sein. Innerhalb von ein, zwei Minuten würden sich alle Offiziere bei den Süßigkeiten, die auszuteilen man vergessen haben würde, bedient und den Festsaal verlassen haben. Nur darauf hätten die Gemeinen gewartet und würden sich auf den Karton mit Süßigkeiten stürzen wie Frauen auf die kostenlose Lebensmittelausgabe. Das Kolonya würde keiner anrühren. Soldaten, die Kolonya schluckten, gab es nur in Filmen. Illegal gebrannter Chivas Regal kostete acht Lira die Flasche.

Sabit, der als Erster den Schneehügel erreicht hatte, grub bereits. Er arbeitete wie eine Fontäne. Eine Schneefontäne. Von Eisstaub eingehüllt schien nur bei ihm erneut Schneefall eingesetzt zu haben. Zu anderen Zeiten an anderen Orten verglich man Pollen mit Schneeflocken, hier sahen Schneeflocken wie Pollen aus. Eine Vielzahl weiterer umgedrehter Vergleiche traf hier zu. Anderswo fand man, Zwerge sähen wie Kinder aus, hier war es umgekehrt. Hielt man anderswo knallende Auspuffe für Schüsse, waren es hier echte Schüsse. Es gab hier immer mehr Leute als knallende Auspuffe, die morgens um vier in die Luft schossen, weil sie den Tumult nicht ertrugen, den die Krähen auf den dicken Gräten der Kristallbäume veranstalteten. Und die Zahl derer, die auf Menschen schossen, überstieg noch die der Krähenjäger! Das war natürlich nur eine Vermutung. Tatsächlich wussten wir nicht, wohin die Schüsse zielten. »Daher kam er«, sagten wir und zeigten in die Ferne, und dann: »Scheiße!« Um ehrlich zu sein, waren wir nicht sonderlich erpicht darauf, in Erfahrung zu bringen, wem der Schuss gegolten hatte. Gäbe es einen Todesfall, würden wir davon erfahren. Leute kämen zum Beweinen. Oder es käme Nachricht, wenn der Kompaniechef in Begleitung einer Patrouille auf Blutrachebeendigungstour ging. Dann würden wir versuchen, die Nachricht mit den gehörten Schüssen in Übereinstimmung zu bringen. »Weißt du noch, der gestern früh? Das sollen Schützer aus dem Dorf Galifaki gewesen sein. Eine Schießerei wegen eines Streits um Vieh.« Sie töteten viel zu schnell. Sie starben viel zu schnell. Kinder, nur wenige Kilo schwerer als Fliegen, prallten mit 180 Stundenkilometern auf die Scheibe zwischen sich und dem Leben. Bei der PKK gab es mehr Kinder als Waffen. Kinder waren ihre Verstecke. Väter, die sagten, Steinewerfen ist auch ein Beruf, ließen ihre Sippschaft für drei, vier Kurusch von Panzern überrollen. Immer gab es einen Tag, an dem man wegen irgendeines Gedenkens auf die Straße rannte. Jemandes Geburtstag, eines anderen Todestag. Wüssten sie den Tag der Beschneidung des Mannes, der die PKK anführte, würden sie auch dessen Jahrestag feiern. Die Kinder waren bereit. Stets. Zu allem. Es herrschten ja Schulferien. Endlose Ferien, genannt »Aus Mittellosigkeit konnten wir das Kind nicht in die Schule geben«. In ihren Häusern aus schneebedecktem Kuhdung schliefen sie im selben Raum mit – vermutlich im Schlussverkauf erstandenen – Glocks im Wert von zehntausend Lira und wachten nicht wieder auf. Sie waren zwölf Jahre, ihre Leichen fünfundvierzig. Im Gegensatz zu den suizidalen Frauen. Selbst wenn die fünfundvierzig waren, sahen ihre Leichname wie achtzehn aus. Wie alt man ist, hängt davon ab, wie man stirbt. Nicht davon, wann man geboren wurde. Der StUffz zu meinen Füßen war inzwischen älter als wir alle. Sein schmaler Leib war gefaltet, als wäre er mit Stroh gefüllt. Plötzlich fiel mir ein, dass man ihn anhand seines Handys orten könnte. Dank Techniken, deren Namen ich nicht kannte, könnte man ihn lokalisieren. Um diese paranoide Eventualität, so gering sie war, auszuschalten, zog ich sein Handy heraus, warf es auf den Boden und sagte: »Sabit, hau hier kurz drauf!« Der Spaten hob sich im selben Tempo, in dem er niederfuhr, und das Telefon war zerfetzt. Sabit wendete sich erneut der Grube zu, die er aushob, längst war er zum Erdboden durchgedrungen und grub immer noch tiefer. Dabei schöpfte er mit offenem Mund so viel Atem, wie er nur konnte. Er war erschöpft. »Şamil, mach du weiter«, sagte ich. Cesim schob auf Knien die angehäufte Erde beiseite. Ich spähte in die Ferne, so weit meine Augen blickten. Drehte mich dabei um mich selbst. Nichts zu sehen. Nichts und niemand. Wegen des Hügels dazwischen war auch das Gefängnis nicht zu sehen. Das Grab, das wir aushoben, lag mitten im Nichts. Inmitten der Schneeleere. Wir standen über der Finsternis, über den Wolken, die von Weiß zu Blau und weiter zu Grau changierten. Er brauchte nicht mehr hinzugehen, wir begruben den StUffz im Paradies. Auf dem Grund des Paradieses! Sein gefalteter Körper passte haarscharf in die Grube, der Uterus seiner Mutter war geräumig dagegen. Er würde gehen, wie er gekommen war. Wie ein Embryo. Auch die Handytrümmer lagen in der Grube, es blieb nur noch das Anzünden. Ich bedeckte den StUffz mit den Waffenwartungslappen und setzte die Pulvertasche obendrauf. Einen Lappen mit besonders viel Ölspuren drehte ich zu einer primitiven Lunte und hielt die Spitze ans Feuerzeug. Zündete … Vielleicht zehn Mal, bis die Flamme auf die Lunte übersprang. Endlich stieg schmaler Rauch auf, dann ein Flämmchen wie von einem Streichholz. Sie lief, wir flohen. Zehn Schritte rückwärts. Ein paar Sekunden später lief die Zeit zurück. Wurde es wieder Tag. Genau wie ich gedacht hatte! Das Pulver explodierte auf einen Schlag! Puff! Leuchtete auf wie ein Blitz, der alles, was wir für Sekunden sahen, erhellte. Dann … Dann fiel die Flamme jäh in sich zusammen und die Grube brannte. Als wäre eine Decke aus gelbblauen Flammen darübergebreitet. Das war's! Unser größtes Verbrechen verwandelte sich in Asche! Dafür hatte ich sämtliche Preise der Chemie verdient! In sämtlichen Romanen über Brandstiftung sollte mein Name vorkommen! Was für eine Flamme, weder zu hoch noch gleich verlöschend! Es konnte nicht sein, dass Gott uns half, denn in keinem heiligen Buch stand eine größere Sünde als die, die wir begangen hatten. Trotzdem lief alles nach Wunsch. Sabit und Cesim knieten an der Grube und reckten die Hände über die Flammen. Um sich zu wärmen. An den Flammen einer brennenden Leiche. Sie hatten keine Wahl. Die Grube war das Wärmste ringsum. Ich drehte mich zu Fatin.

»Zeig mal deine Uhr.«

Ich hatte sein Handgelenk schneller gepackt, als er selbst auf die Uhr schauen und die Zeit hätte ablesen können. Die Uhr war digital, aber Fatin nicht. Noch siebenundvierzig Minuten bis zum Ende der Wache. »Gib Gas!«, sagte ich zu Fatin. »Lauf zum Knast. Warte auf uns! Şamil, du auch! Los jetzt, schnell!« Şamil warf noch einen Blick auf die brennende Grube, bevor er hinter Fatin her zum Gefängnis stürmte. Als ich zu Cesim an die Grube trat und aus der Nähe hinschaute, hielt ich nicht länger als zwei Atemzüge aus. Ich kotzte auf ein paar Hände. Unvermittelt. Als hätte ich es seit dem Morgen im Mund zurückgehalten und diesen Augenblick zum Rauslassen abgewartet. »Ey, Mann!«, schimpfte Cesim und putzte sich die Hände im Schnee ab. Sabit lachte. »Scheiße, was hast du gemacht!« Ich kotzte weiter, als würde ich husten, die Flammen, die ich traf, duckten sich. Um das Feuer nicht mit Erbrochenem auszulöschen, drehte ich den Kopf zur Seite. Es war auch nichts mehr zum Herauskotzen drin. Um mich nicht auf das Latrine genannte Loch hocken zu müssen, aß ich schon seit Monaten nichts mehr. Noch als ich mir mit dem Handrücken über den Mund fuhr, konnte ich den Blick nicht von der Grube lösen. Der StUffz lag auf der Seite. Die Knie fast am Kinn. Wir sahen sein rechtes Profil. Die rechte Seite von allem, was er hatte. Seinen rechten Arm, das rechte Bein, die rechte Wange, das rechte Auge. Die Wange hatte ein Loch wie ein Stück Papier, unter dessen Mitte man ein Feuerzeug gehalten hatte. Je weiter sich das Loch ausdehnte, desto schwärzer wurde sein Auge und das Fleisch ringsum quoll auf. Je weiter das Loch wurde, desto mehr Zähne waren zu sehen. Das ist es, sagte ich zu mir. Die Zähne werden sie finden und uns schnappen! Doch es war zu spät! Um ehrlich zu sein, vertraute ich auf das Gelände. Darauf, dass das Gelände schwierig war. Ein verschollener StUffz. Man findet Zähne einer Leiche. Vielleicht ging es um Bestechung, oder PKK, oder um Abgabenzahlung, vielleicht hatte er einer Zwölfjährigen Hallo gesagt! Als der sichtbare Teil seines Gesichts von einer brodelnden Suppe zu angebranntem Fleisch mutierte, nahm ich einen unbekannten Geruch wahr. Ein brennender Mensch roch nicht wie ein brennendes Tier. Der Gestank kam wie ein Hammerschlag. Wie zwei in die Nasenlöcher gestoßene feiste Finger. Als würden die beiden feisten Finger einen bei den Nasenlöchern packen und mit sich schleifen. Als Feldanzug und Haut sich vermengten, klafften die Muskeln, wurden die Knochen sichtbar. In den ersten Monaten in der Kompanie war ich Akif bei der Aktenvernichtung zur Hand gegangen. War die Aufbewahrungsfrist abgelaufen, verbrannten wir alles, was offiziell war, im Heizkessel. Stapel von tausend Seiten erfassten die Flammen wie Pergament, CDs schmolzen wabernd wie Quallen, und wir schauten zu. Wir wurden ruhiger, je niedriger der zu verbrennende Stapel wurde. Spürten Erleichterung, als würden wir die Gründe für unsere Unruhe verbrennen. Doch das hier war anders. In keiner Farbe der Flammen steckte Ruhe. Sabit linste ständig umher, suchte in der gleich hereinbrechenden Dunkelheit den Feind. So wie er schaute, betete ich, dass er niemanden sah. Nicht weil ich gefürchtet hätte, erwischt zu werden, sondern weil ich wusste, er würde alles, was er sah, umbringen. Nicht dass nachher noch einer zu vergraben wäre. Cesim hatte seine Hände gesäubert und feuerte die Flammen an: »Macht schon, verfickt noch mal! Los jetzt! Brennt! Brennt, Mann!« Je mehr Zeit verstrich, desto größer wurde die Wahrscheinlichkeit, von den zur Ablösung kommenden Wachen oder sonst jemandem erwischt zu werden. Herz und Puls schlugen jedes für sich! Wer weiß, wie wir aussehen mochten, da vor der Grube, aus der die Flammen schlugen, mitten im Nichts?

Die Stiefel! Auch die hatte ich vergessen! Wie die Zähne! Leder und Schnürsenkel brannten, aber die Sohlen schmolzen nicht! Dabei klebten gerade die jedes Mal am Eisen fest, wenn wir sie an den Ofen hielten. Waren die Stiefel von Vorgesetzten stabiler? Nein, denn wenige Sekunden darauf schmolzen auch sie wie schwarzer Käse. In der Ferne hörten wir Wölfe heulen. Dann ein paar Salven. Ein Auspuff ist explodiert, sagte ich. Um nicht an das zu denken, was ich sah. Was natürlich nicht funktionierte. Ein schwarzer Haufen lag jetzt in der Grube. Ich würde nicht länger durchhalten. Mir war zwar klar, dass ich es später bereuen würde, sagte aber:

»Das reicht, begraben wir ihn!« Auf diese Anweisung hatten die beiden Männer nur gewartet, sie stürzten sich derart auf die Erde, dass die Grube auf einen Schlag dicht war. Draußen hingen weiter ein Rauchschleier und zehn Tonnen Geruch. Sabit riss Brocken aus dem Schneehügel und häufte sie auf die Erde, Cesim, auf Knien, schob mit beiden Händen den Schnee vor sich her. Mir blieb nichts mehr zu tun. Ich stand da und beobachtete sie. Spähte umher, ob noch irgendwo Erde zu sehen war. Auf einmal sagte Sabit: »Mann, was ist das denn für eine Sache, gerade in dem Alter, wo wir am produktivsten sind?« Er hob den Kopf, blickte mich an und brach in schallendes Gelächter aus, was wir sonst nie taten. Auf einmal! Als würde er heulen! Wie ich kurz zuvor gekotzt hatte! In gigantischen Lachsalven! Unser produktivstes Alter! In unserem produktivsten Alter waren wir eingezogen worden und hatten einen Vorgesetzten verbrannt und verbuddelt. Vielleicht hatten sie gewusst, dass es so kommen würde. Und uns deshalb aus dem Leben herausgegriffen. Um die draußen zu schützen! Denn wer weiß, was wir alles angestellt hätten, hätten wir unser produktivstes Alter dort verbracht! Draußen gab es ja viel mehr Möglichkeiten!

Innerhalb weniger Minuten hatte sich neben dem Schneehügel ein zweiter Hügel aufgetürmt. Das war nicht weiter schlimm. Wir befanden uns in einer Gegend, wo nicht auffiel, wenn aus einem Schneehügel plötzlich zwei wurden.

»Okay, dann los!«, hatte ich kaum gesagt, da rannten wir auch schon. Trotz allem, was Cesim sich in die Lunge sog, raste er wie eine Lawine. Obwohl er ganz hinten gewesen war, überholte er mich im Nu und war schon hinter der Anhöhe zwischen uns und dem Gefängnis verschwunden. Als Sabit und ich am roten Tor anlangten, war er bereits drinnen.

Atemlos versuchte ich, zu scannen, was ich sehen konnte, zu verarbeiten, was ich wahrnahm. War jemand gekommen? Hatte der Wärter unsere Abwesenheit bemerkt? Waren die Jungs hinten vorgekommen und hatten nach uns oder dem StUffz gefragt?

Nein, nichts von alledem. Als Fatin uns sah, schüttelte er die vor Angst nahe Ohnmacht ab und lachte. »Nein, gar nichts, Abi!«, verkündete er. »Hier ist keiner rein und auch keiner raus. Keine Menschenseele hat etwas mitgekriegt.«

Wir hängten uns die Gewehre um die Schultern und warteten. Natürlich redeten wir nicht. Es gab nichts zu sagen. Ekbers Soldaten waren jetzt gespalten. In die vorn und die hinten. Wir saßen tiefer als sie. Direkt vor dem Tor zur Hölle. Vielleicht schon darin. Wohl deshalb schwitzten wir alle. Bei minus zweiunddreißig Grad. Einmal hob Fatin eine Handvoll Schnee auf und stopfte ihn in den Mund. Unsere Blicke trafen sich. »Bei uns daheim essen wir ihn mit Traubenmost«, erklärt er. Ich wandte den Kopf ab. Nach zweihundert Runden, die wir draußen und die Gefangenen drinnen gedreht hatten, sprach Sabit.

»Sie kommen! Die Wachen kommen!«

Gemächlich stapften sie heran. Um uns zu ärgern. Um die eigene Wache zu verkürzen. Wir hatten das Tor geöffnet und warteten. Ich warf Cesim einen Blick zu, sagte: »Ich erledige das.« Vor den ersten, der durchs Tor trat, stellte ich mich hin und redete.

»Der Kommandant ist nicht da, hatte was zu tun. Ist rausgegangen. Kommt sicher gleich, seid wachsam.«

»Alles klar, keine Sorge«, entgegnete mein Gegenüber.

Ich wartete, bis der letzte Gemeine raus war, der mit mir zusammen Wachdienst hatte. Unwillkürlich tat ich es dann doch. Mein Blick glitt zur finsteren Hütte. Pechschwarz war es drinnen. Die Scheibe pechschwarz, drinnen pechschwarz, draußen pechschwarz. Dann ging auch ich.

Als wir uns der Kompanie näherten, erkannte ich Ekber. Er stand am Eingang zum Stabsquartier und rauchte. Da, wieder so ein Moment! Rechts und links von mir war alles dunkel. In weiter Ferne Lichter von Häusern und Froststerne. Ich muss abhauen, dachte ich. Jetzt, sofort! Der Kerl weiß alles! Er wartet an der Tür. Sabit betrat die Kaserne als Erster. Offenbar sagte Ekber etwas, denn vor ihm blieb er stehen. Auch Cesim, der hinter ihm eintrat, stellte sich dazu. Hätte er etwas gewusst, hätte ich ihn längst brüllen gehört. Hätte er etwas gewusst, hätte er die Jungs längst zu Boden geworfen. Doch Ekber lachte. Ja, er lachte. Er lachte tatsächlich. Sabit sagte etwas, Ekber lachte. Ich verstand überhaupt nichts mehr. Rein gar nichts! »Du auch!«, rief Ekber, als er mich bemerkte, nachdem ich das Tor passiert hatte und bei ihnen angekommen war. »Führt das Entladen durch und dann ab in die Kantine! Dann mal los, Jungs! Frohes Neues!« Er sah mich noch einmal an und fügte hinzu:

»Schieß nicht wieder in den Kanister, Mann!«

Und lachte. Auch die Jungs lachten. Auch ich lachte. Ekber hatte gute Laune. Vielleicht hatte er ein bisschen gebechert. Hatte gefeiert, dass der Besuch des Obersts problemlos über die Bühne gegangen war. In der Kompanie, deren Offizier vom Dienst er war, hatte es kein Problem gegeben, war kein Mord begangen worden! Oder Silvester hatte ihn daran erinnert, dass sein Dienst in der Region dem Ende entgegenging. Auch er zählte die Tage. Wie alle anderen. Hin und wieder sah ich ihn telefonieren. Mit gesenktem Kopf, die freie Hand auf dem Rücken. Wer weiß, mit wem? Auch er musste irgendwen zurückgelassen haben, als er herkam, wie alle anderen. Auch er war ein Mensch. Wie Şamil auch.

Nach dem Entladen gingen wir zum Arsenal und legten unsere Ausrüstung ab. Als wir die Tür zur Kantine öffneten, sahen wir Halay tanzende Rekruten. Zur Musik eines vierköpfigen Orchesters mit einem Banner davor tanzten Soldaten Halay. Das Moralteam! Vier Militärmusiker auf Tournee durch den Osten, aus Sicherheitsgründen in Zivil. Starren Blicks beobachteten sie die Arm in Arm vor ihnen herumhüpfenden Männer. Mit stumpfen Fingern spielten sie zum tausendsten Mal ihre Lieder, wer weiß, welche Träume sie hegten? Die Moral des Moralteams war Scheiße. Um das zu begreifen, brauchte man ihnen nur zuzuhören. Doch nach Zuhören war hier keinem. Wurde eine Bağlama-Laute geschmirgelt und auf eine Darbuka-Trommel eingedroschen, hieß es: Amüsieren. Gnadenlos Spaß haben und wo die Gelegenheit schon einmal da war, sich gut fühlen. Die Moral der Musiker kümmerte niemanden. Die Kaserne war das Land der Möglichkeiten. Doch im Unterschied zum einstigen Amerika gab es hier nicht unbegrenzte Möglichkeiten, sondern kaum welche. Deshalb war jeder Soldat ein Möglichkeitsjäger. Hatte er einmal etwas zwischen den Zähnen, ließ er es nicht wieder los. Fand er etwas zu essen, selbst wenn er satt war, aß er es auf, fand er Geld, selbst wenn es keine Möglichkeit gab, es auszugeben, steckte er es ein, fand er eine Zigarette, selbst wenn er es noch nie probiert hatte, rauchte er sie, fand er ein Bett, schlief er, fand er einen Ofen, wärmte er sich daran, war er allein, onanierte er, hörte er Musik, tanzte er Halay.

Da entdeckte mich Hundewart Cuma, für den ich etwas anderes war als die anderen, weil ich einmal versucht hatte, ihm Lesen und Schreiben beizubringen. »Komm, Abi!«, rief er.

»Komm, Abi! Das Moralteam ist da, siehst du!«

Neben mir lehnte Akif an der Wand, der sich kein bisschen amüsierte. Er seufzte und fragte. Sich selbst. Doch ich hörte es:

»Untergräbt es die Moral, das Vaterland zu schützen, oder wozu sind die hier?«

Als ich mich in jener Nacht für drei Stunden Schlaf auf meine Pritsche warf, wanderte ein Gefühl in mir herum, wie ich es noch nie empfunden hatte. Unmittelbar hinter meinen Augen, über meinem Magen und rings um meine Knochen herum. Es ähnelte einer Leuchtkugel. Einer strahlenden Kugel, aus reiner Kraft, für Angst gab es darin keinen Platz. Sie erhellte den Pfad, über den sie wanderte, wärmte die Stellen, die sie berührte. Wenn sie sich bewegte, hörte ich ihr Geräusch. Es verkündete mir, dass ich ein anderer Mensch geworden war. Ich dachte nicht an das, was ich zwei Stunden zuvor getan hatte, ebenso wenig vernahm ich noch den Geruch der brennenden Leiche. Alles lag hinter mir. So weit hinter mir, dass seine Schatten mich nicht mehr erreichten.

Ich würde einschlafen. Und aufwachen. Beim Erwachen würde ich neue Luft atmen. Würde ein neues Leben anfangen. Ein herrliches Leben! Würde meinen Wehrdienst mit größtem Erfolg absolvieren. Sämtliche mir übertragenen Aufgaben tadellos erfüllen, Cuma Lesen lehren, Ziya aus meinem Leben verbannen, mit meiner Mutter telefonieren, deren Anrufe ich seit Langem ignorierte, würde nicht fluchen, während des Wachdienstes nicht rauchen, vor dem Essen das Tischgebet sprechen, sämtliche militärischen Begriffe und alle Schlachten, in denen Atatürk gekämpft hatte, auswendig lernen, Gelände wie ein Greenpeace-Aktivist säubern, als ein Gendarm, zu dessen Pflichten der Kampf gegen den Schmuggel gehörte, keine geschmuggelten Zigaretten kaufen, die beim Wachdienst vorgeschriebene Ausrüstung vollständig anlegen und in jeder Tasche genau das bei mir tragen, was dort stecken sollte.

Ich würde als der disziplinierteste Soldat, den die Armee je erlebt hatte und je erleben würde, in die Geschichte der Kompanie eingehen. Am Ende würde ich sogar die Auszeichnung für herausragenden Dienst erhalten, die in jeder Kohorte nur einem verliehen wurde. Ja, ich würde sogar die Prüfung für die Ausbildung zum Stabsunteroffizier ablegen und Berufssoldat werden. Bis zur Pensionierung würde ich fürs Vaterland Schweiß vergießen und nur Dinge tun, auf die ich stolz wäre.

Denn endlich hatte ich verstanden. Den Wehrdienst, die draußen, die Funktion der Armee, die Befehlskette, alles. Kein Gramm Ärger war mehr in mir. Kein Millimeter Angst. Meine Ängste hatten sich vereint und waren mir zu Mut geworden. Denn ich hatte die Linie überschritten. Ich hatte ein Verbrechen begangen und es vergessen. Ich hatte eine Leiche angesteckt, darauf gekotzt und es vergessen. Mein Hirn, das sich seit dem Tag meiner Geburt in meinem Schädel schneller drehte als die Welt, war endlich zur Ruhe gekommen. Das war Freiheit! Vergessen können, dass man schlecht war. Vergessen können, dass man grausam war. Nur wer seine

Sünden im Gedächtnis behielt, kam in die Hölle. Zu denen gehörte ich nicht. Jetzt konnte ich alles tun. Man würde mich nicht erwischen! Niemand würde mich schnappen! Hier war der Uterus, in dem Seelen geformt wurden. Das Anfangsstadium, wo sie Gestalt und einen Körper fanden! Ja, mittlerweile glaubte ich auch an die Existenz der Seele. Ich glaubte an alles. Ich war der einzige Mensch mit mehr als zwei Profilen auf der Welt. Ich war geboren worden, um Gendarm zu werden! Ich war gestorben, um Gendarm zu werden! Der berühmte Spruch war wahr: Ich hatte begonnen, wo ich am Ende war!

Damit die Leuchtkugel, so groß geworden, dass sie meine gesamte Haut von innen auszufüllen imstande war, mir nicht aus den Augen quoll, senkte ich die Lider. Unmöglich, nicht zu schlafen.

Zwei Stunden und neunundfünfzig Minuten später schlug ich die Augen auf. Zum ersten Mal im Leben erwachte ich mit einem Lächeln. Mit Hoffnung. So groß wie die ganze Stube. Genug für ein ganzes Heer. Ja, für alle Armeen der Welt …

6

Ja, Soldat, wir sind wieder zusammen. Nur wir beide. Ich weiß, du hast meine Stimme lange nicht gehört. Hast mich lange nicht gesehen. Jetzt aber bin ich hier, vor dir. Jetzt können wir wieder miteinander reden. Du kannst mir wieder zuhören. Ich kann meine Geschichte fortsetzen …

Entsinnst du dich, wo ich zuletzt war? Was ich tat? Ich lief durch finstere Nacht, meine Augen sprühten Flammen der Vergeltung. Ich durchquerte eine Ebene in der Umgebung von Aydın. Außer Unerbittlichkeit hatte ich von den deutschen Marineoffizieren auch gelernt, bei nächtlicher Dunkelheit meinen Weg zu finden. Die Sterne zu lesen. So hielt ich beim ersten Schritt auf jeden Hügel inne und spähte zum Himmel hinauf. Ich sah Sternschnuppen fallen. In Richtung Eskişehir. Dabei wünschte ich mir sogar etwas. Ich wünschte mir, mich an die Sterne zu klammern und mit ihnen zu gleiten. Ich setzte mich nicht, rannte auch nicht. Ich ging einfach. Ununterbrochen. Mein Kopf war schwer. Es gab so vieles zu bedenken. Haufenweise. Zunächst aber musste ich mich beruhigen und darum bemühte ich mich bei jedem Schritt. Unmöglich aber war es, meinen Zorn zu besänftigen. Es gab keine Umkehr. Es gab kein Zurück für mich.

Da ich nicht genau wusste, welche Dörfer die Besatzungskräfte eingenommen hatten, sollte ich mich tagsüber verbergen und schlafen, nachts aber laufen. Es war August. Das war alles, was ich wusste. Welcher Tag war, wusste ich nicht. Es war mir egal. Es gab keine Zeit mehr für mich. Seit Yonina war sie verschwunden. Als ich dann erfuhr, dass mein Vater und mein Bruder verhaftet worden waren, zeigte sie sich kurz, kehrte dann aber dorthin zurück, wohin sie gehörte, in die Ewigkeit. Unter der Himmelskuppel voller Sterne, die sich bis zum Horizont hinzogen, war ich mutterseelenallein. In jener Nacht kam, wo ich lief, nicht einmal die Finsternis vorbei.

In weiter Ferne sah ich Feuerschein. Der Geruch brennender Dörfer saß tief in den Blättern der Bäume. Die Schreie vergewaltigter Frauen steckten in den Schnauzen der Tiere. Die Gräser, auf die ich trat, waren bleich wie die Gesichter kranker Kinder, Äste, an denen ich mich festhielt, dürr wie sie. Wenn alles auf ihr tot ist, wird nicht einmal die Erde lebend kapitulieren, dachte ich. Wo auch immer die Griechen ihre Standarten aufpflanzen, wird Blut aus der Erde sprudeln. Wenn sie Anatolien einnehmen, finden sie einen Leichnam vor. Kann man auf einem Leichnam leben? Kämpft man um einen Leichnam? Ihnen war das natürlich nicht klar. Sie wussten nicht, womit sie es hier zu tun hatten. Für sie war es lediglich eine Landkarte. Eine Gegend auf einer Landkarte. Das gegenüberliegende Ufer der Ägäis. Übersee. Westanatolien, wo einst Philosophen glaubten, an einem Traubenkern das ganze Universum verstehen zu können. Die Heimat der

Philosophen, die mit den heutigen Griechen nichts gemein haben. Womöglich waren sie darum hergekommen. Um etwas zurückzuholen, das sie nicht mehr besaßen: Philosophie. Existenzgründe. Zu spät, dachte ich. Auf euch wartet kein Thales, kein Anaximander, kein Anaximenes. Egal wie viele Kinder ihr hier in die Welt setzt, Anatolien wird euch die Philosophie nicht zurückgeben. Denn es hat sie geschluckt. Hat sie in seine Erde gemengt, Blumen zum Blühen, Bäume zum Wachsen gebracht. Eure Geschichte ist vor Christus geblieben. Sie kommt nicht zurück. Egal wie viele Menschen ihr hier tötet, *Archē* wird euch ihr Antlitz nicht zeigen! Egal wie viele Frauen ihr vergewaltigt, Heraklit wird sich nicht im Grab umdrehen. Denn sie liegen alle viel zu tief, als dass ihr ihnen noch wehtun könntet. Zwischen eure Ahnen und euch hat sich die Erde gedrängt. Hat sich Anatolien gelegt. Zu spät. Sie gehören jenen, die um sie wissen, nicht jenen, die sie durch Krieg erobern wollen! Wenn ihr dermaßen darauf besteht, eure eigene Realität zu finden, dass ihr bereit seid, dafür Massaker zu begehen, schaut doch einmal in die vorhumane Ideengeschichte! Vielleicht findet ihr dort etwas …

Ich redete, Soldat. Mit mir selbst. Gehen und reden. In immer dieselbe Richtung. Die Sonne ging in meinem Gesicht auf, mein Rücken blickte zur Nacht. Ich schlief in Höhlen, aß, was ich fand. Was Anatolien gab …

Ich sah die Flüchtlinge. Schatten auf den Wegen in der Ferne, im ersten Morgenschummer. Kopflose Schatten. Alle mit dem Kinn auf der Brust. Ich sah Menschen, die nichts mehr hatten, wohin sie hätten schauen können, außer ihre bloßen Füße. Gebeugte Schatten, die Karren mit Steinrädern zogen. Alle am Horizont. Silhouetten von Menschen und Tieren. Sich voranschleppende Flüchtlingskarawanen. Vor der Besatzung Fliehende. Ohne Dörfer, ohne alles. Sie gingen. Ich dagegen ging in die Richtung, aus der sie kamen. In Richtung Besatzung. In Richtung einer Stadt, deren Atemluft gefangen genommen worden war …

Vielleicht eine Woche später, vielleicht noch später … Als ich Eskişehir erblickte, standen meine Füße im Schlamm, mein Rumpf am Saum des Berges Türkmen. Die Engländer waren vor mir da. Ich wusste es. Ich war zu spät gekommen zum Rendezvous. Auch das wusste ich.

Ein bedauernswerter Verlierer des Großen Kriegs war das Osmanische Reich, Soldat. Selbst für jene, die nicht an der Front waren, ist ein verlorener Krieg eine heftige Ohrfeige. Ein derartiger Schlag, dass dir alles wehtut außer deiner Wange. Dein Herz, dein Hirn, deine Lunge. Die Tränen deiner Augen sickern dir in den zum Schrei aufgerissenen Mund. Du schluckst deine eigenen Tränen. Manche schlucken sie herunter, andere spucken sie aus. Ein verlorener Krieg zwingt die Daheimgebliebenen zum Blick in den Spiegel. So dringend, dass sie den Spiegel am liebsten zerschlagen und sich umbringen würden … Selbst wenn du ein Ringer bist, der die Welt zu Fall bringt, knickst du ein, als wären dir die Knie durchtrennt. Der Staat ist ein Gebäude, das allein das Volk unter sich begräbt, wenn es einstürzt. Die einzige Leiche unter den Trümmern ist die des Volkes. Die Herrschenden dagegen feilschen um ihr Leben. Schachern ums Überleben. Ein widerliches Gezerre. Es ekelt an, wer es miterlebt. Der Schachergeruch setzt sich in den Beteiligten derart fest, dass sich noch sieben folgende Generationen die Nase zuhalten. So roch es damals in osmanischen Landen. Schlimmer als Tierdung. Zeitung lasen die Menschen mit der Hand vor dem

Mund, sie hielten schwer an sich, um sich nicht zu übergeben. Der französische Premier Clemenceau sagte, Istanbul sei zu kostbar, als dass man es den Türken überlassen könne, denn was auch immer die Türken im Laufe der Geschichte erobert hatten, hätten sie vernichtet, und die Menschen lasen es. Als Großwesir Damad Ferid auf der Pariser Friedenskonferenz erklärte, die Zerschlagung des osmanischen Territoriums sei unmöglich, entgegnete der amerikanische Präsident Wilson: »So etwas Dummes habe ich noch nie gesehen«, und die Menschen lasen es. Mustafa Kemal nahm seinen Abschied von der Armee, ein paar Wochen darauf wurde seine Verhaftung gefordert, doch die Menschen lasen es nicht mehr. Denn jetzt benutzten sie die gefalteten Zeitungen dazu, die Gebäude in Brand zu stecken, in denen die Besatzungssoldaten schliefen. So stellte sich die Lage zumindest in Eskişehir dar.

Ein verlorener Krieg bedeutete zwar, Jungs, die nicht eine Kugel abgeschossen hatten, einen Ring durch die Nase zu ziehen, doch Eskişehir wehrte sich. Denn es gab einen Mann. Einen Namen. Einen sonderbaren Mann. Einen Soldaten, dessen Gesicht ich erstmals 1915 in der Zeitung gesehen hatte …

Mustafa Kemal. Er versenkte Admiral Carden in den Dardanellen, drei Tage nachdem dieser Marineminister Churchill telegrafiert hatte: »Wenn das Wetter mitspielt, sind wir in höchstens zwei Wochen in Istanbul.«

Das Foto habe ich genau vor Augen. Seine Haltung, seine Blicke. Ich war fünfzehn. Was ich gesehen hatte, beeindruckte mich derart, dass ich ihn am liebsten sogleich aufgesucht hätte, um Bekanntschaft zu machen. Kennenlernen, reden, und seien es nur ein paar Sätze. In Erfahrung bringen, was er dachte. Seine Stimme hören. Fragen, welche Bücher er las. Ich wollte mit diesem großen Soldaten, der eine gewaltige, als unbesiegbar geltende Armee geschlagen hatte, befreundet sein. Denn ich hatte es gesehen. Auf jenem Foto hatte ich den Kameraden erkannt, nach dem ich suchte, mein Ebenbild. Hatte begriffen, dass ich ein überragendes Genie anblickte, das nicht bloß das Leben, sondern auch die Zeit umkehren würde. Und es nie wieder vergessen. Weder im Hof der Hochschule noch am Skagerrak.

Als ich in Eskişehir ankam, erfuhr ich, dass der Mann auf dem Foto mich nicht genarrt hatte und sich anschickte, in Anatolien einen Staat zu gründen. Ja, Soldat, mit sechsundzwanzig verzichtete ich auf mein Leben, um ihn zu töten, mit neunzehn aber hätte ich für Mustafa Kemal mein Leben gegeben. Auf ein einziges Wort von ihm hin wäre ich nach England gefahren und hätte dem Kerl namens Lloyd George mein Messer in die Stirn gerammt. Denn Mustafa Kemal war mein Held. Ich war ohne Helden aufgewachsen, all die in mir aufgestaute Bewunderung suchte nach einem Meer, in das sie sich ergießen könnte. Mustafa Kemals Augen und dieses Meer blickten in derselben Farbe. Er fürchtete den Tod so wenig wie ich. Nichts und niemand zählte für ihn. Er war ein wahrer Anarchist! Er stützte sein Leben auf eine Kugel und akzeptierte kein System, dessen Fundament aus Zeiten vor ihm stammte. Es ging ihm darum, alles, was andere vor ihm begründet hatten, zu zerstören. Er stand auf niemandes Plan. Er war niemandes Spielzeug. Ungewiss, was er in der nächsten Sekunde tun würde. Damals war Mustafa Kemal für mich ein Kunstwerk. Das perfekte Ergebnis der über Generationen destillierten Menschheit. Um eines einzigen perfekten Menschen willen hunderttausend lausige Generationen! Er war die Inkarnation aller großen Geister, deren Bücher ich bis dahin gelesen hatte. So inspirierend war er, dass es reichte, seinen Namen zu wispern, um ängstlich verriegelte Türen zu öffnen. All dies ließ mich meine irreparable innere Zersplitterung vergessen und fügte mich zusammen …

Eine Stadt besetzen heißt, in ihren Häusern schlafen. Heißt, den Eigentümern der Häuser den Kopf abschlagen und seinen Kopf auf ihre Kissen legen. Heißt, sich in das Bett legen, das noch die Wärme seines toten Besitzers birgt, und schlafen.

Im Bett meines Vaters lagen schottische Soldaten. Die zweigeschossige Holzvilla hatten sie in einen Schlafsaal umfunktioniert. Bei der zweiten Runde ums Haus, erkannte ich sie an ihrem Akzent. Schotten kannte ich aus Danzig. Aus einer in Whisky versenkten Bar, auf deren Schild *Albion* stand. Sie plapperten, soffen und prügelten sich. Waren sie nicht länger in der Lage, sich zu prügeln, plapperten sie weiter. Werftarbeiter allesamt. Sie gehörten nicht zu den Schotten im Kilt, die gegen die Deutschen kämpften. Es handelte sich um eine Handvoll Verräter. Verräter, die ihren Beruf gegen Geld an den Feind verkauft hatten. Vielleicht soffen sie so viel, um diese Tatsache zu vergessen. Einer aber war anders als die anderen: Wallace. Wallace die Nase, nannten sie ihn. Denn in seinem Gesicht fehlte die Nase. Sie war ihm bei einem Streit abgebissen worden. Geblieben waren nur zwei Löcher und eine grässliche Fratze. Eine Fratze, die beim Atmen Tierlaute von sich gab. Eine Fratze, die dampfte, als würde sie brennen, wenn er rauchte.

Weißt du, was ihn von den anderen unterschied? Wenn er nüchtern war, versuchte er, eine Bombe zu bauen.

»So was war noch nie da! Wenn die hochgeht, wird Danzig einen anderen Namen bekommen«, sagte er.

Er trug Material für die Bombe zusammen, zeichnete auf die feuchten Tische im *Albion* Pläne vom Mechanismus. Um den Moment der Detonation zu illustrieren, riss er jäh die zusammengelegten Hände hoch und fächerte sie wie Palmenblätter auf. »Genau so!«, meinte er. »So geht sie hoch! Bumm!«

Nases einziges Problem war, sich nicht entscheiden zu können, wen er in die Luft jagen wollte. Er schwankte zwischen Kaiser Wilhelm und dem *Albion*. Er wusste einfach nicht, wer mehr Schaden anrichtete. Seine besoffenen Verräterlandsleute im *Albion* oder der Narr Wilhelm?

Eines Tages verkündete er, seine Entscheidung getroffen zu haben. Das *Albion* würde in die Luft gehen. Das aber reichte Nase noch nicht. Er selbst würde darinsitzen. So lautete der Beschluss des großen Bombenbauers. »Hier«, sagte er. »Mit mir. Heute Nacht.«

»Bist du sicher?«, hakte ich nach. »Überstürz es bloß nicht«, empfahl ich und lachte. Die nasenlose Fratze wurde noch hässlicher, er stierte wie ein stumpfes Messer auf meine Nase und verkündete sein letztes Wort:

»In meiner Sprache gibt es ein Sprichwort: Dummköpfe schauen auf morgen, Weise nutzen heute Nacht.«

In jener Nacht öffneten sich sämtliche Türen, vor denen ich »Mustafa Kemal« flüsterte, und gemeinsam mit denen, die öffneten, brannte ich das Haus meines Vaters nieder. Mit vierzehn schottischen Soldaten darin. An die Mauer gegenüber schrieb ich mit Kalk:

Fools look to tomorrow. Wise men use tonight.

Anschließend fand nie wieder ein schottischer Soldat in Eskişehir Ruhe auf seinem Lager. Vor lauter Wacheschieben im Garten fehlte dazu die Gelegenheit. Als sie etliche Tausend Kilometer fern der Heimat ihr eigenes Sprichwort an der Mauer sahen, erkannten sie, dass eine Stadt zu besetzen auch bedeutete, dort begraben zu werden. Jeder Tag, den sie in der Stadt verbrachten, vertiefte ihre Gräber. Denn Eskişehir setzte sich zur Wehr. Das war natürlich nicht einfach. Zu denen, die Widerstand ablehnten, gehörte einer, der des Feilschens ums Überleben müde geworden war: Statthalter Hilmi aus Serez. Ein Mann von Damad Ferids Freiheits- und Einigkeitspartei. Keine fünf Taler wert. Ein Typ, der in Eskişehir noch unbeliebter war als die Briten. Ein Typ, der mehr als alle Briten den Tod verdient hatte. Ein Typ, der das Blut seiner eigenen Leute verhökerte. Mit seinem Nachrichtendienst versuchte er, alle Widerstandsbewegungen zu ersticken. Denunzianten versprach er die Ehefrauen der Widerständischen. Er war der barbarischste Kollaborateur der Welt. Ein armer Tropf, der nichts anderes zu tun hatte, als mithilfe eines Dolmetschers namens Kemal, einem Legionär aus Zypern, mit den Briten zu verhandeln.

Ja, Soldat, damals gab es unter den Besatzern von Eskişehir Zypern-Türken. Der Krieg ist eine seltsame Angelegenheit, nicht wahr? Wie dem auch sei …

Natürlich ging es allen um den Bahnhof. Die Briten hielten ihn. Mein Vater und mein Bruder wurden im Depot unmittelbar neben dem Bahnhof festgehalten. Es wurde jetzt als Gefängnis benutzt. Da saß, wer von der Straße geholt worden war. Zunächst suchte ich Vaters Freunde auf. Mit mir hatte keiner gerechnet.

»Deinen Vater und Fazıl haben sie wegen der Haussache eingesperrt. Dein Vater wollte das Haus nicht hergeben. Dann sterben wir lieber, sagten sie. Aber die Engländer sind noble Leute! Sie beließen es beim Verhaften. Vielleicht besser so. Hier sterben jeden Tag Menschen. Es ist unsicher auf den

Straßen. Das Depot, in dem sie stecken, ist der einzige sichere Ort. Und wie kommst du dazu, dein Studium abzubrechen und herzukommen? Du kannst gar nichts tun!«, wetterten sie. Ich fragte nach Mutter.

»Sie ist in Trabzon, bei deinem Onkel«, gaben sie Auskunft. Als ich nach meinem ältesten Bruder fragte, lautete die Antwort: »Er ist Statthalter in Malatya geworden. Geh zu ihm, bleib nicht hier. Er versucht, über Istanbul etwas zu erreichen. Dein Vater und dein Bruder hier kommen bald frei. Geh du zu ihm.« Sie beharrten darauf.

Mein lieber großer Bruder Faik. Er war sechzehn Jahre älter als ich. Vater wurden die Augen feucht, wenn er vom prachtvollen Werdegang seines Sohnes erzählte. Mein Onkel Receb Fehmi hatte ihn eigenhändig nach Istanbul gebracht, in der Şekerci-Herberge im Malta-Basar im Stadtteil Fatih einquartiert und an der Zentralen Höheren Lehranstalt Fatih eingeschrieben. Von dort war er auf das Vefa-Lyzeum gewechselt. Als ich alt genug war, um ihn bewusst zu erleben, hatte er gerade die Großherrliche Hochschule für Verwaltungsbeamte absolviert. All die Jahre hatte er in einem Herbergszimmer verbracht und der Familie nie Probleme gemacht, bei seinen Besuchen daheim hatte er immer nur Erfolge zu vermelden. In der Vitrine im Wohnzimmer stapelten sich seine Belobigungsschreiben. Für die Uhr, die der Sultan ihm verehrt hatte, weil sein Name auf dem Vefa alljährlich auf der Bestleistungstafel stand, war gar kein Platz mehr. Als er sah, dass ich seine Briefe nicht beantwortete, ließ er mich in Ruhe. In seinem letzten Brief stand, er sei zum Statthalter von Kirkuk ernannt worden. Ein idealer Staatsmann. Ein idealer Osmane. Ein Mann, der keinen Zweifel kannte. In jeder Hinsicht das Gegenteil von mir!

Es gab stets eine Distanz zwischen uns, vermutlich wegen des Altersunterschieds oder weil ich so verrückt war. Ich wollte nicht nach Malatya und sein Leben auf den Kopf stellen. Wollte mit meinem beschädigten Verstand dort nicht seinen Ruf schädigen. Denn ich wusste, dass ich nicht stillhalten würde. Dass meine Wut nicht verrauchen würde. Denn ich war kein Staatsmann. Ich war kein Mann irgendeines Staates. Politik war für mich theoretische Gymnastik. Keine Realität. Als ein Mann, der sich gegen das Leben und die Menschheit zur Wehr gesetzt hatte, stand ich aufseiten derer, die sich gegen den osmanischen Staat im Namen der Unabhängigkeit auflehnten. Das würde Faik nicht verstehen können. Es gab keine Chance, die Sommer, die wir im Städtchen Atina im Sandschak Lazistan verbracht hatten, zurückzubringen. Aus großer Höhe fallen gelassen waren mein Bruder Faik und ich heute weit voneinander entfernt.

Statt nach Malatya zu reisen, würde ich in Eskişehir bleiben. Würde mich sämtlichen Banden anschließen und bei allen voranmarschieren, die gegen die Briten zogen. Und das tat ich, denn allein würde ich Vater und Bruder nicht befreien können. Auch ich wartete. Mit enormer Geduld. Man sollte Geologen nach dem Härtegrad des Steins der Geduld fragen. Fragen, wie lange man Hass erträgt. Vielleicht ist er ein Sprengsatz mit Zeitzünder. Wenn seine Stunde kommt, geht er in die Luft.

Ich würde warten, nur wie? Unmöglich, dass die Briten mich in der Stadt, die vom Staub des Aufstands überzogen war, nicht bemerkten. Es galt, mir unverzüglich einen Job zu besorgen. Eine Arbeit, die mich so unsichtbar machte, dass sie mich vor britischen Augen schützte. Unsichtbar und sicher. Meine bruchstückhaften Kenntnisse in Sachen Schiffbau nützten rein gar nichts. Ich pendelte zwischen Verzweiflung und Hunger, bis ich Rudolf Müller begegnete, dem Verwalter der Deutschen Schule. Damals gab es zweierlei Schulen in Eskişehir: türkische Schulen und die der anderen. Griechische, deutsche und armenische. Naturgemäß hasste Rudolf die Engländer, er war so sentimental, dass ihm vor Aufregung das Monokel aus dem Auge fiel, als er hörte, ich sei am Skagerrak dabei gewesen. »Sofort«, sagte er, als er hörte, ich sei auf Arbeitssuche.

»Komm zur Schule. Werd Lehrer. Deutschlehrer. Es gibt auch Unterkunft in der Schule. Du beziehst eine der Kammern unter dem Dach.«

Nur in einer Region, die einen Krieg verloren hatte, war es möglich, sich in die Obhut des deutschen Imperialismus zu begeben, um sich vor dem britischen zu verbergen. Um nachts meinen persönlichen Kampf weiter auszufechten, war es eine gute Idee, in der deutschen Schule unterzuschlüpfen.

Die Kinder in meiner Klasse hatten Väter, die sich verrechnet hatten. Die Ärmsten waren davon überzeugt gewesen, dass die Deutschen den Krieg gewinnen würden, und hatten als politische und ökonomische Investition entschieden, ihre Söhne in deutscher Kultur zu erziehen. Das Ergebnis war dramatisch. Ein Junge, der Goethe kannte, war jetzt wertlos. Denn nun herrschte die Ära Shakespeare. Da auch nicht klar war, wann der nächste große Krieg ausbrechen würde, rannten sie in der Reue, aufs falsche Pferd gesetzt zu haben, Rudolf die Tür ein, um ihre Kinder von der Schule zu nehmen. Mich verdross indes mit jedem Wort, das ich lehrte, die deutsche Sprache mehr, ich wartete nur auf den Tag der Vergeltung.

Da kam Nachricht von Ali Fuat Pascha. Von Ankara aus war er nach Sivrihisar gelangt. Mit dem 20. Armeekorps im Gefolge. Er kabelte. Telegramme, die sich von Ohr zu Mund verbreiteten. Telegramme, die Hilmi anwiesen, Befehle der Istanbuler Regierung zu verweigern. Auch den Briten drohte Ali Fuat Pascha: »Es handelt sich um eine Angelegenheit zwischen uns und den Osmanen, haltet euch da raus!« Alarmiert von den Geräuschen der Truppen, die bereits in Kütahya standen, erklärten die Briten sich einverstanden. Hilmis Aufschrei, ihn nicht mit den Barbaren allein zu lassen, entgegneten sie mit der ihnen eigenen Höflichkeit: »Es handelt sich um eine interne Angelegenheit zwischen euch.«

Die englische Höflichkeit ist extrem überschätzt, Soldat. Der einzige höfliche Mensch auf der grauen Insel war William Blake. Seine außerordentliche Höflichkeit reichte für alle Engländer, die nach ihm lebten.

Die Regierung unter Damad Ferid trat zurück und den Posten des von den Briten im Stich gelassenen Hilmi übernahm Çolakoğlu Sabri von den nationalen Widerstandstruppen. Jedes Stück Stadt stand unter der Herrschaft einer anderen Macht. Die Viertel waren geteilt, die Engländer stapelten sich allmählich in den Gräbern. In den Wochen, die ich tagsüber als Lehrer, nachts als Aktivist verbrachte, lernte ich sämtliche Widerstandskämpfer von Eskişehir kennen. Die Gesellschaft zur Verteidigung des Rechts war gegründet worden und sammelte Geld, um Milizionäre zu bewaffnen. Die Genossenbande, die Rote Armee und jeder, der eine Waffe in die Hand bekam, bemühten sich nach Kräften, die Briten aufzureiben. Den Bahnhof aber hielten sie nach wie vor. Ebenso das Depot. Meinen Vater hatte ich weder sehen noch ihm Nachrichten senden können, dass ich in der Stadt war. Dabei gierten meine Hände nach Wärtern zum Erdrosseln …

Eines Nachts erzürnte meine Hilflosigkeit mich dermaßen, dass ich mit der Waffe eines Rebellenhauptmanns aus Aydın auf die Straße lief. Wen oder was ich suchte, wusste ich nicht. Ich schlich durch die düstersten Gassen. Auf einmal hörte ich ein Kind greinen. Ich folgte dem Laut. Zunächst bog ich in eine enge Gasse ein, dann in eine weitere, die mich auf die Hauptstraße führte. Es war, als riefe das Kind mich. Hörte ich es nicht, glaubte ich, es verloren zu haben, wimmerte es erneut. Ich überquerte die Straße und tauchte erneut in eine von Finsternis verschleierte Gasse ein, als ich sie sah. Den Jungen und den Mann, der ihn mit sich zerrte. Vermutlich der Vater. Kaum dachte ich: »Was habe ich hier zu suchen?«, hob der Mann die Hand, um den auf Knien mitgeschleiften Jungen zu ohrfeigen, und ich sah sein Gesicht.

Ich zögerte nicht. Für den Knirps hatte ich keinen Blick. Ich zog die Waffe und richtete sie auf die Schläfe des Mannes. Eine einzige Kugel. Eine einzige scharfe Kugel. Er ließ die Hand des Jungen nicht los. Er stürzte, mit dem Vater gemeinsam. Jetzt weinte er nicht mehr. Er wandte den Kopf und starrte mich an. Er grub sich mein Gesicht ins Gedächtnis. Er würde nicht vergessen. Den Mann, den er mit seinem Weinen gerufen hatte, würde er am selben Tag töten, da er alt genug war, eine Waffe zu halten. Wo auch immer ich sein mochte, er würde mich auftreiben und seinen Vater rächen. Er weinte nicht mehr, er zitterte. Während das Haupt seines Vaters einer verlassenen Insel gleich im Blutsee ruhte, blickte mich der Junge an. Ich schaute zurück. Ich wusste, was er fühlte. Als jemand, der Vergeltung für seinen Vater geschworen hatte, wusste ich haargenau, was er in jenem Augenblick empfand. Deshalb sprach ich ohne mit der Wimper zu zucken:

»Mein Name ist Ziya Hurşit. Komm vor meinem Lebensende, wenn du kannst.«

Ich warf einen letzten Blick auf Hilmi, der einst Statthalter von Eskişehir gewesen war, und ging davon. In jener Nacht kühlte ich mein Fieber mit Hilmis erkaltendem Leichnam, im Gedenken an Blake: »Wer begehrt und nicht handelt, brütet Pestilenz aus.«

Doch es war nicht genug. Nichts war genug. Weder an Mauern zu schreiben noch Hilmi zu töten noch die Arsenale der Briten zu plündern, noch schottische Soldaten zu verbrennen. Nichts davon hatte genügt. In meiner Dachkammer in der Schule konnte ich an nichts anderes denken als daran, meinen Vater und meinen Bruder Fazıl zu befreien. Ich musste einen Weg finden. Einen Weg, sie herauszuholen. Ungewiss, wann Ali Fuat Pascha Eskişehir einnehmen würde. War ich allein, hielt ich mir Mutters Brief vor das Gesicht und biss ins Papier. Jedes Mal verengten sich meine Augen mit Tränen, wenn sie den Satz »Sie haben deinen Vater und Fazıl verhaftet« lasen. Ich dachte an Wallace die Nase. An den Tag, an dem er das *Albion* in die Luft gejagt hatte. Mit sich selbst darin. Auch ich, sagte ich mir, auch ich muss das tun. Bleiben sie zwischen vier Wänden gefangen, wäre besser, wenn sie mit mir zusammen sterben! Dann verwarf ich den Gedanken wieder. Das geht nicht, sagte ich mir. Es muss einen anderen Weg geben! Vater umbringen, um ihn zu befreien, welch ein Unsinn! Ich war unfähig, einen klaren Gedanken zu fassen. Jede Nacht träumte ich vom Depot, erwachte mit Vaters Antlitz vor Augen. Ich meinte, Verrat zu üben. An allem und jedem. An meinem Schwur, meinem Vater, Fazıl, mir selbst …

Schließlich, Soldat, war nicht ich es, der meinen Vater und meinen Bruder befreite. Dabei war ich zu diesem Zweck etliche Tausend Kilometer gereist, hatte dazu *Ecce Homo* gestohlen und Menschen getötet, nur um den Schmerz der Wut zu stillen. Doch es war mir nicht gelungen, sie zu befreien. Ich war nicht in das von einem britischen Bataillon gesicherte Depot eingedrungen, um sie herauszuholen. Das taten andere.

Nur wenige Sätze fehlten, bis die Kinder in der Schule vernünftig Deutsch konnten, da stand im März des Jahres 1920 das 189. Infanterieregiment der 24. Division in Eskişehir und die Briten flohen. Ohne einen einzigen Schuss. Sie ließen das Depot stehen und machten sich aus dem Staub, noch bevor ich einen Wärter zum Erdrosseln hatte finden können.

Als ich meinem betagten Vater die Hand küsste, war mein Kopf allein von meiner kastrierten Rache erfüllt. Derart aufgebracht war ich, dass ich keinen Funken Freude empfand. Derart aufgebracht, dass ich fortan mit niemandem mehr sprach. Derart aufgebracht, dass ich nichts fühlte, als die Gesellschaft zur Verteidigung des Rechts mich zum Abgeordneten von Lazistan wählte. Rein gar nichts …

Du kannst denken, ich wäre starrsinnig, verbohrt oder psychisch krank. Kannst sogar denken, ich wäre tatsächlich ein schlechter Mensch. Ein Möchtegern. Doch so war ich. Nicht mehr und nicht weniger …

Man kannte meine Taten im Widerstand und meine Bildung und hatte der Gesellschaft für die Verteidigung des Rechts in Rize von mir berichtet, so stand mein Name plötzlich in der Reihe der fünf Abgeordneten, die aus meinem Heimat-Sandschak Lazistan nach Ankara entsandt wurden. Ohne mit der Wimper zu zucken, hatte ich das Haus meines Vaters niedergebrannt und in Zeiten, da man sich fürchtete, aus dem Fenster zu schauen, auf der Straße Besatzer gejagt. Das hatte mir einen gewissen Ruhm eingetragen. Man schien in mir einen wahren Kämpfer für die Unabhängigkeit zu sehen, sodass man verdrängte, dass ich erst zwanzig Jahre alt war. Denn das Mindestalter für Abgeordnete war dreißig. »Kein Problem«, hieß es. »Wir machen dich älter.« Und das taten sie. Sie trugen 1890 als mein Geburtsjahr ein und schickten mich nach Ankara. Zehn Jahre! Meines Erachtens hätte man mich hundert Jahre älter machen müssen! Denn ich fühlte mich älter als sie alle. Ich war um mindestens zwanzig Kadaver erfahrener als die Männer in der Organisation, die vom Schreibtisch aus Geld und Munition verteilten.

Später reiste ich mit Vater in die Heimat und versuchte herauszufinden, was dort vor sich ging. Rize, Trabzon, Samsun, Ordu, Giresun, überall tat ich mich um. Bevor ich nicht in jedem von Elend und Krieg betroffenen Dorf eine Nacht verbracht hatte, wollte ich nicht nach Ankara zurück. Und so hielt ich es. Sollte ich Abgeordneter sein, dann musste ich die Menschen kennen, für deren Rechte ich mich einsetzen würde …

In Ankara angekommen täuschte mich nicht, was ich sah. Eine Horde Ungebildeter hatte sich um ein paar kluge Köpfe versammelt und spielte Parlament. Sie kleideten sich wie Parlamentarier und versuchten, auch so zu sprechen. Jeder hatte zu allem eine Meinung. Sie strebten danach, sich wie Abgeordnete unabhängiger Parlamente zu benehmen, die sie in Büchern abgebildet gesehen hatten, wirkten aber lächerlicher noch als Grosz' Karikaturen. Alle waren sie da. Imame, Scheiche, Vertreter des Komitees für Einheit und Fortschritt, Gecken, die ihr Studium in Europa vor ein paar Wochen absolviert und es irgendwie nach Ankara geschafft hatten, ohne einen einzigen Schuss abgefeuert zu haben, aus der Istanbuler Abgeordnetenversammlung Geflohene, Offiziere, die Staub und Rauch des Kriegs geschluckt hatten, blitzgescheite Intellektuelle … Ein Festival der politischen Identitäten!

Arm in Arm drehten sie Runden im Park des Parlamentsgebäudes und linsten aus den Augenwinkeln zu Mustafa Kemal hinüber. Es gab Schafe auf der Suche nach einem Hirten unter ihnen, die den Absprung von der Untertanenmentalität noch nicht geschafft hatten, auch wenn das Sultanat nur noch die Größe eines Istanbuler Stadtteils hatte. Nach dem Motto »Wer ist hier der Sultan« suchten sie einen Mann, vor dem sie sich beugen könnten. Um zu erkennen, dass Unabhängigkeit im Kopf begann, mussten sie noch mindestens zehn Mal sterben und elf Mal wiederauferstehen. Für die Soldaten aber hatte ich Verständnis. Die Bewunderung in ihren Blicken war human. Es war die Hochachtung für einen großen Kämpfer.

Der Mann, dessen Foto mich vor Jahren euphorisiert hatte, war indes anders als alle anderen. Ihm war die Unabhängigkeit angeboren. Er hatte seine Freiheit nicht gewonnen, sondern sich zurückerobert. Und zwar nicht allein von der Istanbuler Regierung, sondern von der ganzen Welt. Von allen Armeen der Welt. Im Parlamentspark war er an jenem Tag der einzige wahrhaft freie Mensch. Denn auch ich war jemandes Sklave. Sklave meiner selbst.

Ich brannte darauf, Bekanntschaft mit ihm zu machen. Mir ist im Gedächtnis geblieben, dass ich gereichte Hände schüttelte, ohne ihre Besitzer eines Blickes zu würdigen, und mich zu ihm vorarbeitete. Er trank Kaffee. Er saß in einer Ecke des Parks und sah, woran auch immer er denken mochte, auf den Boden. Er war in Gedanken versunken. Die Männer bei ihm flüsterten miteinander, pflegten Lobbyarbeit vor einem noch nicht eröffneten Parlament. Ein paar Schritte vor ihm blieb ich stehen und brüllte. Brüllend, sodass die Umstehenden auffuhren, stellte ich mich vor.

»Ziya Hurşit, mein Pascha. Abgeordneter des Sandschak Lazistan, Ziya Hurşit. Ich stehe Ihnen zu Diensten.«

Er löste sich aus seiner Versunkenheit mit einer Gelassenheit, die mir sofort klarmachte, dass ich ihn niemals würde verblüffen können. Selbst Jahre später, als er sagte: »Das hätte ich nicht von Ihnen erwartet«, bewahrte er seine Gelassenheit, sodass mir der Augenblick unserer ersten Begegnung wieder einfiel.

»Sie sind also der berühmte Ziya Hurşit. Wie jung Sie sind. Willkommen in Ankara.«

So fing es an. So fing alles an. So lernte ich meinen Helden kennen. Indem ich mich ihm zur Verfügung stellte. Plötzlich. Brüllend. Mit zwanzig …

Als er erfuhr, dass ich in vier Sprachen lesen und schreiben konnte, ließ er mich rufen, noch am ersten Abend unserer Bekanntschaft machten wir uns an die Arbeit. In der Amtsstube des Parlamentspräsidenten schrieben wir Dutzende Seiten. Gegen Morgen gingen wir auseinander und fuhren am nächsten Tag fort. Sowie am Tag darauf und am Tag darauf. Wir arbeiteten die interne Satzung aus. Er verlangte, dass ich Texte auf Französisch, Englisch und Deutsch über die Arbeitsweise verschiedener Parlamente übersetzte. Ich hatte mir in einem Hotel nahe des Karaoğlan-Platzes ein Zimmer genommen. Nur zum Schlafen. Ansonsten verbrachte ich Tage und Nächte ausschließlich im Parlament.

Eines Nachts, als uns vor lauter Arbeit die Augen brannten, sagte er: »Ruhen wir ein wenig aus.« Da unterhielten wir uns wohl zum ersten Mal tatsächlich miteinander. Er bat mich zu erzählen, was ich mein Leben lang getan hatte, bevor ich ihn traf. Bis auf *Ecce Homo* berichtete ich nahezu alles. Insbesondere, wie sehr es mich verdrossen hatte, meinen Vater nicht persönlich befreit zu haben. Er sagte, er könne das nachvollziehen. Ja, Soldat, das sagte er.

»Ich kann dich verstehen.«

Mir fällt schwer, jenen Moment zu beschreiben. Ich stand einem Menschen gegenüber, der etwas derart Verrücktes verstehen konnte. Einem, der mich verstand. Und das, obwohl wir uns noch eine Woche zuvor gar nicht gekannt hatten. Er wusste über mich nur, was ich selbst erzählt hatte und was geredet wurde. Ich hatte mich nicht getäuscht. Der Mann, der mir gegenüber saß, war mein Kamerad. Mein Ebenbild. Er wusste, was Wut ist. Er wusste, was es bedeutete, wegen eines Flohs nicht die Bettdecke, sondern das ganze Haus niederzubrennen und es keinesfalls zu bereuen. Das las ich in seinen Augen.

Für die Eröffnung des Parlaments hatte er den 22. April vorgesehen. Ein Donnerstag. Doch die Horde Ungebildeter in seinem Umkreis fürchtete, die Frommen, die jeden seiner Schritte mit Skepsis beäugten, könnten ihm das verübeln. Männer, die aus Sorge, die Scharia ginge flöten, keinen Schlaf fanden, bestanden darauf, es müsse ein Freitag sein.

»Die Volksversammlung muss an einem gesegneten Freitag eröffnet werden!«

Ich lachte natürlich. Die Politik kannte ich ja. Ich dachte, auch er würde sich lachend darüber hinwegsetzen. Doch das tat er nicht. Er nahm ihr Beharren ernst und erklärte sich einverstanden. Vielleicht war er aus diesem Grund Mustafa Kemal. Weil er die größte je da gewesene analytische Intelligenz besaß. Weil er keinen romantischen Geist besaß wie ich, war er Mustafa Kemal. Doch ich entsinne mich auch, ihm tief in mir gezürnt zu haben. Weil er seine Entscheidung revidierte. Wie dem auch sei, es kam der erwartete Freitag.

Die Ankaraner waren zu ihrem Parlament geströmt, das ein Spruch zierte: »Die Staatsgewalt geht vom Volke aus«. Es war ein Moment, in dem die Geschichte ohne Blick zurück einen neuen Weg einschlug. Wir standen auf dem Balkon, beobachteten die Menschen. Eine solche Menge drängte sich vor uns, dass wir uns einige Minuten lang alle gleich fühlten.

Gleich unter uns und mit allen Menschen auf der Welt. Wir spürten, und sei es für wenige Minuten, dass wir den höchsten Punkt erreicht hatten, zu dem die Menschheit aufsteigen kann: den Gipfel des Berges Freiheit. Ich vergaß alles und lachte, sei es auch nur ein paar Minuten lang. Es war wohl der einzige Moment in meinem Leben, in dem ich stolz darauf war, Mensch zu sein. Kein Gedanke an die, die ich getötet hatte, an die Zersplitterung in mir, an Yonina. Ich stand an Mustafa Kemals Seite und wärmte mich am Feuer der Menge. Wer weiß, was er empfand? Wer weiß, was er beim Anblick all der Menschen sah? Verzaubert von der Euphorie der Bevölkerung Anatoliens, für die er sich aufgeopfert hatte, beobachtete er die Hoffnung in den Mienen. In diesen wenigen Minuten strahlte die Hoffnung heller als die Sonne, Soldat. Und wärmer. So real, dass man sie hätte berühren können. Denn das Leben stand still. Es gab keine Zeit außer diesem Augenblick. Weder ein Davor noch ein Danach. Und ich lachte. Mit verschränkten Armen beobachtete ich die stillstehende Welt. Ringsum trugen alle Schwarz, ich dagegen in meinem cremefarbenen Anzug atmete Hoffnung. Kurz darauf wurde mir klar, dass es kein Zufall war. Als wir ins Parlament einzogen, sah ich, dass kein anderer dieselben Farben trug wie ich.

Unter jenen, die wussten, in welche Richtung Europas Blut floss, war ich der Jüngste, also diente ich im ersten Parlamentsjahr der Kommission für Auswärtige Angelegenheiten als Sekretär. Zugleich war ich in den Kommissionen für Haushalt und Grundbuchkataster tätig. Vermutlich weil Mustafa Kemal erkannt hatte, dass ich zu niemandem in irgendeinem Interessensverhältnis stand. So war es tatsächlich. Geld war mir nicht wichtig. Ganz im Gegenteil, ich verabscheute es. Mir wurde speiübel, wenn ich sah, in welche Situationen man seinetwegen geriet. Nach wie vor logierte ich in einem Hotelzimmer und strebte tatsächlich danach, die Staatsgewalt dem Volk zu übergeben. Ist erst mal ein Parlament gegründet, sagte ich mir, dann geht es auch weiter. Ist das Parlament der erste Schritt, wird der letzte eine echte repräsentative Demokratie sein. Daran hatte ich nicht den leisesten Zweifel.

Was mir Sorgen bereitete, waren die anderen, die noch immer in Schwarz herumliefen. Ich verstand das nicht. Sie hatten keine Ahnung, wohin die Welt sich drehte. Sie wussten nur, was das Sultanat ihnen beigebracht hatte. Kenntnisse einer anderen Epoche. Sie merkten es nicht. Weder den Wandel noch sonst etwas.

Monate verstrichen und meine Besorgnis verwandelte sich in Verärgerung. Der geringste Wortwechsel ließ mich aus der Haut fahren. Wir sprachen nicht dieselbe Sprache. Nicht einmal ihre Sprache gehörte ihnen selbst. Sie wussten nicht, worüber sie redeten, waren nur darauf aus, ihre Segel mit dem Wind der herrschenden Macht zu blähen. Sie hatten Mustafa Kemal umzingelt und begonnen, eine Mauer aus Menschenfett um ihn herum zu errichten. In jenen Tagen hätte ich ohne Weiteres jemanden töten können. Doch es ergab sich nicht. Weißt du, wer sie rettete? König Konstantin, der erklärte, er werde weiter Krieg führen, um den Briten zu schmeicheln!

Ja, Soldat, als ich meine von all der Degeneration ringsum müden Augen schloss und wieder aufschlug, stand ich mit der II. Kavalleriedivision auf der Anhöhe von Kazancı und wartete auf die Griechen. In der Inönü-Stellung. Ich hatte mich freiwillig gemeldet, um der Trübsal des Parlaments zu entfliehen. Und natürlich auch, um unter seinem Dach nicht irgendeinen Abgeordneten zu erwürgen. Fünf Tage dauerte die Schlacht. Zwar hatten wir uns von der Westfront kämpfend zurückgezogen, doch da wir kein Territorium verloren und die Griechen gedemütigt hatten, führte das Parlament es als ersten militärischen Sieg. Zu Recht. Denn es war der erste Beweis dafür, dass in Anatolien ein Aufbruch im Gange war. Der Beweis war stark genug, uns die Teilnahme an der Konferenz von London zu sichern. Sein Beitrag zu der Zersplitterung und dem Kampf in meinem Inneren waren ein paar Tage Frontluft, in denen ich mir selbst entkommen konnte. Jene Frontluft, in der man mutterseelenallein dem Tod gegenübersteht, der tausendmal mysteriöser ist als das Leben.

Zurück in Ankara atmete ich einmal tief durch und hatte meine Gelassenheit wieder. Ihr seid mir schnuppe, sagte ich zu den Männern in Schwarz. Ihr geht mich nichts an. Ich sehe und höre euch nicht. Eine Horde Dummköpfe. Nichts anderes seid ihr.

Doch es funktionierte nicht, Soldat. Weder die Tage an der Front noch der Versuch, mir selbst etwas einzureden, fruchtete. Ich fühlte mich wie der einzige Türke in einem Parlament in Afrika.

Der mit den Sowjets unterzeichnete Vertrag von Moskau schlug Batum, das innerhalb der Grenzen des Nationalpakts lag, den Georgiern zu, ich drehte durch. Besetzen wir das sofort, forderte ich, doch niemand hörte auf mich.

Während im Küstenstreifen Menschen Hunger litten, verschwand in Schwarzmeerhäfen angelandetes Maismehl tonnenweise, ich drehte durch.

Nurettin Pascha, der bei der Umsiedlung der Pontosgriechen vom Schwarzen Meer Banden auf sie gehetzt und so dafür gesorgt hatte, dass Rächer später muslimische Dörfer niederbrannten, wurde Befehlshaber der Zentralarmee, ich drehte durch. Noch stieg Rauch aus den Dörfern auf, in denen muslimische Frauen und Kinder abgeschlachtet worden waren, und dieser Nurettin wurde befördert, statt bestraft zu werden, das raubte mir den Schlaf. »Morgen müssen wir uns vor der Geschichte verantworten«, mahnte ich, doch niemand hörte auf mich.

Es wurde darüber beraten, die parlamentarische Anfrage vorübergehend außer Kraft zu setzen, die einzige Möglichkeit, Rechenschaft von der Regierung zu verlangen, ich erklärte, selbst ein Politikgigant wie Aristide Briand, der über zwanzig Mal Ministerämter innehatte, konnte auf Parlamentsbeschluss abgesetzt werden, was eine Ehre für das französische Parlament sei, doch niemand hörte auf mich.

Refet Pascha glaubte, vom Parlament erlassene Gesetze eigenmächtig ändern zu können, und unterzeichnete seine Dekrete mit »Vertreter des Oberkommandierenden«, einem Titel, der nicht existierte, selbst um eine derart offensichtliche Verfehlung zu erklären, musste ich auf Beispiele aus Russland und Deutschland zurückgreifen.

Ein Vertrauensvotum gegen den stellvertretenden Außenminister Mahmut Celal wurde erst negativ und eine halbe Stunde später positiv entschieden, ich drehte durch.

Die Beamten in Anatolien arbeiteten seit sechs Monaten, ohne Gehalt bezogen zu haben, da hieß es, erst müssten jene im nach wie vor besetzten Istanbul und jene, die sich nach Europa fortstehlen wollten, entlohnt werden, wieder drehte ich durch.

In Umgehung des Parlaments wurden Dokumente ausgestellt, die mit »Im Namen des Oberkommandierenden« begannen, als wären wir von einem Reich ins nächste geschlittert, ich drehte durch.

Generäle, die, als sie einst im schlimmsten Mangel kämpften, gesagt hatten: »Uns reicht, was wir haben«, verschwendeten in Zeiten, da die Armee im Wartestand war, das Budget des Verteidigungsministeriums wie Wasser und forderten ständig neue Soldaten, ich drehte durch.

Als sich das Parlament verhob, indem es mit einer Organisationsstruktur nach deutschem Vorbild Offiziere hierhin und dorthin entsandte und Ordonnanzen Sold zahlte, berichtete ich von der Niederlage General Ludendorffs, dem Erfinder dieser Praxis, konnte aber niemanden überzeugen.

Ich pochte darauf, dass alle, die als Staatsanwälte, beisitzende und vorsitzende Richter in den Unabhängigkeitsgerichten tätig wurden, über eine juristische Ausbildung verfügten, und sah, wie man mir ins Gesicht lachte.

Als ich als Beisitzer ins Unabhängigkeitsgericht Yozgat gewählt wurde, die Wahl aber ablehnte, weil ich kein Jurist war, warf man mir Verrat vor.

Die Ausgaben der ins ganze Land entsandten Delegationen der Unabhängigkeitsgerichte wurden nicht bei den Verwaltungsbeamten abgerechnet, da drehte ich erneut durch.

Ich brüllte mir die Seele aus dem Leib, damit die Gehälter der Lehrer, die während der Kriegsjahre tapfer ausgeharrt hatten und jetzt als Architekten der neuen Epoche tätig waren, auf ein menschenwürdiges Niveau angehoben wurden, konnte mir aber im Tumult der auf die Pulte hämmernden Fäuste kein Gehör verschaffen.

Als ich für die universale Praxis eintrat, die innere Sicherheit aus der Obhut der Armee zu nehmen und dem Innenministerium zu unterstellen, beschimpften mich die Generäle.

Als man dafür eintrat, die Schreiben der Abgeordneten zu zensieren, forderte ich: »Zensur muss im ganzen Land abgeschafft werden, nicht nur im Parlament«, und wurde verspottet.

»Solange Istanbul für uns Hauptstadt bleibt, glauben wir weiter daran, die Besatzung durchbrechen zu können«, tadelte ich und erhielt zur Antwort: »Aber dort steht der Feind.« Ich lachte verzweifelt und entgegnete: »Na schön, verlegen wir unsere Hauptstadt auf den Mars, dann findet uns der Feind nicht.«

Die Todesurteile wegen Vaterlandsverrat Abgeurteilter wurden vom Parlament ohne Lektüre der Unterlagen bestätigt, da drehte ich mit meinen ich weiß nicht wie vielen Kadavern wieder einmal durch.

Als ich sagte: »Häftlinge, durch deren Heimatorte Widerstandstruppen gezogen waren, wurden auf freien Fuß gesetzt, um an die Front zu gehen, laufen aber jetzt weiter frei herum, ohne auch nur eine einzige Kugel abgeschossen zu haben, während Häftlinge in anderen Regionen weiter hinter Gittern sitzen. Da muss man etwas tun. Die draußen müssen wieder ins Gefängnis«, fiel man mir ins Wort und versuchte, mich vom Rednerpult zu zerren, ich widersetzte mich.

Das Justizministerium verhängte willkürlich Strafen gegen Beamten und verteilte Gehälter ebenso willkürlich, da drehte ich zum tausendsten Mal durch.

»In diesem Parlament gibt es keine Opposition«, sagten sie, ich hielt dagegen: »Ich bin da!«

Als für den Import von Telegrafen aus Deutschland einhundertfünfundachtzigtausend Lira bereitgestellt werden sollten, vereinfachte ich meine Rede so weit, dass ich nur auf die Mantelpreise und Zollpraktiken in Deutschland einging, dennoch gelang mir nicht zu erklären, dass hier Korruption im Spiel war.

Ich begriff nicht, wie die Kandidaten für Ministerposten auf Befehl gewählt wurden, und stellte fest, dass ich es müde war durchzudrehen.

Bei der Abstimmung über die Abschaffung des Sultanats ging ich in die Geschichte ein, weil ich, allein um meiner Stimme Gehör zu verschaffen, eine von zwei Neinstimmen abgab. Doch die Leute wussten nicht, was Protest bedeutete.

Mit dem Lausanner Vertrag hörten Mossul, Kirkuk, die ägäischen Inseln und Westthrakien auf, türkisch zu sein, und ich brüllte den Generälen zu, die Veteranen des Unabhängigkeitskriegs aber noch nicht um ihre Augen gebracht waren: »Seht ihr denn nicht?«

Nachdem ich jahrelang wie ein wildes Pferd gelebt hatte, war ich zum Denkmal eines Wildpferds im Sitzungssaal des Parlaments geworden. Alles, was ich mit ansah, lud sich mir auf den Rücken!

Delegationen wurden entsandt, um die Rechnung der Gesellschaft zur Verteidigung des Rechts Trabzon in Höhe von 18.000 Lira zu kontrollieren, nachdem etliche Hunderttausend Lira aus dem Parlament verschwunden waren, ich rief: »Hört doch auf damit!«, und dankte Ali Şükrü, der sich hinter mich stellte.

Ich strampelte mich nach Kräften ab, bis Osman der Hinkende, Chef des als Mustafa Kemals Wachmannschaft abkommandierten Truppenteils aus Giresun, Ali Şükrü, einen der wenigen Männer, die sich getraut hatten, im Namen der Opposition zu reden, verschleppte und umbrachte.

Da hielt ich auf einen Schlag inne.

Als es mir zufiel, Ali Şükrüs Leichnam in seine Heimat Trabzon zu überführen, erinnerte ich mich daran, wer ich war. Ich entsann mich meiner selbst, als ich seinen Sarg nach Boztepe brachte. Bei jedem Schritt hob und senkte sich der Sarg auf meiner Schulter, und ich erinnerte mich daran, wer ich war. Woher ich kam. An alles … Jetzt war die Reihe an ihnen. Auch sie sollten lernen. Sollten erfahren, wer ich war. Denn ich war gescheitert. Ich hatte mich nicht in einen Politiker verwandeln können. Vor niemandem hatte ich das Knie gebeugt. Es war mir nicht gelungen, für mich zu behalten, was ich wusste. Dabei hatte ich getan, was ich konnte, um mich mit ihnen zu verständigen. Doch es misslang. Im zweiten Parlamentsjahr hatte Mustafa Kemal die erste Gruppe gebildet und sie Verteidigung des Rechts Anatolien und Rumelien genannt. Die Gruppe wurde zur »ersten«, als eine zweite entstand. Bei den ersten Sitzungen hatte ich sogar die Aufgabe des Sekretärs übernommen. Doch es klappte nicht, Soldat. Nichts änderte sich. Unter einem unabhängigen Parlament verstanden die Leute bloß, Befehlen zu gehorchen. Einen einzigen Schritt der Regierung zu diskutieren, wurde mit Vaterlandsverrat gleichgesetzt. Weder verstanden sie, was ich sagte, noch was sie selbst redeten. Vielleicht aber waren es in Wahrheit gar nicht sie, über die ich mich ärgerte. Der, dem ich zürnte, war in Wahrheit ein anderer. Ein Genie. Ich zürnte einem Genie, das sehr wohl alles bemerkte. Ihm machte ich Vorwürfe. Denn wenn jemandem Vorwürfe zu machen waren, dann Mustafa Kemal. Mein Held! Ich zürnte meinem Helden, der alle Fehler, deren er gewahr wurde, ignorierte, um ans Ende des Tunnels zu gelangen.

Ich hatte es bereits erwähnt. Zwischen mir und analytischer Intelligenz standen Mauern aus Stahl. Ich war ein Romantiker. Und hasste Machiavelli, der predigte, dem Ziel gegebenenfalls alle Mittel zu opfern! Ich war ein Romantiker. Und verabscheute die scharfe Logik Descartes', die den Menschen außer Acht ließ! Ich war ein Romantiker. Und hätte Rousseaus Prinzip der Gewalteneinheit am liebsten genommen und der Schweiz ins Herz geschleudert. Ich war Romantizismus in Person. Und wollte alle Hässlichkeit, vor der Gazi Mustafa Kemal die Augen verschloss, begraben, um sie nie wieder sehen zu müssen.

Natürlich geschah das alles nicht von einem Tag auf den anderen. Nicht an einem Tag ließ ich ab von meinem Helden. Nicht an einem Tag zerbrachen meine Träume. Nicht an einem Tag nahm ich Abstand von Mustafa Kemal. Nicht an einem Tag beschloss ich, ihm nicht länger zu folgen. Ich war ein Romantiker, Soldat. In einer Sekunde beschloss ich, ihn zu töten! In einer einzigen Sekunde!

Erst stieg ich ins Dachgeschoss des Parlaments hinauf und pulte unmittelbar über dem Rednerpult ein Astloch heraus. Ich bohrte ein Loch, in das der Lauf meiner Pistole passte. Und wartete. Wartete darauf, dass er in der üblichen Bank Platz nahm. Am Pult stand jemand von der zweiten Gruppe. Einer der Narren, die glaubten, Opposition bestehe darin, die Regierung zu stürzen und sich selbst an ihre Stelle zu setzen. Ein armer Tropf, der, würde ihm ein Posten in der Regierung ins Maul gestopft, unverzüglich die Klappe hielte. Den Hakenfinger auf Mustafa Kemal gerichtet brüllte er. Ich konnte den Geifer sehen, den er versprühte. Mustafa Kemal blickte zu Boden. Auf den Holzfußboden. Er war in Gedanken versunken. Wie an dem Tag, als wir uns kennenlernten. Er hörte nicht zu. Er hörte nichts. Wer weiß, was ihm durch den Kopf ging? Auch seine Träume waren zerbrochen, genau wie meine. Ich war ein Romantiker, Soldat. In nur einer Sekunde gab ich den Gedanken, ihn zu töten, auf. Dabei hing sein Leben nur noch an der Bewegung eines einzigen Fingers. Ich zog den Lauf aus dem Astloch. Glaubte, ich hätte den Anschlag aufgegeben. Dabei hatte ich ihn nur auf Eis gelegt!

Danach entwickelte sich alles, wie ich es erwartet hatte. Weil es solchen Radau veranstaltete, dass es die sensiblen Ohren der Regierung schädigte, wurde das erste Parlament aufgelöst. Denn es brauchte Hände, die Lausanne akzeptierten. Denn die eine Stimme, nach der man gesucht hatte, obwohl klar war, dass man sie nicht finden würde, hatte man in einem unabhängigen Parlament nicht erhaschen können! Denn man wollte zwar Hunderte Lippen, aber nur einen Mund. Denn man wollte Hunderte Augen, aber nur ein Lid. Denn man wollte Hunderte Abgeordnete, aber nur einen Mustafa Kemal. Man würde ein zweites Parlament einberufen und bekommen, was man wollte.

15. April 1923. Mit verschränkten Armen beobachtete ich die Szenerie. Ein Parlament starb, und ich schaute zu. Beobachtete jene, denen die Augen tränten, und jene, deren Augen vor Lachen schmal wurden. Die Wände des Saales, von dessen Rednerpult ich drei Jahre lang »Wacht auf!« gerufen hatte. Ich weiß nicht warum, doch mir kam Wallace die Nase in den Sinn. Seine prächtige Bombe … Ein paar Monate darauf sollte das zweite Parlament einberufen werden. Schön, doch was sollte da anders sein? Dass es die Republik ausrufen würde? Dass es das Sultanat jener verkünden würde, die das Sultanat abgeschafft hatten?

Ich löste mich von der Wand, an die ich den Rücken gelehnt hatte, und ging los. Auf Höhe der Wandtafel hielt ich inne und musterte sie. Einst hatte ich ein Schema darauf gezeichnet. Um Montesquieus Theorie der Gewaltenteilung den tauben Ohren vor mir zu verdeutlichen. Ich lachte. Wozu, dachte ich. Wozu all die Mühe? Wozu ich, wozu wir, die Abgeordneten, dieses Gebäude? Dann wandte ich den Kopf und las den Schriftzug: Die Staatsgewalt geht vom Volke aus. Wozu du, dachte ich.

Einen Schritt noch wollte ich in Richtung Tür setzen, da fiel mir ein Gedicht von Tevfik Fikret ein.

Der Mensch in seinem Wahn
Schafft seinen Götzen selbst und betet ihn an

Ein Wort fehlte in den Zeilen des Meisters. Ein einziges Wort. Das ergänzte ich. Mit einem Brocken Kreide schrieb ich an die Tafel im großen Sitzungssaal meine Abschiedszeile:

»Ein Volk schafft seinen Götzen selbst und betet ihn an.«

Als ich die letzte Sitzung des ersten Parlaments verließ, sah und hörte ich nichts. Denn ich lauschte noch dem Dichter nach:

Was ist mir jetzt Himmel noch Hölle
Aufs Universum blicke ich und staune
Kenne weder Angebeteten noch wer anbeten lässt …

Als ich mit dreiundzwanzig Jahren mit kaum fünf Kurusch in der Tasche in Istanbul ankam, lag genug für zehn Leben hinter mir. Meine Erschöpfung aber war mit dem Punkt verflogen, den ich hinter jenen letzten Satz gesetzt hatte. Nun war es an meinem großen Bruder Faik, die Familie im Parlament zu repräsentieren. Als Abgeordneter von Ordu zog er dort ein. Mittlerweile fürchtete er sich vor mir. Meine drei Jahre im ersten Parlament hatten gereicht, mich als verrückten Dissidenten abzustempeln. Man scheute sich, mich zu grüßen, und wollte lieber nicht mit mir gesehen werden. Sie hatten recht. Denn so war nun einmal das politische Leben: andere bezichtigen und selbst weiterkommen, indem man sie verleumdete.

Was man auch tat, wie viele Jahre auch vergingen, wie sehr man Zivilisation auf die Fahnen schrieb, die Türkei würde in orientalischer Sultanspolitik stecken bleiben. Unmöglich, dass Mustafa Kemal das nicht erkannt hatte. Zweifellos war auch er sich darüber im Klaren. Er musste verstanden haben, dass nach ihm ein ungeheurer Verfall einsetzen würde und nicht möglich war, in einer einzigen Generation Bewusstsein zu schaffen. Doch auch für Mustafa Kemal gab es kein Zurück. Ich verfolgte seinen Weg über die Presse. Tagtäglich trat er mit einem neuen Konzept vor, kämpfte darum, den Menschen die Augen zu öffnen. Dabei war schon alles vorbei, bevor es noch begonnen hatte. Das Sultanat, das er gestürzt hatte, schnürte ihm unter dem Namen Republik die Luft ab, er war außerstande zu verhindern, dass die Leute ihn wie einen Kaiser behandelten. Was er auch tat, es funktionierte nicht. Jeder wollte einen Mustafa Kemal im Haus. Tausende, Hunderttausende, Millionen Mustafa Kemals. Er dagegen sprach von positiven Wissenschaften. Von Studien, von persönlichen Entdeckungen. Doch niemand hörte es.

Jene, die in der Frühzeit des Parlaments zu allem eine Meinung hatten, hatten jetzt keine mehr zu gar nichts. Ideen waren nur dann vertrauenswürdig und richtig, wenn zuvor Mustafa Kemal sie ausgesprochen hatte. Seine Umgebung hatte die Mauer aus Menschenfett hochgezogen, nun war das Dach an der Reihe. An den Tischen vergossen sie Schweiß, um den Helden, der für die Souveränität des Volkes gekämpft hatte, bei lebendigem Leibe in sich zu begraben und eine Mumie aus ihm zu machen. Man wusste, dass auf Mustafa Kemal Chaos folgen würde, vermied aber jedes Wort darüber. Auch ich mochte nicht mehr reden. Es gab nichts mehr, das ich für das Land, das nun Republik Türkei hieß, hätte tun können. Kein Krieg, in den ich hätte ziehen, kein Besatzer, den ich hätte töten können. Der Tod Ali Şükrüs hatte meine innere Zersplitterung zwar befeuert, doch mein Entschluss stand fest. Es würde mich kaltlassen. Kein Einziger war meine Rache wert …

Als ich mit dreiundzwanzig Jahren mit kaum fünf Kurusch in der Tasche in Istanbul ankam, wusste ich nicht, was ich mit meinem Leben anfangen sollte. Das war ich ja gewohnt. Auch zuvor hatte ich im Dunkeln gelebt und meinen Weg im hellen Schein der Wut gefunden. Ich wollte fort. Wie Jahre zuvor. Verschwinden. Entschwinden wie die großen Dichter, deren Worte ich aufsaugte, ihre Lebensgeschichten endeten mit dem Wort »verschollen«. Über mich sollte es heißen: »Spurlos verschwunden.« Dafür aber brauchte es mehr als die fünf Kurusch in meiner Tasche. Nie zuvor war ich einer Erwerbsarbeit nachgegangen. Lehrer war ich nur um des Unterschlupfes in einer Dachkammer willen geworden. Und Abgeordneter war, im Gegensatz zur Überzeugung der Männer im schwarzen Anzug, kein Beruf. Schon gar nicht, wenn das Wahlverhalten im Voraus feststand. Sein Leben verdienen war etwas für jene, die es irgendwo verloren hatten. Mit mir hatte das nichts zu tun.

Als ich meinem Vater, der noch vor zwei Jahren sicher war, mich dereinst auf einem Ministersessel zu sehen, um Geld telegrafierte, erblickte ich mein Spiegelbild in der Scheibe des Postamts und lachte. Ich war eine gewaltige Enttäuschung. Für jeden. Aber weißt du was, Soldat, es war mir egal. Mir ist nicht gelungen, dir das mit den richtigen Worten klarzumachen. Weißt du, was es heißt, wenn einem alles egal ist? Sich selbst nicht zu beachten? Wie dem auch sei, ich glaube nicht, es vernünftig erklärt zu haben.

Vaters Telegramm bestand zur Hälfte aus Drohungen, zur anderen aus Vorwürfen, doch das Geld würde mich für ein paar Monate über Wasser halten. Das Erste, was ich dafür erstehen würde, stand auf einem Regal in der deutschen Buchhandlung in Beyoğlu. Das wusste ich. Ich hatte davon gehört. Mich hungerte, weil ich seit drei Jahren nur Gesetzentwürfe und Verordnungen, aber keinen einzigen literarischen Text gelesen hatte. Soweit ich den Zeitungen entnahm, hieß der Autor Hermann Hesse. Und der Roman *Siddhartha*.

In einem der mich in Istanbul erwartenden Hotelzimmer streckte ich mich auf dem Bett aus. Als ich wieder aufstand, gab es keinen Mustafa Kemal und kein Parlament mehr, auch nicht meine letzten drei Jahre. Alles war fort. Ich konnte mich nicht mehr daran erinnern. *Siddhartha* hatte es verdrängt. Hatte die zersplitterten Teile in mir verschoben und mich zu Ziya im Park der Hochschule zurückgeführt. Zu Ziya, der bereit war, alles aufzugeben, um ans Ende des Lebens zu gehen.

Als ich das Zimmer verließ, hörte ich nur mich. Für keine andere Stimme war Platz. Nicht für den Lärm der Reue, noch den Krawall der Rache. Ich betrat die teuersten Geschäfte und kam in die teuersten Tuche gewandet wieder heraus. Eine Frage des Stils, Soldat. Alles ist eine Frage des Stils. Anschließend spazierte ich in die Unterwelt, dorthin, wohin die schwarzen Anzüge nie gingen.

Ein Jahr lang blieb ich dort. Im Untergrund. Ich spielte, ich trank, ich schlug mich. Da einem Dissidenten wie mir die Unabhängigkeitsmedaille für Abgeordnete, die an der Westfront gekämpft hatten, verweigert wurde, nahm ich die Skagerrak-Medaille und legte sie der Frau um den Hals, mit der ich den besten Sex hatte. Nur wenige Atemzüge und Fausthiebe trennten mich noch vom Lebensende, alles hatte ich vergessen, da traf ich ihn wieder. Auf einem Ball im Hotel Tokatlıyan. Um drei Uhr morgens. Nur in Begleitung seiner Leibwächter.

»Gratuliere«, sagte er. »Sie sind zum Botschafter in Paris ernannt worden.«

»Man hat Sie falsch informiert. Das kann nicht sein.«

»Dann stimmt, dass Sie zum Gouverneur von Kars ernannt wurden.«

»Auch davon weiß ich nichts, Pascha.«

»Dann wird Blut fließen ...«, sagte er und ging.

Ich hatte kein Wort verstanden. Weder las ich Zeitung, noch traf ich Mitglieder der Opposition aus dem ersten Parlament. Du entsinnst dich, ich hatte gesagt, Georges Darien sei der zweitinteressanteste Mensch, den ich kannte. Nun hatte ich die Angebote, Botschafter oder Gouverneur zu werden, die mir Mustafa Kemal en passant gemacht hatte, der interessanteste Mensch, den ich kannte, abgelehnt, und konnte nicht erkennen, wessen Blut durch wessen Hand fließen würde.

Mit der Sonne, die am Morgen nach dieser Nacht aufging, erhellte sich dann alles. Als ich in Sirkeci beim Frühstück saß, kamen Männer in schwarzen Anzügen auf mich zu, warnten: »Du bist Mitglied der Fortschrittlichen Republikanischen Partei, nimm dich in Acht!«, und entfernten sich.

Ich legte die Gabel beiseite und hob den Kopf zum Himmel. Mein Bedürfnis nach Leere war so groß, dass ich minutenlang in den wolkenlosen Himmel starrte. Als ich den Kopf senkte, war mir klar, dass sie mich niemals in Ruhe lassen würden. Keinem würde ich entrinnen. Einen Augenblick lang glaubte ich, auf dem Bürgersteig gegenüber Ali Şükrü zu sehen. Statthalter Hilmi ging an ihm vorbei. Als ich den Kopf drehte, saß mir Wallace die Nase gegenüber ... Sie würden mich nicht in Ruhe lassen. Niemals. Ich bring sie alle um, sagte ich. Bewegten sich meine Lippen? Ich weiß es nicht. Es war mir egal. Ich lege sie alle um! Alle! Bei einem musste ich beginnen. Doch bei wem? Ich überlegte nicht lange. Zuerst Mustafa Kemal, sagte ich mir. Er muss zuerst sterben. Denn er hat den Anfang gemacht. Mit ihm wird es enden! Das wollte ich sehen. Wollte sehen, was am Tag seines Todes geschehen würde, in was sich die Parasiten, die ihn umgaben, verwandeln würden. Wollte beobachten, wie sie über ihn glitten und stürzten. Anschließend käme die Reihe zu sterben auch an sie. Sie wären ahnungslos. Würden nicht ahnen, dass der Mann, den sie vor Jahren älter gemacht und ins Parlament aufgenommen hatten, sie umbringen würde. So wie sie nie und nichts geahnt und gewusst hatten.

Auf dem Bürgersteig drüben schüttelte Ali Şükrü den Kopf, als wollte er sagen: »Tu's nicht.« Diesmal bewegte ich die Lippen. Tonlos zwar, aber Silbe für Silbe, sodass er mich verstehen würde, murmelte ich:

»Ich bring sie alle um. Aber ihn zuerst!«

Als ich mich nach jenem Frühstück erhob, war ich Gazi Mustafa Kemal Paschas Mörder …

5

Nein, Soldat, die Attentatsidee war kein Geschenk eines Wutanfalls. Dieses Mal war die Entscheidung nicht in einer Sekunde gefallen. Sie war das Resultat einer Überzeugung, die allmählich angeschwollen war, wie Flüsse, von denen man nicht weiß, wann sie über die Ufer treten. Das Resultat einer Erkenntnis, die ich mir selbst nicht hatte eingestehen wollen, die ich lieber ignoriert hatte, als mich ihr zu widmen. Eine aus Menschenwissen entstandene Überzeugung. Eine Erkenntnis, so nackt wie ein Neugeborenes. Weißt du, was es war? Das Bedürfnis des Menschen zu sakralisieren. Ich kannte es vom Skagerrak. Ich hatte es in den Augen der vor Wilhelm zitternden Offiziere gesehen. Das Bedürfnis des armseligen Menschen, dem das unendliche Universum kein Tor, sondern eine Last bedeutete. Das Bedürfnis, von dem Tevfik Fikret in seinem Gedicht gesprochen hatte …

In der Sekunde, als ich Mustafa Kemal sah, hatte ich es begriffen. Auch ihm würde es widerfahren. Auch ihn würden sie heiligen. Keine seiner Initiativen würde man diskutieren können, seine Worte würden zu Dogmen werden, vom Unabhängigkeitskampf würde allein sein Name überleben, seine Prinzipien würden in Stein gemeißelt werden, die entwerteten Geldscheine des Landes, für dessen Wirtschaft er gekämpft hatte, würden sein Konterfei tragen, ja, man würde per Gesetz verbieten, seine Politik abzulehnen. Er war eine derart beeindruckende, mächtige Persönlichkeit, dass all dies geschehen würde. Mustafa Kemal, der zunächst den Feind, dann das Sultanat besiegt hatte, würde am Ende gegen sich selbst kämpfen. Das Volk würde abstumpfen, je mehr Freiheiten es besäße, und schließlich ihn und seine Revolution verschlingen. Obwohl er die Geschichte in Form des Buchstabens V gewendet hatte, würde das eigene Volk ihn zerfetzen, nur Fotos von ihm würden überleben.

Jeder Moment, den wir damals erlebten, war eine Revolution, Soldat. Eine Revolution, die mindestens so schneidend war wie die Guillotinen der französischen Revolution. Und Mustafa Kemal war ein großer Revolutionär. Doch er würde vereinsamen, weil seine Umgebung das Bedürfnis hatte, ihn zu vergöttern. Er würde im Schatten des eigenen Namens leben und die Revolution, die nach seinem Tod ihre Bedeutung verlöre, würde umschlagen. Denn die Revolution war zu Mustafa Kemal selbst geworden. Sie lebte. Sie lief. Sie atmete und würde wie jeder Sterbliche zu Erde werden. Es gab zwar ein Parlament und etliche Hundert Abgeordnete darin, doch die Revolution war Mustafa Kemal. Dabei ging es um die Zukunft Tausender Generationen. Das Sakralisierungsbedürfnis würde Mustafa Kemal aushöhlen und jene, die in die Zeit vor der Revolution zurückwollten, würden ihn mit einem einzigen Fingerschnippen zerschmettern. Am Tag, als ich ihn kennenlernte, hatte ich erkannt, dass es so kommen würde.

Die brillanten Ideen seines brillanten Geistes würden nur noch aus seinem geheiligten Namen bestehen, den jede größere Straße im Land trüge, und alles, was er auszurotten versucht hatte, würde eben diese Straßen benutzen. Verfechter von Kalifat, Sultanat, Mandat würden auf Gazi-Mustafa-Kemal-Boulevards wandeln und ihn in den Dreck ziehen.

All das war mir klar gewesen, doch ich hatte es ignoriert. Für bedeutungslos gehalten. Ich war in meinem Zorn versunken und hatte seine Umgebung gehasst. Dabei hatte vielleicht gar keiner Schuld. Falsch waren schlicht Ort und Zeit. Die Leute, mit denen er sein Genie teilte, warteten auf seinen letzten Atemzug, um das von ihm errichtete System dem Erdboden gleichzumachen. Denn er war der einzige Hüter der türkischen Revolution. Dazu hatte man ihn gemacht, sosehr er selbst es verabscheute. Denn der Mensch hat das Bedürfnis zu sakralisieren, und der Kampf dagegen war der einzige, den er verlor. Er war Sklave des Volkes geworden, das er aus der Sklaverei herausgeführt hatte, und konnte es nicht verhindern.

Als mir all das klar wurde, wusste ich, dass er eines Tages verschwinden musste. Verschwinden und seinen Platz Menschen überlassen, die seine Revolution fortsetzen würden. Auf keinen Fall einer Einzelperson, sondern Menschen, dem Parlament, dem das Parlament wählenden Volk. Ja, Soldat, vielleicht klingt dies am verrücktesten von allem, was ich dir bisher erzählt habe, doch das begriff ich am Tag unserer ersten Begegnung.

Er war zum richtigen Zeitpunkt ins Leben des türkischen Volkes getreten, sein Abgang aber verzögerte sich. Solange er lebte, würden seine Prinzipien sich in Anatolien nicht durchsetzen. Das alles stand in den Büchern über die Geschichte von Revolutionen. Er war weder der erste noch der letzte Revolutionär, der in diesen Morast geraten war. Um das zu erkennen, genügte es, zu lesen und ihm begegnet zu sein.

Damit die Revolution Mustafa Kemals überlebte, würde es genügen, ihn zur Legende zu machen. Zu einer Führungspersönlichkeit, die einem Attentat zum Opfer gefallen war, legendär aber nicht vergöttert. So hatte ich zwar erfasst, dass Mustafa Kemal zum richtigen Zeitpunkt sterben müsste, mich aber nicht weiter damit beschäftigt. Denn nicht ich wäre die Person, die ihn umbringen müsste. Hier aber irrte ich.

Und mein zweiter Irrtum …

»Moment mal, mach hier mal einen Punkt. Du bringst da wieder etwas mit deinen eigenen Gedanken durcheinander. Wir wissen, dass du von Anfang an bei der Fortschrittlichen Republikanischen Partei dabei warst, und zwar als einer ihrer Gründer. Das steht in den Gerichtsprotokollen. Sie sagen das, und sie besagen auch, dass du in der Zeit, in der du behauptest, im Untergrund gewesen zu sein, am Schwarzen Meer warst. Dass du in Samsun und Trabzon Mitglieder für die Partei geworben hast. Egal, ruh dich jetzt ein wenig aus. Morgen reden wir weiter. Soldat! Mach auf!«

Der Hauptmann verließ die Zelle, ich war wieder allein. Seit drei Monaten saß ich hier. Schlief seit drei Monaten auf der Pritsche, auf der ich jetzt saß, lebte auf acht Quadratmeter Stein und hörte in der Ferne Soldaten exerzieren.

Am Morgen nach dem Abend, an dem die Hoffnung mich wie ein Unsterblichkeitspanzer umschloss, ahnte ich nicht, dass ich zum letzten Tag meines Militärdienstes erwacht war. Kaum hatte der Kompaniechef erfahren, dass der Stabsunteroffizier verschwunden war, forderte er ein Spezialteam vom Regiment an, und noch vor Ende des Tages waren die Überreste des Leichnams aus der Erde geholt und in einem schwarzen Sack verstaut. Şamil hatte unverzüglich, ohne dass man ihn hätte drängen müssen, seine Schuld bekannt, dann war die Reihe an uns. Als klar wurde, dass die Idee der Verbrennung von mir stammte, wog mein Vergehen noch schwerer, und ich war beim Armeekorps, dem das Regiment angehörte, angeklagt worden. Aus dem Fenster des Kleinbusses, in dem wir zum Korps verfrachtet wurden, hatte ich zum ersten Mal die Gelegenheit, die Gegend zu sehen. Außer rottenden Grabsteinen und Reifenreparaturwerkstätten war nichts zu sehen. Offenbar wollte niemand unterwegs liegen bleiben. Die Reparaturwerkstätten lieferten Service für jeden, der wegwollte. Ein profitabler Job. Denn weg wollte jeder. So war denn auch die Abwesenheitsbescheinigung das von den Dorfvorstehern am häufigsten abgestempelte Papier. Ein Dokument, das auf den Namen jener ausgestellt wurde, die sich nicht mehr im Dorf aufhielten. Der Name sprach Bände. Ein Dokument, das auf den Namen des Abwesenden ausgestellt und zerrissen wurde, wenn er zwei Monate darauf jemanden in Istanbul umgelegt hatte und zurückkehrte. Ja, jeder wollte weg. Und doch stimmte absolut, was auf dem Rückspiegel stand: »Was du siehst, ist näher, als es scheint.« Egal wie weit man sich fortbewegte, alles und jeder saß einem im Nacken. Wie unsere Vergangenheit, die uns viel näher war, als es den Anschein hatte. Wie die Vergangenheit, die sogar viel näher lag als die Zukunft …

Da ich nicht mehr fürchtete, in die psychiatrische Poliklinik Tatvan überstellt zu werden, hatte ich auch keine Bedenken mehr, Ziya Hurşit zu erwähnen. So erzählte ich, immer wenn ich einen Wachturm betrat, hätte ich den ehemaligen Abgeordneten von Lazistan gesehen, der das Attentat auf Atatürk verübt hatte, und mit ihm gesprochen. Sie glaubten, dass ich, der alles getan hatte, um nicht wahnsinnig zu werden, den Irren gab, und verurteilten mich zu acht Jahren. Nur der Hauptmann, der im Korps als Psychiater diente und meine Akte gelesen hatte, brachte Interesse für mich auf. Der Fall war doch interessant. Es gab doch vor Ziya Hurşit etliche Napoleons, deren Geister man hätte sehen können!

Beim ersten Besuch hatte er Bücher dabei. Es würde ihn nur wenige Minuten kosten, mich als Lügner zu entlarven, dann würde er wieder gehen. Er machte es kurz und fing gleich mit Fragen an. Daten, Orte, Namen und wieder Daten. Je mehr er fragte, desto mehr bereute er es. Jeder Frage entsprangen neue. Jede Antwort demontierte Stück für Stück, was er im Studium gelernt hatte. Denn sie alle stimmten. Denn in den Büchern, die er mitgebracht hatte, standen die Erkenntnisse aus dem für Zivilisten unzugänglichen Generalstabsarchiv. Denn er sah, dass ich bei der Beantwortung seiner Fragen anhand dessen, was ich von Ziyas Bericht erinnerte, so gelassen war, als berichtete ich von meinem gewöhnlichen Tagesablauf. Denn er wusste, dass ein Rekrut, an dessen Universität, die er abgebrochen hatte, es nicht einmal das Fach Geschichte gab, all dies unmöglich wissen konnte. Er fragte immer weiter. Nach jeder Antwort schüttelte er den Kopf, legte das jeweilige Buch aus der Hand und griff nach einem anderen. Nach dem ersten Besuch verließ der Hauptmann wie im Rausch meine Zelle, die Pupillen auf den Punkt des Fragezeichens zusammengeschrumpft, erschien aber am Tag darauf erneut. Er wollte einfach nur verstehen. Verstehen, wie all das sein konnte.

Für eine Weile schob er die Fragen in Bezug auf Ziya beiseite und konzentrierte sich darauf, mich zu befragen. Über meine Familie, mein Leben, meine Fehler, alles. Für mich war das kein Problem. Ich hatte acht Jahre vor mir. Acht gigantische Jahre, die mir unendlich erschienen. So unendlich lange, bis ich die Bedeutung des Unendlichzeichens entschlüsselt hätte. Den Sinn von ∞! Lange genug, um zu beweisen, dass der Kreis links für das ewige Leben und der rechts für den ewigen Tod stand. Acht Jahre, die lang genug waren, um mir selbst zu erklären, dass es sich beim Schnittpunkt der Kreise um das sterbliche Leben oder den gelebten Tod, also das Universum handelte, in dem die Zeit entstanden war …

Wonach auch immer er fragte, ich gab Auskunft. Doch das genügte dem Hauptmann nicht. Denn keine meiner Antworten brachte ihn der Lösung des Rätsels näher. Ein gewöhnlicher Junge, eine gewöhnliche Familie, eine gewöhnliche Jugend, ein ungewöhnlicher Wehrdienst … »Nein«, befand er. »Wir suchen an der falschen Stelle.«

Das stimmte. Meine Albträume hatte ich nicht erwähnt. Die sparte ich für den nächsten Tag auf. Ich hatte viel Zeit, und es gefiel mir, mit dem Hauptmann zu reden. Ich hasste die Einsamkeit und fürchtete, er würde nicht wiederkommen, wenn er erst alles gelöst hätte. Doch er beherrschte sein Fachgebiet gut genug, um sofort zu erkennen, wenn er genarrt wurde. Deshalb konnte ich die Übergabe der Schlüsselinformationen nur einen Tag hinauszögern. Trotzdem war auf dieser Jagd nach Erkenntnis der Fisch die Angel. Zumindest aus meiner Sicht.

Als ich von meinen Albträumen berichtete, die den Fluss meines Lebens gestoppt und zum Verdunsten gebracht hatten, wurde in meiner Akte ein ganz neues Kapitel aufgeschlagen. Allerdings schlossen sich dabei andere Türen. »Warum fing das mit achtzehn an? Warum nicht früher? Denk mal nach!«, drängelte er und tigerte durch die Acht-Quadratmeter-Zelle. Offenbar erwähnte er die Gespräche mit mir seinen Vorgesetzten gegenüber. Denn ich hätte längst in die Vollzugsanstalt in der Hauptstadt verlegt werden müssen, saß aber noch immer im Korps. Seinetwegen. Sagte er seinen Vorgesetzten überhaupt die Wahrheit über meinen Zustand? Womöglich schwindelte er. Vielleicht wartete er. Womöglich nähme er an dem Tag, da er mein Geheimnis enträtselt hätte, seinen Abschied von der Armee und schriebe einen Aufsatz, der in die Psychiatriegeschichte eingehen würde. Ich wusste es nicht.

Als ein paar Tage später die Tür aufging, trat er mit hochrotem Kopf ein. Wahrscheinlich war er auf etwas gestoßen.

»Was auch immer es war, es geschah in Danzig. Da war er mit achtzehn. In dem Alter, als bei dir die Albträume einsetzten. Was auch immer ihm da widerfuhr, muss sich auch auf dich ausgewirkt haben.«

Er war auf dem Holzweg. Die Sache hatte nichts damit zu tun, was Ziya mit achtzehn getan hatte. Bald kam auch er dahinter. Denn er hatte mit der Universität in der Stadt, die heute Gdansk heißt, korrespondiert und um eine Kopie von Ziyas Akte gebeten. Ein offizieller Antrag. Wenige Tage später hatte er einen Haufen Informationen auf dem Bildschirm, von Ziyas Prüfungsnoten bis hin zu Urteilen über sein Betragen an der Hochschule. Nichts von alldem unterschied sich von dem, was Ziya mir erzählt hatte. Er war ein schlechter Student und hatte das Studium im dritten Jahr abgebrochen.

»Nein«, befand der Hauptmann. »Auch das ist es nicht! Es muss etwas anderes sein!«

In meinem zweiten Monat in der Zelle probierte er es mit Hypnose und kam in seiner Studie einen Riesenschritt voran, als er merkte, dass ich durch Ziyas Mund sprechen konnte. Heute, da mein dritter Monat in der Zelle endete, erlebte ich, dass ich in einem Vorschlafstadium seine Fragen hören und mit Ziyas Identität reden konnte. In diesem Stadium, in dem, wie er sagte, das Gehirn Alphawellen ausstrahle, war mein Bewusstsein klar, als ich die Kommunikation herstellte, und der Hauptmann und ich hörten Ziya zu. Das ging mir dann doch ein bisschen zu weit!

Das schwarz gebundene Notizbuch war mir, wie Ziya gewarnt hatte, zum Verhängnis geworden, die Richter hatten es gelesen und setzten die Strafe für meine Vergehen bis an die Obergrenze hinauf. Mittlerweile schrieb ich in ein neues Heft, ein Geschenk des Hauptmanns. Mit einem Stift, den er mir ebenfalls geschenkt hatte. Beides lag unter meinem Kissen. Ich tastete danach, zog es hervor und notierte auf der ersten leeren Seite, die ich aufschlug:

Heute habe ich ihn gehört. Doch stand er weder vor mir noch an meiner Seite. Es war nicht wie in den Wachtürmen. Nicht wie an dem Tag, als ich in den roten Kanister schoss. Ich sprach. Doch er war es, den ich hörte. Meine Stimme wie immer. Doch er war es, der sprach. Statt Ziya sagte er Ich. Ich fürchte mich. Davor, zwischen diesen Mauern zermalmt zu werden, und vor allem anderen auch …

Lieber Ziya, du hast nicht bloß dein eigenes Leben ruiniert, sondern auch meines. Dabei warst du für mich nur einer von Hunderten Namen im Buch Revolutionsgeschichte. Irgendein Name, den man noch am Tag, da man ihn auswendig lernte, wieder vergaß. Jetzt aber bin ich ein Irrer, der sich selbst Ziya Hurşit nennt …

Es war im Jahre 1925. Der Abgeordnete von Ardahan, Halit Pascha, war im Parlament erschossen worden und Kadirbeyzade Zeki, der Abgeordnete von Gümüşhane, war nur um Haaresbreite einem Anschlag entgangen. Die oppositionellen Parlamentarier, die einst der zweiten Gruppe angehört hatten und nun, statt sich zurückzuziehen, die Fortschrittliche Republikanische Partei unterstützten, wurden einer nach dem anderen aus der Geschichte gestrichen. Sie hatten Angst. Beide Seiten hatten Angst. Die eine davor, die Macht zu verlieren, die andere davor, eliminiert zu werden. Ich dagegen lachte wie immer. Ich sah, wie hilflos diese Männer, deren Leben weniger wert war als ihre Haut, dem Tod und der Ohnmacht gegenüberstanden, und lachte. Zu Beginn hatte ich zwar die Gründung der Partei unterstützt, doch ich hatte längst aufgehört, an sie zu glauben. Ich benutzte sie nur. Ihren Einfluss, ihr Geld. Ich benutzte sie nur als Stufen auf dem Weg, den ich beschritten hatte, um Mustafa Kemal umzubringen. Ihre Angst war so gewaltig, dass sie heute »Ja« zum

Attentat sagten, morgen aber: »Unmöglich! Vergiss es!« Ich wusste, dass sie still hofften, ich würde den Mord begehen und dafür gehenkt werden. Dann gäbe es kein Problem mehr. Weder Mustafa Kemal noch Ziya Hurşit. »Er hat das Band zerrissen«, sagten sie über mich. Um zu beschreiben, dass ich mich keinerlei Herrschaft unterstellte und Staub aufwirbelte, wohin ich auch ging. Doch wer das Band tatsächlich zerreißt, wussten sie nicht. Ein Tier, glaubte jeder, doch es ist der Drachen, der sich von der Schnur losreißt. Ich war damals ein Drachen, Soldat. Ein Drachen, der sich von der Schnur gerissen hatte und im Nichts schwebte. Den Tod betrachtete ich als einzigen Weg, in die Unendlichkeit zu fliegen. Noch höher zu fliegen. Darum war ich nicht wie sie. Ich blickte ihnen in die vom Schweiß gelben Gesichter und lachte. »Ich werde es tun, ihr sollt nur helfen. Ich ziehe den Abzug, keine Sorge«, versicherte ich.

»Weißt du, wer Halit Pascha erschossen hat?«

Es gab Gerüchte. Ali der Kahle, sagten die einen. Rauf, sagten andere. Wichtig war nicht, wer ihn erschossen hatte. Wichtig war, dass in einem Parlament, in dem die Staatsgewalt vom Volk ausgeht, ein Mord verübt worden war. Das Parlament trug nun einen Blutfleck. Dabei war das Gebäude neu gebaut worden, kein Jahr war seit dem Einzug der Nationalversammlung vergangen. Doch sie hatten es beschmutzt. Noch vor Ablauf eines Jahres.

Dummköpfe! Wie dem auch sei, als ich für immer das Schwarze Meer verließ und nach Istanbul ging, war die Fortschrittliche Partei bereits aufgelöst. Das wunderte mich nicht. Wie Küken waren sie auseinandergestoben auf der Suche nach einem Versteck. Ich traf sie alle. Alle wussten, dass ich Mustafa Kemal umbringen würde. Doch ihre Zungen und

Hände waren gelähmt. Nur Abdülkadir. Der ehemalige Gouverneur von Ankara. Er war der einzige Aufrechte unter ihnen. »In Ordnung«, sagte er. »Wie du willst.«

Auch wenn ich den Abzug ziehen würde, brauchte ich ein, zwei zu allem Bereite an meiner Seite. Da ich Istanbul von unten mindestens so gut kannte wie von oben, fiel es mir nicht schwer, Ismail den Lasen aufzuspüren. Ein echter Mörder. Für Geld hätte er sich selbst erschossen! Und er stöberte Yusuf den Georgier auf. Wie auch Narben-Hilmi. Abdülkadir hatte mich mit Şükrü bekannt gemacht, dem Abgeordneten von Izmit, und gesagt: »Er wird uns helfen.« Auch er war nicht schlecht. Wenigstens war er nicht so stumm wie die anderen.

Ich wohnte damals in der Şekercibakkal-Gasse in Kadıköy. Vater war erkrankt, als ich in Samsun Parteimitglieder anwarb. Als ich ihn besuchte und vor ihm kniete, richtete er den Blick an die Decke und sagte: »Sag mir, wo ich den Fehler gemacht habe, Ziya.« Anschließend hatte er die Augen geschlossen und nicht wieder geöffnet. Sein Fehler war ich. Warum ich ein Fehler war, konnten indes weder er noch ich wissen. Mit meinem Erbteil mietete ich die Wohnung in Istanbul an und kaufte ein paar Möbel. Zum ersten Mal im Laufe meines Nomadenlebens hatte ich eine feste Adresse. Hatte Sessel und Teetische. Keiner war von Wert. Wie viele goldene Käfige hatte ich eingeschmolzen und den Erlös durchgebracht! Würden mich jetzt diese Teile zähmen? Niemals!

So wenig wusste ich etwas mit mir und meinem Leben anzufangen, dass ich nicht anders konnte, als Dynamit an die Wurzel der Welt zu legen. In jenen Tagen hättest du mich sehen sollen, Soldat. Gleich einem Wolf in einem Fuchsrudel riss ich, wer mir vor die Fänge kam. Wie ein Steppenwolf. Hätte Hermann Hesse mich gekannt, hätte er seinen *Steppenwolf* bereits früher geschrieben!

»Nein, da stimmt etwas nicht«, sagte er und blätterte in den Seiten seiner Akte.

»Ja, hier ist es … Als du Hermann Hesse das erste Mal erwähntest, habe ich es recherchiert. *Der Steppenwolf* erschien ein Jahr nach Ziyas Tod. 1927. Er konnte das Buch nicht kennen«, sagte er, ließ den Soldat aufschließen und ging.

Er mochte Psychiater sein, vor allem aber war er Soldat. Mein Geisteszustand und wie sich all das auf mich auswirkte, kümmerte ihn nicht. Letztlich war ich ein Rekrut, der die Leiche seines Vorgesetzten verbrannt und vergraben hatte. Er hatte keine Zeit für mich. Seine Zeit galt Ziya. Nicht mir. Auch ohne seine Hilfe aber fand ich zu mir. Wurde klüger durchs Schreiben. Ich schlug das Notizbuch auf und setzte den Stift auf:

Warum beflecke ich Ziyas Erinnerungen mit eigenem Wissen? Warum schmücke ich sie aus oder verheimliche sie? Warum mische ich mich bei Ziya ein? Warum? Trage ich vielleicht zwei Seelen in einem Körper? Ich glaube aber nicht an die Seele. Die Seele ist die Erfindung des Menschen. Als des Menschen Körper verwundet wurde, stellte er sich etwas vor, das Teil seines Wesens wäre, aber niemals Schaden nähme, und nannte es Seele. »Ihr könnt meinen Körper zerschmettern, aber meine Seele nicht anrühren!«, wollte er triumphieren, deshalb hatte er sich eine illusionäre Zuflucht geschaffen. Später sagten dann sämtliche Religionen: »Euer Leib mag Armut, Krankheit, Hunger und Kriege erleiden, doch wisset, eure Seele kommt ins Paradies«, um den Menschen und seinen Sohn zu blenden. Letztlich ist die Seele imaginärer Gefährte all jener, deren Fleisch schmerzt. Wenn es aber keine Seele gab, was hatte Ziya dann in mir zu suchen? Woher kannte ich sein Leben? Aus der Vergangenheit? Doch aus wessen? Oder …

Weiter kam ich nicht. Denn die Eisentür meiner Zelle sprang auf wie gesprengt, der Hauptmann stürzte mit einem Buch herein. Er sprach mit sich selbst.

»Wieso bin ich nicht darauf gekommen? Wieso ist mir das nicht eingefallen?«

Kaum war er zu Atem gekommen, schlug er das Buch an der Stelle auf, an der sein Daumen steckte, und las vor:

»Als das Familiennamengesetz erlassen wurde, nahm Ziya Hurşits ältester Bruder Ahmet Faik Hurşit den Namen …«

Der Satz endete mit meinem Familiennamen, und ich prallte mit Lebensgeschwindigkeit gegen eine unsichtbare Mauer vor mir, die ich nie zuvor bemerkt hatte. Er las weiter, doch ich hörte nichts mehr. Mein zerschmetterter Verstand lag in seinem Blut, was ich erlebt hatte, verwandelte sich in Wasser, Tränen sprudelten aus meinem Gesicht. Durch die Wucht des Aufpralls war mir das Notizbuch aus der Rechten gerutscht, der Stift dagegen steckte einsam wie ein Messer in meiner Linken. Als ich wieder etwas hörte, kam aus dem Mund des Hauptmanns der Name Fazıl, einem weiteren älteren Bruder Ziya Hurşits, gefolgt von dem seines Sohnes, meines Großvaters. Als er den Namen meines Vaters aussprach, mutierten Decke, Boden und die vier Wände meiner Zelle zu gigantischen Lautsprechern. Einer der Songs, die mich verlassen hatten, kehrte mit einer Gewalt zurück, die Adern häckseln konnte:

Born to be wild!

John Kay sang. Die Band hieß Steppenwolf. Steppenwolf wie bei Hermann Hesse! Welch ein Zufall! Du bist geboren, um wild zu sein, sang er. Um wild und verrückt zu sein …

In diesem Augenblick traf ich eine Entscheidung. Natürlich die falsche. Wie alle anderen meiner Entscheidungen auch. Im Grunde konnte man es gar nicht Entscheidung nennen. Sosehr es Ergebnis einer getroffenen Entscheidung ist, tief Luft zu holen, so bewusst war der Wunsch, den unablässig meinen Familiennamen wiederholenden Hauptmann auf ewig zum Schweigen zu bringen, als er einmal vom Grund des Wassers an die Oberfläche gestiegen war. Er war so wahnsinnig, wie dem aus einem gebrochenen Staudamm donnernden Wasser die Hände entgegenzurecken. Die Suche eines verzweifelten Narren nach einem Ausweg.

Mit verschränkten Armen saß ich auf der Pritsche und hörte dem Hauptmann zu. Hörte, wie er mein Urteil verlas. Das Urteil, das mich nicht zu acht Jahren, sondern in alle Ewigkeit verdammte. Die Spitze des Stifts in meiner Linken drückte von unten in meinen rechten Arm. Ich wartete, bis ich den Satz mit dem großen Resümee hörte:

»Ziya Hurşit ist dein Urgroßonkel.«

Als ich mich erhob, drehten sich meine Arme wie Propeller, bis sie auf den Hauptmann trafen. Als der Stift, den ich ihm in den Hals stieß, nahe an dem Mund, aus dem mein Familienname erklungen war, hervorbrach, ging die Tür auf. Er hatte sich Gehör verschaffen können. Immerhin war er ein Kommandant! Jedes Lebewesen hat eine Hauptschlagader und durchschnittlich sechs Liter Blut. Wird die Schlagader durchschnitten, reduziert sich das Blut im Körper sekündlich. Die Hände des Hauptmanns schnellten ihm an den Hals,

als wollte er aufhalten, was sich hinter einem gebrochenen Staudamm befand. Doch was ihm durch die Finger entkam, regnete auf mein Gesicht. So konnte ich nicht sehen, wer hereinstürmte. Vielleicht sah ich sie auch deshalb nicht, weil ich gerade im ersten Parlament saß. Im Jahre 1922. Wütend, weil die Geltungsdauer des Oberkommandierendengesetzes, das die Leitung von Parlament, Regierung und Armee einer einzigen Person übertrug, zum dritten Mal verlängert worden war. Ich hatte den Stift in meiner Hand in die Bank vor mir gerammt und zerbrochen. Meine Hand blutete. Ich sah diejenigen, die hereinkamen, nicht. Ich blickte auf das Blut, das von Ziyas Hand tropfte.

4

Lebenslänglich. Ein Leben im Militärgefängnis der Hauptstadt gegen das Leben des Hauptmanns. Noch stand nicht fest, wann ich verlegt werden würde. Spätestens in zehn Tagen, hatte einer der inhaftierten Soldaten gesagt. »Innerhalb von zehn Tagen bringen sie dich hin.« Vorerst saß ich weiter in der Zelle des Armeekorps. In dem Raum von acht Schritten. Auf meiner Pritsche zwei Handbreit über dem Boden.

In der Hand hielt ich den Brief von daheim. Ich starrte ihn an. Ohne zu lesen. Die nebulösen Gesichter meiner Eltern standen zwischen mir und dem Papier, die Sätze konnte ich nicht erkennen. Denn alles, was sie geschickt hatten, war ein Brief, und nicht einmal den hatten sie selbst geschrieben. Vermutlich hatten sie ihn jahrelang in einem Bankschließfach aufbewahrt und, als der Hauptmann meine Situation schilderte, beschlossen, ihn mir zu schicken. Doch wo waren sie selbst? Warum kamen sie nicht? Warum waren weder meine Mutter noch mein Vater auch nur ein einziges

Mal gekommen, um ihren Sohn zu sehen? Konnten sie nicht von der Arbeit weg? Ja, die Busfahrt mochte etwas mehr als zwanzig Stunden dauern. Doch war das ein Grund? Reichte es, dass die Entfernung zur Anstalt so groß war? Womöglich lag es eher daran, dass die Entfernung nicht zur Anstalt, aber zu mir so groß war. Das mochte tatsächlich ein Grund für ihr Fernbleiben sein. Ja, vielleicht waren sie darum nicht hergekommen und hatten sich damit begnügt, die heimgeschickten Gerichtsurteile zu lesen. Vielleicht waren sie deshalb nicht hergekommen, sondern hatten stattdessen einen Brief von Ziya Hurşits Hand geschickt. Vielleicht hatte der Hauptmann immer, wenn er meine Zelle verlassen hatte, von seinem Büro aus meine Eltern angerufen. Und gefragt, woher ich so genau Kenntnis über Ziya Hurşit hatte. Sie hatten ihr Schweigen bewahrt, doch als sie erfuhren, dass ich bis an mein Lebensende in einer Zelle sitzen würde, es für unbedenklich gehalten, das in einem Banksafe vergrabene Geheimnis zu lüften. Denn außer den Wänden gab es niemanden, mit dem ich hätte reden können. Deshalb hatten sie den Brief hergeschickt. Weil sie keine Angst mehr hatten. Um mir zu sagen: »Ziya Hurşit ist dein Urgroßonkel!« Um mir zu sagen: »Ja, du bist der letzte Mensch, der sein Blut in sich trägt«, hatten sie den Brief geschickt. Um mir zu sagen: »Wir hatten nicht vor, dir dieses Familiengeheimnis zu enthüllen, da du dich aber nun einmal erinnerst, hast du hier deinen Ziya Hurşit! Ecce Ziya!«

Etliche Acht-Schritte-Runden und der Anblick des leichengelben Papiers auf meiner Pritsche hatten mich erschöpft. Ich setzte mich auf den Boden und langte nach dem Brief. Im Schneidersitz schloss ich die Augen. Ich brauchte nicht zu sehen. Ich erlebte den Augenblick, da der Brief geschrieben wurde. Was im alten Alphabet geschrieben war, las ich im neuen Türkisch:

Meine ahnungslose Liebste Yonina,

diesen Brief schreibe ich Dir aus einem Hotelzimmer. Aus Izmir. Aus der Stadt, in die ich kam, um einen Mord zu verüben. Ich schreibe, während ich auf den Mord warte. Morgen. Morgen wird alles zu Ende sein. Morgen wird alles neu beginnen. Wir werden sehen. Vielleicht kommen wir auch um. Dann wird es nicht mehr nötig sein, diesen Brief zu beenden. Dann flüstere ich Dir persönlich zu, was ich schreiben wollte. Statt Stift und Papier berühren sich dann unsere Augen …

Das ist erst der Anfang. Falls ich morgen überlebe und weiter von Dir getrennt sein sollte, schreibe ich weiter. Erzähle, wie ich ein Leben genommen habe. Wie ich das tun konnte, wie es kam, dass ich derart außer mir geriet, alles. Jetzt aber sind wir an der Reihe. Von uns zu sprechen. Es ist an der Zeit, dass der Mann, der Dich liebt und nie Dein Grab besuchte, von uns erzählt.

Erinnerst du Dich an den Tag, als Du Dich fallen ließest, Yonina? Der Tag, als ich Dich nicht festhalten konnte. Der Tag, als Du Dich nicht in meine Arme, sondern ins Leere fallen ließest. Ich habe ihn nie vergessen, Liebste. Denn an jenem Tag riss der Kalender in meinem Kopf. Danach verrann durch diesen Riss alle Zeit. Die Zeit, die mich von jenem Tag zum heutigen brachte.

Ich erinnere den Duft Deiner Haut. Ich erinnere das Blut, das den Duft Deiner Haut trug. Ich erinnere mich daran, dass das Blut, das sich wie der Heiligenschein eines Engels um Deinen Kopf ausbreitete, wie Deine Augen duftete. Erinnere mich, dass ich an Deinen wie Blumen aufgeblühten Augen schnupperte. Dass ich Dich anblickte. Wie ein Kontinent den anderen anblickt. Wie zwei Kontinente, die trotz des Ozeans dazwischen, die dank des Ozeans dazwischen kommunizieren. Wie zwei verliebte Kontinente, die ihre Worte auf Wellen setzen und hinüberschicken. Ich erinnere mich daran, wie ich tagelang darauf wartete, dass die Wellen an die Küste meines Zimmers schlügen. Um ein Wort von Dir zu hören. Eine einzige Silbe von Dir …

Es fällt mir noch heute schwer auszuhalten. Auszuhalten seit jenem Tag. Deine Abwesenheit. Ich ringe darum zu ertragen, dass ich Dich nicht an meiner Seite sehe, wenn ich in den Spiegel schaue. Ich hasse alle Spiegel, die mir die Frau vorenthalten, der ich nachlief, nur um in ihrem Schatten einzuschlafen. Und es gab so viele davon in Berlin, nicht wahr? Scheiben und Spiegel, die uns abbildeten. In ihnen waren wir zusammen. Seite an Seite. Hier dagegen ist keiner. Nur ich. Nur ein Ich ohne Du. Meine Augen aber suchen noch immer nach Dir, denn sie wissen nichts vom Tod, Liebste. Meine Augen verstehen es nicht, sich Deiner Abwesenheit zu öffnen. Ich dagegen warte. Auf den letzten Atemzug. Warte, auch wenn mein Herzgelenk jeden Tag, den ich ohne Dich bin, einmal bricht. Und werde scharf geschliffen im Warten.

Werde derart geschliffen, dass Dich, wenn wir zueinandergelangen, ein Rasiermesser der Liebe streicheln wird. Es wird Dir Schnitte beibringen. Was aus den Schnitten rinnt, wird Dir die Beine nässen. Zittern werden sie wie die beiden Beine der Brücke über einen Fluss. Dann berühren Dich meine Lippen, und ich werde durstig trinken. Dürstend nach Ewigkeit. Wenn ich Dich streichle, verliere ich meine Hände, küsse ich Dich, verschlucke ich meine Zunge. Der Grund für unseren Herzschlag wird der Zusammenprall unserer Herzen sein. Ich werde Dir zu Füßen fallen und von dort aus meine Lippen über Dich spazieren lassen. In Violett tauche ich Deine Gelenke. Über die Seidenstraße, die ich Dir auf den Rücken male, werde ich Küsse transportieren. Den Atem werde ich loslassen, Dich aber festhalten. Ein Rettungsring werden Deine Beine sein, um meine Taille. Einsickern werde ich in Dich. Beim Kampf Brust an Brust. Wenn wir zusammen trocken werden und feucht. Nicht Flamme, Glut werde ich sein, und nur Du wirst über mich schreiten können, mit bloßen Füßen. Jedes Ausatmen von Dir wird kühle Brise sein meinem brennenden Leib, mit Deinen Lippen werden sich meine Wunden schließen. Vom Himmel kommend wirst Du mich die Hölle vergessen machen.

Eines Herbstes werden wir uns begegnen. Laub, das in dieser Welt ohne Dich fällt, wird sich mir auf die Schultern setzen, wenn Du meinen Arm nimmst. Diesmal werde ich auffangen. Dich und das Laub. Auffangen, bevor Ihr fallt. Bis zum Erwachen am Morgen jenes Tages werde ich allem, was Dich von mir trennt, die Rippen ausbrechen und als Horn in die Stirn rammen. »Sehet, die Teufel!«, werde ich rufen, wenn ich sie an Halsketten herumführe. Sei gewiss, Liebste, all das wird geschehen. Eines Tages …

Denn Du bist am eindunkelnden Himmel ein Stern, dessen Aufgehen ich miterlebte. Ein Stern, zu dessen erstem Leuchten ich hinzukam. Ein vor meinen Augen auf-

gehender Stern. Denn Du bist ein Platz, auf den alles von mir fällt. Mein Herz bist Du, das weiter schlägt in meinem gelähmten Körper, meine Kuppel bist Du, die mich zudeckt.

Jeder Verstand braucht nur ein einziges Wissen. Du bist meines. Ich existiere, weil ich Dich kenne. So übel mir vom Leben ist, so verliebt bin ich in Dich. Ich liebe Dich für die ganze Welt, sollte ich sagen, denn ich liebe Dich so sehr, wie ich die Welt hasse. Ich weiß nicht, wie viele Meridiane uns trennen, doch halt Dich an mich, ich komme …

Ich erinnere mich, wie ich an jenem warmen Morgen auf der kalten Gasse Deine Lider schloss. Damit Dein Schlaf, einem Sperling gleich, Dich nicht fliehe, Liebste. Damit Du nicht mit müden Augen zurückblickest. Schlaf, Yonina, ich komme. Ich bin die Zukunft höchstselbst …

Ziyan[*]

[*] Der Brief ist gezeichnet mit »Ziyan«, was »Dein Ziya« ebenso heißt wie »Verlust«. (A.d.Ü.).

Er hatte sich nicht getäuscht mit der Aussage, er sei die Zukunft höchstselbst. In meiner Zukunft steckte er. Jahre hatte er gewartet und war dann vor mich hingetreten. Aus mir herausgetreten. Erst die Albträume, dann er selbst. Nur wie?

Die einzige Verbindung zwischen uns stellte Blut dar. Die einzige Verbindung zwischen uns war die genetische. Der einzige Weg, die uns trennenden Generationen zu überwinden und zu mir zu gelangen, war genetisch. Ja, so musste es sein. Dass ich mich an Ziyas Leben erinnerte, als wäre es mein eigenes, konnte nur möglich werden, als das in meinen Genen eingelagerte Gedächtnis hochkam. Konnte es aber tatsächlich ein genetisches Gedächtnis geben? Konnte ich, wo ich mich nicht einmal daran erinnerte, in welchem Turm ich wenige Stunden zuvor Wache gestanden hatte, mich des Lebens meines Urgroßonkels entsinnen? Ich war mir nicht sicher. Aber ich hatte von Aufsätzen gehört, die Genies mit angeborenen Talenten, die sie nirgends hätten entwickeln können, und Kenntnissen, die sie nirgends erworben hatten, anhand des Begriffs genetisches Gedächtnis zu erklären versuchten. Artikel, die zu beweisen versuchten, dass Mozart in Wahrheit seine Werke gar nicht selbst komponiert, sondern lediglich die in seine Seele gegrabenen Melodien aufs Notenpapier gebracht hätte. Artikel, die von C.G. Jungs Begriff des kollektiven Unbewussten ausgingen und über frontotemporale Demenz schließlich beim genetischen Gedächtnis landeten. Sie konnten recht haben. Allerdings ging es in meinem Fall nicht um irgendeinen Genius. In meinem Gedächtnis nahmen bloß die Erinnerungen eines Lebens Raum ein, das nicht meines war, mit dem mich lediglich die Gene verbanden. Und wie kam es überhaupt, dass sich das Leben meines Urgroßonkels Ziya in mein Gedächtnis gegraben hatte, statt etwa die Kindheit meines Vaters? Weil es die giftigste Frucht in meinem Stammbaum war? Warum erinnerte gerade ich mich daran und kein anderer in der Familie? Weil ich mindestens so verrückt war wie er? Weil der Militärdienst bleibenden Schaden in meinem Geist angerichtet hatte? Weil ich zu einem Zombie geworden war, da ich unablässig Befehle empfangen und ausgeführt hatte, das Michwegwünschen übermächtig geworden war und so viel gelitten hatte, dass ich die Realität verleugnete? Weil mir die plötzlichen Erinnerungs- und Vergessensschübe den Verstand zerfetzt hatten? Weil ich als Wahnsinnskandidat eine Persönlichkeit aufwies, die sich derart spalten ließ, dass sie sich nicht damit begnügte, sich an ihn zu erinnern, sondern ihn auch noch vor sich sah?

Warum auch immer, jedenfalls hatte er mich ausgesucht, um erinnert zu werden. Mein Bewusstsein hatte er gewählt, um sich in dessen Keller einzunisten. Meine genetischen Ahnen, denen ich Haar- und Augenfarbe verdankte, hatten mir also obendrein eine heimtückische Zelle vermacht!

Und die Albträume? Woher kamen die? Warum hatten sie mir mit achtzehn den Schlaf zur Hölle gemacht? Krampfhaft überlegte ich, wo ich mit achtzehn gewesen war. Sicher nicht beim Militär! Druck konnte es also nicht sein, der für die Turbulenzen in meinem Geist gesorgt hatte. Ich war im ersten Studienjahr. Hatte mich eine unerwiderte Liebe aus der Bahn geworfen? Sicher nicht! Wie stand es um meine Noten? Durchschnittlich. Sogar recht gut. Ich erinnerte mich daran, die Prüfungen ohne allzu viel Büffeln bestanden zu haben. Auch entsann ich mich, Zeit zum Lesen gehabt zu haben, da ich nicht sonderlich viel paukte. Was las ich? Nahezu alles. Was mir unterkam. Ein weißes Buch war dabei. Das ich ständig in der Hand hatte. Ein altes Buch. Mutter hatte es in einem Antiquariat aufgestöbert, mitgenommen und mir zum achtzehnten Geburtstag geschenkt. Was war das bloß? Wie hieß es noch? Äquivalenz? Äquinoktium? Ego … Ex … Eklektik? Verdammt! Es war *Ecce Homo*! Ja! Ich erinnerte mich genau! Auf dem weißen Cover stand nur Nietzsche und *Ecce Homo*! Ich hatte es gelesen! Alles über *Ecce Homo*, das ich durch Ziyas Augen zu sehen vermeinte, hatte ich längst gewusst! Alles! Die Albträume setzten ein, nachdem ich dieses Buch gelesen hatte! Es war eine Zeitenwende in meinem Leben. Das Buch mit Bildern von Jesu Weg in den Tod war meine Zeitenwende gewesen. Nach Christus war alles düster. Deshalb hatte ich es vergessen. Das Buch hatte mein Leben zerstört, weil es die genetische Tür zwischen Ziya und mir gesprengt hatte! Deshalb hatte ich mich nicht erinnern können! Die bei Ziya und mir ähnliche Wirkung eines einzelnen Buches hatte den genetischen Mechanismus zwischen uns in Gang gesetzt. Ein einzelnes Buch hatte dafür gesorgt, dass wir einander trotz der hundert Jahre Abstand sehen konnten. Es hatte dazu geführt, dass alle Zeit, Menschen und Hindernisse zwischen uns transparent wurden. Mit achtzehn hatte ich *Ecce Homo* gelesen und Bekanntschaft mit Ziya gemacht. Mit Ziyas Attentatsträumen ... Wie hätte ich das ahnen sollen? Ich hatte Nietzsche gelesen und in meinen Albträumen erlebt, wie ich Atatürk töte. Woher hätte ich wissen, hätte ich begreifen sollen, dass zwischen beidem ein Zusammenhang bestand?

Stimmte das alles? War das die Wahrheit? Saß ich aufgrund eines Buches in dieser Zelle? War dem so, sollten sämtliche Bibliotheken verbrannt werden! Alle. Und zwar sofort!

Vielleicht hatte das alles auch gar nichts mit Wissenschaft zu tun. Und war nur ein Fluch. Nur ein Fluch, wie sie in Märchen vorkommen. Alle Angaben stimmten. Ein böser Mann und ein guter, den er umbringen will. Millionen weiterer Männer, die bereit sind, ihr Leben für den guten Mann zu lassen. Er hatte eine ungeheure Sünde begangen! Eine furchtbare Sünde! War das alles die Folge des Fluches, den jemand auf sich geladen hatte, der ein Attentat auf einen Anführer verübt hatte, den das Volk anbetete? Kaum, sagte ich mir. Das glaubte ich nicht, denn ich war viel zu real, um ein Märchenheld zu sein. War Ziya die Zukunft höchstpersönlich, war ich die Realität persönlich. Emotionslos genug, um keinerlei Reue wegen des Menschen, den ich getötet hatte, zu verspüren. Man konnte also auch ans Ende des Leids gelangen. An den Anfang des Nichtfühlens. Mit einem einzigen Schritt die Grenze überschreiten. Ja, ich war die Realität in Person. Daran zweifelte ich nicht, denn das war die Realität. Wie ich. Empfindungslos und gnadenlos. Die Realität, die mich zwei Stunden lang bei sechsundzwanzig Grad minus hatte ausharren lassen, hatte nichts bereut. Niemals ... Die Realität und ich glichen uns extrem, in der Mathematik nannte man das Kongruenz. Die Wirkung, die *Ecce Homo* auf Ziya und mich ausgeübt hatte, war kongruent! Absolut deckungsgleich.

Darum musste ich zur genetischen Verbindung zurück. Sie war die Brücke, auf die ich mich konzentrieren sollte. Der einzige reale Weg zwischen Ziya und mir. Ein Weg, der sich beschreiten ließ. Den man hin und zurück gehen konnte. Ein Weg, auf dem man vom Beginn des zwanzigsten Jahrhunderts zum Beginn des einundzwanzigsten gelangen konnte. Ziya hatte eine Reise unternommen. Es ging nicht bloß darum, dass mein Gedächtnis in die Vergangenheit hineinreichte, Ziyas Realität hatte vor allem mich erreicht. Es war keine Reise von einem Ort zum anderen. Denn Ziya kam dorthin, wo ich mich befand. Die Reise fand also von einer Person zur anderen statt. Zwischen zwei durch einhundert Jahre getrennten Menschen. Ziya war durch die Zeit gereist. Es handelte sich um eine genetische Zeitreise. Eine Reise, auf der die Vergangenheit die Zukunft besuchte.

Inwieweit spielte bei dieser Reise der Wille eine Rolle? War dem Ziya der 1920er klar, dass er mir begegnet war? War er in all dem damaligen Geschehen plötzlich abgetaucht und hergekommen, um mich bei meinen Wachen zu begleiten? Wohl kaum. Es war nicht die Folge einer willentlichen Anstrengung Ziyas. Das konnte nicht sein. Sonst hätte er es erwähnt. Ihm war nicht bewusst, dass er zu mir gekommen war. Hätte er mich gekannt, wäre er nicht gekommen.

Allerdings verwirrte mich, dass ihm klar war, tot zu sein. Denn das konnte darauf hindeuten, dass er mich nach seinem Tod aufsuchte. Vielleicht erinnerte er sich auch nur. Seine letzte Erinnerung. Aufgrund derer auch ich dann erinnerte. Ja, das alles lag in unseren Genen. Während er schwitzte, um Atatürk in Izmir in die Falle zu locken, spielten seine Überbleibsel in meinen Genen mir, der ich gerade den Militärdienst leistete, einen Streich. Unter denen, die mich zu dem machten, was ich war, befand sich auch Ziya Hurşit, und da seine Stimme laut war, hörte ich ihn. Gene kannten also keine Zeit. Die Zeit hatte keine Gewalt über sie. Statt einer geraden Linie glich die Zeit eher einer Kugel. Einer vollkommenen Kugel. Schlug die Vergangenheit tief genug ein, kam sie in der Zukunft wieder heraus.

Ob auch das Gegenteil möglich war? Konnte ich in Ziyas Leben gelangen? Konnte ich weitergehen als durch seine Augen zu sehen, durch seine Ohren zu hören und zu wissen, was er wusste, konnte ich auf die andere Seite der Erinnerung gelangen, zu ihm? Konnte ich von der Zukunft aus einsteigen und auf der anderen Seite bei der Vergangenheit herauskommen?

Wäre das möglich, hätte ich keine Sekunde gezögert, wäre in die Vergangenheit gereist und hätte versucht, Ziya das Attentat auszureden. Keine Sekunde hätte ich gezögert. Denn es war sein Attentatsversuch, der mein Leben versaut hatte. Der mich in eine Zelle gesperrt und dem Wahnsinn ausgeliefert hatte. Ohne ihn hätte Ziya keine Chance gehabt, die Hauptstadt auf meiner genetischen Landkarte zu sein. Denn wie jeder Mensch überall, und sei er nur einmal dort gewesen, DNA-Spuren hinterließ, hinterließ auch jedes Ereignis Spuren bei den Menschen, die dabei waren. Die DNA des Attentats war bis zu mir durchgedrungen und hatte Ziya vor mich hingestellt. Anschließend hatte ich die Kontrolle verloren und meine Verbindung zur Realität abgerissen. Mit solcher Wucht abgerissen, dass ich den Leichnam eines Menschen verbrannt und einem anderen Menschen einen Stift in den Hals gerammt hatte. Hätte das Attentat nicht stattgefunden, stünde ich jetzt im Frühling Wache … In diesem Frühling, auf den ich den ganzen Winter bibbernd gewartet hatte. In diesem Frühling, um dessen Kommen ich den Winter lang, in dem die Sonne meinen Blick fesselte, zum Himmel gefleht hatte. In diesem Frühling, der außerhalb meiner Zelle stattfand. Im Frühling hinter den Mauern hätte ich Wache geschoben.

Erst hätte die Aprilsonne mich gleich einem Kännchen Wasser erwärmt, vor dem Siedepunkt wäre es Nacht geworden und ich wieder abgekühlt. Zwischen der sengenden Hitze des Tages und der eisigen Kälte der Nacht wären meine Splitter zu Sand zerfallen, ich wäre zu Staub geworden. Nichts als reine Wüste. Gegen Morgen wären mir vor Kälte Tränen in die Augen gestiegen, hätten mir die Wimpern befeuchtet. Im selben Augenblick wäre die Sonne aufgegangen, und ich hätte durch die feuchten Wimpern den Regenbogen erblickt. Einen mikroskopischen Regenbogen in den Partikeln meiner Tränen, von meinen Wimpern durchzogen. Kunterbunte Linien hätte ich betrachtet, winzig bis zum Nichtsein, doch ich könnte sie sehen, weil sie mir unmittelbar vor den Augen stünden. Die Schneeschmelze wäre der Wetterschmelze gleichgekommen. Ein Regen aus ungewisser Quelle hätte mich von oben bis unten durchnässt. Zunächst hätte ich die Nässe nicht gespürt. Sie hätte die Stofflagen auf mir eine nach der anderen durchdrungen, und ich hätte, in Erinnerung an Temperaturen um minus dreißig Grad, gelacht. Die von Menschenhand aufgetürmten Schneeberge an den Straßenrändern wären bei der Schmelze schmutzig geworden und hätten an Korallenriffe erinnert. Das Schneemeer hätte sich in ein Schlammmeer verwandelt, noch beim

Hindurchwaten hätte ich gelacht. Alles, was vor Monaten im Schnee versunken war, wäre allmählich wieder aufgetaucht. Alle Zigarettenkippen, sämtliche Rattenkadaver. Erst wäre der Schnee geschmolzen, dann verdampft und hätte mich gleich einem Insektennetz eingewickelt. Die Strahlen der Sonne, die Scheinwerfer der Landys wären durch den Dampf gedrungen, hätten unsere Plätze auf der Bühne beleuchtet. Wassernebel hätten uns umwabert, die Welt wäre zum Räucherfass geworden. Nach Monaten wäre ich meinem Schatten wiederbegegnet. Wir hätten uns gefühlt wie im Winter unter Neonröhren auf Papier gezeichnet. Als hätten wir keine Tiefe, wären nicht dreidimensional. Wäre das Attentat nicht gewesen, hätte ich meinen Schatten gesehen und mein Volumen wiedererlangt. Lächelnd hätte ich in den Regen geblickt, da endlich nichts Kaltes mehr vom Himmel fiel. Selbst wenn er den Boden gelöchert hätte, hätte ich den Kopf gehoben und ihn mir auf die Stirn prasseln lassen. Von meinen Wachtürmen aus hätten die ihres Flaums beraubten Stacheldrähte wie Nähte am Himmelszelt ausgesehen. Selbstverständlich hätte sich über uns ein Himmel gewölbt. Einer von den tiefblauen. Selbstverständlich wären Flugzeuge hindurchgeflogen. Solche, die schneeweiße Bänder hinter sich herzogen. Ich hätte den Kopf gehoben und mit frühlingstrunkenen Augen hingeschaut. Hätte vergessen, wer von uns am Himmel war, es wäre mir egal gewesen. Der Himmel wäre ein Ozean, das Flugzeug ein Schiff gewesen. Das schneeweißen Schaum hinter sich herzog. Ich, der ich mit den Füßen im Schlamm stünde, wäre zu einem Akrobatikpilot geworden, der den Bauch seines Fliegers dem Himmel zudrehte. Ich hätte den Kopf gehoben und mit frühlingstrunkenen Augen das Schiff auf dem Ozean betrachtet. So berauscht wäre ich gewesen, dass nicht die Gesetze der Physik das Flugzeug gesteuert hätten, sondern ich. Den fernen Bergen wäre ihr weißes Haar ausgefallen, mit all der Zeit, die ich im Winter totgeschlagen hatte, hätte ich im Frühling neues Leben erschaffen.

Doch das geschah nicht. Es gelang mir nicht. Nichts davon geschah. Zwischen den Frühling und mich hatten sich die Mauern meiner Zelle gestellt, zwischen den Frühling und mich war das Attentat getreten.

Ich musste in die Vergangenheit! Sofort! Mich vor Ziya hinstellen und ihn abhalten! Nur wie? Wie er es mit mir getan hatte! Er war just in dem Moment zu mir gekommen, als ich aus dem Gleichgewicht geriet. An der Schwelle zum Selbstmord. Also musste ich ihn am Tag vor dem Attentat aufsuchen. Ich würde auftauchen, als er vorhatte, mit dem Mord Selbstmord zu begehen. Ich würde in den Moment reisen, da er den Stift zur Hand nahm, um den Brief an Yonina zu schreiben! Wenn ich ihm die Sätze, die er noch nicht geschrieben, nur gedacht hatte, ins Gesicht sagte, wäre er derart beeindruckt, dass er täte, was ich sagen würde. Falls nötig, würde ich ihm sein gesamtes Leben im Voraus erzählen. Von Dingen reden, die niemand wusste. Von *Ecce Homo*! Von dem Zimmer, das er in Berlin bezogen hatte, um Hand an sich zu legen, von Wallace der Nase, von alldem!

Doch wie sollte ich hinkommen? Ich betrachtete meine Hände. Meine Finger, meine Beine. Was ich sah, war ein Weg zu ihm. Alles, was ich sah, trug einen Teil von Ziya. Ich saß in einem Zeitshuttle, wusste aber nicht, wie ich es in Bewegung setzen sollte!

Ich stand auf. Legte den Brief auf das Bett. Fuhr mit der Hand über die alte Naht auf meiner Stirn. Ging ein paar Schritte rückwärts, lehnte den Rücken an die Zellentür. Acht

Schritte davor stand die Mauer, die mich vom Frühling trennte. Acht Schritte vor mir stand der Frühling. Meine Handflächen, mein Kopf, mein Rücken, meine Fersen. Alles haftete an der Tür. Wie ein Hundertmeterläufer stieß ich mich ab, setzte, den Kopf voraus, den ersten Schritt. Zu Ziya. In die Vergangenheit. Rannte.

3

Er saß über den Schreibtisch gebeugt, im Begriff, den Brief zu schreiben. Ich stand wenige Schritte hinter ihm. In Ziyas Zimmer im Hotel Gaffarzade. Ich hatte es geschafft. Hinein in die Mauer meiner Zelle, durch meine Gene hindurch war ich zu Ziya Hurşit gelangt. Mein Leben war fantastisch. Wo ich war, da war die Realität. In Izmir. Im Hotelzimmer im Stadtteil Kemeraltı.

Er fuhr so ruckartig herum, dass ich die Pistole in seiner Hand gar nicht bemerkte. Dabei hatte ich mich nicht bewegt. Sogar kaum geatmet. Wie hatte er gespürt, dass ich hinter ihm stand?

»Wer bist du?«

Für jemanden, der einen Fremden im Zimmer sieht, während er einen Anschlag vorbereitet, war er ziemlich gelassen. Viel zu gelassen. Dabei war die Zimmertür geschlossen. Ebenso die Fenster. Nichts verriet, dass ich hereingekommen war. Dennoch war er vollkommen ruhig. Er wollte nur wissen, wer ich war. Er trug einen Anzug in Beige, die blank geputzten Schuhe wurden zum Spiegel, als Sonnenlicht darauf fiel. Eine Frage des Stils, hatte er zu mir gesagt. Er stand vor mir. Mit all seinem Stil. In all seinem Wahn. Sechsundzwanzig Jahre alt.

»Das ist unwichtig. Es reicht, wenn du weißt, dass ich nicht aus dieser Zeit stamme.«

Er lachte. Wer weiß, welche Männer welcher Mächte er erwartete? Wer weiß, von welchem Verrat er erwartet hatte, überrumpelt zu werden? Mit Soldaten, Polizisten hatte er gerechnet. Aber jemand von jenseits der Zeit! Da musste er lachen.

»Ach ja? Was brauchst du, um zurückzugehen? In deine eigene Zeit. Musst du dafür sterben? Bist du deshalb zu mir gekommen?« Er spannte den Hahn. Und lachte nicht mehr. Aber ich war nicht in die Vergangenheit gereist, um mich erschießen zu lassen.

»Diesen Brief schreibe ich Dir aus einem Hotelzimmer. Aus Izmir. Aus der Stadt, in die ich kam, um einen Mord zu verüben. Ich schreibe, während ich auf den Mord warte. Morgen. Morgen wird alles zu Ende sein. Morgen wird alles neu beginnen. Wir werden sehen. Vielleicht kommen wir auch um. Dann wird es nicht mehr nötig sein, diesen Brief zu beenden. Dann flüstere ich Dir persönlich zu, was ich schreiben wollte. Statt Stift und Papier berühren sich dann unsere Augen … Reicht das? Reicht es, um zu beweisen, dass ich alles über dich weiß?«

Mit der Pistole senkten sich seine Brauen. Fassungslos. Bevor er die Sätze schreiben konnte, vernahm er sie aus meinem Mund. Ich hätte nicht mit ihm tauschen mögen. Denn einige Monate zuvor hatte ich eine ähnliche Begegnung gehabt. Eine Begegnung, von der ich mich noch immer nicht erholt hatte.

»Wie?«, brachte er nur hervor. »Wie kann das sein?«

»Das tut nichts zur Sache. Hör einfach an, was ich dir zu sagen habe.«

»Liest du meine Gedanken?«

»Nein, ich komme aus der Zukunft. Ich weiß, was du morgen vorhast. Ich weiß, was danach geschehen wird. Weiß, wie du hierhergekommen bist. Weiß von *Ecce Homo*. Weiß von Wallace der Nase. Weiß, wie er das Albion in die Luft gejagt hat. Weiß, dass du Hannah Höch hasst. Und ich weiß auch, wann du sterben wirst. Und wie! Sei still und hör zu. Wenn du mich nicht umbringst, glaub mir und hör mir zu.«

Er sagte nichts mehr. Starrte mich wie ein Gespenst an. Ich kannte diesen Blick von mir selbst. Ebenso hatte ich einst ihn angestarrt. Wir sahen uns nicht ähnlich. Aber unsere Augen blickten offenbar auf dieselbe Weise. Gleich! Genau gleich. In der Mathematik nannte man das wohl Kongruenz.

»Ich weiß, was du über Mustafa Kemal denkst. Ich weiß, dass du überzeugt bist, er müsse sterben, damit die Revolution von Dauer sein kann. Ich weiß, dass du deine Freunde rächen willst. Ich weiß, dass du sehen willst, wie seine Umgebung zusammenbricht. Ich weiß, dass deine innere Zersplitterung erst im wahren Chaos Ruhe findet. Dennoch musst du es lassen. Alles. Dieses furchtbare Attentat! Denn du kannst rein gar nichts ändern. Wenn es dir gelingt, verbünden sich alle Leute, die du heute hasst, und übernehmen die Macht. Wenn du aber den Plan fallen lässt, wird Mustafa Kemal sein Leben lang all seine fortschrittlichen Initiativen eine nach der anderen umsetzen. Er wird sogar den Frauen Wahlrecht geben! Er wird nicht, wie du befürchtest, zu einem hohlen Denkmal werden. Die Prinzipien der von ihm gegründeten Republik werden wie in Stein gemeißelt überdauern, auch wenn Tausende versuchen, sie zu stürzen. Noch in einhundert Jahren werden Menschen den Weg gehen, den er aufgezeigt hat. Vorwärts.

Ziya, tu das nicht! Verschwinde jetzt sofort aus diesem Hotel. Geh! Kehr zu den Reisen zurück, auf die du gehörst. Verschwinde. Verschwinde, wie du es immer erträumt hast.

Ich kenne dich. Dein Wunsch, Mustafa Kemal zu töten, hat nichts mit Neid zu tun. Du tust das nicht, weil du ein Anhänger von Sultanat oder Kalifat wärest. Auch nicht, weil sämtliche Frauen in ihn verliebt sind. Oder doch? Treibt dich etwa doch die Machtgier an? Antworte mir!«

Er hatte gar nicht bemerkt, dass ich verstummte. Er war nach wie vor fassungslos. Die Pistole auf dem Knie, löste er den Blick nicht von mir. Ich stellte die Frage erneut.

»Willst du Mustafa Kemal etwa töten, um ihm alles zu nehmen, was ihm gehört?«

Erst schüttelte er nur den Kopf. »Nein!«, sagte er dann. »Natürlich nicht! Nur ...«

Ich hatte nicht allzu viel Zeit. Ich wusste nicht, wann meine Reise enden würde. Deshalb sprach ich für ihn weiter.

»Du glaubst, er würde sich mehr und mehr zu einem Diktator, einem Zar, einem Sultan entwickeln. Du siehst, wie die Menschen ihn vergöttern, und hältst das für den größten Feind der Demokratie, die in Zukunft aufgebaut werden soll. Zu Recht. Aber du kennst dieses Land nicht genug. Du hast zwar dafür gekämpft, aber ich glaube, du kennst es nicht wirklich. Denn wenn du es wirklich kennen würdest, wäre dir klar, dass Anatolien eine Revolution nur dann annehmen würde, wenn sie darauf einprasselte. Wir haben uns in einer anderen Zeit getroffen, und du hast mir von unteilbaren Orten erzählt. Von Mossul, von Kaschmir. Aber du hast dabei

Anatolien vergessen. Weißt du warum? Weil du es nicht kennst. Sklaven von tausend Jahren brauchen mindestens tausend Jahre, um aufzuwachen. Mindestens tausend Jahre, um Generationen zu verändern, um ihre Verbindungen zur Vergangenheit zu kappen. Hast du so viel Zeit, Ziya? Wer hat die schon? Deshalb muss die Revolution sein wie eine Karaffe voll Wasser, das man denen ins Gesicht schüttet, die einfach nicht aufwachen wollen. Glaub mir, es ist besser so! Lass Mustafa Kemal auf seinem Weg voranschreiten. Ihr beiden ähnelt einander. Man kann euch nicht allein wegen Taten zu einer bestimmten Zeit verurteilen. Man muss warten, bis ihr eure letzte Handlung ausführt, erst dann kommt euch ein Name zu. Ihn haben sie Atatürk genannt, Ziya. Und ein Diktator ist er nicht geworden. Auch du brauchst jetzt einen Namen. Leb weiter und hol ihn dir. Kehr auf deine Reisen zurück. Schreib, kämpfe, schaffe! Aber gib das Attentat auf!«

Er hatte mir zugehört, hatte jedes einzelne Wort vernommen.

»Nein! Ich weiß nicht, wer du bist, aber du irrst. Alle irren. Keiner weiß, was im Parlament vor sich geht. Wenn ich ihn nicht umbringe, bringt er uns um! Uns alle! Keinen einzigen Gegner wird er am Leben lassen!«

»Nenn mir die Motive seiner Gegner! Die wahren Motive! Welcher von ihnen wäre nicht gern an seiner Stelle, sag mir das! Wer beneidet ihn nicht? Welcher von ihnen? Du? Hör zu, Ziya, wenn du darauf beharrst, werde ich auch dich nur für einen armen Tropf halten. Einen armen Wicht, der Macht will, der nicht an die Revolution glaubt, sondern nur an sich selbst. Geh jetzt! Jetzt sofort! Sonst wird bald …«

2

Eine Sekunde lang schloss er die Augen, und als er sie wieder aufschlug, war er allein im Zimmer. Der junge Mann, der behauptete, aus der Zukunft gekommen zu sein, war fort. Noch immer konnte er es nicht fassen. Hatte er fantasiert? Hatte er geträumt, was er soeben vernommen hatte? Er warf einen Blick auf seine Pistole. Mit ihr würde er schießen. Den ersten Schuss würde er abgeben. So hatten sie es verabredet. Am nächsten Tag. In der Kurve vor der Polizeiwache. Dort würde Mustafa Kemals Wagen langsamer fahren. Verdeckt von dem Baum, hinter dem er stehen würde, würde er schießen. Zunächst hatte er überlegt, den Anschlag mit einem Sprengsatz im Parlament zu verüben, hatte die Idee dann verworfen und Pläne für Mustafa Kemals Bursa-Reise gemacht. Doch Ismail der Lase, den er dorthin geschickt hatte, erklärte, dort würde es nicht gehen, also war Izmir geblieben.

Er legte die Pistole auf den Schreibtisch und starrte das leere Blatt Papier an. Yonina fiel ihm ein. Sein Brief ohne Adresse. Der einzige Weg, den imaginären Mann zu vergessen, den er minutenlang gesehen hatte, war es, mit der Frau zu sprechen, die er liebte. Und der einzige Weg, mit einer Toten zu reden, war schreiben …

Er griff nach dem Stift, betrachtete eine Weile Yoninas Gesicht, das sich auf der Wand gegenüber abzeichnete, und schrieb. Als wäre nichts geschehen. Das Gespenst, das er gesehen hatte, erwähnte er so wenig wie das, was es gesagt hatte. Als der Brief fertig war, legte er den Stift beiseite und lehnte sich zurück. Er faltete den Bogen und schob ihn in die Innentasche seines Jacketts. Auf der Wand war nicht mehr Yoninas Gesicht zu sehen, sondern das des Gespensts. Er dachte an seine Worte und überlegte.

Bei Ziya Hurşit war nie gewiss, was er in der nächsten Sekunde tun würde. Er trat aus dem Zimmer, verließ das Hotel. Er eilte zum Bootshaus an der Küste. Şevki den Kreter fand er rauchend in seinem Boot.

»Şevki, hör zu. Die Sache ist abgeblasen. Es gibt kein Attentat. Keine Sorge, niemandem wird etwas geschehen. Tu einfach, was ich dir sage. Schreib eine Notiz und geh zur Präfektur. Da zeigst du uns an. Du sagst, wo Ismail, Yusuf und Hilmi stecken. Sie werden uns verhaften. Es hat ja nur Planung stattgefunden. Kein Abzug wurde betätigt, keine Bombe geworfen. Maximal ein Jahr müssen wir hinter Gitter. Und du kommst sowieso gleich frei, weil du uns denunziert hast. So kommen wir aus der Sache heraus, ohne dass jemand zu Schaden kommt.«

Şevki verstand überhaupt nichts mehr. Denn erst wenige Stunden vorher hatten sie sich getroffen und die letzten Einzelheiten besprochen. Georgier Yusuf, Lase Ismail und Ziya Hurşit würden, nachdem sie Mustafa Kemal erschossen hatten, mit dem von Narben-Hilmi organisierten Wagen an die Küste kommen, dort Şevkis Boot besteigen und nach Chios fliehen. Allein zu diesem Zweck hatte Ziya die Restpfändung des Bootes von sechshundert Lira getilgt. Er war nach Ankara gefahren und hatte Kılıç Ali gebeten, ihm zu helfen, einen Kredit von der İş-Bank zu bekommen. Auch sein älterer Bruder Faik war dort. Damit er seine irrsinnigen Handlungen beenden und, wie er vorgab, in den Handel einsteigen könnte, wurde ihm ein Kredit von dreitausend Lira zur Verfügung gestellt, mit diesem Geld kehrte Ziya nach Izmir zurück. Nach dem ganzen Aufwand stand er jetzt vor ihm und redete vom Aufgeben. Und wollte sich auch noch verraten lassen.

»Warum, Herr? Warum zeigen wir uns selbst an? Warum verschwinden wir nicht jetzt gleich?«

Ziya steckte sich eine Zigarette an. Sie saßen einander gegenüber im Boot, es schaukelte leicht auf den Wellen.

»Es gibt ein paar Dinge, von denen du nichts weißt. Der Gazi hat bereits erfahren, dass wir ihn töten wollen. Deshalb hat er die Reise verschoben. Heute Abend spüren die uns auf. Wenn die uns finden, bringen sie uns um. Aber wenn du hingehst, werden wir nur verhaftet!«

Die Aschensäule an der Zigarette des Kreters wuchs, der Bootsmann konnte nicht glauben, was er hörte.

»Was soll das heißen, der Gazi weiß es? Was willst du damit sagen? Wer hat geplaudert?«

»Naciye. Die Frau, die ich dem Lasen Ismail als Begleitung nach Bursa mitgegeben hatte. Damit sie wie ein Ehepaar aussehen und nicht auffallen. Sie sollten dort den geeigneten Ort für den Anschlag bestimmen. Aber Naciye hat geredet. Hat alles ausgeplaudert, was sie wusste. Was glaubst du denn, warum Sarı Efe Edip und Abdülkadir, die bis zum Schluss an unserer Seite kämpfen wollten, nach Istanbul abgereist sind? Auch sie wissen alles.«

»Die verdammte Hure! Und was machen wir jetzt?«

»Hab ich doch gesagt, du gehst zur Präfektur und sagst, wo wir stecken. Bevor die Soldaten kommen, stellen wir uns der Polizei. Dann kommen wir wegen Mordversuch vor Gericht und müssen höchstens ein Jahr ins Gefängnis. Nicht mehr. Los jetzt, beweg dich. Ich geh ins Hotel zurück.«

Şevki wusste nicht, was er sagen sollte. Vor lauter Verwirrung überfiel ihn ein Zittern. Ziya stand schon auf dem Anleger und sagte: »Na los! Mach dich auf den Weg! Vergiss nicht, du musst das schriftlich machen. Als Beweis dafür, dass wir verhaftet sind. Verstehst du? Es braucht einen Beweis, damit sie uns nicht umbringen und verschwinden lassen. Los! Vor den Soldaten muss die Polizei da sein!«

Nach diesen Worten drehte er sich um und ging davon. Unmöglich zu begreifen, was Ziya dachte. Wer wusste schon, was seine Augen sahen?

Mit einem Satz sprang Şevki aus dem Boot und lief zur Präfektur. Von den Beamten an der Anmeldung ließ er sich Papier und Stift geben und schrieb eine Notiz.

Ziya lächelte, als er das Hotelzimmer betrat. Er dachte an das Leben, das er führte. An die Dinge, die er getan hatte, an das, was er zerstört hatte, an alles. Und angesichts all dessen begnügte er sich mit einem Lächeln. Jetzt würde er im Gefängnis landen. Für ein, vielleicht zwei Jahre. Das Gespenst aus der Zukunft hatte sehr wahre Dinge gesagt, nun war er davon überzeugt, dass die Revolution auch fortdauern würde, wenn Mustafa Kemal am Leben blieb. Denn Mustafa Kemal war selbst die Revolution! Zum ersten Mal im Leben bereute er einen Schritt. Ihm fiel ein, wie die Augen der Menschen geleuchtet hatten, denen er vom Attentat erzählt hatte. Wie froh waren sie gewesen! Wie sie gehofft hatten, damit wäre für sie der Weg frei, sich vorgestellt hatten, es wäre möglich, und wenn auch nur für einen Augenblick, an Mustafa Kemals Stelle zu treten. Kein Einziger von ihnen war wie Ziya. Er hatte nichts mit ihnen gemein.

»Zur Hölle mit ihnen allen!«, sagte er mit Blick in den einzigen Spiegel im Zimmer. »Für keines meiner Verbrechen habe ich bisher bezahlt. Jetzt ist es an der Zeit ... Die sind mir alle schnuppe!«

Das Gespenst aus der Zukunft hatte sein Ziel erreicht. Es hatte Ziya in wenigen Minuten den seit Jahren geplanten Mord ausgeredet. Ziya war verändert. Es war Zeit für einen Wandel. Nach seiner Freilassung würde er gehen. Nach Afrika, Amerika, China. Er würde die Welt bereisen. Würde durch die Adern der Welt reisen. Bis er mit Yonina vereint wäre, würde er das Unterste der Welt zuoberst kehren. Die Augen, die ihm das Gespenst geöffnet hatte, würden nie wieder zufallen.

Er streckte sich auf dem Bett aus und begann zu warten. Die Pistole in der Hand. An der Decke erschien Yoninas Gesicht.

»Ziya Hurşit Bey, haben wir nicht um eines Zieles willen lange Zeit zusammengearbeitet?«

»Das haben wir, Pascha.«

»Was soll dann dieses Attentat? Und Sie sollen auch noch der Anführer sein, die Seele der Bande.«

»So ist es. Das ist richtig, Pascha. Ich kam her, um den Anschlag zu verüben, aber es kam dann nicht zur Tat.«

»Das hätte ich nicht von Ihnen erwartet.«

»Die Welt ist voller unerwarteter Dinge, Pascha. Was soll ich machen, heute stehe ich in dieser Lage vor Ihnen.«

»Ich bin kein rachsüchtiger Mann. Aber die Sache ist an das Gericht überstellt. Jetzt müssen wir das Ergebnis abwarten.«

Als im Unabhängigkeitsgericht in Izmir die Urteile verlesen wurden, lächelte Ziya Hurşit weiter. Denn er hatte seinen gesamten Plan offengelegt, ohne etwas zu verbergen. Die anderen hatten alles abgestritten, es hatte eine Gegenüberstellung gegeben, er hatte alle an ihre Worte erinnert. Der Grund für seine Offenheit war die Festungshaft von einem oder zwei Jahren, mit der er rechnete. Doch die Urteile wurden verlesen und für die ersten dreizehn lautete es Todesstrafe. Keiner der Richter war Jurist, und keiner der Angeklagten hatte einen Anwalt. Ziyas Miene fror eine Sekunde lang ein, er hob den Kopf und richtete den Blick an die Decke. Dann in den Saal. Dann nach rechts. Er lächelte wieder. Wohin er auch schaute, sah er Yoninas Gesicht. Auch sie lächelte.

Als sie in der Nacht des 13. Juli 1926 seine Zelle im Izmirer Gefängnis betraten, schlief Ziya Hurşit. Seit er erfahren hatte, dass er hingerichtet werden würde, hatte seine innere Zersplitterung ein Ende und ein seltsames Gefühl namens Seelenfrieden füllte die Leerstellen. Deshalb konnte er endlich schlafen. Weil er wusste, dass er sterben würde.

Er schlug die Augen auf und sagte: »Willkommen.« Jahre später ging er in die Geschichtsbücher ein: »Er war gelassen, als man ihn weckte, gar heiter …«

Der Henker Ali Ağcı, ein Rom aus Saloniki, sagte: »Ich habe 1017 Menschen gehenkt. Nie sah ich einen, der kam, als ginge er auf eine Hochzeit.« Was er nicht wusste, Ziya ging tatsächlich auf eine Hochzeit. Auf seine eigene.

»Ich verstehe«, sagte er zu den Wärtern. »Keine Eile. Ich will mich eben fertig machen.«

Er kleidete sich an und parfümierte sich. Eine Frage des Stils …

»Bitte, gehen wir«, sagte er, als er aus der Zelle trat.

Er fragte nach den anderen. Sagte, für einige von ihnen wäre die Hinrichtung wirklich unsinnig. Doch fünf Wochen darauf sollte in Ankara erneut ein Gericht tagen, Dutzende Personen würden verhaftet und vier weitere Todesurteile vollstreckt werden. Das wusste Ziya nicht. Er wusste nicht, wie viele Steine er mit einem einzigen Stoß gekippt hatte. Wusste nicht, dass er der Grund für die totale Eliminierung der Bewegung für Einheit und Fortschritt sein würde. Dass mithilfe des Gerichts sämtliche Oppositionelle aus dem ersten Parlament zum Schweigen gebracht werden würden. Dass selbst General Kâzım Karabekir, nur weil er ihn gegrüßt hatte, verhaftet werden würde. Hätte es ihn kaltgelassen, wenn er es gewusst hätte? Möglicherweise, vielleicht auch nicht. Vielleicht hätte er sich darauf beschränkt zu lächeln, wenn er sähe, dass er in keinem Punkt geirrt hatte.

Zweihundert Lira hatte er noch in der Tasche, die übergab er dem Gefängnisdirektor.

»Gebt das Faik.«

Er sagte, damit solle ihm ein gebührendes Grabmal errichtet werden. Dabei erinnerte er sich durchaus an die Grabsteine in der St.-Michaels-Gasse. Diesmal wusste Ziya es, wusste, dass an seinem Grab kein Stein errichtet werden würde. Doch er wollte, dass die anderen und sein Bruder davon erfuhren. Dass er aus der Geschichte gestrichen wurde. Ausradiert. Er wollte sogar, dass sie sahen, dass, um ihn auszulöschen, an seinem Grab kein Stein stand. Als hätte er nie gelebt.

An der Ecke der Kemeraltı-Moschee, an der für das Attentat vorgesehenen Stelle, stand der Galgen. Er lächelte, als er es sah.

»Wie schön! Sieht aus wie eine Schaukel. Auch die Höhe stimmt. Von oben werde ich auf die am Boden hinunterschauen. Eben dies habe ich gewollt.«

Noch hatte keiner ein Wort gesagt, da war er bereits auf den Hocker geklettert.

»Macht euch keine Mühe, meine eigenen Angelegenheiten besorge ich selbst.«

Henker Ali war aufgeregter als Ziya.

Als er sagte: »Herr, es wird Zeit«, lachte Ziya ein letztes Mal.

»Wozu die Eile? Bin nicht ich es, der stirbt? Ich gehe ja schon. Die Welt bleibt dir, keine Sorge!«

Es stimmte. Ziya Hurşit ging, und die Welt blieb uns.

1

Als er mit der Zunge danach tastete, begriff er, warum ihm die Lippen feucht waren. Das Blut, das ihm aus der Stirn sickerte, bildete auf dem Boden der Zelle eine Lache. Er lag auf dem Fußboden. Er hatte die Augen geöffnet und dachte seit ein paar Minuten über sein Leben nach. Über ein paar Minuten seines Lebens. Er konnte nur daran denken, dass er seinen letzten Satz nicht beendet hatte. Seine Reise in die Vergangenheit hatte einen Satz zu früh geendet. Er wollte Ziya noch erzählen, dass der Kreter Şevki zur Präfektur gehen und das Attentat verraten würde. Dass man ihn selbst dann verhaften und hinrichten würde.

Was er nicht wusste, war, dass es keinesfalls so gekommen wäre, wenn er nicht in die Vergangenheit gereist wäre. Hätte er Ziya nicht überzeugt, wäre Şevki niemals zur Präfektur gegangen und Atatürk wäre am 16. Juni des Jahres 1926 von Ziya Hurşit erschossen worden. Der Brief, die einzige Spur, die Ziya hinterlassen hatte, war zurückgekehrt, hatte ihn überfahren, und der Soldat hatte das Undenkbare getan.

0

Die Zeit im Gefängnis schritt dermaßen rasch voran, dass ich kaum verstand, wie die Tage verstrichen. Je mehr die Zeit in sich hineinfraß, umso leichter und schneller wurde sie. Wieder saß ich in einer Zelle. Diesmal in einem Raum von sechs Schritten. Da ich wegen Mord verurteilt war und als gefährlich galt, hielt man mich von den anderen Häftlingen fern. Ich verbrachte meine Tage, ohne ein Wort mit irgendjemandem zu wechseln, und führte ein Leben, von dem nur ich wusste. Ein Leben in mir. Ein Leben hinter meinen Lidern, unter meiner Haut. Befand mich an einem für andere unerreichbaren Ort. Heute baute ich mein Haus an der Atlantikküste, morgen speiste ich im Taj Mahal.

Monate war es her, dass man mich hergebracht hatte. Ziya sah oder hörte ich nicht mehr. Womöglich hatte meine Reise in die Vergangenheit nur das bewirken können. Unsere Gedächtnisse waren für immer auseinandergerissen. Nur mich selbst hatte ich nicht befreien können. Als ich sah, dass in dem Buch, das ich mir aus der Anstaltsbibliothek lieh, kein einziger Satz über das Attentat in Izmir verändert war, wurde mir klar, dass ich gescheitert war. Die Tage, in denen ich gehofft hatte, auf magische Weise aus der Zelle geholt zu werden, waren längst vorbei. Doch es scherte mich nicht mehr. Nichts. Ich war, wo ich hingehörte. Unter meiner Haut.

Eines Morgens zerriss eine in weiter Ferne gebrüllte Zahl die Stille meiner Zelle.

»Eins!«

»Gendarm!«

Zunächst begriff ich nicht. Wer machte da Liegestütz und warum? Warum waren die Stimmen so laut? Es mussten viele sein. Auf einmal fiel mir ein, dass die Woche gekommen war, in der die Rekruten meiner Kohorte entlassen wurden. Sie gingen. Die Rekruten, mit denen ich gleichzeitig den Wehrdienst angetreten hatte, wurden entlassen.

»Zwei!«

»Gendarm!«

Die Kommandanten befahlen ein letztes Mal Push-ups. Ein Entlassungsritual. Ich wusste davon. Ich hatte es gesehen. Die letzten Liegestütze.

»Drei!«

»Gendarm!«

Mir traten die Soldaten vor Augen, wie sie Push-ups machten in den Klamotten, die sie bei der Ankunft getragen hatten. Soldaten, die beim Liegestütz lachten. Sie wurden entlassen.

»Vier!«

»Gendarm!«

Nur noch ein paar Push-ups, dann wären sie im Leben zurück. Ich hörte sie. Sie waren weit entfernt. Doch sie waren so aufgeregt, dass sie laut genug brüllten, um ihre Stimmen bis zu mir durchdringen zu lassen.

»Fünf!«

»Gendarm!«

Die Vorgesetzten zählten:

»Sechs!«

Die Soldaten brüllten:

»Gendarm!«

»Sieben!«

Sie brüllten in dem Moment, da sie sich hochstemmten:

»Gendarm!«

»Acht!«

»Gendarm!«

»Neun!«

»Gendarm!«

»Zehn!«

»Gendarm!«

Und der Kommandant fragte ein letztes Mal:

»Wie viele noch?«

Nach 460 Tagen brüllten sie so laut, dass sogar ich es glaubte:

»Null!«

-1

Alles beginnt unter null. Wenn sie die Schneemasken über die Köpfe ziehen, zeigen sich die wahren Gesichter. Man wird man selbst, wenn man sich verbirgt. Man wird nackt, wenn man sich in dicken Stoffen vergräbt. Alles endet unter null. Wenn die Träume zu Eisstaub werden wie die Realität.

Die Tür seiner Zelle öffnete sich selten. Deshalb schrak er auf, als er den Schlüssel hörte. Er schloss die Augen. Wer auch immer kam, er wollte ihn nicht sehen. Er hockte in der Mitte der Zelle auf dem Boden im Schneidersitz. Er hatte keine Zeit für irgendwen. Doch er hörte eine Stimme. Eine Stimme, die er kannte. »Vielen Dank! Entschuldigen Sie, wenn er Ihnen Mühe bereitet hat.«

Seine Mutter. Endlich hatte sie sich also doch entschlossen, ihren Sohn zu sehen! Endlich war sie da! Kurz überlegte er, sie abzustrafen, verwarf den Gedanken aber gleich wieder. Keine Strafe konnte schmerzlicher sein, als seine Mutter zu sein. Er verzieh ihr und schlug die Augen auf.

Neben der Mutter stand ein Sergeant. Er sah aus wie Ekber. Er sprach wie Ekber.

»Ja, Soldat. Es ist vorbei. Na, dann mal los. Zeit für Entlassung. Siehst du, auch deine Mutter ist da.«

»Komm, wir ziehen dich um, mein Sohn.«

Er konnte es zunächst nicht glauben. Deshalb schwieg er. Und regte sich nicht. Er wollte sicher sein, dass er nicht träumte.

»Komm schon, Junge, komm. Gib mir deine Hand.«

Die Mutter streckte ihm die Hand hin. Der Sergeant lächelte. Die Figuren flackerten nicht, ihre Stimmen wurden nicht dumpf. Sie waren echt! Endlich konnte er es glauben. Er kam raus! Er war gerettet! Es hatte also doch etwas genützt! In die Vergangenheit zu reisen und mit Ziya zu reden, hatte geholfen! Es hatte nur ein bisschen gedauert. Lange hatte es gedauert, bis die Vergangenheit sich Schritt für Schritt veränderte und endlich bei ihm ankam. Aber es war vollbracht! Es war geschehen! Er hatte das Attentat verhindert, und all seine Verbrechen waren mit der Vergangenheit entschwunden. Um in die Freiheit entlassen zu werden, genügte es, dass er aufstand und die Hand seiner Mutter ergriff.

Während er sich behäbig aufrappelte, schaute er sich um. In der Zelle. Ein letztes Mal. Doch wohin er auch blickte, alles verwandelte sich. Das Bett wurde zum Sofa, an den Wänden klafften Fenster auf, Tageslicht drang herein, Atatürks Foto blickte auf sie herab. Jäh zog er die der Mutter hingestreckte Hand zurück.

»Was ist hier los?«, stammelte er.

Die Mutter war das gewohnt.

»Nichts, mein Junge. Wir gehen.«

Vor seinen Augen hatte sich die Zelle in ein Wartezimmer verwandelt. In ein gewöhnliches Zimmer. In eines der Zimmer im Stabsquartier, die er einst geputzt hatte. In irgendeines davon. In seinen Ohren pulsierte das Blut. Er wollte raus, wo auch immer er sich befand. Sei es eine Zelle oder ein Zimmer. Er musste sofort raus. Die Hand der Mutter ließ er in der Luft hängen, hastete an Mutter und Sergeant vorbei zur Tür hinaus. »Egal«, wisperte er dabei. »Es ist egal. Ich gehe. Es ist völlig egal. Ich gehe.«

Erst am Ende des Korridors holte die Frau den Sohn wieder ein, ergriff seine Hand und ging mit ihm gemeinsam. Sie sprachen nicht. Sie stiegen eine Treppe hinunter, traten durch die nächste Tür ein. Dahinter lag eine Stube. Ein Schlafsaal, in dem leere Betten standen. Wie sauber sie waren! Hellblaue Laken und gefaltete Bettdecken darauf. Es sah völlig anders aus als in der Stube, in der er vor Monaten geschlafen hatte. So anders war sie, dass ihm die andere jetzt völlig unwirklich schien. Als hätte es sie nie gegeben.

Neben einem der Betten blieben sie stehen. Mithilfe der Mutter knöpfte er den Tarnanzug auf. »Das ist Tarnung!«, murmelte er. Die Mutter hörte es.

»Natürlich, mein Sohn.«

Dabei hatte er doch seit Monaten dicke, starre Kleider getragen, wie aus Wolldeckenstoff genäht. Braunes Hemd, braune Hose, wie nur Sträflinge sie trugen. Jetzt aber steckte er in einem Feldanzug der Gendarmerie.

Zunächst streifte er das Oberteil ab. Dann löste er die Stiefelschnüre, drückte mit der Nase des einen auf die Ferse des anderen, sodass er beide los wurde. Die Hose ließ er auf die Fußgelenke fallen und stieg erst mit dem einen dann mit dem anderen Fuß aus. Die Mutter nahm, was er ablegte, faltete es und legte es aufs Nachbarbett. Er trug nur noch seine weiße Unterwäsche.

»Hier in der Tasche war dein Notizbuch. Das lege ich hierhin, du nimmst es nachher mit. Gib mir auch dein Käppi, mein Junge.«

Er trug doch kein Käppi! Oder doch? Als er die Hand zum Kopf hob, stieß sie gegen den Mützenschirm. Er nahm es ab. Reichte es der Mutter. Sie legte es auf den gefalteten Anzug.

Die weißhaarige Frau zog den Reißverschluss der Tasche auf, die sie mitgebracht hatte. Ihre Hand verschwand darin und tauchte mit einer Hose wieder auf. Und einem T-Shirt. Beides zog er langsam an. Dann sah er die weißen Socken. Er nahm sie in die Hand, wusste aber nicht, was er damit anstellen sollte.

»Setz dich aufs Bett, zieh sie an«, sagte die Mutter.

Er setzte sich und führte, wenn auch mit Mühe, die Füße in die Sockenöffnungen. Es gehören doch Zeichen darauf, welche links und welche rechts ist, dachte er, da rückte ein Paar Stan Smith in sein Blickfeld. Weiße Adidas. Er lächelte. »Hätte ich bloß vier Füße und könnte noch ein Paar dazu anziehen!«, sagte er. Die vor ihm kniende Mutter hörte es und schüttelte den Kopf, während sie ihm die Schnürsenkel zuband.

Sie verließen die Stube. Am Anfang des Weges zum Haupttor erwartete sie eine Menschenmenge. Mütter, deren Tränen noch nicht getrocknet waren, umarmten ihre Söhne, Väter streichelten ihnen über die Köpfe. Der Oberst war auch da. Ein Oberst, der dasselbe Gesicht trug wie der Oberst, der in weiter Ferne ein Regiment befehligte. Einer, der alle anlächelte. Und zugleich mit den Journalisten sprach, die ihn umringten.

»Ja«, sagte er.

»Unsere Söhne haben trotz aller Handicaps ihren Wehrdienst geleistet. Und sei es nur symbolisch für einen Tag, sie haben ihren Dienst am Vaterland erfüllt. Ich bin stolz auf sie. Und sie sollten stolz auf sich selbst sein. Wie Sie wissen, halten wir das jedes Jahr so.«

Asil schaute sich um. Asil erwachte. Je wacher er wurde, umso mehr sah er. Er sah Blinde. Er sah Behinderte, Kleinwüchsige, Verrückte wie er selbst. Er sah ihre Familien. Der Oberst redete weiter, Asil hörte ihn.

»Dieses Jahr haben wir auch eine Schießübung abgehalten …«

Asil dachte an den roten Kanister. Die Entladestation, in die er glaubte, geschossen zu haben.

»Und die Vereidigungszeremonie war herrlich. Wir waren alle sehr gerührt! Den heutigen Tag werden sie so wenig vergessen wie wir!«

Auch Asil würde ihn nicht vergessen. Denn der Oberst log. Alle logen. Niemand wusste, was er durchgemacht hatte. Niemandem war klar, dass er eben erst aus einer Zelle entkommen war. Es lag offenbar ein Missverständnis vor. Ein Missverständnis wie das Leben!

Er fischte das schwarz gebundene Notizbuch aus der Tasche und schlug es auf. Die Seiten waren leer. Er musste rasch heim und schreiben. Das Buch füllen. Ungeduldig brannte er darauf festzuhalten, was er in den Jahren zuerst als Rekrut, dann als Militärhäftling erlebt hatte. So schnell wie möglich musste er es aufschreiben und der Mutter vorlesen. So schnell wie möglich aufschreiben und es allen zu lesen geben. Denn sie logen. Er musste es ihnen um die Ohren schlagen. Jedem Einzelnen, Seite für Seite um die Ohren schlagen. Musste beweisen, dass nichts nur für einen Tag ist.

-2

Protagoras zufolge ist der Mensch das Maß aller Dinge. Und was ist das Maß des Menschen? Alles? Die anderen Menschen? Die Bewegung der Atome? Die Gesetze des Universums? Die Lichtgeschwindigkeit? Kilogramm oder Meter? Das Volumengewicht des Menschen? Die Anzahl seiner Zellen? Die Anzahl seiner Chromosomen? Wie oft er im Leben daran gedacht hat zu sterben? Wie oft er geatmet hat? Nichts von alledem …

Das Maß des Menschen ist Asil. Der in seinen Wahrnehmungsschwellen gefangene Mensch lebt und stirbt, ohne zu ahnen, dass er in Asil gemessen wird. Asil weiß um Sein und Nichtsein, kann es aber nicht steuern, nach den menschlichen Einheiten für psychische Gesundheit, ist Asil gestört. Deshalb ist er verachtet und aus den mit Fleisch gemauerten Palästen verbannt.

Asil trägt das Wissen des Universums in seinem durchschnittlich gewichteten Hirn, etliche Tage kann er in einer Sekunde erleben, an einem einzigen symbolischen Wehrdiensttag kann er jahrelang Soldat sein. Denn seine Beziehung zu Menschen, Leben und Zeit besteht aus einem einzigen Punkt. Asil, Mensch, Leben und Zeit stehen an einem einzigen Punkt übereinander.

Doch das Universum kennen heißt nicht, es zu verstehen. Obwohl in ihm ein Ozean anstieg, war Asil außerstande, schwimmen zu lernen, vielmehr ertrank er im Wissen. Der einzige Grund, dass ihm das Wissen des Universums zur Verfügung steht, ist der Ort, von dem er stammt: das Nichts.

Asil wurde nicht in dem Universum geboren, das Propheten schufen, berufen, das Leben zu verändern, sondern im Nichts hinter seinen Grenzen. Er ist das Wesen einer neuen Generation, ein zweiter Adam.

Wer aber ist Ziya Hurşit?

-3

Das Leben Ziya Hurşits, Sohn des Kadi Hurşit Efendi, unterschied sich beträchtlich von dem, was Asil zu erinnern meinte. Als Schüler war er mindestens so diszipliniert wie sein älterer Bruder Faik, zweimal übersprang er eine Klasse, mit sechzehn nahm ihn die Danziger Fakultät für Schiffbau an. Während seines Aufenthalts in Deutschland hatte er weder Kontakt zu den Pionieren des Dadaismus, noch verliebte er sich in eine Frau namens Yonina, auch erhielt er keinen Brief, in dem gestanden hätte, sein Vater und sein älterer Bruder seien verhaftet worden. George Grosz hat er nie kennengelernt und ganz sicher auch nicht das Original von *Ecce Homo* entwendet.

Warum stellte sich Asil den Ziya Hurşit seiner Fantasie als einen Exzentriker vor, der das gewöhnliche Leben gewöhnlicher Menschen blamabel fand?

Weil Asils Geist selbst exzentrisch war.

-4

Sein höchst erfolgreiches Studium brach er einzig aus dem Wunsch heraus ab, in sein Land zurückzukehren und sich dem Nationalen Befreiungskampf anzuschließen. Er organisierte die drei anderen türkischen Studenten in Danzig und reiste mit ihnen gemeinsam. Auf dem Weg von mehreren Tausend Kilometern bis Eskişehir malte sich Ziya Hurşit, in dessen Herz und Verstand es für Hass keinen Raum gab, keine einzige Mordtat aus. Allerdings begegnete ihm tatsächlich die Inspirationsquelle für Asils Rachegelüste, er erfuhr, dass sein Bruder Fazıl verhaftet worden war. Er schloss sich dem Widerstandsverband Albayrak an und befreite Fazıl persönlich.

Warum erblickte Asil in Ziya Hurşits Augen den finsteren Schein der Vergeltung?

Weil Asils Geist selbst davon überzeugt war, dass der Mensch und sein Sohn ihm ein ganzes Universum an Seelenfrieden schuldeten und deshalb jedes aufrecht auf zwei Beinen laufende Wesen sich eines Tages vor ihm beugen würde.

-5

Mit seiner Aufrichtigkeit und seinem trotz seines jugendlichen Alters ausgereiften Charakter erwarb Ziya Hurşit, der weder Nihilist noch Anarchist war, sich den Respekt aller in der türkischen Nationalversammlung, auch den Mustafa Kemal Atatürks. Er hatte Freunde in der ersten wie in der zweiten Gruppe. Im Gegensatz zu Asils Vermutung war er ein wahrer Idealist. Sein Charakter erlaubte ihm, sich auf sein Ziel so weit zu konzentrieren, dass er bereit war, für seine Ideale sich selbst aufzugeben. Weder ging er nach dem ersten Parlament in den Untergrund, noch tunkte er seinen Geist in das Gefühl der Verlorenheit.

Warum gestaltete Asil den Ziya Hurşit seiner Fantasie als widersprüchlichen und sogar provokativen Charakter, der seine schrankenlosen Gedanken in schrankenloses Handeln umsetzen konnte?

Weil Asils Geist selbst widersprüchlichen, provokativen Charakters war, der imstande war, seine schrankenlosen Gedanken in schrankenloses Handeln umzusetzen.

-6

Etliche Personen, die sahen, dass Oppositionelle aus dem ersten Parlament auf verschiedene Weise eliminiert wurden, und fürchteten, die Reihe käme auch an sie, hegten Pläne für einen Anschlag auf Mustafa Kemal Atatürk. Zu welchem Zeitpunkt und aus welchen Gründen Ziya Hurşit in dieses Attentat einstieg, das historisch und politisch ein Rätsel blieb, liegt völlig im Dunkeln.

Warum stellte Asil sich Ziya Hurşit als einen Attentäter vor, der keine organisierte Kraft hinter sich hatte und verrückt genug war, den Abzug persönlich ziehen zu wollen?

Weil es Asils einsamer Geist war, der sich im Licht der Werte der Leute als verrückt einstufte und niemanden hinter sich sehen konnte, wenn er sich umdrehte und um sich schaute.

-7

Im Gericht von Izmir wurde lediglich den Freigesprochenen ihr Urteil persönlich verkündet. Die zum Strang Verurteilten hingegen erfuhren von den gegen sie verhängten Strafen erst kurz vor ihrem Tod in ihren Zellen.

Warum dachte sich Asil die Szene aus, in der Ziya Hurşit, als er vor Gericht sein Todesurteil vernahm, an den Wänden Yonina sah?

Weil Asils Geist in den Tod vernarrt war.

-8

Ziya Hurşits letzte Worte lauteten: »Es ist segensreicher, mit seiner Ehre zu sterben, als in einem Land ohne Freiheit zu leben.«

Warum ließ Asil diese letzten Worte Ziya Hurşits, den Beleg für seinen Idealismus, aus?

Weil in Asils Geist derartiges Gedränge und derartige Verwirrung herrschten, dass darin kein Platz für Idealismus war, der zwar romantisch ist, aber das logische Bilden von Ursache-Folge-Beziehungen erfordert. Weil Asil davon überzeugt war, dass Idealismus, der dem Fortkommen des Menschen und seines Sohnes zugrunde liegt, demselben Menschen und seinem Sohn auch ihr Ende bringt.

-9

In Izmir war es Sarı Efe Edip, der die Bedingungen für ein Attentat schaffen konnte. Seine Abreise am Tag vor dem für den Anschlag verabredeten Datum gemeinsam mit Abdülkadir hatte Şevki den Kreter verschreckt und dazu geführt, dass dieser zur Präfektur von Izmir eilte, um alles zu verraten. Von einer Mitwirkung Ziya Hurşits bei der Denunziation kann nicht die Rede sein.

Warum hat Asil Ziya Hurşit den Satz »Zur Hölle mit ihnen allen! Bisher habe ich für keines meiner Verbrechen bezahlt. Jetzt ist es an der Zeit …« in den Mund gelegt und geglaubt, mit der Reise in die Vergangenheit Mustafa Kemal Atatürk das Leben gerettet zu haben?

Weil Asil erschöpft war von den Verbrechen, von denen er meinte, sein Geist habe sie begangen. Weil Asil darauf erpicht war, seinem Geist eine harmlose Vergangenheit zu schaffen.

-10

Asil war seiner Seele begegnet, auch wenn er deren Existenz vehement leugnete. Die Begegnung hatte während des symbolischen eintägigen Wehrdienstes stattgefunden. Asil, der sich weigerte, diese Tatsache anzuerkennen, hatte seinem Geist einen neuen Namen, eine neue Vergangenheit und einen neuen Charakter gegeben. Die Motive, die ihm durch den Kopf gingen, als er diese festlegte, sind ebenso unbekannt wie die Gründe, die einen Menschen wie Ziya Hurşit, dessen Zukunft voller Möglichkeiten zur Verwirklichung seiner Ideale steckte, veranlassten, sich an einem aberwitzigen Plan zu beteiligen. Dass aber Asil seinen Geist in die Identität eines Jahrzehnte zuvor hingerichteten Menschen kleidete, bewies, wie sehr er sich vor sich selbst fürchtete. Laut Asil musste Asils Geist vor langer Zeit gestorben und begraben worden sein. So würde er, wenn es an der Zeit war, wieder in die Erde zurückkehren, und Asils Abrechnung mit seinem Geist wäre verschoben, bis sein Körper starb.

-11

Er sah eine Kamera, wie sie sich durch die Menge schlängelte. Er sah einen Reporter auf sich zukommen, die Hand mit dem Mikrofon ausgestreckt. Dahinter folgte der Oberst. Alle lächelten. Der Reporter fragte:

»Du hast heute deinen Wehrdienst geleistet. Wie fühlst du dich?«

Er senkte den Kopf und musterte seine Stan Smiths. Dann stach er dem Reporter jäh seinen Blick ins Gesicht. Es sprach der Gendarmerierekrut Asil.

»Ich ficke euch alle!«

Die Mienen von Reporter und Oberst erstarrten. Gleichzeitig. Gendarmerierekrut Asil blickte in die Kamera:

»Seid ihr beleidigt?«

-12

Asils Leben blieb ein Rätsel, bis in *Azil*[*] davon erzählt wurde.

* Roman des Autors von 2007.

-13

-14

Eine Zigarette …

-15

Ich stehe. Gemeinsam mit der Zeit. Wir stehen Wache. Beide.

-16

Noch eine Zigarette … Noch ein Song … Ein letzter Song. Muse. *Blackout.*

-17

Ich gehe. Meine Runde, acht Schritte.

-18

-19

Minus neunzehn.

Neunzehn unter null und unter dem Leben.
Die Kälte ist ein Klebstoff.
Ein Leim, der alles an alles kleben kann.
Haut an Stahl,
gut an böse,
Eis an Feuer,
Stoff an Plastik,
Freund an Feind,
Fleisch an Knochen,
hässlich an schön,
Stimme an Lippen,
Liebe an Hass,
Zunge an Zahn,
Kugel an Lauf,
Mond an Himmel,
Freiheit an Mauern,
den Menschen an seinen Sohn,

Traum an Schlaflosigkeit
Licht an Dunkelheit,
Vergangenheit an Ewigkeit,
den Song an meine Ohren,
mein Gesicht an den Schnee,
Leben an Tod,
mich an meine Seele …

-20

-21

Ich bin nichts als Schmerz.

-22

-23

Herzliche Grüße an unsere Mehmetçiks, die in diesem Augenblick erfrieren …